DER LETZTE STERZ

Günther Pfeifer wurde in Hollabrunn (Niederösterreich) geboren, lernte ein Handwerk und war jahrelang Berufssoldat. Seit seinem Wechsel in die Privatwirtschaft arbeitet er im Ein- und Verkauf. Er schreibt Beiträge für Magazine, außerdem Theaterstücke und Kriminalromane. Günther Pfeifer wohnt in Grund, einem kleinen Dorf im Weinviertel.

GÜNTHER PFEIFER

DER LETZTE STERZ

Kriminalroman

emons:

Bibliografische Information der Deutschen Nationalbibliothek
Die Deutsche Nationalbibliothek verzeichnet diese Publikation in der Deutschen Nationalbibliografie; detaillierte bibliografische Daten sind im Internet über http://dnb.d-nb.de abrufbar.

FSC www.fsc.org
MIX
Papier aus verantwortungsvollen Quellen
FSC® C083411

Umschlagmotiv: Montage aus rbiedermann/Depositphotos.com, shutterstock.com/Kirill Smirnov
Umschlaggestaltung: Nina Schäfer, nach einem Konzept von Leonardo Magrelli und Nina Schäfer
Umsetzung: Tobias Doetsch
Gestaltung Innenteil: César Satz & Grafik GmbH, Köln
Lektorat: Lothar Strüh
Druck und Bindung: CPI – Clausen & Bosse, Leck
Printed in Germany 2018
ISBN 978-3-7408-0428-2
Originalausgabe

Gewidmet den Österreichischen Bundesbahnen

Prolog

7. Dezember

»Der Erzherzog«, sagte der Erzherzog, »hat ja die Steiermark geliebt.« Er warf einen Blick in die Runde. Niemand wagte es, wegzusehen. Wie die Kaninchen vor der Schlange, dachte Hawelka.

»Der Erzherzog«, fuhr der Erzherzog fort, »hat sich um die schöne Steiermark auch sehr verdient gemacht.« Wieder schienen seine stechenden Augen jeden Einzelnen zu fixieren. Obwohl das gar nicht geht, dachte Hawelka. Zumindest nicht alle gleichzeitig.

»Der Erzherzog«, hob der Erzherzog jetzt die Stimme, »ist für die Steirer ein Heiliger!« Niemand verzog eine Miene. Obwohl es eine tödliche Gefahr bedeutet hätte, Hofrat Zauner mit seinem Spitznamen anzureden, wusste dieser mit Sicherheit, dass er seit gut zwanzig Jahren hinterrücks nur »Erzherzog« genannt wurde.

»Den Erzherzog-Johann-Jodler singen dort schon die Kinder«, behauptete jetzt der Erzherzog, der mit Vornamen Johann hieß. Man hätte eine Stecknadel fallen hören können. Wenn einer, nur ein Einziger der Beamten ein leises Schnaufen vor unterdrücktem Lachen hätte hören lassen, wäre die ganze Versammlung in hysterisches Gelächter ausgebrochen, wie ein Haufen pubertierender Knaben. Und dann …

Aber das passierte nicht.

»Und jetzt ist er gestohlen worden, der gute Erzherzog«, setzte der Erzherzog fort. »Nicht er persönlich, aber seine Statue vor einer Kapelle bei Stainz. Und damit der Sockel nicht so leer ist, haben die Raubersbuben einen anderen draufgestellt. Der ist aber nicht aus Stein, und aus Bronze ist er auch nicht. Der ist aus Fleisch. Aber weil das Fleisch schwach ist, hat man ihn ein bisserl mit Gips verziert. Einem Wanderer ist das trotzdem aufgefallen, dass sich der Erzherzog so verändert hat, und da hat der Wanderer dann die Kollegen angerufen. Und siehe da, wie die den Gips herunten gehabt haben, ist es dem Mann darunter gar nicht so gut gegangen, weil der doch schon ein paar Tage tot war. Und das ist kein Wunder, weil wenn man kein Blut mehr im Körper hat, dann ist das nicht g'sund. Der Amtsarzt hat gemeint, dass man ihm die Kehle durchgeschnitten hat und dann mit dem Kopf nach unten aufgehängt, damit er schön ausblutet wie eine Sau. Oder sagen wir, wie ein Saubär – weil's ja ein Mann war. Vorher zumindest. Nachher nicht mehr, weil sie ihm da was weggeschnitten haben, vielleicht weil er es eh nicht mehr gebraucht hat, vielleicht aber auch, weil die Gipsfigur dann so komisch ausgeschaut hätt. Wie dem auch sei, der Erzherzog ist weg, und die Leich ist da. Und auf den Sockel haben die noch einen schönen Spruch gemalt – irgendeine Sauerei.«

»Aber das ist doch was für die Grazer Kripo«, warf Henk ein. Die anderen atmeten auf. Endlich durfte man sich wieder bewegen, ohne sofort die Aufmerksamkeit des Alten auf sich zu ziehen. Übrigens war der Einwurf keine Heldentat von Henk, als Dienstältester und einer der erfolgreichsten Ermittler bei der Wiener Kriminalpolizei konnte er es schon einmal wagen, eine dienstliche Frage zu stellen. Auch wenn grundsätzlich niemand vor den Launen von Hofrat Johann P. Zauner gefeit war. Und tatsächlich …

»Halten Sie mich für einen Polizeischüler, der die Zuständigkeitsbereiche nicht weiß?«, raunzte er Henk an. »Glauben S', dass ich mit dem ganzen Club da nur plaudern will, weil mir so fad ist? Dass ich in der Nacht z' Haus sitz und mir überleg, welche Raubersg'schichten aus die Bundesländer ich erzählen soll, damit meine Leut froh und munter bleiben?«

Jüngere Beamte, die den Erzherzog noch nicht so gut kannten, hätten jetzt den Fehler gemacht, das Gesagte für eine Art Witz zu halten und pflichtschuldig zu lachen, um sich anzubiedern. Das wäre grundfalsch gewesen.

»Und vom steirischen Tourismusverband bin ich auch nicht, dass ich Werbung mach für Stainz. Aber da gibt es die …«

Hawelka schaffte es, den Monolog des Alten kurz auszublenden und die Möglichkeiten abzuwägen. Er kannte Zauner und hatte sofort durchschaut, worum es hier ging. Irgendeine Personalknappheit in der Steiermark, irgendeine ministerielle Weisung in Wien, irgendeine Unvereinbarkeit … es war ja auch ganz egal, hier ging es darum, dass sich in Kürze ein oder zwei Beamte in die Steiermark aufmachen mussten, und der Erzherzog traf gerade die Auswahl.

»… weil wenn der Landeshauptmann mit der Ministerin telefonieren muss, dann beneidet ihn niemand. Ich sag Ihnen etwas, mich werden Sie nicht schlecht über Frauen reden hören. Das ist nicht meine Manier. Ich hab den größten Respekt vor die Frauen. Gehabt. Bis ich die kennengelernt hab. Ich hab mich gefürchtet, wenn die gegrinst hat. Obwohl ich mich sonst nicht fürchte, weil ich war im Krieg*, und da …«

Hawelka rechnete sich gute Chancen aus, davonzukommen. Normalerweise veranstaltete Zauner nämlich kein Casting, sondern schickte einfach ihn und seinen Partner Schierhuber dorthin, wo es ungemütlich war. Aber dass er diesmal alle versammelt hatte, ließ hoffen. Außerdem hatte sich soeben Henk unabsichtlich empfohlen.

»… ist mir wurscht, weil die Politiker mir im Mondschein begegnen können, und im Mondschein kriegen sie dann einen wunderbaren Eindruck von meinen edleren Körperteilen, und den Eindruck, den haben s' dann noch lange im Gesicht. Und wenn es so schön heißt: ›Dann halte auch die andere Backe hin‹, dann zier ich mich nicht, und das ist dann wieder ein neuer Eindruck.«

Die Tatsache, dass Hawelka und Schierhuber nicht automatisch ausgesucht worden waren, deutete auf einen wichtigen Fall hin, wo es nicht nur darum ging, wegen eines personellen Engpasses auszuhelfen, sondern darum, einen Fall von großem öffentlichen Interesse prestigeträchtig zu lösen. Hawelka atmete auf. Da kamen sie ohnehin nicht in Frage. Nicht weil er und sein Partner so schlechte Kriminalisten waren, sondern

* Seine Sturm-und-Drang-Jahre hatte Hofrat Zauner in den sechziger Jahren bei der Fremdenlegion verbracht und dabei tatsächlich auch Kampfeinsätze erlebt.

weil ihr Chef ihnen das nicht zutraute. Die Rangordnung beim Dezernat für Gewaltverbrechen und Mord in Wien war vom Erzherzog, bereits kurz nachdem er die Welt erschaffen hatte, in Stein gemeißelt worden, und keinem vernünftigen Wesen wäre es eingefallen, sie anzuzweifeln.

»Aber da gibt es noch etwas. Befehle. Und ein Befehl ist ein Befehl, und auch wenn das bei der Frau Ministerin Weisung heißt, ist es trotzdem ein Befehl. Auch wenn sie sonst keine Ahnung von irgendwas hat – was ein Befehl ist, weiß sie schon, das hat sie gleich als Erstes gelernt, und jetzt hamma den Befehl …«

Der Erzherzog war die Nummer eins, dann kam lange nichts und dann Gott, das war klar. Dann folgten die gewöhnlichen Sterblichen, und da war Henk der Erste unter Gleichen. Ein ruhiger Mann mit natürlicher Autorität, intelligent, erfahren und abgebrüht. Außerdem einer der wenigen, der den beiden spätberufenen Kriminalpolizisten Hawelka und Schierhuber von Anfang an korrekt und kollegial begegnet war, während die meisten anderen die zwei eher belächelt hatten, als sie, die als uniformierte Polizisten am Land Dienst gemacht hatten, sich nach Kursen und Prüfungen zur Wiener Kriminalpolizei versetzen ließen.

»… aber so nicht! Ich bin ein seelensguter Mensch, der jeden Spaß mitmacht, aber bei so was mach ich nicht mit, weil das gegen die Menschenwürde ist.«

Der Erzherzog hatte sich warmgeredet. Die Befehlsausgabe würde sich also noch hinziehen. Hawelka schaltete wieder auf Stand-by und betete zum hundertsten Mal die interne Rangordnung herunter. Eine Art masochistische Meditation. Also Henks Stellung war klar, und daran gab es ja auch nichts auszusetzen, weil Henk okay war. Nimmervoll, ein junger Offizier, der gleich nach Henk gereiht war und dem der Erzherzog erstaunlich selten die Leviten las, war auch zu Recht ganz vorne mit dabei. Aber die anderen? Sojka, der allgemein nur »Cowboy« genannt wurde und ständig selbst mit einem Bein im Kriminal stand? Dienstaufsichtsbeschwerden, Untersuchungsverfahren, Zwangsurlaube, ständige Versetzungen von einem Dezernat zum anderen, ewig lange Krankenstände – trotzdem war er nicht loszubekommen. Er betrachtete den Polizeidienst nur als Zweitjob zu seinen eigentlichen Geschäften, von denen er offensichtlich gut leben konnte. Schütz hingegen war ein junger, übereifriger Kollege, der hervorragend im Internet recherchieren konnte. Leider betrachtete er aber die Ermittlungen im Außendienst als eine Art Computerspiel, und da kam es schon einmal vor, dass die Projektile der Warnschüsse nur so durch die Gegend flogen. Außerdem liebte er vorläufige Festnahmen, die meistens nicht gerechtfertigt waren, wodurch er den Anwälten der Verdächtigen geradezu perfekt in die Hände spielte.

»Und da sag ich dann: ›Ziehen S' sich warm an, weil die Nacht wird immer kälter und die Nacht in der Weststeiermark besonders. Aber damit das kein Polizeiausflug wird, mit Haussulzjausen und Kernöl und einer Schilcherverkostung, werden mir nicht alle ins Deutschlandsbergische reisen, sondern nur zwei von Ihnen, weil die anderen braucht unser schönes Wien, damit die Pülcher da nicht übermütig werden und sich jetzt im Winter schon einen Lenz machen.‹«

Gleich würde es so weit sein, gleich würden die Namen genannt werden. Hawelka ging die Liste weiter durch. Pollmann hatte hundertfünfzig Kilo (bei einer Körpergröße von eins siebenundsiebzig), Gerlitz war ein Prolet, wie er im Buche stand, und stellte sich bei den Ermittlungen so blöd an, dass die Fälle regelmäßig durch andere nachbearbeitet werden mussten. Hohlstein dagegen hatte es mit den Frauen, und dadurch brachte er sich immer wieder in Schwulitäten.

»Und jetzt schau'n wir einmal, wer die glücklichen Gewinner sind. Da strahlen die Gesichter wie unterm Christbaum bei der Bescherung. Henk!«

Hawelka hätte jubeln können. Nicht weil er schadenfroh war (zumindest nicht mehr als andere), eigentlich hätte es ja auch nicht Henk treffen sollen, sondern irgendeinen … Sojka zum Beispiel oder Gerlitz. Aber ihm war trotzdem zum Jubeln zumute. Endlich einmal hieß es nicht »Hawelka und Schierhuber«. Endlich einmal in Wien bleiben und eigene Ermittlungen abschließen können. Vielleicht mit der Aussicht auf einen größeren Fall. Abends mit Schierhuber zum »Reznicek« gehen und den Tag gemütlich ausklingen lassen. Das war nach seinem Geschmack.

»Die große Ziehung wird der Henk vornehmen, weil der Henk jetzt einmal vier Wochen Häuptling spielen darf, und ich sag: ›Habt Acht, rechts um, in den Urlaub marsch!‹«

Den Anwesenden blieb der Mund offen stehen. Sie kannten den Erzherzog in seiner Kanzlei, hinter seinem Schreibtisch sitzend. Sie kannten den Erzherzog im Besprechungsraum, sie alle gemeinsam zur Sau machend. Sie kannten den Erzherzog in unterschiedlichen Büros, sie einzeln zur Sau machend. Sie kannten den Erzherzog die Gänge durchschreitend und Angst und Schrecken verbreitend. Den Erzherzog im Urlaub kannten sie nicht.

Später, als alles vorbei war, wurde das Auskunftsbüro Berlakovic mit näheren Recherchen beauftragt und fand Folgendes heraus: 1993 hatte der Erzherzog seine Kanzlei im Morddezernat bezogen und von seinem gesamten Urlaubsanspruch zwei Wochen konsumiert. Eine um die Weihnachtszeit herum (wo ohnehin keiner da war und nur der Journaldienst einen Notbetrieb aufrechterhielt), und die zweite, in Form mehrerer Fenstertage, übers ganze Jahr verteilt. Der Einfachheit halber hielt er die folgenden zwanzig Jahre an dieser Regelung fest. Zwei Wochen am Stück hatte er noch nie in Anspruch genommen. Drei waren sowieso undenkbar. Jetzt aber hatte er »vier« gesagt!

Und weil ihn die offen stehenden Münder seiner Knechte offenbar langweilten, beendete Hofrat Zauner an dieser Stelle die Audienz abrupt und marschierte mit den väterlich-kollegialen Worten »Henk! Übergabe Kanzlei! Stunde!« aus dem Besprechungsraum. Henk selbst hatte die Eröffnung offenbar völlig unvorbereitet getroffen, und er unterbrach die Dienstbesprechung für eine Viertelstunde.

Sie gingen hinaus zum Rauchen.

»Krebs!«, diagnostizierte Gerlitz. »Das kommt so schnell, bei meinem Onkel war das genauso. Werdet's sehen, in drei Monaten graben wir den Alten ein.« Er spuckte aus und schnorrte sich eine Zigarette von Pollmann.

»Das glaub ich nicht«, meinte Schütz, der zwar nicht rauchte, aber wegen des Gemeinschaftsgefühls dabeistand. »Ich glaub, dass der Krebs sich vor dem Erzherzog fürchten würde, wahrscheinlich will er nur einmal –«

»Erzherzog!«, wieherte der Cowboy. »Ich hab geglaubt, ich brunz mich an, wie er auf einmal vom Erzherzog Johann zu reden anfängt! Brenzlige Situation, Boys! Wenn da einer gelacht hätte, wäre er vom Alten persönlich gehenkt worden.«

»Ja«, stimmte Pollmann zu, »das war knapp. Aber irgendwas muss doch los sein, dass er jetzt auf einmal seinen Urlaub nimmt, oder?«

»Na was?«, sagte Hohlstein. »Eine Frau steckt dahinter. Was sonst?«

»Na, bist du auch noch von wo?«, fragte Gerlitz und schüttelte den Kopf. »Der ist doch weit über sechzig, und ausschauen tut er wie zwischen Tod und Verwesung. Den schaut doch keine an, der kann ja nicht einmal mehr pemp–«

»Das ist egal, hinter solchen Aktionen steckt immer eine Frau«, beharrte Hohlstein.

»Yeah«, bekräftigte der Cowboy, »wenn bei einem das Hirn plötzlich aussetzt, dann, weil das Blut woanders ist.«

»Blödsinn, ich sage euch, dass er krank ist. Der geht sich sicher operieren lassen. Aber bestimmt schneiden die ihn auf und machen gleich wieder zu, weil's sinnlos ist. Ich kenn solche Fälle.«

Hawelka und Schierhuber hatten sich nicht am Ratespiel beteiligt, sondern nur stumm geraucht, und nun dämpften sie aus und gingen dorthin, wo stets alle Rätsel gelöst wurden: zum Auskunftsbüro Berlakovic.

Das Auskunftsbüro war über fünfzig, zweimal geschieden und wechselte die Haarfarbe im Monatstakt. Mit Vornamen hieß das Auskunftsbüro Herta. Sie teilte sich das Zimmer mit drei Frauen, die sie an Kindes statt angenommen hatte. Sicher, eigentlich waren es Kolleginnen und Mitarbeiterinnen im Administrationsbüro des Morddezernates. Aber die Berlakovic führte ihre Abteilung eben wie eine Familie, jede von ihnen hatte ihre Rolle, und sie war die Mutter.

Als Hawelka und Schierhuber eintraten, zeigte sich das gewohnte Bild: In der rechten hinteren Ecke saß die Forstner, bearbeitete ihre Tastatur mit beängstigendem Tempo und schenkte ihrer Umgebung keinerlei Aufmerksamkeit. Meist erledigte sie die Schreibarbeit für die gesamte Abteilung und war dafür von allen Kommunikationsaufgaben freigestellt. Ihr gegenüber saß Janne Frischauf und wühlte in den Akten. Sie grinste die beiden an und fragte, wo die Topfengolatschen so lange blieben.* »Wie lange wollt ihr uns noch hungern lassen? Die Herta fällt mir bald vom Fleisch.« Das dröhnende Lachen, das daraufhin einsetzte, kam von der telefonierenden Chefin selbst, der es nicht das Geringste ausmachte, dass am anderen Ende der Leitung ein hoher Ministerialbeamter war, der nun mit einer mittleren Vertäubung zu kämpfen hatte.

»Ich fall nicht vom Fleisch, ich bin ein elfenhaftes Wesen, das nur vom Glockenblumentau leben kann. Ich brauche keine Kalorien, nur die Liebe«, flötete sie und reckte ihre mollige Figur auf dem ächzenden Drehstuhl.

»Das wissen wir«, bestätigte Hawelka ernsthaft, »gell, Sepp?« Schierhuber nickte, ohne die Miene zu verziehen.

»Was?«, fragte das elfenhafte Wesen jetzt in den Hörer. Offenbar hatte die Gegenstelle einen Kommentar zu ihrem letzten Satz abgegeben. »Herr Doktor, Sie sind ja ein ganz Schlimmer!«, rief sie aus, was den Angesprochenen offenbar zu Höchstleistungen der Verbalerotik animierte, denn gleich darauf ertönte das berühmte ordinäre Berlakovic-Lachen, und mit den Worten »Mir wird so heiß, ich kann gar nicht weiterre-

* Topfengolatschen: allgemein anerkanntes Zahlungsmittel im Auskunftsbüro. Dient zur Bestechung, Belohnung oder zu sonstiger Motivation. Laut Herta Berlakovic ein Aphrodisiakum.

den« legte sie auf. »Vierundsechzig und brunftig wie ein Siebzehnjähriger«, erklärte sie den Anwesenden. »Zumindest mit dem Mundwerk, sonst wird sich da nicht mehr viel abspielen. Aber schön für ihn, wenn er's glaubt.«

Dass derartige Gespräche bei der Berlakovic keine Seltenheit waren, lag zum Teil daran, dass sie im Laufe ihrer nahezu dreißig Dienstjahre praktisch in jeder Abteilung des Innen- und des Justizministeriums bekannt wie ein bunter Hund geworden war. Der Begriff »netzwerken« war noch nicht erfunden, als es die Berlakovic in dieser Disziplin schon zur Meisterschaft gebracht hatte. Dass sich im hauptsächlich von Männern dominierten Polizeiapparat eine Frau, die deftige Zoten schätzt*, beliebt macht, ist logisch. Für die Recherchen des Auskunftsbüros war diese Eigenschaft von ihr jedenfalls Gold wert.

»Apropos vierundsechzig und brunftig«, hakte Hawelka ein, »ich wollte dich was fragen –«

»Nein, Pepi, ich hab Migräne«, unterbrach die Berlakovic, was Janne Frischauf in helles Lachen ausbrechen ließ. »Außerdem bist du noch gar keine vierundsechzig.« Schierhuber grinste, die Forstner tippte mit leicht nach unten gezogenen Mundwinkeln und zuckte mit keiner Wimper.

»Ich nicht«, sagte Hawelka, »aber der Erzherzog. Es geht die Mär, dass ein Frauenzimmer hinter seinem plötzlichen Langzeiturlaubswunsch steckt. Vier Wochen! Andere wieder sagen, dass er Krebs hat. Wir wollen jetzt von dir die ganze Wahrheit hören. Und wenn uns diese Wahrheit gefällt, dann können wir über die Topfengolatschen reden.«

Wären er und Schierhuber in Ballettröckchen eingetreten, die Wirkung hätte nicht stärker sein können. Die Frischauf stieß einen kleinen Schrei aus, der nie um eine Antwort verlegenen Berlakovic fiel die Kinnlade herunter, und, was vielleicht das bedeutendste Ereignis war, die Forstner hörte auf zu tippen und sah den Sprecher fassungslos an.

---

* Und wenn es nicht so war, dann spielte sie es zumindest verdammt gut, wie Hawelka öfters dachte.

»Hääá?« Das kam dreistimmig.

»Das gibt's nicht«, entfuhr es Hawelka ungläubig. »Sagts nicht, ihr habts das nicht gewusst.«

Aber das Undenkbare war eingetroffen. Das Auskunftsbüro war ahnungslos! Alle Anwesenden starrten auf Herta Berlakovic, als hätte sie, die Allwissende, absichtlich etwas vor ihnen geheim gehalten. Was selbst bei sehr derben Witzen nie vorkam, trat ein: Sie wurde feuerrot.

»Ich … das gibt's nicht, keine Ahnung … der Erz… Urlaub? Er hat kein Wort gesagt … kein Urlaubsformular abgegeben, nichts … ich …«

»Also keine Topfengolatschen«, stellte Schierhuber fest.

»Wo habts ihr das her?«

»Er selber hat es gerade verkündet. Der Henk soll ihn vertreten. Jetzt brodelt natürlich die Gerüchteküche«, erklärte Hawelka.

»Da kümmer ich mich drum«, sagte das Auskunftsbüro energisch. Sie hatte sich wieder im Griff. »Das krieg ich raus, was da dahintersteckt. Und wenn's das Letzte ist, was ich tu.« Sie stürzte ans Telefon, um weiß Gott wen anzurufen. Nur zögernd begann die Forstner wieder zu tippen, die Frischauf schüttelte immer noch den Kopf. Hawelka und Schierhuber zogen ab, um zu Henks Einsatzbesprechung zu gehen.

Im Besprechungszimmer summte es wie in einem Bienenstock. Zu den Kriminalisten hatten sich ein paar Uniformierte gesellt, auch Schreibkräfte aus anderen Abteilungen waren hinzugekommen. Die Meinungen gingen stark auseinander, momentan tendierte die Mehrheit zu der Überzeugung, dass ein gewaltiger Lottogewinn hinter dem erzherzoglichen Urlaub steckte. Verworfen hingegen wurde die Theorie, dass sich der Alte schön gemächlich auf die Pension vorbereitete. Die notwenigen Dienstjahre dazu hatte er schon lange.

»Den Gefallen tut uns das alte Pferd sicher nicht«, behauptete Sojka, und die meisten nickten.

Henk trat ein, und die Zaungäste zogen ab. Die anderen setzten sich und verstummten überraschend schnell.

»Fragts mich nicht, ich weiß gar nichts«, begann Henk. »Ich bin genauso überrascht wie ihr, und wie es aussieht, müssen wir jetzt alle miteinander ein bisschen improvisieren. Offene Fälle haben wir alle, und dass die Arbeit nicht weniger wird, brauch ich euch nicht zu sagen. Dadurch, dass mich der Erz… dass mich Hofrat Zauner zu seinem Stellvertreter auserkoren hat, muss ich mich jetzt dafür freispielen und zwei, drei von meinen Geschichten auf euch aufteilen. Näheres kann ich euch am Nachmittag sagen, wenn ich einen provisorischen Plan hab. Ich bitte euch um Kollegialität, damit wir da nicht im kompletten Chaos versinken. Charly?«

Der angesprochene Sojka, der Kaugummi kauend aus dem Fenster gesehen hatte, zuckte zusammen.

»Glaubst du, du kannst deinen geplanten nächsten Krankenstand ein paar Wochen verschieben? Ich wär dir echt dankbar.« (Der Cowboy meldete sich mit schöner Regelmäßigkeit krank und kündigte das meist Tage vorher lautstark an. Gesund pflegen ließ er sich bevorzugt im »Club O.«.)

Henk ist spitze, dachte Hawelka, er redet dem Cowboy gut zu, appelliert vor der ganzen Truppe an seine Kollegialität und baut so sanften Druck auf. Auch die Anrede hat er sicher bewusst gewählt. Der Erzherzog sagt einfach »Sojka«. Ohne sonstige Attribute, wie Dienstgrad, Vorname oder »Herr«. Das kann sich nur er erlauben, bei jedem anderen würde Sojka sofort protestieren. »Cowboy« gefällt ihm zwar, weil er sich ja als solcher fühlt, aber das wäre in diesem Fall zu unpersönlich. »Karl« ist sein richtiger Vorname, aber den hasst er; ihn damit anzureden wäre kontraproduktiv. »Charly« hingegen klingt lässig amerikanisch, und Sojka liebt alles Amerikanische. (Privat fuhr er einen auf Hochglanz polierten amerikanischen Polizeiwagen aus den Sechzigern, genannt »die heilige Cow«. Schon allein dadurch hatte er viele Sympathisanten im Rotlichtmilieu.) Henk stellte damit eine besondere Beziehung zwischen ihnen her, und wie es aussah, traf er genau den richtigen Ton.

Tatsächlich schien der Cowboy verhandlungsbereit: »Okay,

Hank, that's alright, ich helf euch ein bisschen, die Herde auf die Weide zu treiben, aber du weißt, mein Ziel ist die Frühpension und dann: Ab nach Vegas!« Er grinste. Henk nickte ernsthaft, als würde er den großspurigen Spruch als eine Art Urlaubsansuchen in seinen Dienstplan aufnehmen.

Henk ist spitze, dachte Hawelka noch einmal, Henk ist fair, Henk ist gerecht. Henk wird nicht automatisch den Sepp und mich in ein steirisches Nest schicken, nur weil wir vom Land kommen, über fünfzig sind und hier von Anfang an belächelt wurden.

»Meine zwei größten Sorgen sind momentan die Theatergeschichte, weil uns da die Presse im Nacken sitzt, und die Amtshilfe in der Steiermark«, fuhr Henk fort.

Nimmervoll, korrekt wie immer, hob die Hand, Henk erteilte ihm durch Kopfnicken das Wort. »Ich glaube, dass ich Hochgatterer noch diese Woche festnageln kann. Falls ich genug für eine Verhaftung habe, ist der Abschluss dieser Ermittlungen nur noch Formsache. Zwei, drei kleinere Sachen können warten, das heißt, ich könnte dir die Theatergeschichte abnehmen.«

»Das wär mir eine große Hilfe, Stefan.«

Henk ist fair, dachte Hawelka wieder, es war wie ein Mantra. Er wird sich auch daran erinnern, dass der Sepp und ich den Leponov-Fall tadellos gelöst haben. Und das war keine von den üblichen Geschichten, wo ein Besoffener einen anderen erschlägt oder eine gequälte Ehefrau ihrem Mann Rattengift ins Essen mischt. Das war eine große Sache, und wir waren super.

Henk sah in die Runde. »Da bleibt jetzt vorläufig nur noch die Dienstzuteilung zu klären.«

Henk weiß auch, dass wir eine andere Dienstauffassung haben als der Cowboy – oder Pollmann oder Gerlitz –, sagte sich Hawelka. Da braucht er uns hier und nicht in einem Nest in den Wäldern.

»Hofrat Zauner hat mir da freie Hand gelassen, und ich habe mir kurz eure laufenden Fälle angesehen; wirklich Zeit hat keiner, das weiß ich eh.«

Soll er den Hohlstein in die Steiermark schicken, der kann dann dort den Gemeindestier spielen, das gefällt ihm sicher.* Und der Schütz kann in den Wäldern auf alles schießen, was sich bewegt, dachte Hawelka.

»Ich weiß, dass keiner von euch will, trotzdem frag ich: Gibt es Freiwillige?« Keiner zeigte auf. Henk seufzte. Dann sagte er: »Okay, dann ist das wohl die erste Entscheidung, die ich treffen muss, und irgendjemand wird mich dafür verfluchen.«

Henk ist fair, betete Hawelka sein Mantra herunter, Henk wird eine gerechte Entscheidung treffen.

---

* Gemeindestier: ursprünglich ein für die Besamung aller Kühe einer ganzen Gemeinde gehaltener Zuchtstier. Mittlerweile eher eine Bezeichnung für umtriebige Männer.

Bürgerversammlung

7. Dezember

»Was sind das für Leute?«, schrie der Kommunist. »Die sind doch nicht immer dagesessen und haben getafelt wie die Fürsten, oder? Die haben doch leiser geredet – früher, oder? Ganz leise! Oder nicht? Da haben Sie noch kein buntes Auto mit zweihundert PS vor der Tür gehabt und sich brav in die vierte Reihe gesetzt. Die hättet ihr doch nicht angeschaut, früher. Oder euch gar an einen Tisch gesetzt mit ihnen. Hat sich das jetzt so geändert? Ist es schon so weit? Schon wieder so weit? Werden jetzt die ehrlichen Arbeiter ignoriert? Versteckt? Haben wir nichts mehr zu reden? Lasst ihr euch mit diesen Frauenverprüglern und Kridamachern ein?* Wollt ihr gut Freund sein mit denen?«

Er war keine eins siebzig. Trotzdem hätten ihn nicht einmal die Gössl-Buam bändigen können. Man bemerkte es schon bei der ersten Begegnung. Der Blick. Die Augen. Das Glitzern.

»Da lasse ich mich hineinstechen. Da! Da lass ich mich hineinstechen, wenn ich je im Leben ein Glas trink mit so einem. Habt ihr alle keine Ehre mehr im Leib? Ich bin ein einfacher Arbeiter. Maurer seit dreißig Jahren. Aber ich lasse mir meine Ehre nicht nehmen! Und die Wahrheit nicht schön anmalen. Was wahr ist, muss wahr bleiben!«

»Komm, Hannes, lass gut sein, das bringt doch nichts. Wir können ja über alles reden, aber da herumschreien, das ist –«

»Ja. Sicher. Leise sein. Das könnt euch so passen. Leise sein oder noch besser: Hände falten, Goschen halten! Und wenn's wirklich nicht anders geht, dann zumindest so leise reden, dass jeder bequem weghören kann. ›Was hat er da gesagt übers Schmiergeld? Ich hab's nicht richtig hören können. Wie? Frau

* Kridamacher: alter Ausdruck für nicht ganz sorgfältige Geschäftsmänner, die (manchmal vorsätzlich) eine Firma in Konkurs gehen lassen, nachdem sie ihre Schäfchen ins Trockene gebracht haben.

verdroschen? Wir haben den Fernseher immer recht laut. Was? Einen in den Ruin getrieben? Da hab ich was gelesen, aber gehört habe ich nichts Näheres.‹ So seids ihr. Genau so. Und ein Unfall ist ein Unfall, auch wenn das Kind dabei gestorben ist. Und jetzt will er euch ein Touristenparadies einreden. Den Wald weg und die Schneise her und den Skilift her und die Hütten her und die Hotels her und alles.«

Sie saßen im neuen Gemeindesaal. Insgesamt waren rund hundert Leute gekommen. Bis auf die üblichen Zwischenrufer hatten nur Gautsch, der Bürgermeister und der Mensch vom Tourismusverband geredet. Vor acht Minuten hatte der Kommunist das Wort ergriffen, und wer ihn kannte, wusste, dass der Abend gelaufen war.

»Die haben uns erzählt, dass das Wohlstand für die ganze Region bringt. Arbeitsplätze schafft. Neue Impulse setzt. Und was man denen sonst noch auf ihren Gehirnwäscheseminaren beigebracht hat. Und ihr glaubts denen. Alles glaubts ihr denen. Aber ich frag dich, Bürgermeister, warum mieten wir uns nicht alle gemeinsam einen Autobus, jeder zahlt ehrlich seinen Teil, und wir fahren nach Tirol? Oder nach Kärnten? Warum fahren wir nicht dorthin und schauen uns das selber ganz genau an? Und reden mit den Leuten. Mit den Kellnerinnen, mit den Liftwarten, mit den Maurern, mit den Verkäufern, mit den Holzhackern. Warum nicht? Hören wir uns doch an, wer reich wird, wenn so ein Tourismusgebiet einmal gut läuft. Oder wie es ist, wenn es einmal nicht so gut läuft. Warum fahren wir da nicht einmal hin?«

»Du kannst eh hinfahren, ich bleib da«, rief irgendein Witzbold dazwischen. Wahrscheinlich ein Zugezogener, der den Kommunisten noch nicht kannte. Im Saal wurde es mit einem Schlag ruhig.

»Ah! Du möchtest dableiben. Gut. Aber ein bisschen mitreden möchtest du schon, oder? Ich glaub, ich kenn dich noch gar nicht. Sei doch so lieb und stell dich einmal vor. Weil, wenn du schon den Mund aufmachst, hast du der Versammlung doch sicher einiges zu sagen. Stimmt's?«

»Nein, brauch ich gar nicht. Du redest eh genug«, versuchte der Witzbold abzuwiegeln.

»Aber du bist doch sicher ein gescheiter Mann!«, rief der Kommunist aus, »da bleib ich gern ein bisschen still und hör dir zu.« Er ging zwischen den Reihen durch, bis er direkt neben dem Zwischenrufer stand. »Herhören! Einer unserer Mitbürger hat etwas zu sagen. Er ist nicht nur gekommen, um blöd dazwischenzuquatschen, sondern hat sich Gedanken über die Sache gemacht, wegen der wir heute hier sind. Er hat sich informiert, hat Vor- und Nachteile abgewogen, und jetzt will er beweisen, dass er keiner ist, der glaubt, dass der Strom aus der Steckdose kommt und das Essen vom Supermarkt. Also bitte.« Er reichte dem Mann das Funkmikrofon, das er vom Rednerpult genommen hatte, mit so entschiedener Geste, dass der andere automatisch zugriff. Der Kommunist selbst hatte es nicht verwendet, seine Stimme war auch unverstärkt noch bis in den letzten Winkel des Saales gedrungen.

»Also ich finde, dass du da übertreibst mit dem ganzen Tamtam. Die Tourismusgebiete woanders sind doch eine Einnahmequelle, oder? Und Wälder haben wir genug. Und wie du über den Herrn Gautsch herziehst, ich meine, ich kenn ihn nicht gut, aber ich weiß, dass er als Unternehmer auch Arbeitsplätze da in der Region geschaffen hat und … also sooo schlecht geht es uns ja auch nicht, oder? Wer g'scheit arbeitet, der kann auch davon leben, oder? Das ist meine Meinung.« Er gab das Mikrofon zurück und setzte sich wieder. Etliche applaudierten anerkennend. Gautsch hatte ein halblautes »Bravo« hören lassen. Der Sprecher sah zufrieden aus – immerhin hatte er etwas gesagt.

»So, das ist einmal ein klares Wort. Das ist eine Meinung, die respektiere ich, auch wenn ich sie nicht teile. Aber das ist ja vielleicht, weil ich nur ein einfacher Maurer bin.«

»Maurer« stimmte. »Einfach« stimmte nicht. Der Kommunist war auf vielen Gebieten bestens informiert und belesener als die meisten im Saal. Die größte heimische Bibliothek im Ort hatte er. Nicht der Pfarrer oder einer der Lehrer. Der Bürgermeister sowieso nicht. Jetzt trug er das Mikrofon wieder nach vorne und legte es auf das Rednerpult. Er selbst blieb daneben stehen, schob die Hände in die Hosentasche und begann etwas leiser als zuvor: »Ich danke dir, dass du uns deine Meinung mitgeteilt hast. Das zeigt, dass du dich mehr traust, als nur dazwischenzurülpsen. Sicherlich, du hättest dich vorstellen sollen, dann wüssten wir, mit wem wir es hier zu tun haben, aber das kannst du ja nächstes Mal nachholen. Aber wie ist das mit dem Inhalt, Freunde, mit dem Inhalt von seinen Argumenten? Die Skigebiete sind eine Einnahmequelle. Das stimmt, und da lass ich mich hineinstechen, wenn ich das je bestritten hab. Aber reden wir doch darüber, für wen die Skigebiete eine Einnahmequelle sind! Für wen? Ha? Für die Mali-Tant mit ihrer Mindestpension? Für den Goll Toni, der zusätzlich zur Arbeit auf seiner Landwirtschaft noch nebenher ins Sägewerk gehen muss, weil es sich sonst nicht ausgeht? Für mich vielleicht gar? Oder eher für den Liftbetreiber, der schon zwanzig Lifte in Österreich rennen hat? Oder für die Hotelkette, die natürlich schneller, größer und besser bauen kann als unsere Wirten? Oder für den Herrn Gautsch, der vor ein paar Jahren ein paar Hektar Wald günstig gekauft hat und sie dann, wenn sie einmal umgewidmet sind, um das Zigfache verkaufen wird?«

Im Saal wurde wieder gemurmelt. Selbst die, denen er auf die Nerven ging, hatten Respekt vor dem Kommunisten, und etliches von dem, was er gesagt hatte, stieß auf Zustimmung.

Gautsch selber saß mit mildem Lächeln vorne neben dem Bürgermeister und schüttelte ab und zu leicht den Kopf. Ihr kennts doch den Kommunisten, schien seine Haltung zu sagen. Man muss ihn reden lassen, dann ist er glücklich. Er hatte es von Anfang an vermieden, zu dessen mehr oder weniger offenen Anschuldigungen Stellung zu nehmen, das hätte der Sache zu viel Gewicht verliehen. Aber der Bürgermeister wurde langsam ungeduldig. Er war von Haus aus ein nervöser Typ. Jetzt erhob er sich.

»So, lieber Hannes, du weißt, dass ich dich und deine offenen Worte sehr schätze, sehr schätze. Ja. Und es gehört zu meinem Demokratieverständnis, dass da herinnen jeder seine Meinung sagen kann, wie er will. Dafür ist so eine Bürgerversammlung ja auch da. Auch da. Aber ich bitte dich, die Redezeit zu beachten, weil vielleicht andere auch noch was zu dem Thema sagen wollen. Sagen wollen.«

»Ich hab gar nicht gewusst, dass wir eine Redezeit ausgemacht haben«, staunte der Kommunist. »Aber nur für den Fall, dass das so ist, habe ich vorhin ein bisserl mitgestoppt. Also: Der Herr Sowieso von der Errichtungsgesellschaft hat sein Projekt vorgestellt, in – wart einmal – da hab ich's: siebenundzwanzig Minuten. Dann warst du, lieber Bürgermeister, dran und hast fünfzehn Minuten gesprochen, dann hat der Herr Baumeister Gautsch gute zwanzig Minuten referiert. Alles schön und gut. Ich habe bisher keine zehn Minuten zu euch geredet, und dann war ja da noch die geistreiche Wortmeldung von dem Bürger von vorhin, das muss man fairerweise von meiner Redezeit abziehen. Ich bin nicht vorbestraft und in dieser Gemeinde ordentlich gemeldet. Und ich bin Steuerzahler und ein freier Bürger dieses Landes. Deshalb wirst du mir doch die gleiche Redezeit wie euch allen zugestehen.«

»Steuerzahler« stimmte. Der Kommunist war der einzige Handwerker weit und breit, den niemand zu einem sogenannten Pfusch überreden konnte.* Er bestand auch bei seinem Arbeitgeber darauf, dass alles buchstabengetreu nach Gesetz ging. Arbeits- und Ruhezeiten, Ausbezahlung der Überstunden, der Zulagen und so weiter. Trotzdem rauften sich die Baufirmen in der Gegend um ihn. Er war nicht nur ein exzellenter Handwerker, der filigranste Stuckdecken ebenso renovieren konnte, wie er tragfähige Kellergewölbe aufmauerte, sondern auch ein Arbeitstier – wobei der Ausdruck »Vieh« zu seiner zupackenden Art besser gepasst hätte.

* Pfusch ist ein im Kreis gehendes Gesellschaftsspiel: Arbeiten werden am Fiskus vorbei ausgeführt, dem entgehen Einnahmen, die beschafft er sich durch noch höhere Besteuerung der Arbeit, die dann wieder vermehrt am Fiskus vorbei ausgeführt wird.

»Da müss' ma halt den Kommunisten holen« war ein bekannter Standardseufzer der Firmenchefs, wenn ihnen ihre Poliere ein aussichtsloses Baustellenproblem schilderten. Und dann rückten sie an beim Haus des Kommunisten. Schöntun brauchten sie ihm nicht, so viel hatten sie gelernt. Er wollte ein offenes Wort und gute Entlohnung. Drei- bis viermal im Jahr wechselte er so den Dienstgeber. Niemals während einer laufenden Baustelle. »Ich lass keinen im Stich« sagte er. Seine Wechsel trug ihm auch keiner nach, konnte doch schon in zwei, drei Monaten die umgekehrte Situation eintreten. So wechselte er von A zu B, dann von B zu C und dann wieder zu A. Im nächsten Jahr kam eine Firma D aus der Nachbargemeinde dran und dann wieder B.

Bei der Firma, die ihn gerade unter Vertrag hatte, musste man sich fortan keine Sorgen mehr machen. Der Kommunist stand, wenn es sein musste, auch bis ein Uhr nachts auf der Baustelle, der Kommunist fand auch in Regen und Schnee etwas zu tun, der Kommunist stellte eine Mauer in zwei Drittel der Zeit eines erfahrenen und motivierten Kollegen auf. Im Lauf der Jahre hatte er so ganz ordentliche Summen verdient, und eigentlich hätte er gut leben können. Allerdings behielt er von dem Geld nur einen bestimmten Teil, den er sich nach einem nur ihm bekannten Schlüssel ausgerechnet hatte. Den Rest teilte er auf diverse Wohltätigkeitsorganisationen auf. Angeblich war es mehr als die Hälfte der Summe, die auf seinem Lohnzettel stand.

»Sind wir großzügig, vergessen den siebenminütigen Überzug von dem Herrn Liftbetreiber und sagen, zwanzig Minuten ist die Redezeit. Sind wir weiter großzügig und sagen, ich hab nicht zehn, sondern fünfzehn Minuten geredet, dann bleiben nach Adam Riese immer noch fünf Minuten, die ihr mir zuhört. Daher will ich mich nicht länger aufhalten, sondern gleich zum Punkt kommen: Am Bürger vorbeizuregieren hat sich noch nie ausgezahlt, zumindest nicht lange, das lehrt uns die Geschichte. Raubbau an der Natur zu treiben hat sich auch noch nie ausgezahlt, zumindest nicht lange, das lehrt uns die Natur selbst. Und daher frage ich euch: Wollt ihr dieses »zumindest nicht lange« als Chance nehmen, vielleicht – vielleicht! – ein paar gute Jahre zu haben und zu hoffen, dass ihr dann eure Schäfchen ins Trockene gebracht habt, wenn eine Katastrophe kommt? Eine Revolution, ein Erdbeben oder viel trivialer: einfach eine Flaute im Tourismusgeschäft, weil keiner mehr Geld hat, ein Vermögen für eine Liftkarte und Hotelzimmer hinzublättern? Oder wollt ihr dieses »zumindest nicht lange« als Warnung nehmen? Als Gelegenheit, umzukehren und euch für einen langen Weg, einen unbequemen Weg zu entscheiden? Einen Weg allerdings, der noch euren Enkelkindern und Urenkeln nützt? Der Erzherzog Johann hat vor fast zweihundert Jahren –«

»Geh, jetzt lass doch die alten Adeligen aus dem Spiel, das ist mir jetzt zu fad!«, schrie einer dazwischen, den das Bier mutig gemacht hatte.

»Gleich jodelt er uns was vor!«, brüllte ein anderer. Es entstand Unruhe im Saal. Zwischenrufe für und gegen weitere Ausführungen des Kommunisten flogen hin und her, und bald lag eine unangenehme Stimmung in der Luft. Eine Schlägerei kündigte sich an. Für sachliche Argumente schien niemand mehr zugänglich. Der Bürgermeister versuchte vergeblich zu beschwichtigen. Umsonst. An eine vernünftige Diskussion war nicht mehr zu denken.

Über den Mord verlor keiner ein Wort.

Ankunft

8. Dezember

Sie fuhren in Richtung Süden. Seit Baden hatte Schierhuber kein Wort mehr gesprochen. Hawelka dachte nach.

Komisch, dachte er, dass ich zu viel weiß, denke ich nie, aber dass ich zu viel denke, das weiß ich. Er seufzte.

Dabei ist ja gegen Denken grundsätzlich nichts einzuwenden, dachte er weiter. Es tut nicht weh, geht meistens leise vor sich, und die entstehende Umweltbelastung hält sich in Grenzen. Mein Problem ist nur das zielgerichtete Denken. Ich denke zwar viel, aber es ist mehr so ein Dahindenken – mal dieses, mal jenes und dann wieder ganz was anderes. So kann man doch nicht denken!

Momentan dachte er an Henk. Der hatte sie nach der allgemeinen Befehlsausgabe in sein Büro geholt.

»Josef, Sepp«, hatte er gesagt und sie nacheinander fest angesehen. »Setzts euch bitte. Es tut mir leid. Ich weiß, ihr seids die, die immer drankommen, und das ist eine Sauerei vom Erzherzog. Und jetzt habt ihr euch wahrscheinlich ein bisschen ausgleichende Gerechtigkeit erhofft und gemeint, dass ich den Gerlitz da runterschick. Am besten mit dem Cowboy oder mit dem Hohlstein. Das wäre mir auch lieber, weil ich euch da in Wien gut brauchen könnte. Auf jeden Fall besser als die zwei. Ehrlich. Aber die Geschichte da unten, wir können uns da nicht blamieren. Und wenn ich die, sagen wir, etwas unzuverlässigeren Kollegen da bei mir in der Nähe hab, dann kann ich sie im Auge behalten. Aber in der Steiermark? Wer passt auf die auf? Und wenn wir da etwas verpatzen, haben wir nicht nur Nachrede und Gelächter von den dortigen Kollegen zu erwarten, sondern der Erzherzog reißt mir den Schädel ab, wenn er zurückkommt. Verstehts ihr?«

Alles hatten sie verstanden. Es hatte ja auch ganz logisch geklungen. Glücklich waren sie trotzdem nicht gewesen. Mit hängenden Köpfen waren sie ins Auskunftsbüro geschlichen, um sich mit Kaffee und mitfühlenden Worten (denn auch das konnte die Berlakovic) trösten zu lassen.

Er hat seine Entscheidung zwar erklärt, dachte Hawelka, er hat sich sogar bei uns entschuldigt, aber das Ergebnis ist dasselbe: Wir fahren. Eigentlich ist es sogar noch schlimmer, weil man auf den Erzherzog wenigstens eine richtige Wut haben und ihn verfluchen kann, ihn und seine Ungerechtigkeit. Auf Henk konnte man nicht einmal richtig böse sein, und so blieb die Wut im Bauch stecken.

Jetzt wandten sich die Gedanken seinem Partner zu. Schierhuber fuhr gut hundertsiebzig und hatte dabei immerhin zwei Finger ins Lenkrad eingehängt. Anfangs hatte Hawelka so etwas nervös gemacht, später hatte er sich daran gewöhnt, mittlerweile machte es ihm fast gar nichts mehr aus. Die leise aus den Boxen kommende Marschmusik störte ihn mehr.

Sie hatten den gleichen Vornamen. Zur besseren Unterscheidbarkeit nannte Schierhuber ihn Josef, und er nannte seinen Partner Sepp. In der Dienststelle rief man sich ohnehin meist nur mit Nachnamen. Nur die Berlakovic, die Frischauf und die Sommer nannten Hawelka manchmal Pepi. Ein Kosename, der zu Schierhuber nicht gepasst hätte. Der Mann war Zwettler.* Seine Kennzahlen waren: Zwei Meter fünf groß, hundertachtunddreißig Kilo schwer, Schuhgröße zweiundfünfzig. Riesenpranken und ein gewaltiger Bierbauch rundeten das Gesamtkunstwerk ab. Er redete nicht viel.

»So ein Navi ist eigentlich eine geniale Erfindung«, sagte Hawelka, um die Marschmusik zu übertönen.

»Ja«, sagte Schierhuber.

»Du gibst den Zielort ein und musst dir für den Rest der Fahrt keine Gedanken mehr machen«, plauderte Hawelka weiter.

»Ja«, sagte Schierhuber. Sein Gesichtsausdruck blieb unbeteiligt.

»Wäre das vor fünfzig Jahren in einem Science-Fiction-Ro-

---

* Zwettl: Stadt im niederösterreichischen Waldviertel.

man vorgekommen, hättest du gelacht, wenn jemand gesagt hätte, dass du bald selber mit so was fährst.«

»Ja«, sagte Schierhuber. Die Tachonadel zeigte hundertachtzig. Zum hundertsten Mal fragte sich Hawelka, woran sein Partner so dachte, wenn er schwieg. Aber obwohl sie sich durchaus gut verstanden und mittlerweile ein perfekt eingespieltes Team waren, wusste er, dass er das nie erfahren würde.

Übrigens war Schierhuber keineswegs auf den Mund gefallen – im Gegenteil. Er konnte mühelos ein ganzes Wirtshaus unterhalten oder eine große Gesellschaft aufmischen. Er kannte unzählige Witze und Anekdoten, die er lautstark zum Besten gab, wenn es die Situation erforderte. Er konnte Gstanzln singen und schlüpfrige Reime vortragen. Unter der Leitung des bewährten Kapellmeisters Josef Schierhuber hatte bei der letzten Weihnachtsfeier das gesamte Morddezernat den sogenannten »Instrumenten-Kanon« gesungen. Aber das waren Ausnahmen. Meist blieb er einsilbig.

»I wüll wieda ham!«, sang er jetzt unvermittelt.

»Ja«, sagte Hawelka mit einem Seufzen. »Ich auch, das kannst du mir glauben.«

»Nein«, antwortete Schierhuber. »Nicht deswegen. Deswegen!« Er deutete auf das Hinweisschild, an dem sie soeben vorbeirasten. »Fürstenfeld«, konnte Hawelka gerade noch lesen.

»Ach so.«

Schierhuber nahm die Ausfahrt nahe am Limit. Dass die Reifen nicht quietschten, lag nur an der niedrigen Temperatur. Es war Anfang Dezember und relativ frisch.

Hawelka konnte dieses »I wüll wieda ham!« aus tiefster Seele nachempfinden. Wieder zählte er sich in Gedanken die Gründe auf, warum er es hasste, außerhalb Wiens zu ermitteln:

Erstens waren Wiener in Restösterreich nicht wahnsinnig beliebt.

Zweitens waren Polizisten in ganz Österreich nicht wahnsinnig beliebt.

Drittens waren Kriminalpolizisten, die in fremden Zuständigkeitsbereichen ermittelten, bei ihren dortigen Kollegen nicht wahnsinnig beliebt. Genau auf deren Hilfe waren sie aber angewiesen, weil sie sonst ungleich länger brauchten, um jede noch so kleine Information herauszubekommen.

Viertens genoss Hawelka die Anwesenheit der Frauen im heimischen Auskunftsbüro.

Fünftens ging ihm in der Fremde das Wirtshaus »Zum Reznicek« in der Nähe des Franz-Josef-Bahnhofs ab, wo Schierhuber und er stets ihre Abende ausklingen ließen.

Sechstens fehlte ihm seine Wohnung mit dem gut gefüllten Kühlschrank, dem Flachbildfernseher und den CDs von den Dire Straits und Gerry Rafferty.

Siebtens hasste er Hotel- oder Gästezimmer.

Achtens hasste er es überhaupt, sich mit neuen Gegebenheiten auseinandersetzen zu müssen. Am liebsten wäre er immer im vertrauten Territorium geblieben, immer mit denselben Akteuren und den gleichen Handlungen aller Beteiligten. (Ist das jetzt eine Alterssache?, fragte er sich. Wird man jenseits der fünfzig automatisch so? Bin ich zu unflexibel?)

Neuntens war es am Land immer kälter als in der Stadt und in höher gelegenen Regionen ohnehin. Er hasste Kälte.

Zehntens spürte er einen gewissen Erfolgsdruck, und Hawelka war kein Mann, den Druck motivierte.

Vierzig Minuten später fuhren sie in Stainz ein und stellten den Wagen vor dem Gemeindeamt ab. Die Berlakovic hatte angeboten, ihnen ein Zimmer zu reservieren, aber das hatten sie dankend abgelehnt. Sie wollten sich vor Ort ein Bild machen, die verschiedenen Unterkünfte in Augenschein nehmen und dann selbst entscheiden. Mit Fernbuchungen hatten sie schon schlechte Erfahrungen gemacht.

Das Gemeindeamt hatte zu, von einer Polizeistation war weit und breit nichts zu sehen. Sie gingen ins erste Wirtshaus am Platz und bestellten Kaffee. Schierhuber nahm Jägermeister statt der Milch. In der Ecke saßen Holländer oder Belgier und unterhielten sich lautstark. Ab und zu kam einem ein Wort bekannt vor.

»Wir suchen die Polizeistation«, redete Hawelka die Kellnerin an.

»Hier ist keine. Nur in Bad Gleichenberg«, antwortete sie mit ausländischem Akzent.

Wahrscheinlich aus Slowenien, überlegte Hawelka. Er hatte Hinweisschilder gesehen, die Grenze musste ganz in der Nähe sein. Aber hatte die Berlakovic nicht gesagt, dass sie am Posten von Stainz eingewiesen würden?

»WauswoitsneiisbaideGschmiertn?«, knödelte einer der Holländer. Es klang aggressiv. Vielleicht glaubte der Mann, Hawelka hätte die Kellnerin belästigt.

»Everything okay. No problem«, beschwichtigte er. Automatisch hatte er Englisch gesprochen, wie er es oft mit Ausländern tat. Er wollte nicht in die typische Du-nix-verstehen-müssen-lernen-Sprache verfallen, die man oft automatisch von Fremden übernimmt, in der Annahme, dass sie einen dadurch besser verstehen. Außerdem, dachte er, begibt man sich mit der Weltsprache auf ein neutrales Territorium und spielt seine Überlegenheit nicht so aus. Meistens können dann beide gleich schlecht Englisch, und das ist dann eine sprachliche Begegnung auf Augenhöhe.

»Jeitztredarahnoenglisch!« Der Holländer war keineswegs beschwichtigt.

»Passt schon, Hansi, ist gut«, beschwichtigte die Kellnerin. Offenbar war der Holländer schon bekannt, und ebenso offenbar verstand er auch ein paar Brocken Deutsch. Hawelka wurde langsam wütend.

»Es ist alles in Ordnung«, sagte er jetzt langsam in korrektem Hochdeutsch. »Kein Grund, sich aufzuregen. Verstehen Sie?«

»WülmidervaoarschnderklaneBlade? JeitztredarwiaFeansea. SichakummtarausWeandogeitmaeihschoderFeitlinda-Tauschnauf!« Er machte Anstalten, sich zu erheben. Auch sein Zechgenosse schien durchaus angriffslustig.

Offenbar hatten die beiden Schierhuber beim Hereinkommen nicht ausreichend gemustert und ihn jetzt, lässig in seine Ecke der Wirtshausbank hingelümmelt, nur als etwas plumpen Teddybären taxiert, der kein Wort herausbrachte.

Zweieinhalb Sekunden später stand der Teddybär bei den Stänkerern, hatte seinen Dienstausweis auf den Tisch geknallt und machte etwas, das Hawelka nur aus Wilhelm-Busch-Geschichten kannte: Er zog die Köpfe der beiden mit je einer Hand an den Ohren Richtung Ausweis. Die holländischen Oberkörper folgten ganz von alleine.

»Polizei«, sagte Schierhuber leise. »Alles klar?«

»Joollasklorlosmiausdudalkmiasanehgaunzstad«, murmelte der eine unterdrückt, und ein noch unterdrückteres »Ahleckmidoin Arsch« kam vom anderen.

»Schön sprechen!«, mahnte Schierhuber, dann steckte er den Ausweis wieder ein und trat an die Theke, um zu zahlen. Mehrere Jägermeisterfläschchen wechselten den Besitzer. Sie traten vor das Wirtshaus. Hier würden sie sich nicht einquartieren, das war klar. »Seit wann verstehst du Holländisch?«, fragte Hawelka.

»Das waren Südoststeirer«, antwortet der andere. »Die reden so.«

Hawelka war beeindruckt. Aber das mit der fehlenden Polizeistation machte ihm Sorgen. Er zückte sein Handy.

»Bad Gleichenberg? Das ist ja ganz woanders!«, rief das Auskunftsbüro. »Wo seids ihr denn?«

»Stainz.«

»Das gibt's nicht. Ich ... Warte einmal ... Stainz? Nur Stainz? Oder steht da noch was dabei?«

»Stainz bei Straden.« Hawelka konnte sich dunkel an einen Wegweiser erinnern.

»Aaaaahhh!« Das war das berühmte Berlakovic-Lachen. »Hasenpfötchen, euch kann man aber wirklich nirgends hinschicken! Dort seids ihr falsch, völlig falsch. Setzts euch ins Auto und gebt Deutschlandsberg ins Navi ein. Das ist in der Weststeiermark. Dort ist das richtige Stainz.«

»Oh Sch–«

»Ja, ja, wenn einer eine Reise tut, dann kann er was erleben.«

»Sag einmal. Herta, weißt du schon was vom Erzherzog?«, fragte Hawelka schnell, um abzulenken. Und damit traf er voll ins Schwarze. Das Selbstbewusstsein verschwand augenblicklich aus der Berlakovic'schen Stimme.

»Nein! Das ist ja gerade das Arge. Nichts. Absolut nichts. Kaum dass ihr gefahren seids, hat er uns einen Antrag auf den Tisch geknallt, und weg war er. Dem Henk hat er nichts verraten, und alle meine Kontakte sind ratlos. Ich glaub, diesmal hab ich versagt.«

»Muss er in seiner Position nicht den Urlaubsort angeben, für Notfälle?«

»Normal schon. Aber du kennst ja den Alten, der pfeift sich um solche Vorschriften überhaupt nichts. Und wer will dem schon mit Disziplinarmaßnahmen kommen?«

»Na dann, große Meisterin«, schloss Hawelka das Telefonat, »bis bald einmal. Wir haben in der Weststeiermark zu tun.«

Während sie einstiegen, sah Schierhuber ihn fragend an.

»Falsches Stainz«, sage Hawelka nur und programmierte das Navi neu. Der andere zuckte die Schultern. Dann stieg er aufs Gas.

Gautsch

8. Dezember

»Frag nicht, sondern pack!«, befahl Gautsch. Mailing nickte. »Ja«, sagte sie und begann, die Koffer, die er aus dem Keller geholt hatte, zu reinigen. Aus Gautschs Handy ertönte eine Jagdfanfare, und er nahm ab.

»Was? Nein. Was? Ja. Was? Nein. Macht der Grünberger. Was? Nein. Bin in zwei Stunden weg. Was? Ja. Urlaub. Was? Thailand. Ja. Wegen der Mailing. Ja. Was? Nein. Ihre Eltern. Ja. Leben noch. Ja. Große Familienfeier. Was? Drei, vier Wochen. Ja. Der Grünberger. Nein. Geht schon. Der macht das. Was? Ja. Griaß di!« Er legte das Handy weg und begann, Wandersocken und lange Unterwäsche aus dem Schrank zu holen und auf dem Tisch aufzustapeln. Mailing war mit der Kofferreinigung fertig und schickte sich an, die Stapel im größten Koffer zu verstauen.

»Nein, nicht da rein«, rief Gautsch, »die nehm ich in den Rucksack. Leg die wieder auf den Tisch. Auf Tisch legen!« Er war ziemlich nervös.

»Ah, Rucksack«, nickte Mailing und räumte den Koffer wieder aus.

»Leg Zeug einfach auf Tisch. Lass es da liegen, das räum ich dann selber … Liegen lassen! Tu du nur … packen! Verstehst du? Sachen packen!« Je nervöser er wurde, desto mehr verfiel er ins Ausländerdeutsch.

»Ja, packen«, sagte sie und holte ihre warme Wäsche.

»Nein!«, schrie Gautsch jetzt. »Nicht diese … Nicht die warme Wäsch packen! Kurze Hose. T-Shirt. Bikini packen. Sommerg'wand packen! Diese dalassen.« Er riss ihr den Stapel mit Skiunterwäsche und Rollkragenpulli aus der Hand und warf ihn auf das Sofa.

»Aber Gautsch auch packen warme Wäsch.« Schön langsam verstand Mailing ihren Mann nicht mehr. Das lag zu einem Gutteil an ihren bescheidenen Deutschkenntnissen. Englisch konnte sie wesentlich besser. Aber das wiederum verstand Gautsch kaum.

»Warme Wäsch für Gautsch! Für mich, ja. Für Mailing, nein! Mailing fährt ... Du fährst nach Thailand – mit Flieger. Also, du fliegst heim. Zu Eltern, Familie. Ja?«

»Ja?«

»Ja.«

»Aha.«

»Aber Gautsch ... ich meine, ich fahre nicht nach Thailand.«

»Nein?«

»Nein.«

»Aha.« Sie nickte. So weit war alles klar. Sie nahm ihre Wintersachen, trug sie zurück zum Kasten und begann, sie sorgfältig einzuordnen. Dann holte sie leichtere Bekleidung heraus und trug sie zu Gautsch, der in großer Eile Winterbekleidung in den großen Rucksack stopfte.

»Diese G'wand packen?«

»Ja, diese. Diese gut«, sagte er, ohne richtig hinzusehen. Eine Weile packten sie beide schweigend. Dann konnte Mailing ihre Neugierde nicht länger bezähmen.

»Wohin gehst du, Gautsch?«

»Was?«

»Mailing fliegt Thailand. Aber Gautsch nicht Thailand.«

»Nein, nicht Thailand.«

»Aber wohin?«

»Das geht dich ... Also, das ist ... das kann ich dir nicht sagen.«

»Aha.«

»Ja.« Er holte Konservendosen aus der Küche. Es waren zu wenige. Er fluchte. Mailing überlegte noch.

»Warum?«

»Warum was?«

»Warum nicht sagen?«

»Weil das ist ... ich kann ... Zu gefährlich! Verstehst du? Zu gefährlich für Mailing. Also, für dich, meine ich. Ich muss weg. Mailing auch muss weg.« Er sah sie prüfend an. War das angekommen? Sie nickte.

»Aber wenn du musst weg, warum nicht Thailand mit Mailing? Thailand ist schön! Wir haben heiraten in Thailand.«

»Ja, ja, Thailand ist schön, und wir haben dort geheiratet, aber geht nicht. Gautsch nix Thailand, Gautsch müssen ... Ich mein, ich muss dableiben, verstehst du?«

»Nein. Nicht dableiben. Zu gefährlich!«

»Ja, das weiß ich eh, ich bleib auch nicht da im Haus ... Woanders. Aber alle müssen glauben, ich bin mit dir in Thailand. Verstehst du? Wenn jemand fragt, sagst du, wir fliegen beide nach Thailand. Und du bleibst so lange in Thailand, bis ich dich anrufe und sage, dass du kommen kannst. Klar?«

»Klar.«

Sie packten beide weiter. Gautsch rechnete fieberhaft. Eine halbe Stunde noch, dann mussten sie losfahren, sonst bekam Mailing den Flieger nach Wien nicht mehr. Es waren zwei Tickets nach Wien gebucht und von dort aus zwei Direktflüge nach Thailand. Sobald sie eingecheckt hatte, konnte er los. In Graz musste er sich mehr Lebensmittel beschaffen, das stand fest. Er warf einen Blick auf seine Liste, die er heute Morgen in aller Eile im Auto geschrieben hatte.

Feldstecher, Taschenmesser, LED-Taschenlampe mit Handdynamo, Solarladegerät fürs Handy – bis auf die Gewehre und die Munition ganz unten las sich der Zettel wie eine Liste für ein Pfadfinderlager. Er war auch ähnlich aufgeregt wie damals als Bub, wenn das »große« Lager vor der Tür stand.

Mailing war ihm zu langsam, er ging ihr zur Hand, indem er wahllos in ihren Kasten griff und diverse sommerliche Kleidungsstücke zu ihrem zweiten Koffer trug und hineinstopfte.

»Nur das Notwendigste, Mailing. Und schnell! Zehn Minuten, dann fahren!«

»Aha.«

»Hast du Pass? Und Karten? Bankomat? Kreditkarte? Alles?«

»Alles. Ja.«

»Gut.«

»Ja, gut.«

Trotz der angespannten Situation war die Konversation der Eheleute eigentlich sehr abwechslungsreich. Mehr sprachen sie sonst auch nicht. Als Gautsch seinen Rucksack zum Wagen trug, meldete sich erneut sein Handy.

»Ja? Was? Ach so, du bist's. Was? Nein. Ich hab andere So– Ich bin schon weg. Ja. Weg zum Flughafen. Was? Nein. Macht der Grünberger. Was?«

»Der Grünberger«, wiederholte die scharfe Stimme des Kommunisten, »ist eine Dienernatur. Ein Lakai. Der traut sich nicht einmal zu pfurzen, wenn du es ihm nicht ausdrücklich anschaffst. Selbstständiges Denken und selbstständiges Handeln sind für ihn völlig abstrakte Begriffe.«

»Ja. Kann sein. Aber ich bin weg. Thailand. Flieger in … Was?«

»Frag nicht immer ›was‹, Gautsch. In der Schule bemüht man sich, den Kindern ›bitte‹ beizubringen, und du als Unternehmer gehst mit schlechtem Beispiel voran. Das ist kein verantwortungsvoller Umgang mit der nächsten Generation.«

»Ja. Ja. Spar dir deine Belehrung. Ich bin in Eile. Und –«

»Und ich will mein Geld!«, schnitt ihm der Kommunist das Wort ab. »Jeder Firmenchef hat mir das Blaue vom Himmel versprochen, wenn ich eine schwierige Baustelle übernommen hab, und jeder von euch Kapitalisten hat im Nachhinein versucht, mich übers Ohr zu hauen. Aber nur beim ersten Mal! Und dann haben sie es eingesehen, dass das bei mir nicht geht, und dann haben sie auch eingesehen, dass sie mich ja vielleicht einmal wieder brauchen, als Nothelfer, und dass es besser ist, mir das zu geben, was ich verlange. Was mir auch zusteht, Gautsch! Ich verlange ja keine Traumgage wie ein Boxer, der für ein paar Watschen und insgesamt vielleicht zwanzig Minuten Arbeitszeit pro Kampf Millionen einstreift.«

»Ja. Ja. Gut. Ich hab's vergessen. Ich ruf den Grünberger an.«

»Dann komm ich hin, und er weiß von nichts. Nein,

Gautsch. Weißt du, was ich nicht verstehe? Alle haben es probiert, mich nicht gerecht zu bezahlen. Ein Mal! Aber dann hat's gepasst. Aber du probierst das jetzt zum dritten Mal!«

»Was? Nein! Ich probier gar nichts. Ich hab's vergessen. Ich hab dich doch ordentlich angemeldet, die Abrechnung korrekt mit allen Überstunden … Alles. Die ganze Summe ist in der Lohnverrechnung freigegeben. Nur die Überweisung hab ich dem Grünberger halt vergessen zu sagen, und das werde ich jetzt gleich tun – was?«

»Wasch dir die Ohren, Gautsch. Ich hab gesagt, du musst ihn nicht anrufen, weil wir gemeinsam dorthin fahren und ich heute mit meinem Geld heimgeh. Ob du das von der Bank holst oder vom Büro, vom Grünberger oder vom Weihnachtsmann, das ist mir egal.«

»Ich kann jetzt nirgends hinfahren! Der Flughafen wartet! Der Flieger wartet nicht, meine ich! Die Mailing muss – wir müssen – tut mir leid, aber ich kann nicht in die Stadt kommen.« Gautsch unterbrach die Verbindung.

»Das weiß ich«, antwortete der Kommunist und trat hinter dem Wagen hervor. »Deshalb hab ich mir gedacht: Wenn der Prophet nicht zum Berg kommt, muss der Berg zum Propheten kommen. Freundschaft, Genosse!«

Einweisung

8. Dezember

Der Motor glühte, die Bremsen glühten, und Hawelkas Bäckchen glühten ebenfalls. Wenn er geglaubt hatte, Schierhubers engagierte Fahrweise mittlerweile gut zu vertragen, so musste er seine Meinung jetzt revidieren.

Sein Partner hatte zwar nicht direkt über seine Gefühle gesprochen (das tat Schierhuber nie), aber irgendwie hegte Hawelka den Verdacht, dass dieser sich die Schuld an der Fahrt ins falsche Stainz gab. Sein Gesicht blieb zwar völlig ausdruckslos und seine Antworten einsilbig, aber sein Fahrstil hatte an Radikalität gewonnen. Um es in der Rennfahrersprache auszudrücken: Er fuhr am Limit. Zeitweise legte er sogar die zweite Hand auf das Lenkrad.

Die Wiener Kriminalpolizei hatte, wie alle anderen Dienststellen auch, einen gut gewarteten Fuhrpark. Da waren einige sehr flotte Exemplare darunter. Schierhuber allerdings hatte nie freiwillig einen Dienstwagen benutzt, er nahm sein Privatauto. Ein über zwanzig Jahre alter Mercedes 400 S mit über zweihundertachtzig PS passte einfach besser zu seiner Statur und seinem Gewicht, wie er fand. Das Alter des Wagens spielte übrigens keine Rolle, sein anderer Schwager arbeitete bei einer Spedition mit eigener Werkstatt.* Er sorgte dafür, dass der Mercedes besser in Schuss war als ein Neuwagen. Außerdem schaltete er den elektronischen Firlefanz** standardmäßig aus. Die technikhörigen Kollegen bezeichneten den so auf puren Fahrspaß getrimmten Wagen spöttisch als »Adenauer-Mercedes«. Schierhuber hingegen nannte sein Fahrzeug immer nur »Benz«.

---

* Wenn vom »Schwager« geredet wurde, war der in Weitra wohnende gemeint, der Schnaps brannte. Erzählte Schierhuber vom »anderen Schwager«, meinte er den Zwettler Lkw-Fahrer.

** Elektronische Anfahrtshilfe und selbst ernannte Assistenten: Schierhuber brauchte keine Hilfe.

Dieser Benz war kurz vor Stainz in eine Zwickmühle geraten. Einerseits ein entgegenkommender Achtunddreißigtonner, der sich auf seiner Spur recht souverän vorwärtsbewegte, andererseits der lange Zug an Autos, der brav hinter einem Bagger nachzockelte. Schierhuber hatte natürlich überholt, schließlich hatten sie Dienst, die Mörder warteten nicht gerne, und der Zeitverlust durch den Umweg in die Südoststeiermark gehörte aufgeholt. Dass es sich nicht ausgehen würde, war von vornherein klar gewesen, hatte aber nicht zum Verzicht des Manövers geführt. Auch die Ausstiegsszenarien aus der Situation waren vorher nicht durchdacht worden. Schierhuber hasste vorschnelle Entscheidungen. So etwas konnte man am besten während des Jobs erledigen, also dann, wenn die Situation wirklich eintrat.

Der Fahrer des Achtunddreißigtonners entschied sich zu bremsen, kam aber trotzdem beängstigend schnell näher. Herkömmliche Autofahrer hätten jetzt versucht, sich nach rechts in die Kolonne zu drängen, und dabei großen Unmut verursacht. Schierhuber war rücksichtsvoller. Der Einfachheit halber wich er nach links aus. Eine interessante Variante, denn links war ein Straßengraben. Allerdings ein recht kleiner, den der Benz mit einem Satz überwinden konnte. Das lag an der Geschwindigkeit, die immer noch gut hundertzwanzig betrug. Der asphaltierte Agrarweg neben dem kleinen Graben diente als perfekte Landebahn. Kaum hundert Meter später mündete einer der Abzweiger wieder auf die Bundesstraße ein. Schierhuber nahm auch diese Hürde gekonnt, und nun waren sie weit vor der Kolonne.

Hawelka war nass geschwitzt, sein Puls hatte sich in Sekunden bis an die Belastungsgrenze beschleunigt. Schierhuber sah gleichmütig drein, aber auch ihn dürfte das Manöver ein wenig aufgeregt haben, er hatte soeben ein Jägermeisterfläschchen aus seiner Jackentasche geholt, es mit den Zähnen geöffnet und leerte es in einem Zug. Hawelka war sonst kein großer Freund des Kräuterschnapses, aber jetzt war eben nicht sonst.

»Sepp, gib mir auch einen.« Seine Stimme war heiser. Der

andere nickte. »Gut für den Magen«, bemerkte er und reichte das Gewünschte. Dann hatten sie Stainz erreicht.

»Sads eis dei aus Wean?«*

»Mhm.«

»Aha. Eis sads deis.«

»Mhm.«

»Koarl!«

»Wos is?«

»Do sand dei aus Wean. Kum her und red wos.« Damit drehte sich Bezirksinspektor Bacher um, ging zu seinem Schreibtisch und machte sich daran, dort weiterzuarbeiten. Zur Sicherheit schob er den Schreibtischsessel so hin, dass er ihnen den Rücken zuwendete. Hawelka hatte bereits beim Eintreten bemerkt, dass er es mit einem grantigen Menschen zu tun hatte, der schon aus Prinzip unfreundlich war, und überließ das Begrüßungszeremoniell lieber Schierhuber, der mit seinen zwei »Mhms« genau die richtigen Antworten gegeben hatte. Nun kam Kollege Karl aus dem angrenzenden Büro.

»Seids ihr die aus Wien?«

»Mhm.«

»Aha, ihr seids das.«

»Mhm.« Jetzt war klar, dass Kollege Karl als Dolmetscher angefordert worden war. Vielleicht stammte seine Mutter aus Niederösterreich oder gar aus der Bundeshauptstadt, und er war zweisprachig aufgewachsen. Möglicherweise hatte er ja auch ein Semester in Wien zum Sprachstudium verbracht. Egal, er konnte es eben. Auch er war nicht gerade freundlich, wirkte aber nicht ganz so unterbezahlt, überarbeitet, sexuell frustriert und karrieremäßig am Ende wie Bacher.

Vielleicht liegt es aber auch daran, dass er jünger ist, überlegte Hawelka. Dann bemerkte er, dass der Jüngere bereits den gleichen Dienstgrad hatte wie der andere, und das erklärte zu-

* Herzliche weststeirische Begrüßung. Übersetzt etwa: »Willkommen in Stainz! Sie sind sicher die Kollegen aus Wien. Hatten Sie eine gute Fahrt? Kaffee? Ich bin Bezirksinspektor Bacher. Schön, dass Sie da sind.«

mindest dessen Grant. Überhaupt, wenn Bacher nicht viel älter aussieht, als er ist, dann müsste er eigentlich längst Gruppeninspektor sein. Schon wieder eine Erklärung für die Gemütslage des Mannes.

Ich finde ja für alle Leute irgendwelche Erklärungen, warum sie so oder so sind und warum sie sich dann wie Arschlöcher benehmen, dachte Hawelka jetzt. Ich glaube, ich bin ein Arschlochversteher.

In seinem bisherigen Leben hatte er auch ausreichend Gelegenheit gehabt, das zu trainieren. Zuerst hatte es unfreundliche Mitschüler und Lehrer in der Schule gegeben, die ihn wegen seiner damals noch stärker ausgeprägten Korpulenz hänselten. Aus den gleichen Gründen war er auch auf der Gendarmerieschule* von netten Kollegen verspottet worden (und auch von den dortigen, pädagogisch bestens geschulten Lehrenden). Später hatten ehemalige Mitschüler, Nachbarn und Freunde von früher wegen seines Berufes einige unerfreuliche Dinge zu ihm gesagt. Dann hatten sich seine Kollegen in Horn von ihm abgewendet, weil er in ihren Augen »etwas Besseres« sein wollte und sich zum Kriminalbeamten umschulen ließ. Und dann hatte er die Creme der Spötter kennengelernt, als er nämlich vom Land in die Stadt kam, von der normalen Polizei zur Kripo, und das mit damals fast fünfzig.

Irgendwann hatte Hawelka dann den richtigen Umgang mit Idioten gelernt. Er schaltete in den Schierhuber-Modus. Schaute ausdruckslos und schwieg vor sich hin. So wie nun auf dem Stainzer Polizeiposten. Die Unterhaltung überließ er seinem Partner, bei dem dieser Modus ohnehin Standard war. Dadurch zog sich das Ganze zwar in die Länge, aber meist erreichten sie dabei, dass den anderen irgendwann unbehaglich zumute wurde und sie von sich aus die notwendigen Schritte unternahmen. Und richtig …

»Na, dann zeig ich euch einmal, was wir haben.«

»Mhm.«

---

* Vor 2006 hieß die österreichische Polizei auf dem Land Gendarmerie.

Kollege Karl ging zu einem Regal und holte einen Packen Papier. Zuerst wollte er ihn auf den freien Schreibtisch neben Bacher legen, dann entschied er sich anders und bedeutete ihnen, mitzukommen.

Der Nebenraum war Büro, Umkleideraum, Ruheraum und Teeküche in einem. Die Tür zur angrenzenden Zelle stand einladend offen. Der Uniformierte zeigte missmutig auf zwei freie Sessel an der Wand und legte den Stapel auf den Schreibtisch. Sie nahmen die freundliche Einladung zum Sitzen an und rückten näher.

»Am 5. Dezember, am frühen Nachmittag, ist ein Herbert Koller in der Nähe von Ettendorf wandern gewesen. Dort gibt es eine Kapelle, die Georgskapelle, und dort steht seit Neuestem ein Denkmal vom Erzherzog Johann. Dieser Koller, er wohnt in Deutschlandsberg, ist ebendort gewandert, er wollte rüber nach Kairegg, sagt er. Da sieht er, dass da jemand den Sockel angeschmiert hat, er schaut sich das Denkmal genauer an und merkt, dass der Erzherzog Johann irgendwie komisch ausschaut. Dann hat er gemerkt, dass das gar nicht der Erzherzog war. Das war eine Art Gipsfigur, die irgendwer dort aufgestellt hat. Wie er sich die Figur genauer anschaut, merkt er, dass da nur eine dünne Schicht – also nicht Gips, aber so eine Art Betongemisch –, dass da nur so eine Schicht drüber ist, aber die war ganz schön hart, weil die Figur ja gestanden ist, aber er hat gleich gemerkt, dass da einer drinnen steckt. Sagt er. Dann hat er mit dem Handy die Polizei angerufen. Wir sind hingefahren, haben die Aussage aufgenommen und in Graz angerufen. Dann sind die Kollegen gekommen und haben sich das angeschaut, und nach den Fotos haben wir ihn aufgemacht. Also zuerst die Figur heruntergeholt und dann die Schicht aufgeklopft. Da war dann einer drinnen. Zuerst haben wir ihn nicht erkannt, aber bald war klar, dass es der Mitteregger ist. Herwig Mitteregger. Das ist auch einer aus Deutschlandsberg.«

»Polizeibekannt?«

»Nein. Also nicht so, dass er ein Verbrecher wär. Gekannt

haben wir ihn schon, aber es ist nichts vorgelegen. Na ja, das Übliche halt, da einmal ein Raufhandel und dort einmal der Führerschein weg und einmal eine Frau, die was gemeldet hat.«

»Was gemeldet?«

»Na ja, da ist nichts rausgekommen.«

»Was gemeldet?«

»Steht eh in der Anzeige von damals. Die ist da irgendwo. Aber die hat sie dann zurückgezogen. War nichts.«

»Was gemeldet?« Schierhuber war Zwettler.

»Ja, er hat sie da einmal vom Fasching heimgeführt, und sie haben beide ganz schön was gesoffen gehabt, und dann haben sie im Auto ... na ja, und am nächsten Tag hat sie gemeint, das war nicht freiwillig, und sie hat ihn angezeigt wegen ... Belästigung. Also, so sexuell und so. Aber da ist nichts rausgekommen, der Mitteregger hat gesagt, es war eh alles normal, und sie hat dann eh die Anzeige auch zurückgezogen. Könnts euch eh anschauen, die ist da unten irgendwo in dem Packen.«

»Und sonst?«

»Na, nichts.«

»Mhm.«

Pause.

Schierhuber sah in bewährter Manier ausdruckslos vor sich hin, und Hawelka tat es ihm gleich. Sie hatten Zeit. Gut möglich, dass der Dienstschluss des Kollegen Karl nahte, jedenfalls berichtete er dann weiter.

»Ja, der Amtsarzt und dann der Grazer Polizeiarzt, die haben dann festgestellt, dass man ihm das ganze Blut weg... Also, dass man ihn praktisch hat ausbluten lassen. Wozu, weiß keiner. Und unten war alles weg. Abgeschnitten. Na ja. Und dann ist er nach Graz transportiert worden, und die Kollegen haben übernommen. Aber gestern dann haben sie die ganzen Akten wieder hergebracht und gesagt, es kommt wer aus Wien.«

»Was ist mit der Familie?«

»Gibt's keine. Der war Junggeselle.«

»Mhm.«

»Wollts ihr heute noch zum Tatort rausfahren? Also Tatort, weiß ich nicht, aber Fundort. Da, wo ihn der Koller gefunden hat, halt.«

»Nein. Wir schauen uns die Akten durch und kommen morgen wieder«, ergriff Hawelka jetzt das Wort. »Dann Gerichtsmedizin und Fundortbesichtigung. Dann seid ihr uns vorerst los. Apropos Fundort: Die alte Figur ist verschwunden? Der Erzherzog Johann?«

»Nein, der ist hinter dem Sockel gelegen, den hat man einfach runtergekippt. Aber wie das gegangen ist, weiß keiner, der war ja fixiert, irgendwie festgemauert oder so.«

Hofrat Zauner war also ausnahmsweise schlecht informiert gewesen. Er hatte ja behauptet, die Erzherzog-Johann-Figur sei gestohlen worden.

»Hat die Schmiererei am Sockel irgendeinen Sinn gehabt?«

»Ein komischer Spruch: ›Nicht Johann sollst du folgen, sondern Leuthold.‹«

»Was soll das heißen?«

»Keine Ahnung. Dann war es unterschrieben mit ›Bruder Volpone‹.«

»Wer ist das?« Hawelka kannte keinen heiligen Volpone.

»Keine Ahnung.« Kollege Karl offenbar auch nicht. Hawelka nahm sich vor, die Berlakovic auf den Namen anzusetzen.

»Wie ist das mit Verdächtigen?«

»Alle und keiner. Beliebt war der Typ nicht.«

Hawelka nickte, das hatte er sich schon gedacht. Er fragte: »Gibt's ein Hotel oder so, das du uns empfehlen kannst?«

»Da am Hauptplatz. Familie Schaar. Oder unten die Pension Mira beim Flascherlzug.«

Komische Ortsangabe, dachte Hawelka. »Und wo finden wir die Baustelle?«

»Wieso Baustelle?«

»Na, der Flaschenzug. Der wird ja auf einer Baustelle hängen, oder nicht?«

»Ach so. Nein, nicht Flaschenzug, sondern Flascherlzug.

Also unten beim Bahnhof. »Flascherlzug« ist ein Spitzname für einen Zug. Mit dem hat man früher dem ›Höller-Hansl‹ die Flascherl gebracht.«

»Was für Flascherl?« Schierhubers Interesse war geweckt. »Bier?«

»Eher das Gegenteil.«

»Gegenteil?«

»Urinproben.«

Hawelka schlief schlecht. Das heißt, eigentlich schlief er gut, aber nur bis der Traum begann. Zuerst waren er und Schierhuber zum »Flascherlzug« gefahren, hatten in der Nähe des Bahnhofs die Pension Mira gefunden, sich aber nach kurzer Besichtigung doch für das Hotel am Hauptplatz entschieden. Dann hatten sie dort ordentlich gegessen, weil das laut dem berühmten Allgemeinmediziner Sepp Schierhuber »Leib und Seele zusammenhält«, hatten dazu Bier getrunken, und dann waren sie noch ewig lang in Hawelkas Zimmer zusammengesessen und hatten Akten durchgeackert. Um kurz nach eins war Schierhuber auf sein Zimmer gegangen. Wenn sie außerhalb Wiens dienstlich unterwegs waren, nahmen sie immer getrennte Zimmer. Schierhuber schnarchte ein wenig, aber der eigentliche Grund war, dass es Hawelka überhaupt nicht gut aushielt, mit anderen Leuten in einem Zimmer zu schlafen. Da schlief er extrem schlecht. Aber im Einzelzimmer klappte es wunderbar. Speziell nach schwerem Essen mit Bier und Jägermeister und drei Stunden Aktendurchforstung. Der Traum schaute gegen vier vorbei.

»Wo bist du?«

»Hier, Herr!«

Er stand auf der Lichtung eines Waldes, in einiger Entfernung war eine kleine Kapelle zu sehen. Rechts von der Kapelle war ein überdimensionaler Sockel aufgebaut worden, der höher als das Kapellendach war.

»Wo bist du?« Eine Stimme wie Donnergrollen.

»Hier, Herr!«, antwortete Hawelka wieder. Auf dem Sockel

stand eine Statue. Es war Lenin. Zumindest wusste Hawelka das, obwohl er es nicht sehen konnte, da schon die Beine bis zum Himmel, vielmehr bis in die tief hängende Wolkendecke ragten. Vom Oberkörper und Gesicht Lenins war nichts zu sehen.

»Wo bist du?« Das Grollen nahm zu.

»Hier, Herr!« Was hätte er auch anderes sagen sollen? Es war anzunehmen, dass Gott sowieso wusste, dass er da war. Wahrscheinlich konnte er ihn sogar sehen. Im Gegensatz zu mir, dachte Hawelka im Traum.

»Du sollst dich nicht verbergen, und du sollst mir Rede und Antwort stehen! Du sollst nicht rasten noch ruhen, und du sollst tun, was ich dir sage, denn ich bin der Herr!«

»Ich werde mich nicht verbergen, und ich will dir Rede und Antwort stehen! Ich will nicht rasten noch ruhen, und ich werde tun, was du mir sagst, denn du bist der Herr!«, antwortet Hawelka folgsam.

»Dann will ich dir sagen, was ich von dir verlange, und nicht murren sollst du gegen dein Schicksal oder gegen mich.«

»Sag mir, was du von mir verlangst, Herr, und nicht murren werde ich gegen –«

»Das genügt! Ich hasse lange Befehlsausgaben. Hör einfach zu und halt den Mund!«

Das tat er.

»Erheben sollst du dich gegen die Mächtigen. Du sollst sie vom Sockel stoßen und herunterholen von ihrer Höhe. Zerschmettern sollst du ihre Hüllen, und entblößen sollst du sie ganz und gar.«

Er nickte und hörte weiter zu.

»Denn ich will eine neue Ordnung schaffen und will die Menschen den rechten Glauben lehren, auf dass sie gerettet werden vor dem Bösen. Du aber sollst mein Werkzeug sein.«

»Ich weiß wirklich nicht, ob ich der Richtige bin, Herr. Siehe, ich bin schwach und –«

»Du bist der Richtige!«

Jede weitere Diskussion war sinnlos. Hawelka trat an den

Sockel heran und bemerkte eine eiserne Leiter, die er sofort hinaufzuklettern begann. Aber noch während er kletterte, schien der Sockel zu wachsen. Schon war er in der Wolkendecke verschwunden, und von Lenins Beinen war keine Spur mehr zu sehen. Immer schneller kletterte Hawelka, und immer schneller wuchs der Sockel. Er spürte, wie er schwach wurde. Schwach und verzweifelt. Schon wollte er aufgeben, da kam aus den Wolken eine Hand hervor und streckte sich ihm entgegen. In letzter Verzweiflung griff Hawelka zu, und die Hand zog ihn mit einem mächtigen Ruck auf die Deckplatte des Sockels.

»Danke«, keuchte er.

»Keine Ursache«, sagte Erzherzog Johann und krempelte die Ärmel wieder nach unten. Dann deutete er auf die riesigen Füße der Lenin-Statue. »Da müssen wir anfangen.«

Sie arbeiteten stundenlang. Hawelka hielt eine Art überdimensionalen Meißel unter die Sohlen der Figur, und Erzherzog Johann schlug mit einem gewaltigen Hammer auf das Ende des Meißels ein. Genau beim eintausendsten Schlag war der Widerstand gebrochen, die ganze Statue hob sich ein paar Zentimeter, dann legte sich der Koloss langsam zur Seite und fiel schließlich krachend zu Boden.

»Wir haben es geschafft!«, rief Hawelka ungläubig aus. Dann sprang er ohne nachzudenken vom Sockel.

Das war ein Fehler, ein schrecklicher Fehler, dachte er bestürzt, während er durch die Wolken nach unten fiel. Niemand überlebt einen Sprung aus dieser Höhe.

Tatsächlich musste der Sockel während ihrer Arbeit noch weiter gewachsen sein, denn nun flog er schon fast eine Minute durch die dichten Wolken, kein Erdboden kam in Sicht, und sein Fall beschleunigte sich immer mehr.

So ist das also. So endet mein Leben. Dieser Fall ist mein letzter Fall, und das, noch ehe ich den Fall gelöst habe. Nicht einmal Abschied habe ich nehmen können.

Dann endlich war die Wolkendecke durchbrochen, und weit, weit unter sich sah er die Lichtung, klein wie eine Münze, und darauf den roten Punkt des Kapellendaches. So gewaltig war die Höhe, dass sich das Bild nur langsam vergrößerte und Lichtung und Kapelle nur sehr zögerlich wuchsen.

Wo ist eigentlich der Sepp?, überlegte Hawelka im Traum. Er hätte mir ruhig helfen können, Lenin zu stürzen.

Dann ging alles sehr schnell, die Kapelle kam in rasender Geschwindigkeit näher, die Tausenden Teile, in die Lenins Hülle beim Aufprall zersprungen war, wurden schon groß wie Scheunentore, und dann knallte Hawelka auf.

Tot oder nicht tot?, fragte er sich. Und dann: Ich frage, also bin ich. Gott sei Dank! Mühsam stand er auf. Aus den Leninhüllentrümmern rappelte sich mittlerweile ein nackter Mann auf. Er war kaum größer als Hawelka. Sie sahen sich an. Dem anderen fehlte das Geschlechtsteil, aber Hawelka hielt es für taktlos, jetzt davon zu reden. Der Mann trat an ihn heran und schüttelte ihm kurz die Hand.

»Mitteregger«, sagte er. »Entschuldigen Sie, aber ich muss weg. Der Blutverlust – Sie verstehen.« Damit wandte er sich ab und ging rasch davon.

»Und was mach ich jetzt mit dem ganzen Mist da?«, fragte Hawelka laut. Von dieser Frage erwachte er. Es war nach vier und ihm war kalt. Bis zum Morgen wälzte er sich dann nur noch von einer Seite auf die andere und konnte nur mehr für Minuten einnicken. Gegen sieben klopfte endlich Schierhuber an die Tür und trat sofort ein. Er war fertig angezogen, rasiert und bester Laune.

»Josef, um sieben ist die Nacht gar.«

Hawelka nickte.

Dann gingen sie frühstücken.

Mitteregger

9. Dezember

»Man könnte sagen, etwas von einem Ritual hat das schon. Aber auch etwas sehr Praktisches, weil, also wenn man das Blut raushaben will, dann ist das ... am vernünftigsten. Das weiß jeder Fleischhauer. Und auch viele Bauern schlachten selber, die wissen das auch. Stellen Sie sich vor, Sie würden den normal aufhängen und an den Füßen ausbluten lassen. Das kann man nicht machen, das dauert ewig.«

»Aha.«

»Also, wie gesagt, so ist das am besten. Natürlich ... so die Sache mit den abgeschnittenen Hoden, das ist nicht so oft. Auch der Penis ... Zugegeben, so was deutet schon eher auf ein Ritual. Ja, da kann eine gewisse Symbolik nicht verleugnet werden. Andererseits sind beim Stierschlagen, nur zum Beispiel, gerade die Hoden eine Delikatesse. Die, also, die halt frisch zubereitet werden muss. Das ist ja klar.«

»Sie glauben, dass der Täter oder die Täterin die Hoden von dem Opfer gegessen hat?«

»Wir können es zumindest nicht, zumindest nicht ganz ausschließen. Sicherlich, es ist spekulativ, aber wir müssen uns eben mit allen Möglichkeiten ... Sicherlich, wir brauchen mehr Material. Warum er den Penis auch mit einbezogen hat? Vielleicht war der Täter aufgeregt und hat mehr weggeschnitten, als notwendig gewesen wäre.«

»Gibt es irgendwelche Hinweise auf einen Mann als Täter?«

»Nein. Das könnte nach ... wissenschaftlichen Kriterien auch eine Frau gewesen sein. Durchaus. In der heutigen Zeit ist das klassische Rollenbild ja nicht mehr so. Also, dass Frauen nur mit Gift und so weiter.«

Das Telefonat dauerte bereits eine Viertelstunde. Der Mann hatte eine Liste mit acht oder neun Fulltime-Jobs neben seinem Namen im Telefonbuch stehen. Privatpraxis, Primar, Gerichtsmediziner, Vorstand da, Universitätsdozent dort, hier Vortragender, da Nachprüfender, Sachverständiger sowieso und so weiter. Hawelka fragte sich, wie der Mann bei der zögerlichen Wortwahl und den mühsam gebauten Sätzen auch nur einen seiner Berufe in einem vernünftigen zeitlichen Rahmen bewältigen konnte.

Der Grund, warum sie den Gerichtsmediziner überhaupt im elektronischen Telefonbuch nachgeschlagen hatten, war die falsche Nummer, die ihnen am Posten gegeben worden war. Die Feindseligkeit der hiesigen Uniformierten hatte über Nacht nicht nachgelassen, war eher stärker geworden.

Im Übrigen hatte der staatlich geprüfte Traumdeuter Josef »Sepp« Schierhuber beim Frühstück Hawelkas Traum analysiert und in bestechender Klarheit interpretiert: »Das wird was Sexuelles sein.«

Damit war alles gesagt. Die genaue Rollenverteilung zwischen dem Erzherzog Johann, Gott, Herrn Mitteregger, Lenin und ihm selbst, Hawelka, führte Professor Schierhuber nicht näher aus, allzu detaillierte fachliche Exkurse konnten unbedarfte Laien oft in unnötige Verwirrung stürzen.

Dagegen hatte Hawelka einen sehr konkreten Verdacht, was Lenin in dem Traum zu suchen gehabt hatte. Beim gestrigen Abendessen nämlich waren sie zufällig Zeugen eines Gespräches am Nachbartisch geworden, und da hatte sich ein Firmenchef bei seinem Geschäftsfreund über das unentschuldigte Fernbleiben eines Mitarbeiters beklagt. In Erinnerung war Hawelka das Gespräch vor allem deshalb geblieben, weil der Unternehmer nie den Namen des Mannes genannt, sondern immer nur vom »Kommunisten« gesprochen hatte.

»Um drei hätten wir uns beim Uly getroffen, und ich hätt ihm die Baustelle gezeigt. Um drei bin ich dort, aber der Kommunist ist nicht da. Ich wart zehn Minuten, zwanzig Minuten, kommt kein Kommunist. So was macht doch der sonst nie. Er ist zwar ein Spinner, aber wenn er sagt, um drei, dann kommt er auch um drei. Da kannst du dich normalerweise voll auf den Kommunisten verlassen. Da fährt die Eisenbahn drüber.«

Hawelka konnte sich beim Frühstück noch daran erinnern,

dass er gedachte hatte, wie selten Kommunisten doch geworden waren. Vor einigen Jahren war in Graz ein kommunistischer Stadtrat positiv aufgefallen, und alle österreichischen Medien hatten darüber berichtet. Aber sonst war er gar nicht sicher, ob es die KPÖ noch gab. Jedenfalls musste es dieses Gespräch gewesen sein, das Lenin in seinen Traum gezaubert hatte.

»Ritualmorde sind ja eher selten. Gut, ausschließen kann man gar nichts. Das Ausbluten, das Abschneiden des Gemächts, na ja, vielleicht hat das auch einen praktischen Hintergrund. Nicht wahr? Man kann vielleicht … Die sonstigen Verletzungen sind ja eher Kollateralschäden. Vom Eingipsen, oder sollen wir sagen ›Einmauern‹? Das Abschlagen dieser Hülle war ja nicht sehr schonend. Diese Kruste aus einem Betongemisch. Gut, das muss noch im Labor untersucht werden, sonst kann man da nichts Genaues –«

»Und was war jetzt die Todesursache?«

»Der Mann weist Kopfverletzungen auf, könnte ein Schlag gewesen sein, vielleicht auch ein Sturz, Stichwunden gibt es keine, auch keine Schussverletzung. Toxikologisch müssen wir erst noch schauen. Übrigens war der Mageninhalt unauffällig. Er hatte reichlich Bier intus, außerdem einen typischen steirischen Sterz. Das war sein letzter, vor dem Ableben. Ja.«

Er unterbrach sein Gestammel und schien in tiefes Nachdenken zu versinken. Hawelka räusperte sich.

»Äh, ja, wo war ich? Ja, der Blutverlust, denn bis auf den Schnitt durch die Kehle, der war aber auch nicht sehr rituell ausgeführt, das sieht man, aber bis auf diesen Schnitt war keine gröbere Verletzung sichtbar. Sicher, vielleicht bringen genauere Untersuchungen – das ist eine Frage der Zeit, weil –«

»Also zuerst schneidet man diesem Mitteregger die Kehle durch, er stirbt, und dann nimmt man den Toten, hängt ihn verkehrt herum auf, lässt ihn ausbluten, schneidet ihm die Hoden und den Penis ab und schmiert so lange Beton um die Leiche, bis sie steif wie eine Statue ist. Dann bringt man die

Statue zu dem Denkmal, montiert den Erzherzog Johann ab und stellt die Statue auf?«

»Interessante Theorie. Ja, so könnte es gewesen sein. Sicherlich. Aber natürlich kommen auch andere Szenarien in Frage. Das muss man überprüfen. Das fällt dann aber eher in Ihr Aufgabengebiet, nicht wahr?«

»Ja. Ja! Aber könnte es so gewesen sein?«

»Möglich ist vieles. So oder anders. Sicherlich, eine sehr wahrscheinliche Variante ist das, was sie da eben –«

»Aber dieser Beton?«

»Nein, kein reiner Beton, eher ein Gemisch aus vielen Komponenten, da sind – Gips und Dachdeckermörtel, Zement, Innenspachtelmasse, Sand. Aber das muss das Labor machen, da will ich den Kollegen nicht vorgreifen. Sicherlich, der Einfachheit halber können wir das Gemisch auch Beton nennen.«

»Das muss doch eine Weile gedauert haben, bis das trocken war, bis man die Leiche, also die Statue, hat aufstellen können, oder?«

»Nun ja, zugegeben, an einem Nachmittag wird sich das nicht ausgegangen sein, aber ich bin kein Maurer, verstehen Sie? Da muss man einen Fachmann zurate ziehen, der dann sagt: ›So und so lange dauert das bei einer Mischung wie dieser, bis die genug ausgehärtet ist.‹ Dazu muss er die kennen. Möglich, dass man das nachmischen kann. Wenn das Labor das Gemisch analysiert hat, dann –«

»Jedenfalls muss er schon einige Zeit tot gewesen sein, als man ihn gefunden hat. Tagelang eigentlich. Oder?«

»Nun ja, vermutlich. Drei Tage, vielleicht auch mehr. Sicher kann man das nicht mehr feststellen, der Zement, die Kälte, das ist nicht seriös, wenn ich hier –«

»Ja, ja, ich verstehe. Können Sie mir noch die Nummer vom Labor geben? Und einen Kontakt?«

»Die Nummer? Ja, ja, die haben wir sicherlich, die Sekretärin sagt sie Ihnen dann, im Labor gibt es mehrere Mitarbeiter, am besten Sie fragen sich durch. Wer das jetzt genau macht, kann ich nicht sagen.«

»Danke.« Hawelka legte auf, er hielt das zögerliche Geschwafel des Arztes nicht mehr aus. Er würde sich die Nummer selbst besorgen. Nein, er hatte eine noch bessere Idee.

»Auskunftsbüro Berlakovic, die Herta is!«, meldete sich die Angerufene.

»Holde Göttin des Morgentaues. Blume meiner Sehnsucht. Ein eifriger Bewunderer deiner Schönheit möchte dich um einen kleinen Gefallen bitten.«

»Pepi, du Zuckerbub!«, schrie das Auskunftsbüro ins Telefon. »Was treiben denn meine Lieblingswaldviertler im Schilcherland immer so? Habts jetzt das richtige Stainz gefunden? Bravo, meine Pfadfinder, das nenne ich Orientierungssinn. Die Betti ist krank, die Janne ist krank, da herinnen ist der Teufel los, sag ich euch. Der Friedl war gestern in eine Schießerei am Praterstern verwickelt, es ist ihm aber eh nichts passiert. Und vom Erzherzog weiß immer noch keiner was. Aber das find ich heraus, das sag ich dir, das find ich heraus, und wenn es das Letzte ist, was –«

»Herta, bitte! Wir können das nachher noch ausführlich besprechen, aber kannst du etwas für mich herausfinden?«

»Ist schon erledigt, mein Herr und Meister. Sag der Tante Herta, wo dich der Schuh drückt.«

»Ich muss die Telefonnummer von dem Labor in der Grazer Gerichtsmedizin haben und den dortigen Leiter in der Mordsache Mitteregger.«

»Das ist keine Aufgabe für mich, das ist ein Lercherlschas, ich schick dir eine SMS. Aber haben euch das die dortigen Kollegen nicht gesagt?«

»Die sind so was von feindselig, da beißt du auf Granit, den Stress tu ich mir nicht an. Fünf Kilo Aktenmaterial haben sie uns widerwilligst in die Hand gedrückt, da such ich morgen noch …«

»Okay. Dann trink einen Kaffee, in fünf Minuten hast du deine SMS.«

»Danke, Herta. Ciao.«

»Baba, und fall nicht.« Sie legte auf, und Hawelka wandte

sich an seinen Partner, der sich die Zeit mit dem Lesen eines Prospektes vertrieben hatte.

»Die Herta kümmert sich drum.«

Schierhuber nickte. Dann fuhren sie los, um sich das Haus des Opfers anzusehen.

Mitteregger hatte alleine gelebt. Es gab zwar jede Menge Verwandte in Deutschlandsberg, er dürfte aber so etwas wie das schwarze Schaf in der Familie gewesen sein. Keiner der von den Uniformierten Vernommenen hatte näheren Kontakt zu ihm gehabt.

Und das, obwohl sie oft keine fünfhundert Meter auseinandergewohnt hatten, wie Hawelka beim Durchlesen der Akten dachte. Das Haus lag inmitten eines Minigartens. Auf allen vier Seiten erstreckte sich ein kahler Rasenstreifen von etwa drei Metern Breite. Trotz des beschränkten Platzes hatte der Besitzer es geschafft, erstaunlich viel Gerümpel gleichmäßig über den ganzen Garten zu verteilen. Die Fassade des Siebziger-Jahre-Baus bestand aus weißen, im Laufe der Jahre schmutzig gewordenen Eternitplatten. Etliche waren zerbrochen. Da bei der Leiche kein Schlüssel gefunden worden war, hatte man das Schloss aufgebohrt und durch ein neues ersetzt. Kollege Karl vom Stainzer Posten hatte ihnen den dazu passenden Schlüssel nicht sehr engagiert übergeben. Schierhuber sperrte auf.

Die Bezeichnung Junggesellenbude wäre eine Beleidigung für alle Junggesellen gewesen. Das Haus sah von außen traurig und ungepflegt aus, innen jedoch glich es einer Mülldeponie.

»Da sollte man einmal lüften«, bemerkte Schierhuber. Der Geruch war allerdings noch das geringste Problem. Von der Grazer Spurensicherung war in den Akten lediglich vermerkt worden: »Im Wohnhaus des Opfers wurden keine für den Fall relevanten Schriftstücke oder Gegenstände gefunden.« Das war eine elegante Formulierung für: »In diesem Saustall bräuchte man Jahre, um festzustellen, ob irgendetwas von dem Mist etwas mit dem Mord zu tun hat.«

Sie gingen durch die Räume und versuchten dabei, nirgendwo anzustreifen oder hineinzusteigen.

»Vorhänge hätte er schon aufhängen können«, meinte Einrichtungsberater Schierhuber. Tatsächlich kamen durch das Fehlen der Vorhänge die schmutzigen Scheiben noch deutlicher zur Geltung. Aber auch das war verkraftbar. Schlimmer war der allgegenwärtige Dreck. Hawelka zwang sich trotzdem zur schulmäßigen gedanklichen Bestandsaufnahme.

Es gab eine Küche mit Esstisch, hier dürfte sich das Leben Mittereggers hauptsächlich abgespielt haben. Hawelka begann im Eck links von der Tür: Abstand zur Küchenzeile von circa dreißig Zentimetern. Ein alter, wohl nie benutzter Besen lehnte in der so entstandenen Nische, daneben ein abgebrochener Stiel eines Schrubbers. Auf dem Boden das dazugehörige Unterteil, eine Mistschaufel, ein mehrfach gesprungener Plastikkübel. Die Küchenzeile war aus Pressspanplatten, mit weißem Plastikfurnier überzogen. Das Furnier drehte sich an vielen Stellen auf. Zwei hohe, drei niedrige Elemente, dazwischen ein E-Herd und eine Spüle. Sämtliche Laden und Türen unterhalb der Arbeitsfläche waren von Flecken übersät. Tee, Kaffee, Rotwein, Öl und andere undefinierbare Flüssigkeiten.

Auf den Ablagen und Arbeitsflächen standen hauptsächlich leere Dosen und Flaschen. Seltsamerweise kein Geschirr, vermutlich hatte Mitteregger nie gekocht, sondern immer Dosenfutter zu sich genommen, vielleicht auch am Würstelstand oder im Wirtshaus gegessen.

Und mit Sicherheit hat er aufs Saufen mehr Wert gelegt als auf die feste Nahrung, ging es Hawelka durch den Kopf. An der Fensterwand stand ein kleiner Tisch mit zwei wackeligen Stühlen. Auch hier dominierten leere Dosen und Flaschen das Bild. Der Boden war vermutlich vor Monaten zum letzten Mal aufgewischt worden, er klebte vor Schmutz. In der nächsten Ecke stand ein Sofa, auf dem eine unbezogene Steppdecke und ein Polster lagen. Hatte er hier geschlafen? Auf einem alten Bauernkasten stand ein Fernseher. Vom Sofa aus gut zu sehen. Das war auch schon die ganze Einrichtung. Mehrere leere und eine halb volle Kiste Bier stapelten sich in der Ecke neben der Tür.

Hawelka öffnete den Bauernkasten und hätte ihn am liebsten gleich wieder geschlossen. Es gab keine Unterteilungen, sodass sich die Stapel ungebügelter und teilweise gebrauchter Wäsche gefährlich hoch türmten und ziemlich muffig rochen. Dazwischen fanden sich die Schätze des Hausherrn: Stangen ausländischer Zigaretten, ein paar Schnapsflaschen, ein Feldstecher. Zum ersten Mal seit ewigen Zeiten zog Hawelka Plastikhandschuhe an, als er die Stapel herauskippte, um zu sehen, was dahinter war. Mit einem Aktenkoffer voller Wertpapiere war nicht zu rechnen. Tatsächlich waren auch nur einige Schachteln Jagdmunition am Boden des Schrankes gelagert, ansonsten ein durchgerissener Gürtel und ein Stapel alter Pornohefte. »1982«, stand auf dem besterhaltenen. Die neueren hatte Mitteregger unter dem Sofa gelagert, wie Hawelka wenig später feststellen konnte. Ein paar Minuten lang blätterte er (immer noch mit Einweghandschuhen) in den verschiedenen Magazinen* und verglich die Bilder von einst und heute. Ja, die Zeiten und Vorlieben hatten sich tatsächlich geändert.

»Josef!«

Schierhuber hatte mittlerweile Vorhaus, Bad und Klo kontrolliert und offensichtlich etwas gefunden. Er hielt seinem Partner ein solides Jagdgewehr entgegen.

»Geladen?«

»Na freilich.«

»Wo war das?«

»Da.« Schierhuber deutete auf das Klo. Hawelka trat ein. Auch hier war nichts von einem übertriebenen Sauberkeitsfimmel des Bewohners zu bemerken. Vom Boden bis in etwa einem Meter Höhe war eine ehemals weiß lackierte Holzlamperie, von der sich ein Brett herausnehmen ließ. Dahinter war Schierhuber fündig geworden.

»Warum verstecken die Leute ihr Rauschgift und Schwarzgeld immer im Spülkasten und ihre Waffen immer in der Zwi-

* Reine Routinearbeit, schließlich konnte sich auf jeder Seite ein eilig gekritzelter Hinweis auf den Mörder oder das Tatmotiv finden.

schendecke oder hinter sonst einer Verkleidung am Klo?«, fragte Hawelka. »Glauben die, dass niemand auf die Idee kommt, dort nachzusehen? Das ist doch das Erste, was man durchsucht.«

»Rauschgift weiß ich nicht. Aber das mit der Waffe ist logisch«, antwortete Schierhuber.

»Wieso?«

»Am Klo überrascht zu werden, ist peinlich. Man ist da ziemlich wehrlos. Und auch würdelos. Wer will das schon?«

Das hatte was für sich.

»Wenn mich schon einer angeht oder mir ans Leben will, dann soll er nicht auch noch die Genugtuung haben, mich so zu sehen. Also nehmen viele die Krach'n mit aufs Klo oder verstecken sie da.* Weil man sich halt mit einer Schusswaffe am besten verteidigen kann.«

Jetzt erinnerte sich Hawelka auch an einen Film, in dem John Travolta gerade auf dem Klo sitzt, als Bruce Willis die Tür öffnet. Travolta überlebt es nicht.

»Mitteregger aber auch nicht«, murmelte er.

»Was?«**

»Na ja, auch wenn er das Gewehr griffbereit am Klo hatte, jetzt ist er tot, oder? Es hat also nicht viel genutzt.«

»Na ja.« Schierhuber schien diese Tatsache nur ungern zuzugeben. Es traf ihn. Gut, er war kein wirklicher Waffennarr, er borgte sich eben ab und zu schöne Stücke aus der Asservatenkammer aus und besaß auch die eine oder andere Privatwaffe. Sicherlich, er war beim Polizeisportverein (Sektion Schießen), und gelegentlich fuhr er in eine aufgelassene Schottergrube, aber das war auch schon alles.

Nach dem Mittagessen saßen sie in Schierhubers Zimmer und rekapitulierten, was sie hatten. Die restliche Durchsuchung des Hauses hatte »nichts für den Fall Relevantes« zutage gefördert, es blieben also das Gewehr und die Munition. Das Gewehr war nicht registriert, und Mitteregger hatte weder

* Krache: Schusswaffe.

** Zwettlerisch für »Wie bitte?«.

Waffen- noch Jagdschein besessen. In seinen Akten fanden sich mehrere Raufereien, das dürfte auch der Grund dafür gewesen sein, warum man ihm trotz mehrmaligen Ansuchens den Waffenschein verweigert hatte.

»Also, er lebt alleine, seine Verwandtschaft will nichts von ihm wissen, er säuft, hat Schlägereien, hat eine Waffe am Klo, will den Jagdschein machen, darf nicht ... Glaubst du, dass er ab und zu ohne Genehmigung geschossen hat?«

»Mit Sicherheit«, antwortete Schierhuber. »Das ist eine waldreiche Gegend da, das wird hier nicht anders sein wie bei uns; wenn die Buben einmal schießen können, dann wollen sie das halt auch ausprobieren. Am lebenden Objekt, sozusagen.«

»Ja. Aber das lebende Objekt ist dann halt tot«, antwortete Hawelka trocken.

»Ja. Aber das sind Verhaltensmuster, die sich seit zigtausend Jahren in unser Hirn eingebrannt haben. Steckt schon in den Genen. Und besser einer lebt's aus, indem er einmal einen Hasen ohne Jagdschein abschießt, als wenn er es unterdrückt, und in einer Ausnahmesituation kommt's halt dann umso heftiger heraus.«

»Ausnahmesituation?«

»Ja. Irgendwas Arges eben, was dich in null Komma nichts zur Weißglut bringt. Weihnachtseinkauf, zum Beispiel.« Hawelka hätte es auch ohne ein so drastisches Beispiel verstanden. Aber er konnte dem anderen nicht zustimmen. Erst einige Monate zuvor hatte ein emsiger Wilderer mehrere Polizisten und einen Sanitäter erschossen, als man ihn stellte. Bei dem hatte also das Töten von Tieren offenbar nicht als Ventil genügt. Aber er wollte jetzt keine Diskussion mit seinem Partner anfangen. Sie hatten zu arbeiten.

»Also sagen wir, er hat gewildert. Aber nur? Ich meine, kann man davon leben? Gearbeitet hat er ja nichts. Zumindest offiziell.«

»Na ja, das heißt ja nur, dass er nicht angemeldet war.«

»Ja, klar.« Er wusste, was Schierhuber meinte. Viele nicht gerade zukunftsorientierte Leute brachten sich mit allerlei

Schwarzarbeiten durch, das sparte dem Unternehmer die Lohnnebenkosten und diverse Zuschläge und brachte dem Arbeiter zunächst mehr auf die Hand. Sicherlich, sozialversichert war er beim AMS, aber für die Pension wurde so nichts angespart.

Aber ob in zwanzig, dreißig Jahren überhaupt noch irgendwelche Pensionen ausbezahlt würden, stand ohnehin in den Sternen.

»Da ist noch eine Notiz vom Kollegen Karl in den Akten«, meldete Schierhuber, »oder von sonst einem Kollegen: Mitteregger erledigt diverse Hilfsarbeiten, teilweise geringfügig beschäftigt, dem Vernehmen nach aber hauptsächlich illegal. Meist bei Privaten oder der Firma Gautsch.«

Überlegungen

9. Dezember

»Der Laborchef, der die Untersuchung von dem Mörtelzeugs macht, heißt Dr. Klenk, und seine Handynummer hab ich dir schon vor zwei Stunden als SMS geschickt, liest du deine Nachrichten nicht? Was wäre, wenn dir eine Verehrerin schreibt? Ich zum Beispiel. Oder die Betti?«

Hawelka war froh, dass die Berlakovic nicht sehen konnte, wie er errötete. Betti war Bettina Sommer, die anerkannt schönste Frau der Wiener Kriminalpolizei, wenn nicht sogar der gesamten österreichischen Polizei. Sie war das optische Aushängeschild des Auskunftsbüros. Mit ihr pflanzte die Berlakovic ganz gerne die Kollegen, was nicht besonders schwer war, denn auf die Sommer flogen alle.*

»Eine hocherotische SMS von dir hätte ich instinktiv sofort bemerkt und wäre gleich nach Wien gerast«, lenkte er schnell ab.

»Richtige Antwort, Herzilein«, lachte das Auskunftsbüro. »Also, viel Spaß im Labor und alles Gute.« Sie legte überraschend schnell auf. Hawelka rief die SMS auf und ließ die angezeigte Nummer wählen.

»Klenk.«

»Grüß Gott, mein Name ist Hawelka, ich bin von der Kriminalpolizei und untersuche die Mordsache Mitteregger. Ich glaube, Sie leiten die Analysen. Richtig?«

»In der Tat.«

»Könnten Sie mir am Telefon einen Überblick geben, oder soll ich dazu nach Graz kommen?«

»Nicht notwendig. Das bisschen, das wir bis jetzt herausgefunden haben, kann ich Ihnen auch so sagen.« Der Mann war eine wohltuende Abwechslung zu seinen bisherigen Gesprächspartnern, fand Hawelka. Er begann ohne Umschweife

* Pflanzen: jemanden necken.

die ersten Analysen zu erläutern, vermied unverständliche Fachbegriffe und beantwortete geduldig Zwischenfragen.

Das Gespräch dauerte keine fünf Minuten, dann konnte Hawelka für Schierhuber zusammenfassen.

»Also, das Zeug ist willkürlich zusammengemischt worden: Zement, Kalk, Sand, Gips, Spachtelmasse, Fertigputz. Ganz ohne System, Hauptsache, viel Masse. Der Labormensch hat gesagt, dass der Täter* wahrscheinlich alles genommen hat, was sich auf einer Baustelle so findet. Wir müssen also …« Er sah Schierhubers Gesichtsausdruck und brach ab.

»Ist was?«

»Auf einer Baustelle?« Die Frage klang neutral, der Gesichtsausdruck war es nicht. Schierhuber hatte sein Zwettler Zweiflergesicht aufgesetzt, und diese Miene sagte ungefähr Folgendes aus: Ich habe verstanden, was du gesagt hast, ich respektiere dich als Menschen und Kollegen, und daher respektiere ich auch diese deine Aussage, die offenbar deiner ehrlichen Meinung entspricht, voll und ganz. Als Humanist und Demokrat werde ich alles dafür tun, dass du diese Meinung auch in Zukunft angstfrei äußern kannst, ohne dass dir dadurch Schaden erwächst. In der einzigen mir erstrebenswert scheinenden Gesellschaft, im einzigen mir lebenswert erscheinenden Modell eines Zusammenseins muss es unbedingt möglich sein, eine solche Meinung zu haben und aussprechen zu dürfen. Dafür stehe ich, Josef Schierhuber, gebürtig zu Zwettl, mit meinen zwei Metern fünf, meinen hundertachtunddreißig Kilo und mit meiner Schuhgröße zweiundfünfzig. Am Wahrheitsgehalt deiner Aussage jedoch hege ich berechtigte Zweifel, auch wenn du selbst sie, sei es aus Unwissenheit, sei es aus Leichtgläubigkeit, für der Weisheit letzten Schluss hältst. Beachte bitte, dass ich dich nicht einmal im Ansatz als Lügner oder Schwindler bezeichnet habe und das auch nicht tun werde, solange noch ein Funke Leben in mir ist, weil ich dich als Menschen überaus zu schätzen gelernt habe und mir

* Bzw.: Der Täter oder die Täterin oder die Täter oder die Täterinnen oder die Täterinnen und Täter.

keinen besseren Partner vorstellen kann. Im Grunde meines Herzens halte ich dich zu einer Lüge überhaupt nicht fähig. Aber obwohl ich zugeben muss, dass es auch so sein könnte, wie du gesagt hast, erscheinen mir andere Möglichkeiten nicht nur praktikabler, vernünftiger und logischer, sondern schlichtweg auch um ein Vielfaches wahrscheinlicher. Ich kann und will nicht so recht an die von dir überaus brillant vorgetragene Version glauben, und je mehr ich darüber nachdenke, desto unwahrscheinlicher, ja geradezu lächerlich erscheint es mir, dass ein vernunftbegabter Mensch an so eine Variante auch nur einen einzigen Gedanken verschwenden kann. Gestatte mir bei dieser Gelegenheit zu erwähnen, dass mein Schwager in Weitra, der es in der edlen Kunst des Schnapsbrennens zur wahren Meisterschaft gebracht hat, vor einiger Zeit durch unachtsames Hantieren an seiner Frau Vater eines Töchterchens geworden ist. Besagtes Mägdelein zählt nun drei Jahre, und würde ich sie mit deiner Aussage konfrontieren, bräche sie in helles Gelächter aus. Du wirst also einsehen, lieber Freund, dass ich es bestenfalls durch deinen emotionalen Ausnahmezustand entschuldigen kann, dass du eine solche Aussage tätigst. Ein emotionaler Ausnahmezustand übrigens, der Männer immer überfällt, sobald sie, wenn auch nur durch Telefonate, an Bettina Sommer erinnert werden, wie dir das vor einigen Minuten anscheinend passiert ist, sonst wärest du nicht so rot geworden, als du mit der Berlakovic gesprochen hast. Sicherlich, diese Frau kann Zoten erzählen, die einem Bierfahrer die Schamesröte ins Gesicht treiben würden, aber dein Erröten war von anderer Art. Ich entschuldige also deine obskure Vermutung, was aber nichts daran ändert, dass ich sie für ausgemachten Schwachsinn halte.

»Was passt dir nicht an einer Baustelle?«

»Ich kann es nicht recht glauben.«

»Also?« Dieses »Also?« kam ein wenig gepresst hervor. Fast schon ein bisschen genervt. Hawelka mochte Schierhuber, aber dieses Zweiflergesicht konnte einen an den Rand der Raserei treiben. Vor allem, weil Schierhuber nicht sofort mit einer Ge-

gentheorie herausrückte, sondern sich immer ein wenig zierte, wobei er, immer noch zweifelnd, den Kopf leicht schüttelte.

»Also?«

»Eine Baustelle! Da liegt doch genug Material herum. Säckeweise Zement, tonnenweise Sand, warum sollte einer da erst herumsuchen und alles Mögliche dazumischen? Mit genug Zement machst du ruckzuck eine Mischung an, die schnell aushärtet und eine bombenfeste Hülle abgibt.«

»Also?«

»Da vergeudet so ein Mörder doch nicht seine Zeit, indem er erst noch schaut, wo die Dachdecker ihren Fertigmörtel gelagert haben oder die Elektriker den Gips.«

»Sepp.«

»Also ich kann es nicht recht glauben.«

»Sepp!«

»Da müsste einer schon sehr –«

»Jetzt red schon, Sepp! Wo hat er es dann gemacht?«

»Na ja, schwer zu sagen.«

»Sepp!«

»Ja, irgendwo halt! In einer Garage, einer Werkstatt, einem Gartenhaus. Da, wo die Restln von dem Zeug aufbewahrt werden, das man so braucht, um ein Haus in Schuss zu halten.«

»Mhm.« Obwohl ihm sofort klar war, was der andere meinte, und obwohl er zugeben musste, dass das Gesagte logisch war, versuchte Hawelka angestrengt möglichst zweifelnd zu schauen. Aber er kam aus Horn, und das war über fünfzig Kilometer von Zwettl entfernt.*

»Da steht noch ein halber Sack Zement vom Terrassenbetonieren, dort ist noch ein halber Kübel von den Fliesenlegern über, die Dachdecker haben den angefangenen Sack Dachdeckermörtel auch nicht mitgenommen und so weiter. An einem Haus gibt es immer irgendwas zu tun, und wenn es getan ist, räumt man das Werkzeug und das übrige Material in den Keller oder in die Garage.«

---

* In Zwettl zweifeln alle an allem, was alle sagen.

»Okay, das klingt gut.« Hawelka hatte kein Problem damit, eine Niederlage anzuerkennen. »Das heißt also, wir haben es mit einem Heimwerker zu tun. Sagen wir, einem Hausbesitzer, der den Mitteregger im Affekt umgebracht hat. Und der dann nicht wusste, wohin mit der Leiche. Dann hat er die Idee, ihn sozusagen einzubetonieren. Eigentlich gut. Er mischt alles Mögliche zusammen und fängt an. Aber das Material ist zu wenig. Es geht sich nur eine dünne Hülle aus. Und dann …«

»Dann denkt er sich: Den kann man noch gut brauchen, als Statue, und –«

»Nein, das ist wieder unwahrscheinlich. Das ist ja nicht ungefährlich, mit so einem Brocken irgendwohin zu fahren und den alten Hansi vom Sockel zu holen und den neuen hinaufzustellen. Da kann man doch jederzeit überrascht werden. Außerdem schafft das doch einer alleine nicht!«

Hawelka überlegte. Gab es mehrere Täter? Mitteregger dürfte ja ein ziemlich mieser Typ gewesen sein. Und die Vergewaltigungsgeschichte? Was, wenn die Frau die Anzeige aus Angst vor Gerede und einem Prozess zurückgezogen hatte? Und der Freund von der Frau mit ein paar anderen Burschen die Tat dann auf seine Weise gerächt hatte? Das abgeschnittene Glied würde zu dieser Version passen.

»Frontlader.«

»Was?«

»Frontlader. Eine Kette an die Gabel, und du stößt den einen runter und hebst dann den anderen rauf. Jeder zweite Traktor hat eine Hydraulik für einen Frontlader. Das ist überhaupt kein Problem.«

»Also suchen wir einen, der Traktor fahren kann. Und selber einen hat oder sich zumindest einen ausborgen kann, ohne dass es auffällt?«

»Na ja. Vielleicht.« Schierhuber zuckte mit den Schultern.

»Oder, sagen wir, wir suchen einen Häuslbauer, der einen Traktor hat. Mitteregger hat sich ja mit diversen Hilfsarbeiten durchgebracht. Da hat er sicher mit etlichen Häuslbauern zu tun gehabt. Dann vielleicht ein Streit und – zack!«

»Ja.«

»Aber andererseits, wenn ihn wer erschlägt oder ihm die Kehle durchschneidet oder sonst was, da ist es dann doch üblich, dass man die Leiche verschwinden lässt. Sagen wir, zerstückelt und dann –«

»Macht aber viel Mist.« Schierhuber war ein praktisch denkender Mensch.

»Ja. Aber einen verkehrt aufzuhängen und dann ausbluten zu lassen macht auch … Spuren.«

»Na ja.«

»Also kann man davon ausgehen, dass der Mörder sich um Spuren keine Sorgen hat machen müssen. Und Zeit hat er offensichtlich auch genug gehabt. Weil ausbluten lassen und Mörtel anrühren und einbetonieren und trocknen lassen, das dauert eine Weile. Also war er irgendwo, wo so schnell keiner hinkommt. Keiner, der zufällig hereinschneit. Also in einer Mietwohnung kann es schlecht gewesen sein. Ein Einfamilienhaus mitten in Stainz oder in einem der Dörfer kommt auch nicht in Frage. Eher ein alleinstehender Hof. Und dort wahrscheinlich auch nicht im Freien, sondern in … einer Garage oder … sagen wir, einem Schupfen, einem Stadl, einer Maschinenhalle oder so.«

»Ja.«

»Also, was ich sagen will: Wenn du so einen Ort hast und die Leiche verschwinden lassen willst, dann kannst du das in aller Ruhe auch tun. Zerstückeln und kleinweise entsorgen. In Säure auflösen, eingraben, einbetonieren, vielleicht sogar verbrennen. Aber das wollte der Typ nicht. Er wollte den Toten herzeigen. Richtig groß präsentieren. Und er ist ein ganz schönes Risiko eingegangen. Mit dem Traktor zu der Kapelle fahren. Alte Statue runter, neue rauf, das ist keine Kleinigkeit. Wenn er nur gewollt hätte, dass die Leiche gefunden wird, dann hätte er ihn mit dem Auto irgendwohin fahren können und am Straßenrand ablegen, oder?«

»Mhm.«

»Er wollte also eine große Show.« Hawelka kam sich vor

wie ein Meisterprofiler. Bei den Umschulungen vom »normalen« Polizisten zum Kriminalbeamten hatten sie unzählige Fälle durchgespielt. Meistens war er mit seinen Rückschlüssen auch richtiggelegen. Er warf seinem Partner einen prüfenden Blick zu. Schierhuber sah gleichmütig drein, sein Gesicht war eher ausdruckslos. Vielleicht ganz leicht zweifelnd, aber das war normal. Jedenfalls kein Vergleich zu seinem vorigen Zweifeln. Das ermutigte Hawelka ein bisschen.

»Wenn jemand so eine Show veranstaltet, dann will er auch etwas sagen. Dann hat er eine Botschaft. Das ist kein Allerweltsmörder, das ist ein –«

»Ein Depperter«, brachte es Schierhuber politisch nicht ganz korrekt auf den Punkt. Hawelka war in Fahrt, er ließ sich nicht unterbrechen.

»... ein Kranker, ein Getriebener, ein Besessener, ein –«

»Depperter.«

»Ja, aber mit System. Da steckt etwas dahinter. Der hat einen Plan. Die Geschichte mit dem Mitteregger ist sicher noch nicht das Ende, verstehst du? Da kommt noch etwas nach. Der will etwas machen. Der will etwas Großes, etwas –«

»Deppertes.«

»Ja. Ich fürchte auch.« Hawelka seufzte. Die Luft war raus. Eine Weile herrschte Schweigen zwischen ihnen. Was zwischen herkömmlichen Partnern auf angespannte Stimmung schließen ließ, was unter Umständen sogar bedrohlich wirken konnte, war bei ihnen das Normalste auf der Welt. Hawelka konnte oft besser nachdenken, wenn es ruhig war, und Schierhuber war dazu der ideale Partner.

Es gibt nur wenige Leute auf der Welt, mit denen ich lieber reden würde als mit dem Sepp, dachte Hawelka, aber beim gemeinsamen Schweigen ist er meine klare Nummer eins. Schierhuber war diesbezüglich allerdings auch ein Naturtalent. Erstens schwieg er gut, zweitens konnte er anderen Schweigern gut zuhören, und drittens verriet seine Miene auch keinerlei Erwartung. Das Schweigen mit ihm hatte also nichts Angespanntes, nichts Peinliches oder Unangenehmes. Man hatte nicht das Gefühl, unbedingt etwas sagen zu müssen, um die lastende Stille endlich zu durchbrechen. Das Schweigen zwischen ihnen schuf manchmal sogar eine besonders gute Atmosphäre.

Schierhuber selbst tat eigentlich nicht viel dazu. Meistens schwieg er einfach. Manchmal schaute er auch ausdruckslos. Gelegentlich trank er einen Jägermeister. Dann schaute er wieder. Dann passierte wieder was.* Dann redeten sie wieder etwas. Dann schaute er wieder ausdruckslos und schwieg dazu. Alles in allem ein buntes Programm. Und genau das brauchte Hawelka, um ungestört vor sich hin zu denken. Wie gerade eben halt.

Da stimmt doch was nicht, überlegte er. Und was er am Vortag nicht überlegt hatte, weil er sich da noch über die ungerechte Dienstzuteilung geärgert hatte und dann über Schierhuber nachgedacht hatte und dann über das falsche Stainz bei Straden und dann über die überaus liebenswerten Kollegen in Uniform, die sie so herzlich empfangen hatten, was er also wegen all dieser Denkarbeit noch nicht gedacht hatte, das dachte er jetzt. Üblicherweise, dachte er, macht man doch wegen dem Mord an so einem Raufbold und Tunichtgut kein Aufheben. Da holt man doch keine Kollegen aus einem anderen Bundesland. Von der Warte aus sind wir also eigentlich eine Nummer zu groß für den Fall. Andererseits, wenn es sich hier um einen Wahnsinnigen handelt, der die große Bühne sucht und sein Opfer auf bizarre Weise ausstellt, dann sind wir eigentlich eine Nummer zu klein für den Fall. Das wäre dann wirklich etwas für Psychologen und Profiler und was weiß ich. Aber von Anfang an ist der Fall unter dem Deckel gehalten worden. Keine Aufmacher in den Zeitungen. Da haben die ganz schnell gearbeitet, die Kollegen aus Graz. Spuren gesichert und gleich abtransportiert und nichts an die Presse. Interessant. Und dann der Fall auf höchste Weisung gleich an uns. Das passt doch nicht. Überhaupt nicht.

Was also konnte so wichtig am Tod von einem wie Mit-

* Ein Anruf, ein Mord, eine Bestellung bei der Kellnerin – Möglichkeiten gab es genug.

teregger sein? Vor Hawelkas geistigem Auge taten sich Abgründe auf. Höchste steirische Landespolitiker waren in die Sache verwickelt! Mitteregger als oft gebuchter Loverboy für die Elite des Landes! Mal im Wildererkostüm, mal in Verkleidung als Bauarbeiter, mal als zünftiger Holzfäller – immer mit dem Flair eines bösen Buben, der bei einem der wilden Spiele einen Betriebsunfall erlitten hatte. Bestimmt waren die roten Telefone heißgelaufen: *»Herr Landeshauptmann, es ist etwas Furchtbares passiert, ich habe gerade den Mitteregger … mir ist die Kettensäge ausgerutscht.« / »Jessas!«*

»Oder es war ganz anders.«

»Was?« Hawelka schreckte aus seiner Vision auf.

»Oder es war ganz anders«, wiederholte Schierhuber. Ja, dachte Hawelka, natürlich war es ganz anders. Aber wie?

Sie beschlossen, zu Mittag zu essen, und gingen hinunter, an der Rezeption vorbei und wollten gerade in die linke Gaststube, als eine Kellnerin Hawelka dezent am Arm nahm.

»Wollen Sie essen?«

»Ja.«

»Das Restaurant ist rechts.«

»Und da?« Er deutete auf die Tür zur Gaststube.

»Das ist mehr für die Einheimischen.« Sie wirkte ein wenig verlegen.

»Genau das brauchen wir«, entschied Schierhuber und stieß die Tür auf. Drinnen saßen heimische Stammgäste und zelebrierten den steirischen Brauch. Soll heißen, sie spielten Karten oder sahen gebannt auf den großen Fernseher. Das war die Atmosphäre, wo man etwas erfahren konnte. Gestern hatten sie drüben im Restaurant zu Abend gegessen und gleich eine englischsprachige Speisekarte vorgelegt bekommen. »Ist das die Verkehrssprache in der Weststeiermark?«, hatte ihn Schierhuber leise gefragt und bei der Kellnerin »Two great beers, two Jaggermasters and two big Vienna schnitzels« bestellt. Nach einigem Zögern hatte Hawelka sich mit den Worten »Yes, me too two« angeschlossen.

Diese ausgefeilte englische Rhetorik war heute nicht notwendig. Hier sprach man Deutsch – das heißt Steirisch. Ihr Plan war einfach. Zuerst essen und trinken. Dann trinken und dabei die Hiesigen über Mitteregger ausfragen. Um möglichst authentisch zu wirken, bestellten sie nach dem Essen den berühmten Schilcher. Da sie beide eher Biertrinker waren, hatten sie wenig Ahnung von Wein, aber dass Schilcher etwas Besonderes war, das wussten sie. Als die Gläser kamen, stießen sie an und nahmen beide einen tüchtigen Schluck.

Auskunftsbüro

10. Dezember

»Ich hab mir die Nägel richten lassen!«

»Waren sie kaputt?«

»Geh, du Lauser, du. Nein, richtig tussenhaft, dreifärbig lackiert mit einem noch tussenhafteren Swarovskistein draufgepappt.«

»Herta, muss ich mir Sorgen machen? Kommst du in die Midlife-Crisis?«

»Haha! Der war gut, Herzilein. Kriegst einen Pluspunkt dafür. Die Midlife-Crisis ist bei mir auch schon wieder zwanzig Jahre her. Nein, im Ernst, ich war Nagelmodel für meine Nichte, das heißt Großnichte, glaub ich, sagt man, weil es ist ja die Tochter von meiner Nichte. Die Sandra. Die macht jetzt eine Frisörlehre, aber keine normale Frisörlehre, sondern eine komplette Beauty-and-Styling-Ausbildung, und da muss sie eben üben. Und ich bin ihr Model. Morgen kommt das Klumpert eh wieder runter. Sag einmal, weißt du, mit wem die Betti heute weggehen will? Ich hab geglaubt, ich spinn: Mit dem Hohlstein!«

»Mit dem Schnackselstein?«* Das entfuhr Hawelka unwillkürlich sehr laut. Eigentlich war es fast ein Entsetzensschrei.

»Arg, gell? Ja, ich hab ihr eh gesagt: Betti, weißt du, was du tust, Betti? Du kennst doch seinen Ruf, der kommt ja nicht von irgendwo. Bei dem musst du dir doch alles zuhalten, wenn der auch nur im selben Raum ist. Wenn du mir nicht glaubst, dann geh runter und unterhalt dich ein bisschen mit den uniformierten Kolleginnen, die haben eine verschärfte Prüfung bei der Nahkampfausbildung gehabt: Alles, was nicht bei drei auf den Bäumen war, hat er gekriegt. Betti, hab ich ihr gesagt, Betti, der wird deine Anatomie schon komplett erforscht haben, bevor der Kellner die Suppe bringt. Und da sagt meine

* Schnackselstein: Hohlsteins gängiger Spitzname im Kollegenkreis.

Betti doch glatt drauf: ›Suppe werd ich eh nicht bestellen.‹ Ich mein, ich weiß ja, dass das ein Witz war, aber dann hab ich ihr gesagt, dass seine Abschussliste so dick ist wie ein Telefonbuch, und da hat sie gesagt, dass sie gegen ein bisschen Abschießen gar nichts hätt, und das war kein Witz. Die blöde Urschel, die! Und in einer Woche, wenn er alle Turnübungen mit ihr durchhat, nimmt er sich eine Polizeischülerin, und dann weint sich unsre Betti die Augen aus.«

»Der Schnackselstein?«, fragte Hawelka noch einmal. Diesmal fast tonlos, wie benommen. Es war, als hätte ihm die Berlakovic durchs Telefon einen schweren Schlag auf den Kopf verpasst. Natürlich ging ihn das nichts an, mit wem die Sommer wegging und wie weit das ging. Aber gerade Hohlstein? Und da überwältigte Hawelka eine furchtbare Erkenntnis: Sie wusste es, und sie wollte es. Und zwar genau so!

»Ja, Betti, der Josef ist auch ganz meiner Meinung, er sagt gar nichts mehr«, hörte er jetzt die Berlakovic beiseite sagen.

»Ist sie im Zimmer?«, fragte er entsetzt. »Hat sie das alles gehört, was du mir gerade erzählt hast.«

»Na freilich. Ich mach kein Geheimnis aus meiner Meinung. Gell, Betti? Ich hab dir schon die Meinung gegeigt, aber bitte, wenn du willst. Tu, was du nicht lassen kannst. Die halbe Wiener Kripo wird spätestens übermorgen Bescheid wissen. Inklusive Alarmabteilung und Bereitschaft. Wenn es um seine Meisterleistungen geht, kennt der Hohlstein kein Amtsgeheimnis, das muss dir klar sein.«

Hab ich die Sommer falsch eingeschätzt?, dachte Hawelka bestürzt. Ich hab immer gedacht, sie ist anders.

Aber wie hatte er die Sommer denn eingeschätzt? Und warum nannte er sie in Gedanken jetzt plötzlich »die Sommer« und nicht wie bisher »die Betti«?

Und warum eigentlich, dachte er, wo er schon mal dabei war, darüber nachzudenken, sind wir Männer immer dabei, die Frauen einzuschätzen? Erst recht, wenn wir scharf auf sie sind. Da können Männer richtig böse werden, wenn die Frau sich dann nicht so benimmt, wie sie soll. Oder beleidigt. Meistens beides. Hawelka seufzte. Wir sind ja aber auch ein rechter Herrenclub, der Erzherzog, der Oberst, der Schierhuber und ich …

Oder ist es einfach so, dass ich verdammt scharf auf sie bin und eifersüchtig auf jeden, der sie anschaut? Und noch viel eifersüchtiger auf jeden, den *sie* anschaut. Und dass ich böse und beleidigt bin, wenn sie sich nicht so verhält, wie ich mir das wünsche, dachte er weiter. Wahrscheinlich bin ich genauso wie alle anderen im polizeilichen Machoclub, der Erzherzog, der Hohlstein, der Cowboy, der Sepp …

»… glaube mir, Pepi, über Männer brauchst du mir nichts erzählen, die kenn ich alle, und die, die ich nicht kenn, die brauch ich auch gar nicht kennen, die sind genau wie die anderen, das schwör ich dir. Ich sag ja immer: Zeig mir einen, von dem du glaubst, dass er anders ist, und ich beweise es dir in drei Tagen, dass er genauso ist wie die anderen, da brauchen wir gar nicht reden. Pepi, was sagst du dazu, die Betti will mir was von Männern erzählen!«

Was soll das überhaupt?, gab sich Hawelka einen gedanklichen Ruck. Das geht mich nichts an, das ist mir wurscht und überhaupt!

Das stimmte. Es ging ihn nichts an. Dass es ihm wurscht war und überhaupt, stimmte dagegen eher nicht. Am besten, er vergaß die Sommer'sche Verabredung auf der Stelle wieder. Genau. Nicht einmal Schierhuber würde er davon erzählen. Vielleicht lieber mal selbst das Gespräch suchen mit der Sommer. Also der Betti, fiel er sich selber gedanklich ins Wort, da konnte er sich dann vielleicht das Einschätzen auch besser verkneifen.

Warum eigentlich, beendete er nun seinen komplexen, aber wirren Gedankengang mit einer schönen Idee, probiere ich nicht mal, lieber Frauenversteher zu sein als Arschlochversteher?

»… ganz einfach ins Kloster. Was sagst du dazu?«

Warum konnte die Berlakovic nicht das Thema wechseln? Was sollte er schon dazu sagen? Kloster war vielleicht nicht ganz das Richtige für Bettina Sommer.

»Kloster halte ich für übertrieben«, murmelte er.

»Es ist aber so. Wir, also ich hab seine Kanzlei durchsucht, also nicht so richtig, mehr so angesehen, und dabei hab ich Bücher gefunden. Bücher und Prospekte. ›Klösterliches Leben‹, ›Österreichische Bettelorden‹, ›Das Leben als Novize‹ und so weiter. Ich war ganz fertig. Das hätte ich ihm nie zugetraut.«

»Kanzlei? Bücher? Ich versteh kein Wort. Von wem redest du, Herta?«

»Sag einmal, hörst du mir überhaupt nicht zu, wenn du mit mir telefonierst? Für wen recherchier ich denn?«

»Äh – für uns?«

»Richtig. Nebenbei wollten es natürlich auch alle hier im Haus wissen, was der Erzherzog macht und warum er im Urlaub ist. Ich sage dir: Er will ins Kloster!«

Die schnellen Themenwechsel des Auskunftsbüros überforderten Hawelka ein wenig. Das taten sie meistens, aber heute war es wegen der emotionalen Nähe* besonders arg. Er verstand immer noch kein Wort. Was redete sie vom Kloster, und wer wollte dahin? Dass es nicht die Sommer war, hatte er mittlerweile verstanden.

»Wer, Herta?«, fragte er eindringlich.

»Er, Pepi!«, antwortete sie eindringlich.

»Wer, er? Was? Er? Er! Er? Nein! Ehrlich?« Meinte sie tatsächlich den, den er jetzt meinte?

»Ja, er! Na, von wem red ich denn die ganze Zeit?« Die Frage war aus ihrer Sicht rein rhetorisch. Aus seiner nicht. Objektiv gesehen auch nicht, weil sie ja zuerst über Bettina Sommer geredet hatte.

»Der Erzherzog will ins Kloster?«

»Ich habe Beweise.«

Später war Hawelka erstaunt, wie schnell sein Gehirn neue Erkenntnisse verarbeiten konnte und dann daraus Schlüsse zu ziehen imstande war.

---

* Zu Bettina Sommer, nicht zum Kollegen Hohlstein.

Es klingt unmöglich, aber einige Tatsachen lassen es doch, na ja, nicht unbedingt wahrscheinlich, aber zumindest möglich erscheinen, überlegte er. Erstens irrt sich das Auskunftsbüro Berlakovic nie. Zweitens hat er das notwendige Alter, um in Pension zu gehen, schon lange erreicht. Drittens wäre er nicht der erste Mensch, der im Alter noch eine komplette Änderung seiner Lebensumstände herbeiführt. Viertens: Was wissen wir schon über ihn? Er kann schon seit Jahrzehnten ein religiöser Mensch sein. Das mit der Nächstenliebe ist bei ihm vielleicht nur nicht so offensichtlich. Wer weiß? Vielleicht denkt er: Dienst ist Dienst, und am Abend betet er um Vergebung, weil er so streng zu uns sein muss. Und spendet sein halbes Gehalt für die Caritas. Das kann doch alles sein.

Aber war da nicht irgendwo eine Frau gewesen? Oder war die nur in seinen Tiraden aufgetaucht, als stilistisches Mittel sozusagen? War die Frau Hofrätin Zauner eine Missis Columbo? Irgendwie schon, denn Hawelka konnte sich nicht erinnern, sie jemals gesehen zu haben.

»Du, Herta, was ist mit der Frau? Kennst du die? Gibt's die wirklich?«

»Ja, an die hab ich auch schon gedacht. Also, gesehen hat sie noch niemand, aber laut Personalakte und anderen offiziellen Papieren gab es einmal eine Gattin, aber sie sind schon ein paar Jahre geschieden.«

Natürlich, jetzt fiel ihm auch ein, dass der Alte eine Tochter hatte, die Staatsanwältin war.

Hawelka versuchte redlich, es sich vorzustellen. Aber nach einigen Bildern gab er auf. Der Erzherzog als demütiger Mönch, womöglich noch mit abgelegtem Schweigegelübde, wie er mit dreißig Mitbrüdern an einem Tisch sitzt und still sein Klostersüppchen löffelt, das ging über sein Vorstellungsvermögen hinaus. Es gab nur eine Möglichkeit. Das Auskunftsbüro irrte! Aber dieser Gedanke war fast genauso verwegen wie der an einen Bruder Johann in Kutte. Und auf alle Fälle war Hawelka nicht so dumm, die Möglichkeit eines Irrtums mit Herta Berlakovic zu besprechen. Er lenkte das Gespräch vielmehr auf ein anderes Thema, fragte, ob sie vielleicht ein paar »arge« Fälle in den letzten Jahren im elektronischen Archiv suchen könnte. Bizarre Morde, irgendwas mit Ausbluten, Eingipsen, Kastrieren oder Ähnlichem. Und dann sollte sie natürlich herausfinden, wie die Dienstzuteilung tatsächlich vor sich gegangen war. Von irgendeiner Stelle musste ja der Befehl gekommen sein, die Grazer Kripo außen vor zu lassen und stattdessen die Wiener zu holen. Er war überzeugt, dass nur sie das Geheimnis lösen konnte. Dann sagte man sich gegenseitig ein paar Nettigkeiten und beendete das Telefonat.

Hawelka seufzte und nahm das vierte Kopfwehpulver an diesem Morgen. Eigentlich war es schon Vormittag. Das Mittagessen gestern war ausgedehnt worden, weil sie ja den Einheimischen wegen Mitteregger auf den Zahn fühlen wollten. Das war ihnen schlecht bekommen.

Nach dem ersten kräftigen Schluck Schilcher war Schierhuber instinktiv aufgesprungen, um den Verbrecher streng zu bestrafen, der ihnen irgendetwas Galliges in den guten Wein getan hatte. Dann waren sie aufgeklärt worden. Der Geschmack des Weines war beabsichtigt. Der sollte so schmecken!

Um sich keine Blöße zu geben, hatten sie dann das erste Glas vorsichtig ausgetrunken. Vor den anderen Gästen waren sie schon als Fremde entlarvt, die keine Ahnung hatten, was gut war. Sie mussten die Scharte wieder auswetzen und bestellten sich mit Todesverachtung noch ein Glas des rosafarbenen Weines. Das ging schon ein wenig besser, vielleicht weil sie diesmal auf den besonderen Geschmack vorbereitet waren. Als sich dann einer zu ihnen gestellt und gemeint hatte, das dritte werde ihnen schon schmecken, hatten sie zwar ernsthaft genickt, ihm aber kein Wort geglaubt.

Es war früher Nachmittag geworden, und es war später Nachmittag geworden, dann war es früher Abend geworden und dann später Abend. Schließlich war es Nacht geworden. Jetzt war es also Vormittag, und der Anruf des Auskunftsbüros hatte Hawelka aufgeweckt. Er hatte zurückgerufen, nachdem er die ersten drei Kopfwehtabletten eingeworfen und die Wasserleitung leer gesoffen hatte. Wie er gestern ins Zimmer gefunden hatte, wusste er nicht mehr.

Gebracht hatte die Aktion übrigens kaum etwas. Ihre Mitzecher (Schierhuber hatte begonnen, Runden auszugeben) hatten ihnen alles über den Schilcher erklärt, Spezialist war ein Hager Hans, der (nomen est omen) derartig dürr war, dass auch seine enge Jean um die Beine flatterte. Außerdem hatten die anderen Anekdoten zum Besten gegeben und später Stanzeln gesungen – über Mitteregger hatten sie nur wenig gesagt (vielleicht auch, weil die Wiener den Schilcher nicht genügend bewundert hatten). Hager Hans hatte allerdings sofort einen Täter präsentiert, den wahnsinnigen Mönch.

»Wahnsinniger Mönch?«

»Außer mir haben ihn noch andere gesehen. Beim Gautsch seiner Firma und oben beim Schloss. Ein Mönch.«

»Na ja, soll vorkommen. Warum ist er wahnsinnig?«

»Wir haben da keine Mönche und auch kein Kloster mehr. Er ist nirgends zu Besuch, der Pfarrer kennt ihn nicht, er redet mit keinem, und wenn man auf ihn zugeht, haut er ab. Er schläft im Wald, glaub ich. So einem Mönch kannst du alles zutrauen. Und außerdem hat er ja am Sockel unterschrieben, oder? Bruder Melone.«

»Volpone.« Hawelka hatte bei seinem letzten Mail ans Auskunftsbüro die Berlakovic um Nachforschungen zu diesem seltsamen Heiligen gebeten und dabei erfahren, dass es gar kein Heiliger war. Volpone kam anscheinend von »volpe«, was italienisch für »Fuchs« stand. Hier hielt sich also jemand für einen schlauen Fuchs. Außerdem gab es laut Herta Berlakovic ein Theaterstück mit dem Titel. Aber Theater macht der Typ keines, hatte Hawelka gedacht, zumindest nicht mit dem Mitteregger.

»Wie?«, fragte der andere.

»Volpone«, wiederholte Hawelka.

»Oder so. Ja.«

Es waren Raubersgeschichten, Hawelka hätte lieber mehr

über Mitteregger erfahren, aber über den wollten sie offenbar nichts sagen. Außer dass er Stammgast in einem Tankstellenespresso am Ortsrand war. Das war also die heutige Tagesaufgabe. Wenn sie den Tag überleben sollten. Aus Schierhubers Zimmer drang lautes Schnarchen.

Huabm

8. Dezember

Der verdammte Kommunist! Hatte nicht lockergelassen, bis er ihm das Geld gegeben hatte. Natürlich stand es ihm zu, das war ja nicht der Punkt. Aber wo kommen wir hin, wenn jeder Arbeiter sich sein Geld abholt, wann es ihm passt? Wenn Mailing nicht reingekommen wäre, dann hätte er dem Kommunisten einmal den Marsch geblasen. In nächster Zeit würde er ihn in der Firma ohnehin nicht brauchen. Überhaupt: Niemand war unersetzbar. Aber Mailing war reingekommen und hatte den Kommunisten so freundlich begrüßt wie alle Menschen. Ganz die liebenswürdige Gastgeberin. Und sie hatte ihm sogar etwas zu trinken angeboten. Das war das Dümmste, wie leicht hätte der ungebetene Gast ihre unterschiedliche Reisegarderobe sehen und daraus seine Schlüsse ziehen können. Daher hatte er schließlich dem Kommunisten gegeben, was der wollte, und ihn dann mit einigen unfreundlichen Worten weggeschickt. Aber der Tag hatte sich trotzdem nicht wunschgemäß entwickelt. Die Probleme hatten erst richtig angefangen.

Jemand war ihm gefolgt. Anfangs war es nur ein Gefühl gewesen. Ein Verdacht, nicht mehr. Gesehen hatte er niemanden, keinen Wagen, kein Motorrad, kein Irgendwas. Aber das Gefühl war da. Dabei war es eigentlich unmöglich! Er war die einsamen Straßen mal mit sechzig dahingezockelt, dann wieder hatte er Gas gegeben und war mit Höchstgeschwindigkeit durch die Wälder gebraust, um schließlich abrupt anzuhalten, in einen Seitenweg hineinzuschieben, dort zehn Minuten zu parken und dann endlich wieder in die Gegenrichtung weiterzufahren. Er war in Osterwitz dreimal um das Feuerwehrhaus gekurvt, hatte dann eine Abkürzung zur Hebalmstraße genommen, war wieder runter nach Deutschlandsberg und schließlich über die Schilcher Weinstraße bis fast ganz nach Stainz hinein. Dann war er die Strecke wieder zurückgegondelt. Immer wieder Geschwindigkeitswechsel, Richtungswechsel und längere Stopps. Nichts. Aber das Gefühl blieb. War das Panik? Ließ er sich irremachen?

Schließlich hatte er sein Ziel erst nach Einbruch der Dunkelheit angesteuert, den Wagen in den alten Heuschober gestellt und war mit Rucksack und Waffen in die Huabm gegangen.* Die Tür hatte er geräuschvoll aufgesperrt, geöffnet und dann mit lautem Knall wieder zugeworfen. Von außen. Reglos hatte er fast eine Viertelstunde gewartet. Nichts hatte sich gerührt. Halbwegs erleichtert war er eingetreten und hatte die Tür von innen mehrfach verriegelt. Die Fensterläden waren geschlossen gewesen, wie immer, wenn die Huabm nicht gerade bewohnt wurde. Dennoch war er zunächst mit der abgeblendeten Taschenlampe herumgewandert und hatte die einzelnen Fenster der Stube von innen mit Decken verhängt. So konnte kein verräterischer Lichtstrahl nach draußen. Die erste Nacht würde er auch nicht heizen. Später, wenn er sicher sein konnte, dass ihm niemand gefolgt war, könnte er vielleicht ein kleines Feuer im Ofen riskieren. Er war dankbar gewesen, dass kein Schnee lag. Keine Reifenspuren, keine Fußspuren, die Huabm würde absolut verlassen aussehen.

Trotzdem dauerte es lange, bis er einschlief. Zwar war der Dezember bisher der wärmste der letzten zwanzig Jahre, dennoch war die seit Wochen ungeheizte Huabm kein kuscheliges Domizil. Die Matratzen und Decken waren klamm, er fror, und die üblichen Geräusche des Brunnens und des alten Holzbaus ließen ihn alle paar Minuten den Atem anhalten und in die Nacht lauschen. Erst gegen Morgen schlief er ein.

Keine Viertelstunde später schreckte er aus dem Schlaf hoch. Da war jemand! Schritte auf dem Holzboden. Seine Rechte packte das Gewehr, das er griffbereit neben das Bett gestellt hatte. Er brauchte nicht zu laden, nicht einmal zu entsichern. Alles schon erledigt. Nur mehr abziehen. Aber wo war der Eindringling? Die Schritte waren nicht gleich zu lokalisieren, er zielte mit dem Gewehr in die Dunkelheit, schwenkte den

---

* Huabm: eine kleine Bauernwirtschaft, bestehend aus (Holz-)Haus, Stall, Scheune.

Lauf zur Stubentür und zurück in die linke Ecke. Dann ließ die Anspannung ein wenig nach. Es war niemand in der Kammer. Auch nicht in der Stube. Die Schritte kamen vom hölzernen Vorbau beim Eingang. Außerhalb der verrammelten Tür. Einen Moment lang hatte er Lust, hinzurennen, die Tür aufzureißen und den Menschen draußen zu stellen. Endlich Klarheit zu gewinnen. Was sollte schon sein? Er hatte ein Gewehr! Aber dann blieb er doch mit angehaltenem Atem liegen, die schussbereite Waffe in der Hand, und lauschte den Schritten auf der Veranda. Es war, als ginge der Mensch draußen einfach hin und her. Nicht zögernd, nicht suchend, eher wie ein Wartender, der sich die Zeit oder die Kälte vertreibt, indem er auf und ab wandert. Jetzt war er beim Plumpsklo, verharrte kurz, drehte sich um, spazierte gemächlich wieder zurück, am hinteren Eingang vorbei, zu den Holzstiegen, die hinunter zum Brunnen führten, blieb auch dort eine kurze Weile stehen und setzte dann seinen Weg wieder in die Gegenrichtung fort. Dieser Mensch schien die Ruhe wegzuhaben. Er versuchte gar nicht, leise zu sein, er wollte, dass man ihn hörte. Das bedeutete aber, dass er wusste, dass sich jemand in der Huabm aufhielt. Und das wiederum bedeutete, dass er der Verfolger war.

Die Schritte waren von einer erschreckenden Gleichmäßigkeit. Die Pausen dazwischen nicht. Von links nach rechts, Pause, von rechts nach links, kurze Pause, von links nach rechts, längere Pause, von rechts nach links, noch längere Pause ... Was ihn so fertigmachte, waren die Pausen. Das Unregelmäßige. Wenn eine Pause kurz war, war es okay. Wenn man Schritte hörte, war es auch okay. Wer geht, macht nichts anderes, wie zum Beispiel die Tür aufbrechen oder einen Sprengsatz am Gebäude befestigen. Aber die Pausen! Die längeren vor allem. Die, wo man mitzählt und daran denkt, wie lange ein normaler Mensch braucht, um sich umzudrehen und seine Wanderung wieder aufzunehmen. Was tut er denn in der Pause? In die Nacht starren? Auf der Seite beim Abgang zum Brunnen kann man das vielleicht noch verstehen, aber auf der anderen Seite? Dort ist die Klotür, da gibt es nichts zu starren! Was also macht der Mensch? Warum so lange? Ein normaler Mensch starrt doch nicht so lange. Ja, ein normaler Mensch. Aber mit einem normalen Menschen hatte er es ja wahrscheinlich auch nicht zu tun. Folgt ein normaler Mensch einem anderen über Stunden? Geht ein normaler Mensch vor dem Eingang einer vermeintlich verlassenen Huabm auf und ab? Geht ein normaler Mensch vor dem Eingang einer bewohnten Huabm auf und ab? Macht ein normaler Mensch so lange Pausen zwischen dem Von-links-nach-rechts-Gehen und dem Von-rechts-nach-links-Gehen? Ist ein normaler Mensch um diese Zeit überhaupt wach?

Plötzlich reichte es ihm. Er würde sich wehren. Jetzt. Sofort! Er stieg aus dem Bett und schlich in die Stube. Dort waren zwei kleine Fenster auf der Südseite wie in der ersten auch. Aber ein noch kleineres Fenster ging auch nach Westen, und von dem aus konnte man das letzte Stück Veranda vor der Stiege zum Brunnen sehen – den Platz, wo eine der beiden Pausen stattfand. Oder auch nicht sehen, wegen der Dunkelheit. Aber man konnte in die Richtung schauen. Oder zielen. Und nicht nur das.

Er zog die Decke vom Fensterflügel und drehte am Verschluss. Die Schritte waren weit weg. Drüben beim Klo. Fast lautlos zog er das Fenster auf. Der Fensterladen davor war mit einem kleinen Querbalken verriegelt. Den Querbalken zu lösen, den Laden aufzustoßen, das Gewehr in Anschlag zu bringen – das alles würde nicht mehr als drei, vier Sekunden dauern.

Er wartete.

Die Schritte kamen wieder näher.

Er wartete.

Pause.

Die Schritte entfernten sich.

Er wartete.

Jetzt war der andere drüben.

Pause.

Dann kamen die Schritte wieder näher.

Er wartete.

Gleich würde der andere den Platz erreichen.

Er hob das Gewehr mit der Rechten und umklammerte den Querbalken mit der Linken. Nur noch ein paar Augenblicke.

Aber in dem Moment stoppten die Schritte früher als sonst, und dann entfernten sie sich rasch wieder in Richtung des Klos. Was war los? Die Schritte stoppten erneut, diesmal auf halbem Weg. Was war los?

Eine Minute verging. Dann noch eine. Er ließ den Querbalken los und senkte das Gewehr. Draußen herrschte absolute Stille. Als hätte sein Verfolger seine Absicht erraten, hatte er seine Wanderung unterbrochen. Er musste auf Höhe der Tür sein. Machte er sich etwa schon an ihr zu schaffen? Aber das müsste man doch hören! Geschätzte vier Minuten waren nun schon vergangen. Fünf Minuten. Sechs. Ihm war kalt. Er war ja auch in Socken ans Fenster geschlichen und hatte auch die Jacke beim Bett zurückgelassen. Sieben Minuten. Acht. Nach wie vor kein Laut.

Was tat dieser Mensch? Wer war er überhaupt? Was wollte er hier? Was wollte er von ihm? Wusste der Mann, was er getan hatte? Er zitterte – nicht nur vor Kälte.

Elf Minuten. Zwölf, dreizehn.

Mit einem Mal ergriff ihn eine unkontrollierbare Wut. Ohne nachzudenken hob er den Querbalken, stieß den Fensterladen auf, steckte den Lauf durch die Öffnung, drehte die Waffe so weit wie möglich nach rechts und feuerte. Dann zog er das Gewehr hastig zurück, lud nach und wiederholte die Aktion. Beim dritten Schuss hörte er einen gellenden Schmerzensschrei. Dann herrschte wieder absolute Stille.

Tankstelle

12. Dezember

Schierhubers Handy intonierte den Radetzkymarsch. Als er am Display sah, wer anrief, schaltete er auf Lautsprecher, damit auch Hawelka gleich Bescheid wusste.

»Jo?«

»I bin's.«

»Und?«

»Jo, eh.«

»Passt.«

»Jo.«

»Und waun?«

»Morg'n in da Fruah.«

»Guat.«

»Jo.«

»Mir kumman daun hi.«

»I ruaf au.«

»Passt.«

Sie legten auf. Hawelka meinte sich zu erinnern, dass ein Schwager jemand Angeheiratetes ist, gesprochen hatte der andere jedoch wie Schierhubers Zwillingsbruder. Aber vielleicht sind oberhalb vom Brunner Berg alle so, dachte er. In Horn war die Geschwätzigkeit der Waldviertler noch nicht ganz so ausgeprägt gewesen.

Am nächsten Morgen saßen sie im Wagen, tranken Kaffee aus Bechern und warteten auf den Schwager*. Am Vortag hatte dieser bei der Rückfahrt von Italien einen kleinen Umweg gemacht und getankt. Dabei hatte er mit dem Tankwart ein äußerst konstruktives Gespräch geführt. Man hatte sich glänzend verstanden.

»In da Fruah« war ein dehnbarer Begriff. In diesem Fall hätte sich Hawelka eine etwas konkretere Zeitangabe gewünscht, aber Schierhuber klärte ihn auf, dass das genaue Eintreffen sei-

* Den anderen.

nes Schwagers bei der Tankstelle von vielen Faktoren abhing und nicht genau einzugrenzen war.

»Von welchen Faktoren?«, wollte Hawelka wissen.

»Wann er aufsteht, wo er lädt, wann er dort fertig ist, wie der Verkehr herzu ist und so.« Schierhuber zuckte die Schultern, zum Zeichen, dass er die Liste endlos fortsetzen könnte und man der Natur nicht ins Handwerk pfuschen sollte. Der Schwager würde also anrufen, wenn er die Autobahn verließ und sich in Richtung Stainz bewegte.

Die Konsultierung des »anderen« Schwagers war notwendig geworden, weil Hawelka und Schierhuber im Tankstellenespresso auf Granit gebissen hatten. Gegen die Ex-Saufkumpane Mittereggers war der Bezirksinspektor Bacher ein wohlwollender Menschenfreund und ein überschwängliches Plappermäulchen, das zur Fraternisierung neigte. Sie hatten keine Auskunft erhalten. Wieder waren ihre Hauptprobleme zutage getreten: Sie kamen aus Wien, deshalb konnte sie keiner leiden. Zudem waren sie von der Polizei und brauchten Hilfe, deshalb konnte sie erst recht keiner leiden.

»Ohne Druck kummt nix z'ruck«, stellte Schierhuber nach dem ersten Versuch im Espresso fest.

»Und woher nehmen wir ein Druckmittel?«, fragte Hawelka verzweifelt. »Die lachen uns doch aus.«

Sie gingen im Geist die Liste der Tankstellenfraktion durch: Reini, der Tankwart, war der Star hier, und wenn er nicht kassierte oder sich an den Zapfsäulen zu schaffen machte, stand er im Espresso, das fünf Tische hatte und baulich nur durch ein paar Regale vom Tankstellenshop getrennt war. Die Getränke wurden von einer überaus dezent gekleideten Gitti serviert, was etliche Junggesellen mit genügend Freizeit auf den Plan rief, die hier nicht nur Kaffee tranken. Schlumpf, Zwickl und Saubär waren die Decknamen, unter denen man sie wahrscheinlich landauf, landab besser kannte als unter ihren richtigen. Die Kellnerin musste eine Bekannte der Berlakovic'schen Großnichte sein, ihre Nagelattrappen waren viereinhalb Zentimeter lang, hatten eine zweifärbige Metallic-Lackierung samt Rallye-Streifen und einen dezentral angebrachten Glitzerstein.

Alle miteinander hatten sie zugegeben, Mitteregger gekannt zu haben, sonst allerdings nichts.

»Wie knacken wir die?«

Generalstabsmitglied Schierhuber hatte daraufhin eine der zahlreichen in der Bevölkerung weitestgehend unbekannten Strategien vorgeschlagen.

»Tanktrick.«

»Was?«

»Tanktrick.«

»Kannst du das ein bisschen ausführlicher erklären, Sepp? Ich steh gerade, um beim Tank zu bleiben, auf dem Schlauch.«

»Ein Lkw-Tank fasst ungefähr vierhundert Liter. Zahlen tun die Fahrer alle mit der Tankkarte von der Firma. Ein Zwanzig-Liter-Kanister ist schnell abgefüllt.«

»Hä? Ach so, du meinst ...«

»Das sind ja nur fünf Prozent von einer Füllung. Der Verbrauch schwankt aber oft um über zehn Prozent. Kommt darauf an.« Schierhuber grinste ein bisschen.

»Und dann?«

»Dazu gehören zwei. Ein Fahrer und der Tankwart. Die machen halbe-halbe, der Fahrer füllt ab, der Tankwart hebt den Kanister für ihn auf und verkauft den Diesel dann. Übers Jahr kommt da ganz schön was zusammen.« Schierhuber grinste ein bisschen mehr.

Hawelka verstand und überlegte. Wenn der Schwager, Pardon, der andere Schwager natürlich, quasi als Lockvogel, so ein Geschäft mit Reini, dem Tankwart, anleierte, dann hätten sie ein ganz gutes Druckmittel, um ihm ein paar Informationen rauszupressen.

»Sepp«, sagte Hawelka fröhlich, »red mit deinem Schwager. Ich glaub, du hast da gerade eine sehr gute Idee gehabt.«

Und abermals nickte Schierhuber.

Es war nach halb acht. Vor über einer Stunde hatte der Schwager Bescheid gegeben. Seit kurz vor sieben standen sie jetzt auf dem Parkplatz schräg hinter der Tankstelle. Die Stimmung war ein wenig gedrückt. Der Kaffee war kalt, Hawelka hatte Hunger, und Schierhuber fand keinen Sender mit seiner Motivationsmusik. Außerdem waren sie beide todmüde. Kurz vor drei viertel acht war es dann so weit. Ein Sattelschlepper bog auf den Parkplatz ein und drehte gemütlich eine Ehrenrunde, bevor er sich bei einer Lkw-Zapfsäule anstellte. Ohne ein Wort nahm Schierhuber seinen Feldstecher vom Rücksitz und stellte ihn scharf. »Zielperson kommt aus dem Kassengebäude«, meldete er militärisch knapp. Hawelka konnte Reini, den Tankwart, auch ohne Feldstecher tadellos erkennen. Dieser schüttelte jetzt dem Lkw-Fahrer die Hand, hängte den Zapfhahn an den Einfüllstutzen und ging dann in eine der Serviceboxen. Nun rann der Diesel unentwegt in den riesigen Lastwagentank. Der Schwager ging mittlerweile auf die WCs zu. Schierhuber senkte den Feldstecher. Er warf Hawelka einen Blick zu, der absolute Bereitschaft signalisierte, und hob dann das Fernglas wieder an die Augen. »Zielperson kommt zurück.« Der Tankwart trug zwei große Kanister. Hawelka grinste. Bald war es so weit. Er nahm die Dienstkamera vom Rücksitz, zoomte und schoss ein paar erste Fotos. »Zugriff?«, fragte Schierhuber.

Manchmal verwandelt sich der Sepp von einem gemütlichen Beamten in einen fanatischen Jäger. Ich glaube, mein Partner ist ein Raubtier, das die meiste Zeit faul im Schatten döst, aber wenn es die Beute wittert, ist es aus mit der Beherrschung, dachte Hawelka und sagte schnell: »Langsam. Warte noch. Aber wir können unauffällig ein bisschen näher rangehen.«

Sie stiegen aus. Der Schwager kam vom Klo zurück. Der Tankwart stoppte den Dieselfluss, hängte den Tankschlauch in den ersten Kanister und sah scheinbar gelangweilt in alle Richtungen. Schierhuber studierte konzentriert das »Zu verkaufen«-Schild eines Gebrauchtwagens, sein Gesicht war dabei vom Tankwart nicht zu sehen. Hawelka stand seitlich hinter einem Kastenwagen. Als der Tankwart den Schlauch in den zweiten Kanister hängte, schoss er wieder ein paar Bilder, dann steckte er die Kamera weg und ging zielstrebig in Richtung Tankstellenklo.

Schierhubers Schwager pfiff einen alten Schlager von Udo Jürgens. Der Tankwart verschloss die Kanister und trug sie zur Servicebox, während der Schwager wieder in den Lkw tankte. Hawelka ließ die Klotür ein Stück offen und ging wieder auf Fotosafari. Der Tankwart kam zurück. Er zog einen Schein und ein paar Münzen aus der Tasche und drückte sie dem Schwager in die Hand. Hawelka knipste und knipste und knipste.

Als der Tank voll war, gingen die neuen Komplizen zur Kassa. Dort stand Schierhuber und las in einem Automagazin. Der Schwager bezahlte mit seiner Firmentankkarte. Hawelka betrat den Kassenraum und rief: »Hallo!«, wobei der den Tankwart freudig angrinste. Der kramte in seinem Gedächtnis. »Hallo«, murmelte er schließlich und gab dem Schwager die Rechnung. Dieser deutete einen Gruß an und verschwand. »Habts schon eine Spur?«, wollte der Tankwart wissen. Er hatte sie mittlerweile wiedererkannt.

»Ja«, strahlte Hawelka, »kannst du dich ein paar Minuten vertreten lassen? Wir müssen dir was Interessantes zeigen.«

»Was Interessantes schau ich mir immer an. Das ist einmal klar«, brummte der Tankwart. Dann rief er einen Robert aus der Servicebox, der sich sogleich zur Kassa setzte, und sie gingen rüber ins Espresso.

»Schau, was ich hab«, sagte Hawelka zu Reini und hielt ihm die Kamera hin. Der sah ihn fragend an. »Na, schau nur, sind echt scharfe Fotos.« Der Tankwart sah auf das Display und klickte sich durch. »Was ist das, warum macht ihr das?« Reini verstand gar nichts.

»Weil wir finden, dass du auf Fotos gut aussiehst.«

»Was? Ich? Ihr wollts mich verarschen, oder?«

»Stimmt. In Wahrheit siehst du gar nicht gut aus. Aber vor allem sieht es gar nicht gut für dich aus! Schau, wir haben eine eidesstattliche Erklärung von dem Lockvogel im Lkw, wir haben die Fotos, er hat das Geld, wo deine Fingerabdrücke drauf sind. Das heißt ganz einfach: Deinen Job bist du los, für einen Bericht mit tollem Foto in der Zeitung sorgen wir, somit kriegst du auch so schnell keinen neuen Arbeitgeber. Vielleicht noch eine Vorstrafe, und wer weiß, vielleicht können dir die Kollegen aus der Wirtschaftsabteilung noch was ganz anderes nachweisen, wenn sie die Kassen der letzten Jahre hier prüfen. Gegen die sind wir ja die reinsten Amateure, weil wir sind auf ganz was anderes spezialisiert.«

Hawelka fühlte sich nicht besonders gut dabei, dem anderen derart die Daumenschraube anzusetzen, aber hier ging es um Mord. Um einen großen Fall, der vielleicht den Durchbruch für sie bedeuten konnte. Außerdem, dachte er, mag ich seine arrogante Art ohnehin nicht. Das machte ihm die Daumenschraubennummer gleich wieder ein bisschen leichter.

In der Zwischenzeit hatte Reini nachgedacht und war zu dem Schluss gekommen, dass es wahrscheinlich besser war, nicht zu behaupten, dies sei seine erste Beteiligung an einem Benzindiebstahl gewesen. Und dass es wahrscheinlich besser war, sich überhaupt sehr kooperativ zu verhalten. Und dass es an den beiden Polizisten war, ihm zu sagen, was sie von ihm wollten. Außerdem hatte er Angst.

»Okay. Was wollt ihr wissen?«

»Was wir schon gestern gefragt haben. Alles über den toten Mitteregger. Du kannst ruhig weiter ausholen. Wir sind gute Zuhörer.«

Sie orderten Kaffee, und Reini ignorierte die fragenden Blicke der Kellnerin. Als sie weg war, begann er zögernd: »Na ja, was weiß ich schon über den, er war halt immer da, hat gesoffen wie ein Loch, und wenn er blöd drauf war, hat er zu stänkern angefangen. Da war es besser, wenn man einen Bogen um ihn gemacht hat.«

»War er jeden Tag da?«

»Fast. Außer, wenn er irgendeinen Pfusch weiter weg gehabt hat. Dann hat er eben dort gesoffen und gestänkert.«

»Was für Pfusch?«

»Alles Mögliche.«

»Geht's ein bisschen genauer?« Das kam von Schierhuber. Bevor Reini antworten konnte, wurden sie wieder von der Kellnerin unterbrochen, die Kaffee und, ohne dass Hawelka eine Bestellung gehört hatte, eine Lieferung Jägermeister für seinen Partner brachte. Dann ging sie wieder. Reinis Blick haftete an ihrem Hinterteil. In dieser schweren Stunde brauchte er etwas Vertrautes, um sich aufzurichten.

»Meistens bei Bekannten oder Bekannten von Bekannten. Fliesen legen, ausmalen, mauern, im Garten was tun, Holz schneiden. Und im Sommer halt die Baustellen, als Zureicher oder Hilfsarbeiter – gemacht hat er alles, aber nicht berühmt, das ist einmal klar. Und sonst, na ja.«

»Siehst du, Reini, genau über das ›Na ja‹ wollten wir mit dir reden. Was genau meinst du?«

Unabgesprochen spielten sie Good Cop, Bad Cop. Anders als sonst war diesmal Hawelka der Böse und Schierhuber der verständnisvolle Freund, der Reini jetzt (ebenso wie sich selbst) großzügig Jägermeister in den Kaffee goss und dafür einen dankbaren Blick erntete.

»Na ja, so nicht ganz legale Sachen halt. Ab und zu was verkaufen, was ihm gar nicht gehört hat.«

»Und wie ist er an die Sachen gekommen?«

»Was weiß ich? Gefunden vielleicht, oder so.«

»Geh, Reini!«, tadelte Schierhuber sanft und lächelte milde, als hätte er ein Kind beim Nasenbohren erwischt. Hawelka bemühte sich, finster zu schauen.

»Ja, na ja, vielleicht hat er sie auch mitgehen lassen irgendwo. Kleinigkeiten vom Bau, einen Bohrhammer, eine Kreissäge, vielleicht einmal einen Fernseher, der in einem Wochenendhaus –«

»Er war also auch im Hehlereigeschäft tätig, und ab und zu ist ihm ein Einbruch passiert«, stellte Hawelka fest.

»Ja, so könnte man sagen.«

»Noch was?«

»Manchmal hat er auch was geschossen und das Fleisch dann verkauft. Eh billig.«

»Gewildert praktisch.«

»Ja. Eh. Aber nicht viel, glaub ich. Da war so mehr ein Hobby von ihm. Den Jagdschein haben sie ihn nicht machen lassen. Da ist er halt manchmal so losgezogen.«

»Also die Wilderei war nur aus Leidenschaft?«

»Na, wenn sie ihn doch den Jagdschein nicht haben machen lassen!«

»Ich verstehe.« Schierhuber glich einem Beichtvater.

»Weil immer nur Treiber, das war ihm halt auch zu wenig, das ist einmal klar.«

»Was?« Hawelka kannte den Ausdruck, war allerdings im Waidwerk nicht sonderlich bewandert, weshalb er gerne Näheres gewusst hätte.

»Was, ›was‹?«, wollte Reini wissen, der das Fragewort kannte, aber in der Sinnerfassung nicht sonderlich bewandert war.

»Was ist ein Treiber?«

»Na, der treibt halt. Also die Viecher, die Tiere, meine ich.« (Reini hatte sich gerade noch rechtzeitig daran erinnert, dass die Polizisten aus Wien kamen, und befürchtete, sie mit komplizierten Fachbegriffen aus der Fauna überfordert zu haben.)

»Bei einer Jagd?«

»Bei einer Treibjagd, ja.«

»Alles klar«, stellte Jägermeister Schierhuber kopfnickend fest. »Und das hat er öfters gemacht?«

»Na ja, öfters. Ja, früher öfters, in letzter Zeit nicht mehr so.«

»Weil ihm die Wilderei mehr gegeben hat«, mutmaßte Hawelka.

»Ja, das ist einmal klar«, bestätigte der Tankwart. »Und auch wegen der Geschichte …«

»Geschichte?«

»Ja, eine blöde Geschichte, da ist er eigentlich unschuldig reingeraten. Ausnahmsweise unschuldig. Da hat er wirklich nichts dafür können, der Zwickl und der Schlumpf haben das auch gesagt, die waren ganz in der Nähe, da war er wirklich unschuldig, er ist ja dann auch freigesprochen worden, weil das ja ein Unfall war, irgendwie.«

»Ganz langsam, Reini. Ich stell dir jetzt nur eine Frage und dann die nächste und so weiter. Also immer eine nach der anderen, und du antwortest auch immer nur auf die eine. Verstehst du?«

»Ja.«

»Was für eine Geschichte?«

»Na, der Unfall.«

»Gut. Was für ein Unfall?«

»Der Jagdunfall. Das Kind.«

»Okay. Ein Jagdunfall. Ein Kind. Was ist passiert?«

»Das Kind hat einen Streifschuss abgekriegt und ist gestorben.«

»Aha. Das ist – wann war das?«

»Vor zwei Jahren.«

»Und der Schuss kam vom Mitteregger?«

»Aber nein. Die Treiber schießen ja nicht. Die haben nicht einmal ein Gewehr mit.«

»Und wer hat dann geschossen?«

»Der Baumeister Gautsch.«

Familie

12. Dezember

»Hat sich der Troindl schon wieder aufgeregt? Der ist ein Wahnsinn, das geht nicht, das ist ein Wahnsinn, das halt ich nicht aus. Da muss man doch was tun können dagegen. Das weiß man ja nicht, was dem alles einfällt, wenn er sich was einbildet. Der bildet sich ja dauernd was ein, vor zwei Monaten, nein, das war schon vor der Jenny ihrem Geburtstag, also vor drei Monaten, da ist ihm eingefallen, dass wir Strahlen zu ihm schicken. Wir. Unsichtbare Strahlen, die seinen Fernseher stören und sein Radio. Unsere Strahlen! Und sein Hund frisst deswegen auch nichts mehr. Ich hab ihn gefragt: ›Was für Strahlen denn, Herr Troindl, was sollen wir Ihnen denn für Strahlen schicken, was sind das für Strahlen, die man nicht sehen kann und die Ihren Hund‹ – eigentlich wollte ich was anderes sagen über das Vieh, aber ich hab mir's echt verbissen, auf der Zunge wär es mir schon gelegen, weil das Vieh ist echt ein Wahnsinn –, ›also die Ihren Hund nicht fressen lassen, was sollen das für Strahlen sein?‹ Und er schreit mich an, dass das unsichtbare Strahlen gewesen sind. JENNIFER, HÖR AUF! Wie soll das gehen, woher sollen wir Strahlen nehmen und zu ihm schicken, das hab ich ihn gefragt, aber er hat nur herumgeschrien und gesagt, dass er die Beweise hat, und er wird uns anzeigen, weil wir ein Gerät haben, das ihm die Strahlen hinüberschickt, und dann hat er mich noch beschimpft. Jetzt wohnen wir fast ein Jahr da, und ich halt es schon echt nicht mehr aus, in der Wohnung, die wir früher gehabt haben, war es auch nicht schlimmer – JENNIFER, LASS BITTE DEN MARCEL IN RUHE! –, da haben wir zwar keinen Platz gehabt und mit den Kindern in einem Zimmer schlafen müssen, aber da waren die Nachbarn nicht so arg. Wir haben jetzt so eine Kamera aufgehängt, oder eigentlich sind es ein paar Kameras, die rund um das Haus filmen. Also wenn eine Bewegung ist, dann schalten sich die ein und filmen, und die funktionieren auch in der Nacht. Und dann haben wir uns die Aufnahmen angesehen, na, was glauben Sie, der ist mitten in der Nacht mit dem Hund gegangen, und wie er bei unserer Gartentür war, hat er den Hund groß machen lassen. Direkt vor unserer Gartentür. Jetzt haben wir den Beweis gehabt, dass das von seinem Hund war, weil früher hat er es ja immer abgestritten, dass die Haufen von seinem Hund waren, und – JENNIFER, HÖR JETZT AUF, SONST WIRD DIE MAMA BÖSE! Jedenfalls kann das so nicht weitergehen, ich bin froh, dass Sie da sind.«

Die Großnichte des Auskunftsbüros war offenbar kürzlich auf großer Steiermarktournee gewesen. Die rosa Jogginghose mit den glänzenden Silberstreifen passte wunderbar zu den Nägeln. Gewichtsmäßig war die junge Frau zwischen der etwas leichteren Hawelka- und der stattlichen Schierhuber-Klasse angesiedelt. Seit sie bei der Gartentür ihre Ausweise gezückt hatten, waren sie noch nicht zu Wort gekommen.

»Also, wenn sie ihn verhaften oder so was, wir haben den Beweisfilm im Computer, und Fotos haben wir auch viele gemacht. Weil das ist ja schon losgegangen, wie wir eingezogen sind. Der ist ja dagestanden und hat gesagt, wenn die Kinder laut sind, dann zeigt er uns an, und wenn wir laute Musik spielen, dann zeigt er uns auch an und so weiter. Das war seine Begrüßung am ersten Tag, das muss man sich einmal vorstellen, da freut man sich auf das neue Haus und den Garten, und dann kriegt man so eine Begrüßung vom nächsten Nachbarn, da hab ich mir gleich gedacht, das mach ich nicht mit, das ist ein Wahnsinn, so ein Nachbar, das halt ich nicht aus. JENNIFER, WENN DU DEN MARCEL NOCH EINMAL HAUST, KRIEGST DU EINE!«

Als Reaktion auf diese Drohung ließ Jennifer einen linken Haken gegen Marcels Kinn los, dass es nur so krachte. Marcel sah sie eine Viertelminute lang fassungslos an, dann begann er herzerweichend zu heulen.

Die Mutter sprang trotz ihres Leibesumfanges überraschend schnell auf die Tochter zu und schlug ihr mit der flachen Hand dreimal auf den Kopf. »SO, DAS HAST JETZT DAVON! JETZT HAT DICH DIE MAMA NICHT MEHR LIEB!«

Einen Moment lang meinte Hawelka bei seinem Partner ein drohendes Stirnrunzeln gesehen zu haben, in Verbindung mit einer Bewegung, als wolle sich der Zwettler auf die Frau stürzen, um sie zu zerfleischen, aber gleich darauf war Schierhubers Gesicht wieder das gleichgültigste der Welt. Marcel hatte sich durch die Züchtigung seiner Schwester sofort trösten lassen, er lachte sogar schon wieder.

»Frau Belosek, dürften wir, ich meine, könnten wir vielleicht hineingehen? Wir müssen Ihnen ein paar Fragen stellen«, sagte Hawelka so neutral wie möglich.

Nachdem sie erneut ihre Ausweise vorgezeigt hatten, bewegte sich die Karawane langsam durch den Garten auf das nagelneue Fertigteilhaus zu. Zuerst ging die Hausherrin und zog Marcel, der nicht so recht wollte, mit sich, dahinter kam Jennifer, die ihren Bruder von hinten mit einer improvisierten Peitsche aus Lakritzschnüren antrieb, dann folgten Hawelka und Schierhuber.

Die Inneneinrichtung war aus dem Versandmöbelkatalog, neu, trotzdem bereits abgewohnt. Tonnen von Kinderspielzeug waren gleichmäßig über alle Böden und Sitzgelegenheiten verteilt. Im Wohnzimmer lief der Fernseher in Konzertlautstärke. Eine Art Badeschwamm mit unangenehmer Stimme machte allerlei Blödsinn, gelegentlich wurde auch gesungen. In einem der Kunstleder-Fauteuils saß ein schlaksiger Bursche von ungefähr fünfundzwanzig Jahren und warf den Eintretenden einen erstaunten Blick zu, bevor er sich wieder dem Geschehen auf dem Bildschirm widmete.

»Sascha, kommst du bitte? Das sind Herren von der Kriminalpolizei, die uns was fragen wollen, wegen dem Herrn Troindl.«

Die Wachablöse vor dem Fernseher wurde nach einem jahrhundertealten Zeremoniell durchgeführt: Sascha erhob sich langsam, wie ein Schlafwandler, die Kinder stürzten sich mit Indianergeheul auf den freien Sitzplatz, Marcel war Erster, kletterte hinauf und freute sich, wurde allerdings sofort von Jennifer mit einem Judogriff in den Schwitzkasten genommen, mittellange gewürgt und schließlich achtlos auf den Boden geworfen, wo er sofort die Arie vom sterbenden Marcel anstimmte. Der Badeschwamm sang das Lied von den drei unartigen Gummienten.

Sascha kam ratlos näher und gab ihnen artig die Hand. Seine Holde bot ihnen Plätze am Esstisch an, die allerdings von unzähligen Puppen bedeckt waren.

»JENNIFER, RÄUMST DU BITTE DEINE PUPPEN WEG!«

Jennifer räumte ihre Puppen nicht weg. Stattdessen trat sie ihrem Bruder in die Rippen. Die Arie steigerte sich.

»JENNIFER, WENN DU DEINE PUPPEN NICHT WEGRÄUMST, DÜRFTS IHR DEN SPONGEBOB NICHT ANSCHAUEN!«*

Diese gefährliche Drohung zeigte sofort Wirkung. Jennifer schrie ein wütendes »Nein, das ist gemein!«, verzog das Gesicht zu einer hässlichen Fratze und donnerte Marcel, der sich aufgerappelt hatte, erneut den Fuß in die Rippen. Wohl aus humanitären Gründen diesmal an einer anderen Stelle (Jennifer war sehr sensibel, wie ihre Mutter oft versicherte). Marcel gewährte eine Zugabe und konnte die zuvor erreichte Dezibel-Zahl sogar noch steigern. Da bei diesem Geschrei kein vernünftiger Mensch den ausgefeilten Text des unartigen Gummientenliedes verstehen konnte, schnappte sich Jennifer die Fernbedienung und drückte die Lautstärketaste ungefähr siebenmal. Das Ergebnis konnte sich hören lassen, Marcels Leistung verblasste zuhörends.

In der Zwischenzeit hatte Schierhuber die Aufräumarbeiten in die Hand genommen, er kippte zwei Sessel so, dass die darauf angehäuften Puppen auf den Boden fielen und setzte sich ohne große Umstände. Als Gastgeber, der wusste, was sich gehört, bot er seinem Partner den freien Stuhl an und zückte einen

---

* Eine pädagogische Team-Building-Maßnahme, die aus dem Armeewesen stammt: Lässt eine(r) sich eine Verfehlung zuschulden kommen, werden automatisch alle anderen mitbestraft.

Notizblock samt Kugelschreiber. Das taten sowohl Hawelka als auch er selbst so gut wie nie, aber hier schien es durchaus angebracht, sich ein wenig offizieller zu geben.

Sascha stand daneben und war von der Leistung des Polizisten offenbar tief beeindruckt. Kurzzeitig hatte er sogar den Blickkontakt zum Bildschirm aufgegeben. Die Hausfrau hingegen war nicht bereit, das Verhalten ihrer Tochter zu dulden.

»JENNIFER, DREH BITTE SOFORT LEISER, DIE HERREN VON DER POLIZEI WOLLEN SICH MIT UNS UNTERHALTEN!«

Die Puppenwegräumweigerung war somit vergessen, und das nächste Problem wurde in Angriff genommen. Jennifer reagierte nicht.

»JENNIFER, WENN DU NICHT SOFORT LEISER DREHST, NEHMEN EUCH DIE MÄNNER MIT UND STECKEN EUCH INS GEFÄNGNIS!«

Marcel, die dritte. Diesmal übertönte er den Fernsehapparat. Seine sensible Schwester hingegen kannte ihre Mutter.

»Können Sie den Apparat ein bisschen leiser drehen und sich zu uns setzen? Wir haben ein paar Fragen.« Hawelka schlug einen betont neutralen und amtsmäßigen Ton an. Sascha schaute ratlos zuerst auf den freien beziehungsweise nicht freien Sessel vor sich, der von der Schierhuber'schen Reinigungsaktion nicht betroffen war und folglich als Puppenstapelplatz diente. Seine Frau hingegen wollte noch nicht so recht an Jennifers Ungehorsam glauben.

»JENNIFER, ICH SAG DIR'S JETZT ZUM LETZTEN MAL …«

Es folgten einige Minuten in der Wiederholungsschleife. Schließlich erhob sich Schierhuber gemütlich, ging zum Fernsehapparat und zog den Stecker, dann setzte er sich wieder an seinen Platz.

Es ist schwer zu sagen, wessen Mund länger in fassungslosem Staunen offen stehen blieb. Hawelka nützte die Pause jedenfalls und sagte: »Wir müssen leider ein für Sie schmerzliches Thema berühren. Den Tod Ihres Sohnes Marco vor zwei Jahren. Wie wir gehört haben, ist er einem Jagdunfall zum Opfer gefallen.«

Die Frau sah ihn einen Moment lang entgeistert an, als müsste sie sich erst in Erinnerung rufen, wer Marco war. Dann verzog sich ihr Gesicht, sie brach in Tränen aus und ließ sich kraftlos auf einen der Stühle sinken, wobei sie mehrere Puppen unter sich begrub. Ihr Mann schaute ratlos.

Zwanzig Minuten später saßen Hawelka und Schierhuber wieder im Auto.

»Was meinst du, Sepp?«

»Na ja.«

»Hab ich mir auch gedacht.«

Was sie sich beide gedacht hatten, war, dass die Frau wahrscheinlich irgendwann tatsächlich um ihr Kind getrauert hatte. Sicher sogar. Aber der heutige Ausbruch wirkte so übertrieben und aufgesetzt, dass es sogar einem einfühlsamen Typen wie Hawelka so vorkam, als säße er in einer Theatervorstellung. In einem schlechten Laientheater.

Was sie in den zwanzig Minuten mit vielen Unterbrechungen durch Weinkrämpfe und Wehklagen herausgefunden hatten, war, dass der kleine Marco, damals vier Jahre alt, aus unerfindlichen Gründen bei einem Waldspaziergang der Mutter ausgerissen und von einem Jäger unabsichtlich angeschossen worden war. Die nachfolgenden Ermittlungen und die Gerichtsverhandlung hatten eine Teilschuld für die Mutter (Vernachlässigung der Aufsichtspflicht), den Treiber Mitteregger (der diesen Teil des Waldes eigentlich als gesperrt hätte kennzeichnen sollen) und den Schützen Gautsch ergeben. Alle miteinander kamen sie mit Bewährungsstrafen davon.

Schon bevor die beiden zur Familie gefahren waren, hatten sie beim Auskunftsbüro Berlakovic Akten und sonstige Einzelheiten zu dem Fall angefordert. Diese würden spätestens morgen per E-Mail eintreffen. Dann würde man weitersehen. Aber Hawelka fand etwas ganz anderes interessant.

»Sepp, der Mann ist doch arbeitslos gemeldet, und sie ist wegen der Kinder zu Hause, stimmt's?«

»Stimmt.«

»Und wenn ich mir die zwei so anschaue, dann haben die vorher auch nicht im Börsengeschäft gearbeitet.«

»Stimmt auch.«

»Aber der Garten ist ziemlich groß und das Haus nagelneu. Was hat sie gesagt? Ein Jahr wohnen sie jetzt da?«

»Ein Jahr. Stimmt.«

»Ich kann mich ja auch täuschen, aber es würde mich nicht wundern, wenn da eine großzügige Spende im Spiel war.«

Der andere nickte. Dann fuhren sie los.

Kommunist

12. Dezember

Sie saßen mit widerwillig erteilter Sondergenehmigung der Kellnerin in der autorisierten Einheimischenwirtsstube und überlegten. An diesem Tag war doch einiges weitergegangen. Vor allem war einiges geredet worden. Zuerst hatte sich Reini, der Tankwart, zum Reden entschlossen, dann war Frau Vanessa Belosek über ihren Nachbarn ins Reden gekommen, schließlich hatten sie mit ihr über den Jagdunfall reden müssen, und dann, vor nunmehr einer knappen halben Stunde, war die Rede der Herta Berlakovic erfolgt. Es war ihnen also nicht mehr nach Reden zumute, viel lieber starrten sie ins Feuer, wie Männer das abends seit vielen tausend Jahren tun. Da kein Feuer brannte, starrten sie in ihre Biergläser (sie hatten es aufgegeben, sich durch Schilcherkonsum bei den Eingeborenen einzuschmeicheln). Schierhuber riskierte ab und zu einen Seitenblick auf sein Jägermeisterstamperl.*

Es waren ja auch keine Worte notwendig.

Sollte einer den genialen Einfall haben, wer Mitteregger umgebracht hatte, dann würde er es schon sagen, und der andere würde zustimmend grunzen.

Sollte es Hawelka sein, der den Mörder präsentierte, dann würde Schierhuber vorher noch ein wenig zweifelnd schauen. Eher aus Gewohnheit oder aus genetischen Gründen als aus Überzeugung.

Sollte jedoch keiner einen Namen parat haben, dann war es auch nicht notwendig, sich das pausenlos gegenseitig vorzuhalten. Es genügte doch auch, in schweigendem Einverständnis vor sich hin zu brüten.

Und sollte die Kellnerin sich entschließen, ihr Schäkern mit dem solariumgebräunten, circa sechzigjährigen Berufsjugendlichen am Tresen zu unterbrechen, um sich um die anderen

* Stamperl: Schnapsglas. Üblicherweise mit 4 cl Fassungsvermögen. An und für sich ein für Schierhuber völlig unzureichendes Gebinde.

Gäste zu kümmern, dann würden sie glatt noch ein Bier bestellen. Schierhuber vielleicht noch mehr.

Es sollte anders kommen.

Durch die Eingangstür schoben sich zwei Riesen, etwas größer als Schierhuber, mit etwas breiteren Schultern und etwas weniger Bierbauch. Das heißt, schon mit Bierbauch, aber auch mit Muskelmasse und was sonst noch so zu einem Riesen gehört. Alles in allem ziemlich beeindruckende Gestalten.

»Geburtstog is! G'feiert wird!«, sagte der eine.

»Haha, jo eh!«, lachte der andere zustimmend.

»Das ist recht, Papi. Geburtstag? Das ist ja super. Ja gratuliere!«, sagte die Kellnerin und streckte dem ersten Riesen die Rechte hin. Die Hand und der halbe Unterarm verschwanden in der Pranke und wurden dankbar geschüttelt. Dem Beispiel der Kellnerin folgten alle anwesenden Einheimischen, und da Hawelka und Schierhuber die einzigen nicht einheimischen Anwesenden waren, wären sie die Einzigen in der Gaststube gewesen, die nicht gratuliert hätten. Um das zu vermeiden, erhoben sie sich und gingen auf den Riesen zu, um ein »Alles Gute!« zu murmeln. Der war sichtlich gerührt.

»Bier und Schnaps für alle!«, schrie der Mann, den die Kellnerin als Papi bezeichnet hatte. Die Einheimischen grunzten zustimmend. Schierhuber auch. (Er hielt es wohl für das Beste, sich dem jahrhundertealten Brauchtum nicht zu verschließen.)

»I bin der Papi«, stellte er sich den beiden Wienern dann auch gleich vor.

»Und i der Pipi«, meldete der andere und riss ihre Hände an sich.

»Wie Vater und Sohn schauts ihr aber nicht aus«, scherzte Hawelka.

»Na, mir san Briada. I bin der Pipi.«

»Und i bin sei Papi. I pass a bissl auf am Pipi«, sagte der Geburtstagsriese. »Da Pipi is maunchmol a bissl kindisch.«

»Jo eh«, lachte der andere gutmütig.

»Aha.«

Bier und Schnaps wurden aufgefahren, man trank auf Papi,

und damit er sich nicht kränkte, trank man auch auf Pipi, der wiederum nur Cola trank. Dann trank man auf Geburtstage allgemein und dann auf die Steiermark. Man erfuhr, dass Pipi und Papi die besten Holzfäller zwischen Scheibbs und Nebraska waren, dass Pipi nur etwas über ein Jahr jünger war als Papi und dass sie allgemein nur »die Gössl-Buam« genannt wurden. Pipi hielt den Rekord im Baumstammwerfen, den Rekord im Autowrackumwerfen und einen Rekord im Sterz-Essen. Außerdem hatte er alleine einen Waggon des Flascherlzuges fünfzig Meter weit geschoben. Dem Waggon ging es mittlerweile wieder besser.

Papi hingegen hatte bei einer Wirtshausrauferei in Schlaundsberg* einmal acht Fleischhacker blutig gebirnt. Allen achten ging es mittlerweile wieder besser.

Die Vorbehalte gegen die Wiener kamen an diesem Abend nicht sonderlich zutage. Erstens beeilten sich die Polizisten zu betonen, dass sie eigentlich Waldviertler waren, und zweitens war Papi wegen des Geburtstages viel zu aufgekratzt, um finstere Gedanken zu haben. Pipi hingegen ließ sich von der Euphorie seines Bruders anstecken, und das wiederum ließ auch die anderen das Schilcherdebakel der Polizisten vergessen. Sie schimpften gemeinsam über die Bagage, die sich im Tankstellenespresso »nur deppert soff«, und ließen sich ein wenig über Mitteregger, »die Sau«, aus. Schließlich hatte man sich genug fraternisiert, um ein ungezwungenes Gespräch über den Jagdunfall von vor zwei Jahren zuzulassen.

Vanessa Belosek, die früher Steinegger geheißen hatte, kam bei der Plauderei nicht gut weg. Es fielen einige derbe Ausdrücke über ihre Figur und ihr promiskuitives Verhalten in jungen Jahren. Allerdings, und das fiel Hawelka auf, hielten sich die Anwesenden zurück, wenn Pipi zuhörte, als der aber dazwischen einmal austrat, übertrafen sich die Anwesenden mit Tiraden über Vanessa.

Den kleinen Marco trug sie mit fünfzehn unterm Herzen,

* Deutschlandsberg. Die Deutschlandsberger selbst sagen »Laundschberg«, die Stainzer hingegen »Schlaundsberg«.

da war sie zwar schon mit Sascha Belosek zusammen, dennoch wurde unter gemeinsamer Anstrengung und lautem Hallo eine beachtliche Liste möglicher Väter des Jungen zusammengestellt, wobei alle Anwesenden betonten, sich selbst nie in die Niederungen des körperlichen Kontaktes mit »der Volksmatratze« begeben zu haben. Als das Kind schließlich da war, heiratete Vanessa ihren Sascha, und bald darauf kamen Jennifer und Marcel, um die Familie zu vergrößern. Über den Jagdunfall selbst wusste man nichts Genaues. Pipi und Papi waren zwar auch als Treiber engagiert gewesen, hatten sich allerdings einige hundert Meter entfernt befunden, als der verhängnisvolle Schuss fiel. Allgemein wurde gemutmaßt, dass Mitteregger zu besoffen gewesen war, um die Jäger rechtzeitig zu warnen, dass sich da Spaziergänger im abgesperrten Gebiet aufhielten.

Wie auch immer, dachte Hawelka, die eigentliche Frage lautete doch –

»Die eigentliche Frage ist doch die«, sagte Schierhuber zu Pipi, der offenbar auf Anhieb einen Narren an ihm gefressen hatte und nicht mehr von seiner Seite wich. »Kann der Tod von dem Buben ein Motiv sein, dass zwei Jahre später jemand den Mitteregger umbringt?«

Genau das hatte Hawelka auch gerade fragen wollen.

»Ja, eh«, lachte Pipi gutmütig.

»Die Frage ist die, ob wir da noch was zum Trinken kriegen. Es ist so eine trockene Luft da herinnen«, animierte Papi die Kellnerin, die in der Zwischenzeit auf dem Schoß des Berufsjugendlichen Platz genommen hatte.

»Ja, einmal Luft auslassen«, stimmte Hager Hans zu und schwenkte das leere Krügel.

»Ah, machts euch doch selber den Pipenlackl«, animierte sie der Berufsjugendliche zur Selbstbedienung, um die Kellnerin noch länger dort verweilen zu lassen, wo es ihm guttat. Aber dazu war die Frau zu geschäftstüchtig. Sie sprang auf und eilte hinter den Tresen.

»Noch wer ein Bier?«

»Cola!«, forderte Pipi.

»Der Pipi trinkt keinen Alkohol«, erklärte Papi dem staunenden Schierhuber, »der tut ihm nicht gut.«

»Ja, eh«, feixte Pipi verlegen.

»Na, jetzt bin ich einmal dran«, sagte Schierhuber und orderte Pipis Cola sowie eine Runde Bier, begleitet von einer Runde Jägermeister, damit der Abend langsam in Schuss kam.

»Wenn er nichts sauft, ist er der gutmütigste Mensch auf der Welt«, flüsterte der Kellnerinnencasanova Hawelka zu. »Aber wenn er einmal dran ist, dann heißt's: ›Oha!‹«

»Fünfundvierzig ist das beste Alter, da steht er noch in Habt-Acht-Stellung, aber es dauert länger, bis er 's Pulver verschossen hat. Und die Weiber wollen dich nicht mehr gleich heiraten, weil s' in dem Alter eh schon alle einen Kasperl daheim haben. Die brauchen dich dann nur mehr für 'n Matratzensport«, erklärte Hager Hans dem grinsenden Papi seine Forschungsergebnisse für lustvolles Altern.

Und wenn der Jagdunfall ein Motiv ist, überlegte Hawelka in der Zwischenzeit weiter, dann doch am ehesten für die Eltern des toten Kindes. Er sah den schlaksigen Sascha vor sich und versuchte sich vorzustellen, wie der Bursche zuerst dem gestandenen Raufbold Mitteregger die Kehle durchschnitt, ihn dann zum Ausbluten kopfüber aufhängte und ihn schließlich als Betonstatue durch die Gegend führte.

Wenn ich je einen Verdächtigen hab ausschließen können, dann den, dachte Hawelka. Seine Energie wäre mit dem Heben des Messers verbraucht gewesen. Und er wäre doch nie auf so eine Idee gekommen. Den Toten einbetonieren und auf einen Sockel stellen! Er hätte ihn bestenfalls erschossen. Oder vergiftet. Oder mit dem Auto angefahren. Oder irgendwie so.

»Sechts Leidln, des is hoit da steirische Brauch, HOLLO-DAROH!
A Hackl im Ruckn und drei Messer in Bauch, HOLLO-DAROH!

Fix! Oasch! HOLLODAROH, HOLLODAROH, HOL-LODAROH!
Fix! Oasch! HOLLODAROH, des is hoit da steierische Brauch!«

Geburtstagskind Papi hatte angestimmt, und bereits beim ersten Hollodaroh waren außer Hawelka alle Gäste auf den Zug aufgesprungen gewesen.

»Deitschlaundsberger Weiber haum gelbe Strimpf aun, HOLLODAROH!
De brauchan s' net woschn, de soachan s' glei aun, HOL-LODAROH!
Sechts Leidln, des is hoit da …«

Mit Marcos Mutter sah es anders aus. Die hatte Energie, Körperkraft und etwas – Hawelka konnte es nicht genau benennen –, etwas Schlaues, etwas Durchtriebenes gar.

Jedenfalls traue ich es ihr eher zu als ihm, dachte er.

»Na, da ist ja was los, da feiert das Volk«, kam eine schneidende Stimme vom Eingang. Der Gesang verebbte langsam, und die Stammgäste murmelten Grußworte.

»Na, do is a jo, da Kommunist«, murmelte Pipi.

Das ist also der Mensch, der für meinen Lenin-Traum verantwortlich ist, dachte Hawelka, der Kommunist, auf den der Typ vor drei Tagen umsonst gewartet hat. Offensichtlich ist er wieder aufgetaucht.

Der Mann war klein, aber kompakt gebaut, vielleicht Anfang fünfzig. Man sah ihm ein Leben voll körperlicher Arbeit an. Sein Gesicht war spitz, und seine Augen waren wach und unstet. Sie erfassten die Szene in der Wirtsstube in Sekundenschnelle.

»Und die Herren Polizisten? Schon eingewöhnt? Schon fleißig beim Aushorchen?«

Er trat auf die beiden zu und streckte ihnen die Rechte entgegen.

»Hannes Plank. Arbeiter«, stellte er sich vor.
»Hawelka«, sagte Hawelka.
»Schierhuber«, sagte Schierhuber.
»Was wird denn gefeiert?«, fragte der Kommunist, der die Ansammlung leerer Gläser musterte.
»Da Papi hot heit Geburtstog«, meldete Pipi stolz.
»Na, das ist doch ein Grund zum Feiern!«, rief der Kommunist und trat auf den Riesen zu. »Alles Gute, Kamerad!«, wünschte er herzlich und schüttelte Papis Hand.
»Ich sage ›Kamerad‹, weil sich immer alle schrecken, wenn ich sie ›Genosse‹ nenne«, erklärte er Hawelka. »Sie haben Angst, Genossen zu sein. Sie haben Angst, plötzlich auch Kommunisten zu werden, wenn sie zu oft mit ›Genosse‹ angesprochen werden. Und wenn sie erst einmal Kommunisten sind, wer weiß, was ihnen da noch alles blüht? Vielleicht werden sie dann auf einmal stolz auf ihr Leben und ihre Arbeit. Vielleicht stehen sie dann auf einmal füreinander ein, leben eine Gemeinschaft, wo sich einer um den andern kümmert. Kommunist, Kummerl, Kummerer, Kümmerer, diese Worte sind sich ja nicht umsonst ähnlich. Aber was wäre das für eine Gesellschaft, für ein Leben, wo man plötzlich mitreden muss, mitentscheiden muss? Furchtbar! Wo kommen wir denn da hin, wenn uns nicht mehr die Kronen-Zeitung und die Kleine Zeitung und der Fernsehapparat sagen, was wir tun sollen? Auf einmal sollen wir selber denken? Na, so weit kommt's noch, dass wir das auch noch tun müssen!«
Er lachte schallend und bestellte Bier. Die anderen Gäste hatten den Lautstärkepegel stark heruntergeschraubt. Sie schienen ihn nicht direkt zu fürchten, auch nicht wirklich abzulehnen, aber seine Anwesenheit steigerte die Stimmung nicht wirklich.
Er ist hier die Spaßbremse, dachte Hawelka. Dabei war er überzeugt, dass die meisten der Anwesenden ohnehin kaum die Hälfte von dem verstanden, was er sagte. Das Bier kam.
»Geht auf mich«, sagte Papi laut und stieß mit dem Kommunisten an.

»Und von dir nehme ich ein Bier auch gerne an«, entgegnete dieser stolz. »Du bist ein Arbeiter wie ich. Das Bier bezahlst du mit dem Geld, dass du dir ehrlich verdient hast. Da schmeckt es mir gleich noch besser. Danke!« Er trank das Krügel auf einen Zug leer. »Und jetzt eine Runde auf mich!«, schrie er zur Kellnerin, die vorübergehend wieder ihren Schoßplatz eingenommen hatte. »Eine Runde Bier auf mich. Das könnt ihr mit reinem Gewissen trinken. Ich bezahle es auch mit dem Geld, das ich im Schweiße meines Angesichts verdient habe. Und das Bier macht zwar manchmal müde, manchmal einen blöden Schädel und manchmal auch eine kaputte Leber, aber eines macht das Bier nicht – es verwandelt euch nicht gleich beim ersten Schluck in einen Genossen. Ihr werdet nicht automatisch Kommunisten, wenn ihr dieses Bier trinkt. Und es ist auch nicht von Parteigeld bezahlt wie das Freibier, das ihr immer kurz vor den Wahlen bei den verschiedenen Veranstaltungen bekommt. Also könnt ihr es mit ruhigem Gewissen trinken.«

»Ich auch?« Pipi wagte einen Vorstoß.

»Fürn Pipi ein Cola!«

Man hörte ein paar gemurmelte Dankesworte. Die große Runde von vorhin hatte sich in Grüppchen aufgesplittert. Hager Hans und drei andere waren zum Kartenspielen abgetreten und zogen Schierhubers Aufmerksamkeit auf sich. Die Kellnerin schenkte Bier ein, wobei sie vom Berufsjugendlichen unterhalten wurde, der zu ihr an den Tresen gekommen war und ihren Ausschnitt nicht mehr aus den Augen ließ. Zwei weitere Gäste richteten sich zum Gehen, und zwei andere setzten sich an einen eigenen Tisch, um über irgendeine Pachtsache zu reden. An ihrem Eck des Tresens blieben Pipi, Papi und der Kommunist jetzt alleine. Hawelka und Schierhuber stellten sich anstandshalber dazu, wobei Schierhuber seinen Röntgenblick auch von hier aus auf die Kartenpartie richtete.

»Also, wie schaut's aus?«, fragte der Kommunist. »Wer war's?«

»Wenn wir das wüssten, könnten wir unser Bier schon wieder daheim trinken.«

»Ja, die Leute sind nicht sehr hilfsbereit gegenüber der Polizei, das wird da nicht anders sein als anderswo. Außerdem ist die Hilfsbereitschaft in unserer Gesellschaft heutzutage generell nicht sehr ausgeprägt. Hauptsache, mir geht's gut.«

»Ist das im Kommunismus besser?«, fragte Schierhuber grinsend.

»Von der Grundidee her schon. Aber funktioniert hat es in den sogenannten kommunistischen Systemen vor allem dadurch, dass die Leute nichts gehabt haben – es war einfach notwendig, sich gegenseitig zu helfen, dem anderen zu borgen, was er nicht gehabt hat. Aus dieser Notwendigkeit, da steckt ja schon das Wort ›Not‹ drinnen, ist ein Zusammenhalt entstanden. Da hat es keine ›Ich-AGs‹ gegeben. Sicherlich, es war nicht immer bequem, aber die Menschen waren in einer Gemeinschaft fast geborgen, möchte ich sagen.«

»Jo, eh.« Auch Pipi schien sich mit dem Kommunismus befasst zu haben.

»Ich hab mir nur das mit dem ›Religion ist das Opium des Volkes‹ gemerkt«, bekannte Schierhuber und schüttelte den Kopf über einen besonders blöden Fehler des einen Kartenspielers.

Es gibt also auch bei Männern die Multitasking-Fähigkeit, dachte Hawelka. Gerade bei Schierhuber, der manchmal scheuklappenartig reagierte und wie ein Panzer wirken konnte, gerade bei ihm hatte er das jetzt schon einige Male bemerkt.

»Hier irrte der Autor«, behauptete jetzt der Kommunist und bedeutete der Kellnerin, nachzuschenken. »Vielleicht war die Religion vor zweihundert Jahren noch das Opium des Volkes. Möglich. Aber inzwischen sind für das Volk eine ganze Reihe anderer Opiate auf den Markt gekommen: Unangefochtene Nummer eins hierbei ist der Konsum an sich. Eine rücksichtlose Spaß- und Genuss-Gesellschaft, für die es Zucker und Fett, Porno und Alkohol, Breitbildfernseher und Internet, Mallorca-Urlaube und Hüttenabende gibt. Zwischen diesen Drogen ist die Wirkung des Opiums Religion nur wie ein kleiner Zug vom Joint, im Gegensatz zu einer Nacht voll bunter Pillen. Religion ist tot!«

»Bei den Arabern auch?« Das war Pipi, unschuldig wie ein Kind. Einen Moment lang starrte ihn der Kommunist an wie den Weihnachtsmann, dann lachte er schallend.

»Den Islam meinst du? Du hast recht, Pipi. Du hast ganz recht. Ein Cola für meinen Freund! Du hast ganz recht.«

»Jo, eh.«

»Dort haben die Leute nichts, dort werden sie kleingehalten, dort ist die breite Masse nicht informiert, nicht gebildet, dort gibt es keine Ersatzdrogen – also doch Religion. Außerdem ist es eine starke, strenge Glaubensrichtung. Unsere Kirche hingegen ist ja immer mehr auf Kuschelkurs mit allem und jedem geraten«, ereiferte sich der Kommunist.

»Ich geh nicht in die Kirche«, bekannte Schierhuber. »Stören tut's mich nicht direkt, aber hingehen tu ich auch nicht extra. Sicher, als Bub war ich Ministrant, das hat dazugehört, den Weihrauch inhalieren und dem Pfarrer den Messwein wegtrinken und so, aber wenn man sich dann einen eigenen Wein leisten kann, dann hört sich das irgendwie auf mit der Religion.«

»Genauso wie du denken wahrscheinlich alle, die irgendwann ausgetreten sind.«

»Wir gehen jeden Sonntag in die Kirche«, ergriff Papi jetzt energisch das Wort. »Weil das haben wir schon immer gemacht, das ist unsere Religion, da gibt es nichts. Das lass ich mir von der El Kaida nicht nehmen. Die sollen mit ihrem Islam bleiben, wo sie wollen. Wir bleiben da und gehen in die Kirche. Gell, Pipi?«

»Am Sonntag«, bestätigte der andere und nickte eifrig.

»Das will euch ja keiner nehmen«, rief der Kommunist. »Das sollt ihr ja auch. Wenn es euch glücklich macht! Besser, als ihr hängt an der Wodkaflasche! Besser, als ihr rennt herum und vergreift euch an kleinen Mädchen. Besser, als ihr sitzt im Wettcafé. Besser, als …«

»Besser, als ihr bringt einen um und stellt ihn als Gipsfigur vor einer Kapelle auf«, setzte Schierhuber die Reihe gemütlich fort. Plötzlich verstummten die Gespräche.

»Wieso?«, fragte Papi nach einer Weile zögernd.

»Weil's verboten ist«, meinte Hawelka und bestellte Bier. Der Kommunist schien ein kluger Bursche zu sein, außerdem unerschrocken genug, um ihnen etwas über die Leute hier zu erzählen. Und auch über Opfer, mögliche Motive, die Familie Belosek und mehr.

Falls er etwas wusste.

»Und es ist auch besser, als hier das Erzherzog-Johann-Disneyland zu machen«, knüpfte der Kommunist an.

»Disneyland?«, fragte Hawelka.

»Ich nenne es so, und wahrscheinlich haben unsere sogenannten Regionalentwickler ihre wunderbaren Ideen auch von dort genommen. Hat euch das noch keiner erzählt? Dass wir hier Großes vorhaben? Dass es so, wie es ist, nicht bleiben kann? Dass wir unser schönes Land ja unbedingt der ganzen Welt zeigen müssen? Das heißt, dass wir unser schönes Land an die ganze Welt verkaufen wollen? Das hat noch keiner erzählt?«

»Eigentlich nicht.«

»Wir sind eine Genuss-Region! Alles hier ist Genuss! Schilcher und Genuss, Kernöl und Genuss, Skifahren und Genuss, Jagen und Genuss, das geht immer so weiter. Aber das alles ist viel zu klein, viel zu unbedeutend, da muss man groß denken, da muss man klotzen, nicht kleckern, wie die Deutschen sagen. Wenn es nach unseren großen Denkern und Regionalentwicklern geht, dann wird das alles jetzt auf eine professionelle Basis gestellt. Wir haben jetzt schon eine Schilcher Weinstraße und eine Ölspur und einen Flascherlzug und einen Pilgerweg – lauter wichtige Verkehrsadern. Alle Wege führen durch die Weststeiermark. Aber alles das ist noch zu wenig, alles ist nur Flickwerk, alles zu klein, zu provinziell. Wir werden tourismusmäßig aufrüsten. Voran, voran! Wir werden es dem Erzherzog Johann gleichtun und der Steiermark neue Impulse geben, wir werden ein reiches Land aus der Steiermark machen!«

Der Kommunist trank einen kräftigen Schluck Bier, dann redete er weiter. »Der Erzherzog Johann wird der Namensgeber sein und das Aushängeschild für einen Erlebnispark, der seinesgleichen sucht. Wartet nur ein bisschen ab, dann kommt ihr ohne Eintrittskarte gar nicht mehr rein in den großen Park. Flascherlzüge im Halbstundentakt, Führungen in Originalkostümen, nachgestellte kaiserliche Jagden mit Originalwaffen, dann werden die Touristen zum Ölschlagen vergattert, dann dürfen sie den Schilcher aus dem Keller holen und eine kräftige Brettljause genießen, bevor sie zum Folkloreabend mit dem Pferdewagen geholt werden. Die Knöpferlharmonika wird glühen, und die Dirndlblusen werden offen stehen. Dann geht's zum Skifahren, im Sommer in der Hallenbahn, ehe man die Geschichte der steirischen Holzgewinnung neu schreibt. Dazwischen ein bisschen Romantik. Der Erzherzog hat ja eine Bürgerliche geheiratet, das muss dramatisch ausgeschlachtet werden. Theater, Oper, Heimatfilme!«

Der Kommunist hatte sich warmgeredet. Er trank sein Glas leer und winkte der Kellnerin. Hawelka benutzte die kurze Pause des anderen und fragte: »Ist das, wie soll ich sagen, jetzt nur eine Befürchtung von dir oder schon ein konkretes Projekt oder so?«

»Viel konkreter, als es die hier ahnen. Sie glauben alle, ich übertreibe, und können sich nicht erklären, warum sie sich schlaumachen sollen. Aber was in den Akten der Landesregierung und in den Akten der Marktgemeinde Stainz und in den Akten der Bezirksstadt Deutschlandsberg so harmlos als Tourismusverein ›Land um Stainz‹ geführt wird, ist nichts anderes als die Basis für dieses Vorhaben. Da haben sich die Gemeinden darum gerissen, Mitglied im Verein zu werden. Alle wollen dabei sein, alle wollen sie mitnaschen. Die konkreten Pläne werden von den Großkopferten natürlich geheim gehalten, aber ein bisschen was ist durchgesickert, und bei jeder Bürgerversammlung kommt ein bisschen mehr heraus. Natürlich nur kleinweise, damit keiner durchschaut, was hier eigentlich geplant ist.«

»Und was ist dann, ich meine, was für einen Schaden nimmt dann die Gegend? Oder die Leute hier – was, glaubst du, passiert, wenn ein, sagen wir, Hotel aufsperrt und ein zusätzlicher Skilift oder so?«

»Das kann ich dir sagen. Die Landschaft wird verändert, der Natur wird ins Handwerk gepfuscht, was nie wirklich gut ist, und die Leute werden in die Hochleistungsgesellschaft der Tourismusgebiete eingespannt. Sicher haben sie die Chance, auch Geld zu verdienen, aber dann gibt es eben Sechzehn-Stunden-Tage, wie das während der Saison in Skigebieten und anderen Tourismusgebieten üblich ist. Außerdem steigt das Preisniveau gewaltig, und zwar nicht nur für die Gäste, sondern auch für die Einheimischen. Und wer nicht als Kellner, Vortänzer, Fremdenführer oder Liftwart arbeitet, sondern Holzarbeiter oder Bauer oder Schaffner ist – der profitiert von den Touristenströmen gar nicht. Nicht einmal über die viel gepriesene Umwegrentabilität. Weil die Hotelmanager werden aus Belgien kommen, die Kellner aus Sri Lanka, die Stubenmädel aus Bulgarien und die Köche aus der Schweiz. Die Bauarbeiten werden von internationalen Konzernen mit Firmensitz in Liechtenstein durchgeführt, die Einrichtungen kommen von italienischen Möbelriesen, die Geschäfte hier werden von Boutiquen abgelöst. Höchstes Preisniveau garantiert. Verkäuferin wird dann nicht mehr die Mitzi aus Deutschlandsberg sein, sondern die Nadeschda aus Wien, weil die Russisch reden kann, und die Sun Li aus München, weil die Chinesisch reden kann.«

Der Kommunist legte eine kurze Atempause ein, die er auch gleich zum Trinken nutzte, dann ging's auch schon weiter.

»Sicher werden auch welche von uns Arbeit im Erzherzog-Johann-Paradies finden. Es fragt sich immer nur, zu welchen Bedingungen. Und das Land selbst verliert seinen Charakter und seine Eigenart. Wenn man in zwanzig Jahren aus dem Auto aussteigt und sich umsieht, wird man nicht mehr wissen, in welchem Teil der Welt man gerade ist: In Las Vegas, im Ami-Land? In Dubai, im Morgenland? Oder in Frankreich, im

Euro-Disneyland? Oder in Österreich, im Erzherzog-Johann-Land? Alles gleich. Lächelnde Mädchen in Phantasiekostümen verkaufen dir einen Parkplatz und ein Programm. Musik und Feuerwerk locken dich hinein, die Kinder hüpfen schon vor Ungeduld, weil gleich geht es zur ersten steirischen Kernölrakete. Zuerst noch die Eintrittskarte, ein einfaches Armband, du musst nichts mehr zahlen drinnen, nur das Armband hinhalten, das ist viel bequemer, und so fällst du nicht gleich in Ohnmacht wegen der Preise, sondern erst am Schluss, wenn abgerechnet wird.«

Sein Feuereifer – und bestimmt auch das gute Bier – ließ den Kommunisten jetzt auch immer gekonnter gestikulieren, er schlüpfte regelrecht in die verschiedenen Rollen.

»Frisch gepresster Apfelsaft gefällig? Aus den g'sunden steirischen Äpfeln? Danke! Glas vier Euro. Zwischen den Attraktionen ein bisschen Wellness? Halbe Stunde meditatives Muhen in einem Heubad? Kernölmaske für einen unglaublich attraktiven Bronzeteint? Massage vom kernigen Herwig? Fünfundsiebzig Euro. Kalt gepresstes Kernöl zum Mitnehmen? Darfst du dir sogar selber schlagen und pressen und verarbeiten und abfüllen. Dreißig Euro. Dann kommt der Höhepunkt: drei Tage auf einer Huabm. Ein aufregendes Abenteuer: Plumpsklo, Petroleumlampen und Holzfeuer! Die Vorratskammer ist randvoll mit Speck und Schnaps und Bauernbrot aus der Fabrik. Dazwischen kommen Gastarbeitersennerinnen aus Slowenien vorbei und bringen Käse aus Vorarlberg. Da hast du das schöne Stainzerland.«

»Prost«, sagte Schierhuber.

Paranoia

13. Dezember

»Wir blasen das Projekt ab. Wir blasen es ab! Nur offiziell. Wir blasen es ab und lassen Gras über die Sache wachsen, göll, bis der Typ weg ist. Das ist alles kein Problem. Beruhig dich, das ist alles halb so wild.«

»Das Projekt abblasen? Sicher nicht. Ich lass mich nicht bedrohen und verfolgen und versteck mich fünf Tage lang wie ein Verbrecher für nichts und wieder nichts. Wir haben jahrelang auf diese Sache hingearbeitet, da blasen wir das doch nicht von heute auf morgen ab, nur weil ein Irrer –«

»Aber doch nicht wirklich! Wir blasen es nicht wirklich ab. Nur scheinbar, göll. Zu deinem Schutz!«

»Das wird nichts nützen, der bleibt an mir dran.«

»Aber er ist doch weg! Du hast gesagt, du hast ihn nicht wieder gehört, oder? Scheinbar hast du ihn erwischt, und das hat ihm als Warnung genügt. Der hat genug davon, um die Huabm herumzuschleichen. Vielleicht ist er ja auch irgendwo im Wald verblutet.«

»Keine Ahnung, bin ja nicht mehr auf der Huabm.«

»Nicht?«

»Nein, ich bin … egal. Ich sag's lieber nicht.«

»Jetzt mach aber einen Punkt. Vertraust du mir nicht? Bist du jetzt schon komplett paranoid?«

»Nein, nein, darum geht es nicht. Natürlich vertrau ich dir. Aber je weniger Leute wissen, wo ich bin, desto weniger können sich verplappern. Und am Telefon sag ich sowieso nichts.«

»Du glaubst doch nicht, göll, dass dich jemand abhört?«

»Nein, aber … egal. Jedenfalls war es so, am nächsten Tag hab ich nachgesehen. Hätte ja sein können, dass er da draußen vor der Tür liegt und hin ist. Lag er aber nicht. Vielleicht wollte er mich rauslocken, und wenn ich nachschauen gekommen wär, hätte er mich abgestochen oder sonst was. Komisch ist nur, dass ich ihn nicht abhauen gehört hab. Ich war ja die ganze

Nacht wach. Am nächsten Tag auch, und am Abend bin ich dann weg. Zuerst mit dem Auto, später zu Fuß. Das Auto hab ich stehn lassen. Da, wo ich bin, hörst du ein Auto schon kilometerweit kommen. Ich geh da erst wieder weg, wenn der Wahnsinnige weg ist, das sag ich dir.«

In Wahrheit war er nach wie vor auf der Huabm, allerdings hielt er es für sicherer, das niemanden wissen zu lassen. Überhaupt niemanden!

»Ja, ja, ich versteh dich. Aber wie gesagt, wir machen es so, wir sagen das Projekt ab. Geben der Presse und dem Fernsehen eine Erklärung, lassen es über die Bürgermeister verbreiten, göll. Irgendwas wegen neuer Expertise, zu hoher Kosten. Hören auf die kritischen Stimmen der Bevölkerung, Umweltauflagen und so weiter.«

»Das hilft doch nichts, wenn er nicht aus dem Verkehr gezogen wird.«

»Das wird er. Wir wiegen ihn in Sicherheit, und dann …«

»Solang der lebt, wird er weitermachen. Zeitungsberichte über eine Absage hin oder her. Der macht weiter. Wenn er aber nicht mehr lebt oder, sagen wir, nicht mehr frei herumläuft, dann ist eine Absage sinnlos, das bringt nur neue Konflikte, wenn wir die dann widerrufen.«

»Na ja, da kannst du schon recht haben. Ich hab nur an deine Sicherheit gedacht. Schließlich ist es dein Leben, das da auf dem Spiel steht, göll.«

»Und du glaubst, deines nicht? Meinst du wirklich, er hat es nur auf mich abgesehen? Sicher, ich bin angreifbar, ich bin sein Druckmittel, sein primäres Angriffsziel, aber glaub nicht, dass der nicht auch dich bestrafen würde. Der Typ ist verrückt, das sag ich dir.«

»Na ja. Vielleicht hast du recht. Aber was sollen wir deiner Meinung nach tun?«

»Sicher nicht abwarten und Tee trinken. Ich erledige das selbst. Ich setz mich nicht in einen Winkel und warte, bis irgendwer die Sache erledigt. Ich erledige das selbst. Sonst hätte ich ja gar nicht hierbleiben müssen. Sonst hätt ich ja gleich mit meiner Frau nach Thailand zu ihrer Familie abhauen können. Nein! Ich weiß, dass er nie Ruhe geben wird, er muss weg.«

»Was?«

»Ich knall die Sau ab.«

»Was?«

»Soll ich es dir aufschreiben?«

»Was?«

»Ob ich es dir schriftlich geben soll, dass ich die Drecksau erschießen werd?«

»Das meinst du doch nicht ernst.«

»Das mein ich todernst.«

»Nein.«

»Hier geht es nicht um einen Menschen, mit dem du dich gütlich einigen kannst. Der sich von dir überreden lässt, die Waffen niederzulegen. Der versteht nur das Faustrecht. Ich lock ihn aus seiner Deckung, ich hol ihn raus, ich werde mich ihm als lohnende Beute präsentieren, und dann ... peng!«

»Bist du ... ich meine, du warst jetzt fünf Tage lang alleine und du hast Angst und so, das versteh ich ja auch. Aber es gibt eine Grenze, göll, das ist, das musst du doch respektieren, du bist doch kein Tier, kein ... Also ich finde, du brauchst Hilfe.«

»Ich brauch keine Hilfe, ich hab genug Munition.«

»Du bist angeschlagen. Psychisch. Also nicht so richtig psychisch, nur die Nerven vielleicht. Ist ja auch kein Wunder. Vielleicht soll ich dir wen schicken, nur damit du dich sicherer fühlst und nicht solche Gedanken hast.«

»›Solche Gedanken‹ ist gut. Du meinst, weil ich erkannt hab, dass es erst dann aus ist, wenn die Sau hin ist? Glaubst du, ich bin deshalb selbst ein Irrer? Ein Wahnsinniger, der mit heiseren Schreien durch unsere Wälder rennt und auf alles schießt, was ihm vor die Flinte kommt? Glaubst du, ich hab Schaum vor dem Mund und ein Glitzern in den Augen wie im Film? Nein, du, ich bin jetzt ziemlich ruhig und sicher. So sicher war ich schon lange nicht mehr. Diese fünf Tage haben mir viel klargemacht, ich hab eine Menge gelernt. Auch über mich selber. Fazit: Ich muss es tun.«

»Hör mir zu, ich schicke dir jemand rauf. Du musst mir jetzt gar nicht sagen, wo du bist, aber ich werde dir jemand schicken, der dich ein bisschen unterstützt, göll. Wenn der Typ wirklich so abartig ist, dann kannst du doch jemand brauchen, der dir ein bisschen den Rücken freihält, oder?«

»Na ja.«

»Nur ganz unverbindlich. Du kannst ja trotzdem tun, was zu tun ist, aber ich schicke dir jemand, der dich vor Überraschungen schützt. Okay?«

»Na schön. Probieren wir's.«

»Und wo soll ich denjenigen hinschicken, falls ich ihn finde?«

»Ich ruf dich an. Morgen. Dann sag ich dir einen Treffpunkt. Hast du überhaupt eine Idee, wen?«

»Ja, ich glaub schon, ich muss nur hingehen und fragen und einen g'scheiten Vorschuss zahlen, göll.«

»Einverstanden. Und wen?«

Er sagte es ihm. Dann legte er auf.

Eine Weile blieb er mit geschlossenen Augen am Schreibtisch sitzen. Der andere hatte sich verändert. Die fünf Tage hatten ihn verändert. Die Angst, der Verfolgungswahn. Man konnte es an seiner Stimme hören. Dieser Mann war gefährlich. Dieser Mann würde erst schießen und dann fragen, wen er getroffen hatte. Vielleicht steckt das ohnehin in uns allen, dass wir in Extremsituationen so werden, vielleicht steckt es aber auch nur in manchen von uns, aber in ihm steckt es auf jeden Fall. Ganz definitiv. Keine Ahnung, ob immer schon oder erst seit den Drohungen, jedenfalls ist er jetzt so weit, da hilft alles nichts.

Er überlegte noch fast eine halbe Stunde, dann fuhr er los. Drei mögliche Szenarien hatten sich herauskristallisiert: Erstes Szenario: Sein Partner legte den Verfolger um. Zweites Szenario: Der Verfolger erwischte seinen Partner. Drittes Szenario: Der Beschützer, den er jetzt losschickte, verhinderte sowohl das eine als auch das andere.

Während der Fahrt fragte er sich die ganze Zeit, ob es nicht besser wäre, den Boten zu instruieren, das eine oder das andere doch geschehen zu lassen.

Oder beides?

Die ersten Hotelgäste kamen bereits zum Frühstück herunter, als die letzten Überlebenden die Gaststube »für die Einheimischen« verließen. Die Kellnerin hatte schon vor drei Stunden aufgegeben und sich von ihrem Galan aufs Zimmer begleiten lassen. Vorher hatte sie die Gäste zur Ruhe ermahnt und einen Block hingelegt, wo alles aufgeschrieben werden sollte, was noch konsumiert wurde.

Die letzten Helden des vergangenen Abends waren Pipi, Papi, Hager Hans, der Kommunist und Schierhuber gewesen. Hawelka selbst hatte den Absprung eine Stunde früher geschafft. Unter dem Vorwand, aufs Klo zu müssen, hatte er sich auf sein Zimmer geschlichen.

Am späten Vormittag erwachte Hawelka mit erstaunlich klarem Kopf und voller Tatendrang. Aus dem Nebenzimmer drang Schierhubers Schnarch des Gerechten. Hawelka trank die halbe Wasserleitung leer und stellte sich unter die Dusche.

»Wir müssen uns diesen Bauunternehmer vornehmen, diesen Herrn Gautsch. Dringend. Erstens hat er bei dem Jagdunfall den tödlichen Schuss abgegeben. Zweitens gibt es eine Verbindung zu Mitteregger. Der war damals nicht nur einer der Treiber, sondern hat auch immer wieder Hilfsarbeiten in Gautschs Firma erledigt. Und drittens ist Gautsch einer der Köpfe hinter dem ›Erzherzog-Johann-Land‹.«

Das hatte ihnen der Kommunist in der Nacht noch lang und breit erklärt. Außerdem war das Haus der Beloseks von Gautsch gebaut worden. Ein Gespräch mit dem Mann konnte in jeder Hinsicht interessant werden. Aber Hawelka war rücksichtsvoll genug, seinem Partner noch ein wenig Schlaf zu gönnen, daher schrieb er einen Bericht mit der Zusammenfassung der bisherigen Erkenntnisse und mailte ihn ans Auskunftsbüro mit der Bitte, ihn korrigiert und in perfektes Amtsdeutsch gefasst an Henk weiterzuleiten. Die Forstner erledigte so was, ohne nachzudenken, während des Tippens, wie eine Simultandolmetscherin. Normalerweise waren dienstzugeteilte Beamte dem lokalen Kommando unterstellt. In diesem speziellen Fall jedoch lief, nach höchstem Willen und Befehl, alles über die Wiener Mordkommission.

Im Prinzip eh besser so, dachte Hawelka. Viele Köche verderben den Brei.

Nach dem Schreiben frühstückte er ausgiebig und drehte eine Runde an der frischen Luft. Es hatte um die zwölf Grad plus, die Zeitungen sprachen schon vom wärmsten Dezember aller Zeiten, obwohl er noch nicht einmal zur Hälfte um war.

Knapp zwei Stunden später standen sie im Büro des Baumeisters Gautsch. Die Sekretärin hatte ihnen gesagt, dass der Chef nicht da sei, an seiner statt empfing sie Prokurist Grünberger.

»Der Herr Baumeister ist im Urlaub. Höchstwahrscheinlich gut drei Wochen. Was kann ich für Sie tun, meine Herren?«

»Na ja, es hat mehr mit ihm zu tun als mit der Firma, ich weiß nicht, ob Sie uns helfen können. Sie wissen, was mit Herrn Mitteregger passiert ist?«

»Ja, natürlich, stand ja in der Zeitung, wenn auch nur sehr ungenau. Aber bei uns am Land spricht sich ja so was auch ohne Zeitungen sehr schnell herum. Na ja, was soll man sagen, einerseits furchtbar und ein Wahnsinn, andererseits war das kein angenehmer Zeitgenosse.«

»Trotzdem hat er für Ihre Firma gearbeitet.«

»Ja, nein, das heißt ja, schon, aber nicht richtig gearbeitet, er war nicht angem... also schon angemeldet, immer wieder einmal, für kurze Zeit, nur als Aushilfe, wenn es gar nicht anders ging, aber er war keiner der richtigen Arbeiter, gehörte nicht zum Team, wenn Sie verstehen, das wäre mit ihm auch gar nicht gut gegangen.«

»Trotzdem immer wieder, oder?«

»Nein, das heißt ja, aber das war alleine die Entscheidung vom Chef. Der war halt irgendwie, na ja, vielleicht aus sozialem Gewissen heraus, der wollte halt jedem eine Chance geben.«

»Gut. Und wohin ist Herr Gautsch jetzt in den Urlaub gefahren?«

»Thailand. Seine Frau stammt von dort. Ist aber schon etliche Zeit in Österreich. Gelegentlich fahren sie aber hin und besuchen ihre Eltern oder so.«

»Wann ist er abgefahren?«

»Am, warten Sie, am 7. Dezember, glaube ich. Oder war es der 8. Dezember? Jedenfalls nach der Bürgerversammlung.«

»Eine Bürgerversammlung?«

»Ja. Eine Bürgerversammlung.«

»Worum ging es da?«

»Ach, Gemeindeangelegenheiten, Bezirksangelegenheiten, Sie wissen ja, wie das ist. Die Leute wollen halt informiert werden, und dann gibt es eben Bürgerversammlungen.«

»Ging es auch um das ›Erzherzog-Johann-Land‹?«

»Was ist das? ›Erzherzog-Johann-Land‹? Was soll das sein?«

»Ich meine, es ist doch eine Art Themenpark geplant, um den Tourismus anzukurbeln.«

»Das ist noch, also zum jetzigen Zeitpunkt, es gibt halt verschiedene Überlegungen, immer Projekte natürlich, aber das ist noch nicht spruchreif, das muss man auch in einem größeren Zusammenhang sehen.«

»Ja oder nein?« Schierhuber brachte es auf den Punkt vom Fragezeichen.

»Ja oder nein was?«

»Ging es um solche ›Projekte‹ bei der Versammlung?«

»Nein. Das heißt, nur am Rande, weil es ging in diesem Fall um den Ausbau des Skigebietes. Im Anschluss an die Hebalm, also mit längeren Abfahrten, zusätzlichen Pisten und so weiter.«

»Lifttrassen, Hotels, Lokale, Geschäfte, Skihütten?«

»Genau, ja. Eine Skischaukel. Richtig knackig.«

»Eine andere Frage, wie geht es der Firma?«

»Was? Wie es der Firma geht? Gut. Erfreulich sogar, würde ich sagen. Wir können uns nicht beschweren.«

Diese Antwort hatte Hawelka erwartet, das Auskunftsbüro war in den letzten zwei Stunden nicht untätig geblieben. Hawelka übrigens auch nicht. Er hatte mittlerweile ein Sammelkonto bei einem namhaften Wiener Zuckerbäcker, der in seltenen Fällen auch Hauszustellungen machte. Seit Hawelka seine Kreditkartendaten bekannt gegeben hatte, genügte ein Anruf, und innerhalb der nächsten halben Stunde wurden Topfengolatschen und (bei besonders zeitaufwendigen Aufträgen) Zimtschnecken direkt ins Auskunftsbüro geliefert. Diesmal hatte die Berlakovic ihr Netzwerk gar nicht erst strapazieren müssen. Janne Frischauf hatte eine Schulfreundin, die nach Deutschlandsberg geheiratet hatte und am Finanzamt arbeitete. So wusste Hawelka also schon, dass Gautschs Firma recht gut dastand. Und er wusste noch mehr.

»Die meisten Baustellen sind öffentliche Aufträge.«

»Ja, nein, so kann man das nicht sagen, es ist bunt gemischt, ein paar private, ein paar öffentliche. Mal so, mal so.«

»Okay. Jetzt etwas ganz anderes, haben Sie irgendeine Veränderung an ihrem Chef bemerkt? War er anders als sonst? Gereizter? Nervöser? Irgendwas?«

»Nein. Nicht dass ich wüsste. Nicht gereizter als sonst. Er ist meistens ein bisschen … Aber nein.«

»Wie hat er denn auf den Tod von Mitteregger reagiert? Ist Ihnen da etwas aufgefallen?«

»Nein. Na ja, betroffen natürlich, wir haben uns alle gefragt, wer macht denn so was? Eingipsen und ausstellen, und dann haben wir uns natürlich gefragt, wie man den Erzherzog Johann wieder reparieren kann. Oder ob wir noch einen machen müssen, und …«

»Den Erzherzog Johann haben Sie gemacht?«

»Nein, nein! Natürlich nicht ich persönlich!«

»Aber Ihre Firma?«

»Ja. Das ist jetzt, wir haben einen neuen Geschäftszweig, das sind eben die Skulpturen. Ganz verschiedene Skulpturen, spielende Nymphen für den Garten, auch als Brunnen, Büsten und abstrakte Objekte und eben auch der Erzherzog Johann bei der St.-Georgs-Kapelle.«

»Verstehe. Und haben Sie da Künstler engagiert? Bildhauer? Oder wie?« Hawelkas Kenntnisse der modernen Fertigungstechnik waren nicht besonders groß. Bei Statuen sah er immer einen Mann mit Barett und langem Mantel, wie er Meißel und Hammer schwang und aus irgendwelchen Steinblöcken irgendwelche Figuren heraushämmerte.

»Nein, das geht alles maschinell«, wusste Schierhuber Bescheid.

»Ja. Genau, später, wenn Sie in Serie gehen können, da kommen dann die Gipsbüsten von Beethoven aufs Klavier, das ist Fließbandware, das ist klar. Aber bis Sie einmal so weit sind, dass Sie eine Form haben, ist viel Arbeit notwendig, also so mir nichts, dir nichts kann man das jetzt auch nicht machen«, verteidigte Prokurist Grünberger die neue Produktlinie seiner Firma mit hörbarem Stolz.

»Ich verstehe. Heißt das, der kaputte Erzherzog Johann war ein Unikat? Oder – wie heißt das? Ein Prototyp?«

»Genau. Und ein sehr gelungener Prototyp. Sehr gelungen.«

»Und wer hat den jetzt fabriziert?«

»Ein, na ja, Eigenbrötler, der manchmal bei uns aushilft. So ähnlich wie der Verstorbene. Nur am anderen Ende der Skala. Mitteregger war mehr für die Arbeiten, die sonst keiner machen *wollte*, zuständig und Herr Plank für die Arbeiten, die sonst keiner machen *konnte*. Er ist ein absoluter Spezialist. Wir hätten ihn gerne gehabt. Aber so wie keiner Mitteregger fix anstellen wollte, so will Plank sich selber nicht fix anstellen lassen. Zumindest nicht für immer. Er will angemeldet werden, versichert werden und pünktlich sein Geld haben, übrigens recht viel, aber das ist durchaus gerechtfertigt, er ist der beste Maurer, den ich je … Aber das interessiert Sie wahrscheinlich nicht.«

»Den Namen Plank hab ich schon irgendwo gehört«, sagte Hawelka, und dann: »Hat der vielleicht auch irgendeinen schmeichelhaften Spitznamen?«

»Ja, man nennt ihn überall ›Kommunist‹.«

Rohrbruch

13. Dezember

»Das ist eine Kleinigkeit, so was berede ich ja normal gar nicht, das ist nichts, da musst du nicht dein sauer verdientes Geld für Topfengolatschen opfern, Pepi«, schnurrte die Berlakovic ins Telefon.

»Aber geschmeckt haben sie euch schon?«, erkundigte sich Hawelka fürsorglich.

»Die pure Sünde! Wahnsinn! Supergut. Du weißt, was Frauen wirklich glücklich macht.«

»Ja, so bin ich.«

»Also wir haben auch etliches herausgefunden. Die Gautschs haben tatsächlich Flüge nach Thailand gebucht. Aber, jetzt halt dich fest: Eingecheckt hat nur sie, die Frau. Keine Ahnung, wo er war oder ist, es ist auch keine Umbuchung vorgenommen worden oder so. Und das Beste ist, dass der Flieger irgendein Wehwehchen gehabt hat und deshalb umkehren musste. Dann war irgendwas anderes, jedenfalls ist die nächste Maschine erst am nächsten Tag gegangen, und die war natürlich überfüllt. Jedenfalls hat die Gautschin nicht wieder eingecheckt.«

»Nicht?«

»Nein. Also nach den Aufzeichnungen vom Zoll und von der Fluggesellschaft nicht. Das kann eigentlich nur heißen, dass sie noch in Österreich ist.«

»Aber das sind ja schon fünf Tage! Wenn man den ersten abzieht, von mir aus vier Tage. Wo soll die denn sein?«

»Na ja, den ersten Tag vielleicht in einem Hotel in Wien, oder? Vielleicht wollte sie sich die Stadt einmal in Ruhe anschauen? Kann ja sein, dass sie sich den Christkindlmarkt vorm Rathaus gibt. Apropos Christkindl: Die Betti hat ihr Rendezvous mit dem Schnackselstein hinter sich.«

»Aha.«

»Interessiert dich wahrscheinlich nicht, oder?«

»Nein. Nicht sehr.«

»Sicher, sicher. Männer sind ja auch überhaupt nicht neugierig. Speziell wenn es um Bettgeschichten von Kolleginnen geht.«

Hawelka war tatsächlich nicht neugierig auf die sexuellen Heldentaten des polizeilichen Oberschürzenjägers. Speziell wenn diese Heldentaten Bettina Sommer betrafen.

»Sitzt sie jetzt auf ihrem Platz? Stört es sie gar nicht, wenn du das jedem erzählst, was sie mit dem –«

»Oho, so einfühlsam, der Pepi. Und überhaupt nicht am Thema interessiert! Nein, sie ist nicht im Zimmer, aber wenn, wäre es auch wurscht, weil eh nichts war. Also, nicht so richtig, hat sie gesagt.«

»Ehrlich?«

»Ah! Doch ein bisschen Interesse? Also, die Betti wollte ja den Abend nicht umsonst mit dem Schnackselstein verbringen. Eigentlich gerade wegen seinem Ruf. Ein bisschen trotzig ist unser Christkindl halt gewesen, weil irgendein fescher Major von der Cobra ihr zuerst schöne Augen gemacht und dann schöne Stunden bereitet hat, bevor er nach Hause in sein schönes Eigenheim gefahren ist, um seinen Kindern schöne Geschichten vorzulesen. Das hat er der Betti aber vorher schön verschwiegen, dass er eine Familie hat. Da hat sich die Betti dann ein bisschen … freischwimmen wollen. Aber der Abend war dann doch nicht soooo waaahnsinnig super.«

»Erzähl!«

»Hab ich dich erwischt! Ja, die Schadenfreude ist die schönste Freude.«

»Herta, willst du jetzt die Schnackselstein-Story mit mir teilen oder nicht? Die Zeit läuft uns davon. Der Sepp und ich, wir müssen uns überlegen, was wir mit dem verschwundenen Gautsch machen. Moment, eigentlich sind ja jetzt alle zwei verschwunden.«

»Wir helfen euch eh dabei, aber zuerst die Geschichte, so viel Zeit muss sein. Also, er hat sie in eine drittklassige Pizzeria zum Essen geschleppt, das war schon einmal nicht der große Renner, aber okay, hat die Betti gedacht, es geht ja nicht unbedingt ums Essen. Dann hat er sie in eine Bar gebracht, wo's eher Cola-Rum und Baucherl gibt als Piña Colada und Manhattan.* Dort hat er sie an Stellen angegriffen, die ich mich dir jetzt gar nicht sagen trau, damit du nicht schlecht von mir denkst.«

»Ich versteh dich, Herta. Ich weiß, dass du bei diesem Thema immer ein bisschen schamhaft bist. Das gibt sich, wenn du ein bisschen älter wirst.«

Das berühmte Berlakovic-Lachen drang aus dem Hörer.

»Sch...ön sprechen, du hast mich genau erkannt. Gut, also weiter, dann sind sie zu ihm und –«

»Nach dem Abend?«

»Na ja, es warad jo wengan freischwimman gwesen, wie die Betti der Janne erzählt hat, vor mir hat sie es anders formuliert, weil sie sich ein bisserl geniert hat, dabei zieren sich in meiner Gegenwart sonst nicht einmal schüchterne Mannsbilder wie du.«

»Herta!«

»Ja, ja, ja, ja, sei nicht so ungeduldig. Also, sie sind zu ihm, typische Junggesellenbude, hat sie erzählt, aber wenigstens ordentlich aufgeräumt. Das Bad okay und so, er sofort schummrige Beleuchtung und Schenkelöffner**, also nicht die große Innovation, sondern eher Bravo-Lektion Numero eins.«***

»Und ich hab mir gedacht, er ist der große Zampano.«

»Was sich in deiner kranken Phantasie abspielt, Pepi, das weiß ich nicht.«

»Wieso? Nur weil ich den Schna–«

»Du glaubst, der große Zampano macht es anders als der kleine Maxi?«

»Was?«

»Na, warum, glaubst du, verkaufen sich die so gut?«

---

* Baucherl: Cola-Weinbrand.

** Langsame, gefühlvolle Musik, auch als Kuschelrock bekannt. Hier gibt es gewaltige Qualitätsunterschiede, die am besten an den Reaktionen der Zielperson festzumachen sind.

*** Bravo: beliebte Aufklärungslektüre und »Feuchte-Träume-Magazin« für beiderlei Geschlecht, getarnt als Zeitschrift für Jugendkultur.

»Wer?«

»Na, die Bravos und die Kuschelrock-CDs und die Hollywood-Filme, die alle nach dem ›Pretty Woman‹-Muster gestrickt sind, warum, hä?«

»Was? Keine Ahnung, ich hab geglaubt, du willst mir eine Geschichte … Ich weiß es nicht. Sag du es mir!«

»Weil's wirkt, Pepi! Weil's wirkt! Millionen Frauen können nicht irren! Klar? Und sogar wenn sich eine denkt: Na, das ist nicht superinnovativ, sondern nullachtfünfzehn. Egal. Es wirkt trotzdem, weil sie ihn vielleicht nicht superinnovativ findet, aber sein patschertes Bemühen süß.«

»Okay, danke, geht's noch weiter?«

»Na ja, er hat halt im Wohnzimmer mit ihr geschmust und sie auch ausgegriffen.* Und dann sind sie endlich ins Schlafzimmer.«

»Na wunderbar.« Hawelkas Euphorie hielt sich in Grenzen.

»Ja, aber das Beste kommt noch, weil dann –«

»Rohrbruch.«

»Was?«

»Rohrbruch«, wiederholte Schierhuber sachlich und deutete auf sein Handy.

Während Hawelka nämlich mit dem Auskunftsbüro gesprochen hatte, war Schierhuber vom Prokuristen Grünberger angerufen worden. Und der wiederum war von Frau Gautsch verständigt worden, dass sie zu Hause sei und dringend jemand brauche, weil ihr Haus unter Wasser stand.

»Ich dachte, es würde Sie interessieren, Sie haben mir ja extra ihre Nummern dagelassen, falls sich der Chef meldet. Ich hab ihr jetzt zwei Arbeiter hingeschickt, die sich den Schaden einmal ansehen.«

»Gut«, hatte Schierhuber in seiner geschwätzigen Art erwidert und aufgelegt. Und dann hatte er eben »Rohrbruch« zu Hawelka gesagt.

»Rohrbruch?«, fragte Hawelka, dem der Zusammenhang immer noch nicht klar war.

---

* Ausgreifen: eine herzhafte Variante des Streichelns an sehr speziellen Stellen.

»Na, das nicht direkt«, antwortete Herta Berlakovic, »aber es war –«

»Einen Moment, Herta«, unterbrach sie Hawelka, der noch nie behauptet hatte, multitaskingfähig zu sein, »was meinst du, Sepp?«

»Die Gautschin ist zu Hause und hat einen Rohrbruch, am besten wir fahren hin.«

»Okay«, sagte Hawelka. »Herta, ich ruf dich zurück.« Ein paar Minuten später saßen sie im Benz, und Schierhuber gab Gas.

»Nein, Flieger geht nicht richtig, deshalb viel Aufregung. Ich bleibe Hotel, dann Flieger voll, dann fragen, aber alles sehr kompliziert*.« Frau Gautsch schüttelte den Kopf. Sie saßen im geräumigen Wohnzimmer, während die Arbeiter im Badezimmer die Wand aufstemmten und dabei ausgiebig fluchten.

»Sie haben also auf Ihren Urlaub verzichtet?«

»Verzichtet?«

»Kein Urlaub?«

»Nein Urlaub.«

»Einfach so?«

»Einfach so. Alles sehr kompliziert.« Sie nickte ernsthaft. Hawelka verstand. Sie hätte den Flug umbuchen müssen, das war ihr nicht geglückt. Wahrscheinlich kümmerte sich ihr Mann sonst um diese Sachen.

»Aber wo war denn Ihr Mann? Er hat doch auch ein Ticket gehabt.«

»Gautsch nicht mitfliegt.«

»Warum?«

Hatte es Streit gegeben?

»Er hat gesagt, hierbleiben.«

»Warum?«

Hawelka sah sie gespannt an, aber sie zuckte nur mit den Schultern. »Weiß nicht.«

---

* Frau Gautsch zitierte hier ein bemerkenswertes Statement des ehemaligen österreichischen Bundeskanzlers Fred Sinowatz.

»Hat er nichts gesagt? Dass er arbeiten muss? Oder wohin er geht?«

»Nichts gesagt. Weiß nicht. Wenn Flieger kaputt, ich gehe in Hotel, rufe Gautsch an, aber Handy aus.«

»Und Sie haben keine Ahnung, wo er sein kann?«

»Nein. Warme Sachen eingepackt.«

»Er hat warme Sachen eingepackt?«

»Lange Untergatte.« Sie kicherte.

»Also ist er auch weggefahren? Wann?«

»Weiß nicht. Ist mit mir Flughafen gefahren und dann Baba.«

Hawelka überlegte. Das sah nach Flucht aus. Nach einer vorbereiteten Flucht mit dem bewussten Legen einer falschen Spur. Er bucht zwei Plätze, bringt seine Frau zum Flughafen und schickt sie in die Heimat. Selber packt er warme Sachen und verschwindet mir nichts, dir nichts. Das sah sogar verdammt nach Flucht aus.

»Und Sie erreichen ihn nicht am Telefon?«

»Nein.«

»Ist Ihre Ehe gut?« Das war ihm rausgerutscht. Mit den Ermittlungen hatte es nicht wirklich etwas zu tun. Vielmehr beschäftigte ihn das Klischee, das er hier erfüllt glaubte. Die Frau war keine vierzig, Gautsch den Akten nach über sechzig. Die Frau stammte aus Thailand und war anmutig, Gautsch hatte Geld und Einfluss. Sie machte einen aufgeweckten, freundlichen Eindruck, dafür waren ihre Deutschkenntnisse überschaubar.

»Ehe gut? Ja. Ehe gut.« Sie zeigte einen schweren Ehering. »Gautsch guter Mann«, setzte sie noch hinzu und nickte zur Bekräftigung.

»Auch jetzt? Ich meine, nein, anders, ich meine, war er anders, anders als sonst? Ist Ihnen irgendetwas an seinem Verhalten, nein, warten Sie«, brach er ab. Er wollte umformulieren, sicher konnte sie »irgendetwas an seinem Verhalten« nicht verstehen. Also fragte er: »Gautsch immer gleich? Immer lustig? Oder Angst? Oder Sorgen?«

»Weiß nicht.«

»War er anders in letzter Zeit? Kurz vor Abflug? War er komisch?«

»Bisschen komisch.«

»Aha. Gut. Warum?«

»Weiß nicht.«

»Aha. Okay. Gut. Äh … Wie komisch?«

»Packen warme Sachen. Lange Untergatte. Komisch. Ticket, aber fliegt nicht, Gautsch. Komisch.«

»Ja, da haben Sie recht. Das ist komisch. Sagen Sie, Frau Gautsch, dieser Urlaub, dieser Flug, war der schon lange geplant? Wussten Sie schon vorher, nein: Wann haben Sie erfahren, dass Sie fliegen?«

»Nicht fliegen. Flieger kaputt.«

»Ja. Gut. Das heißt, nicht gut, aber wurscht, ich meine, egal, das habe ich nicht gemeint.« Er war überfordert. Einerseits wollte er korrektes Deutsch sprechen, andererseits konnte er sich offenbar nicht verständlich machen.

»Wann sagen Gautsch: ›Packen Sachen, fliegen nach Thailand‹? Wann?«, dolmetschte der Multilinguist Josef Schierhuber.

»Feiertag. 8. Dezember. Gautsch sagen: ›Packen schnell.‹«

»Aha. Vorher haben Sie nichts gewusst? Nicht gewusst von Urlaub?«

»Nicht gewusst.«

»Also waren Sie sehr überrascht. Eine Überraschung?«

»Überraschung.« Sie nickte eifrig.

»Und er hat nicht gesagt, wohin?«

»Nichts gesagt.«

»Und Sie haben auch keine Idee?«

»Idee?«

»Wohin er gefahren ist. Wohin fahren Gautsch?«

»Weiß nicht.«

Man plauderte noch über dies und das, die stolze Hausfrau zeigte die mit allen Raffinessen ausgestattete Küche, betonte dabei einmal mehr, dass Gautsch ein guter Mann sei, und machte nicht den Eindruck, dass sie in rasender Sorge um ihn war. »Gautsch fährt weg viel. Geschäft, Firma, Versammlung, Wirtshaus, Regierung, Jager. Oft weg.«

»Wirtshaus« war das richtige Stichwort gewesen. Dorthin fuhren sie jetzt, nachdem sie sich von Frau Gautsch verabschiedet hatten, zur Besprechung. Und zum Nachdenken.

»Was sagst du?«, fragte Hawelka seinen Partner und meinte die Gesamtsituation, mit der er keineswegs zufrieden war.

»Liebesheirat«, stellte Beziehungsexperte Schierhuber fest und meinte wohl die Situation der Frau Gautsch, mit der sie sehr wohl zufrieden war.

»Ja«, sagte Hawelka. Dann schwiegen sie eine Weile und tranken ihr Bier.

Ölmühle

14. Dezember

»Wenn der Flascherlzug nicht genau vor der Mühle hält, göll, dann bin ich draußen, dann könnt ihr mich vergessen, dann ist die Sache für mich gestorben, göll.«

»Ja. Das hab ich verstanden, das hab ich verstanden, das haben Sie mir schon hundert Mal gesagt, und es ist mir ja genauso ein Anliegen wie Ihnen, Herr Landesrat, genauso wie Ihnen.«

»Davon merk ich aber nichts. Vor einem Jahr haben wir geredet, vor acht Monaten, vor drei, aber nichts ist passiert, die Bauern haben noch nicht einmal ein Angebot von euch gekriegt. So wird das nichts, göll.«

»Ja. Nächste Woche, nächste Woche habe ich einen Termin beim Landeshauptmann, und da werde ich das Thema zur Sprache bringen, da können Sie ganz beruhigt sein, das Thema kommt zur Sprache, Sie wissen ja, Herr Landesrat, er muss nur sein Sanctus dazugeben, dann hat die Sache mehr Gewicht, mit der Landesregierung im Rücken können wir im Bezirk mehr Druck machen, viel mehr Druck, und dann kommt es auch gleich zu konkreten Angeboten für die Bauern, wegen eines Grundtausches, damit die Trassenführung geändert werden kann, richtig geändert werden kann.«

»Und vergessts mir nicht die Park-and-Pray-Kapelle, göll, da ist auch noch nichts unternommen worden. Wenn das nicht durchgeht, dann bin ich weg, da könnts euch wen anderen suchen, sagen S' das dem Landeshauptmann. Nur weil ich die falsche Farb am Parteibuch hab, heißt das nicht, dass er die Sache vernachlässigen kann, göll.«

»Ja. Nein. Das tut er bestimmt nicht, Herr Landesrat, bestimmt nicht. Der Herr Landeshauptmann ist sich sehr wohl bewusst, was Sie für die Region getan haben, für die ganze Region. Und er steht dem ganzen Projekt ja äußerst positiv gegenüber. Das haben Sie ja auch selbst gehört von ihm. Wir alle wissen, dass das eine Chance ist, eine Riesenchance.«

»Weil, wenn das nicht g'scheit unterstützt wird, die Details, göll, dann wird das nichts, und ich bin weg. Da könnts euch gleich einen anderen Deppen suchen, der seine Freizeit ganz dem Bezirk und der Region widmet. Das sag ich nur im Guten.«

»Ja. Nein. Ja. Das hab ich verstanden. Nein, den suchen wir bestimmt nicht, den brauchen wir nicht suchen, weil wir ja Sie haben, ja, Sie haben. Das wissen alle in der Landesregierung, dass wir keinen Besseren finden können, der sich so aufopfert und so einsetzt, wie Sie das in den letzten Jahren so selbstlos und vorbildlich –«

»Nicht nur in den letzten Jahren, göll, das mach ich nicht erst die letzten Jahre, das mach ich schon immer.«

»Ja. Schon immer. Schon immer selbstlos und vorbildlich einsetzt für die Region und darüber hinaus für die ganze Steiermark. Das haben wir nicht vergessen, das dürfen wir auch nicht vergessen, und niemand wird das je vergessen. Niemand.«

»Der Erzherzog Johann steht auch noch nicht.«

»Ja, leider noch nicht. Das hängt damit zusammen, dass er … beschädigt ist. Sie wissen ja, die Leiche, diese unglückliche Geschichte.«

»Wenn er beschädigt ist, muss man ihn reparieren und wieder aufstellen, sonst bleibt der Sockel noch lange leer. Das darf aber nicht sein, da kommen Touristen, da kommen Leute, da kommen Wanderer, dann sehen die da einen leeren Sockel. Das ist kein Renommee für uns. Also reparieren und aufstellen! Aber beauftragen müssts das ihr, das muss offiziell sein, das muss die Gemeinde beauftragen, sonst wird das nichts.«

»Ja. Die Gemeinde muss das beauftragen, das muss die Gemeinde machen. Es ist nur wegen der Bezahlung, da müssen wir noch reden, im Gemeinderat, das ist ja klar.«

»Wann? Der leere Sockel ist keine Zier. Und außerdem erinnert er die Leute immer an die Mordsgeschichte, das ist kein Renommee für uns.«

»Ja. Kein Renommee.«

»Also wann? Wann redets ihr da in der Gemeinde?«

»So bald als möglich. Bald. Wenn es nach mir geht, heute noch, aber heute ist ja keine Sitzung. Sie wissen ja, Herr Landesrat, der Gemeinderat muss zustimmen.«

»Blödsinn. Das haben wir früher auch immer so nebenbei gemacht, da ist der Gemeinderat dann über die Notwendigkeit der Durchführung von den Sofortmaßnahmen im Nachhinein informiert worden oder auch nicht, göll, und dann war das schon durch, oder die Schriftführerin hat das dann im Protokoll offiziell gemacht, da hat sich nie wer aufgeregt.«

»Ja. Na ja, jetzt ist das ein bisschen heikler, da müssen wir leider fragen, ein bisschen wenigstens fragen. Aber die nächste Sitzung kommt bestimmt, da –«

»Wann?«

»Am 18. Dezember kommt die Sitzung, am 18. bestimmt.«

»Weil, wenn das Denkmal nicht bald steht, dann steig ich aus, das können S' dem Gemeinderat sagen, das ist kein Geheimnis. Und sagen S' auch, dass sich die Herrschaften dran erinnern sollen, wer der erste Bürgermeister von Stainz war. Einstimmig gewählt. Und dem sollen wir kein Denkmal bauen? Was war die Georgskapelle denn vorher? Was war sie denn schon?«

»Die Altkirche von Ettendorf. Vorher, vorher.«

»Ja sicher. Aber nur irgendeine Kapelle, die keiner angeschaut hat, war sie. Bevor wir den Johann aufgestellt haben. Also, sagen S' das den Gemeinderäten, göll.«

»Ja. Wird gesagt, das wird gesagt, jedem einzelnen Gemeinderat sag ich das, obwohl natürlich keiner je vergessen könnte, wer der erste Bürgermeister war und dass das Denkmal sofort wieder auf den Sockel gehört. Natürlich.«

»Haben Sie sich das alles gemerkt?«

»Selbstverständlich.«

»Sicher?«

»Sicher. Sicher.«

»Weil in der Vergangenheit haben Sie auch schon viele Versprechungen gemacht und dies und jenes zugesagt, aber passiert ist nichts, weil Sie es vergessen haben, göll. Deshalb frag ich lieber nach. Wissen S' noch alle Punkte?«

»Ja. Ich werde mit dem Landeshauptmann reden wegen der Station, wegen der eigenen schönen Bahnstation bei der Ölmühle. Sicher.«

»Und?«

»Und ich bringe die Park-and-Pray-Kapelle zur Sprache.«

»Noch was?«

»Ja. Nein. Das werde ich zur Sprache bringen. Über alle Parteigrenzen hinaus werden wir an einem Strang ziehen für Stainz, für das Umland und die ganze Weststeiermark.«

»Und was ist mit dem Johann?«

»Was? Ja. Wie? Ach so. Der Johann, der Erzherzog, ja. Das werde ich auch zur Sprache bringen, diesmal im Gemeinderat, ja.«

»Sagen S' den Herren einen schönen Gruß von mir. Wenn das nicht klappt, dann bin ich draußen. Für immer. Ich muss das nicht machen, die Region kann auch weiterhin im Dornröschenschlaf liegen bleiben, göll. Ich wollt ja nur helfen, aber wenn's keiner will.«

»Oja. Das will doch einer, einer will das. Jeder will das, das will keiner, dass Sie sich da zurückziehen und die Region weiterschläft. Ich werde das durchsetzen. Alles, was Sie gesagt haben, Herr Landesrat. Ja?«

»Ja.«

»Liebe Grüße, ja? Auch an die Frau Gemahlin.«

»Ja. Wiederhören.«

Landesrat Sterz legte auf. Der Bürgermeister war ein Trottel und Wichtigtuer. Das musste man ihn bei möglichst jeder Gelegenheit spüren lassen, und genau das tat Sterz. Er hatte ihn schon nicht leiden können, als der Bürgermeister noch sein Schüler gewesen war. Trotzdem wahrte er die Form, sogar mit »Sie« redete er ihn an. Man musste halt Obacht geben. Verwandtschaft, Bekanntschaft, Parteibuch. Sterz war schwarz.*

* Nicht von der Hautfarbe her, die war eher weiß mit Schilchernuancen, sondern von der Parteizugehörigkeit her.

Der Landeshauptmann nicht. Der Bürgermeister war rot. Der Landeshauptmann auch. Sterz war ein hochaktiver Macher. Der Landeshauptmann …

»Landesrat Sterz!«, meldete er sich energisch, als das Handy sofort nach Gesprächsende wieder losträllerte. Seit er vor vier Jahren Landesrat geworden war, hatte er sich angewöhnt, sich auch so zu melden. Es war ja kein Geheimnis, es war auch eine Auszeichnung, ein hohes politisches Amt und auch ein bisschen die Belohnung für Jahre unermüdlicher Aufbauarbeit. Sicher, ein Landesrat mit der falschen Farbe konnte nicht wahnsinnig viel bewirken, aber es gab genug Leute in der Gegend, die nicht einmal Landesrat waren, die nicht einmal Lehrer waren oder Ortsvorsteher. Im Übrigen gehörten großartige Selbstzweifel und übertriebene Bescheidenheit nicht zu seinen dominierenden Charaktereigenschaften.

»Ah, seids ihr schon da. Ja super, göll, wo seids ihr denn? Was? Am Parkplatz? Im Auto? Ja, kommts doch rein, göll. Trauts euch nur, göll, warum seids denn noch nicht reinkommen? Da müssts doch nicht anrufen, göll, wir haben ja eine Klingel auch. Kommts doch rein, ich komm euch entgegen …«

Er hatte überaus herzlich gesprochen, wie man eben mit einfachen Menschen reden muss, um ihnen die Scheu zu nehmen. Jetzt legte er auf und beeilte sich, aus seinem Arbeitszimmer zur Eingangstür zu kommen. Je weniger man die beiden mit ihm zusammen sah, desto besser. Rasch schloss er die Tür auf. Sein Handy summte. Während er abhob, öffnete er die Tür. Kein Mensch.

»Landesrat Sterz.«

»Ja, ich bin's. Das Gespräch war plötzlich aus, irgendjemand muss uns unterbrochen –«

»Was? Nein, das Gespräch war aus, weil ich es beendet hab. Wir müssen nicht mehr weitertelefonieren, weil wir ja so reden können, persönlich, göll. Wo seids ihr denn?«

»Am Parkplatz.«

»Ich seh aber niemanden. Auch kein Auto. Da steht niemand vor dem Haus. Seids ihr beim falschen Haus? Ihr wissts doch, wo ich wohne, oder?«

»Freilich. In der Mühle.«

»Ja, und wo seids ihr jetzt?«

»Am Parkplatz.«

»Ich seh aber niemanden.«

»Am Parkplatz hinter der Mühle sind wir. Damit uns keiner sieht.«

»Ja, da müssts aussteigen und zum Eingang kommen, göll. Dort steh ich.«

»Ja. Machen wir.«

Sterz unterbrach das Telefonat diesmal nicht. Womöglich hätten die Besucher sonst nochmals angerufen. Allmählich befielen ihn Zweifel, ob er die richtige Wahl getroffen hatte. Nach einer knappen Minute näherten sich zwei furchterregende Gestalten.

»Wir sehen wen! Sind Sie das?«, tönte es aus dem Handylautsprecher.

»Ja. Jetzt könnts auflegen.«

»Ja. Klar. Machen wir.«

Sie traten näher, und Landesrat Sterz schüttelte ihnen die Hände. Dann ließ er die Gössl-Buam ins Haus.

Fahndung

14. Dezember

Hawelka war von einer ungewöhnlichen Energie erfüllt. Er hatte sich aufs Zimmer zurückgezogen und machte eine Liste der Details, die er aus den Kollegen herauskitzeln wollte. Die Liste enthielt im Wesentlichen folgende Punkte:

a) Gautsch musste zur Fahndung ausgeschrieben werden.

b) Das Gelände von Gautschs Baufirma musste nach Spuren abgesucht werden (dort waren ja auch Hubstapler und andere Fahrzeuge, mit denen man einen Erzherzog vom Sockel holen konnte).

c) Familie Belosek musste im Hinblick auf das großzügig gespendete Haus erneut vernommen werden (diesmal vielleicht ohne Kinder, das beschleunigte die Kommunikation).

d) Die Akten und ersten Fotos vom Fundort der Leiche waren endlich über den offiziellen Dienstweg, also Stainz-Graz-Wien-Auskunftsbüro-Stainz auf Hawelkas Notebook gelangt, diese mussten nach Radspuren durchforstet werden, um herauszufinden, ob Traktor, Bagger, Hubstapler oder sonstige Fahrzeuge im Einsatz gewesen waren.

e) Das Auskunftsbüro musste endlich die Geschichte von der Sommer und Schnackselstein zu Ende erzählen.

Hawelka betrachtete seine Liste und setzte die Prioritäten. Das Wichtigste zuerst. Er rief also die Berlakovic an, um das Ende der Geschichte zu hören. Leider war die Forstner am Apparat, und so dauerte das Gespräch samt Begrüßung und Verabschiedung nur achteinhalb Sekunden. Erfahren hatte er nur, dass die Berlakovic bei einer Besprechung mit Henk war und ihn später zurückrufen würde. Also löste Hawelka über die Kripo Graz die Fahndung nach Gautsch aus. Und weil es gleich in einem Aufwaschen ging, auch die Durchsuchung des Firmengeländes.

»So schnell bekommen wir die Leute nicht raus. Genügt es morgen früh um acht?«, fragte der Grazer Kommandant.

»Genügt. Wir kommen hin.«

Der Abend würde also dem Aktenstudium gewidmet werden. Er ging hinunter, um Schierhuber in der Einheimischengaststube zu erwarten.

Der Brand wurde gegen Mitternacht gemeldet. Eine Viertelstunde später bemühten sich fünf Löschzüge, das Feuer einzudämmen. Mit gutem Erfolg. Schon um drei viertel eins konnte »Brand aus!« gemeldet werden. Trotzdem war das schöne alte Gebäude in einem furchtbaren Zustand, das Löschwasser stand knöcheltief in den völlig verrußten Räumen, die Fensterscheiben, die Einrichtung, die Gegenstände in den angrenzenden Ausstellungsräumen waren samt und sonders unbrauchbar.

Landesrat Scherz tobte und informierte die Beamten vor Ort sofort, dass es sich hier um Brandstiftung der übelsten Sorte handelte. Als er erklärte, warum, hielten die es für das Beste, Hawelka und Schierhuber beizuziehen. Um kurz vor halb zwei kamen die beiden ziemlich verschlafen mit Schierhubers Benz zur Mühle.

»Das ist er gewesen! Das war euer Mörder, göll! Wenn ihr den verhaftet hättets, wär gar nichts passiert. Da schauts euch an, wie die Mühle jetzt ausschaut. Das ist alles hin, göll! Da steckt die Arbeit von Jahrzehnten drinnen. Von Jahrzehnten!«

»Grüß Gott, ich bin Gruppeninspektor Hawelka, und das ist Gruppeninspektor Schierhuber. Darf ich Ihren Namen erfahren?«, fragte Hawelka, um Sachlichkeit bemüht. Um dem Ganzen einen noch offizielleren Anstrich zu geben, hatte er sogar ein kleines Notizbuch und einen Kugelschreiber gezückt.

Der andere sah ihn an, als hätte er ihn nach dem Weg zum Mond gefragt. Dann verstand er und schaltete ebenfalls in den offiziellen Modus: »Mein Name ist Otto Sterz. Landesrat, Oberschulrat Otto Sterz, Besitzer dieses historischen Baues.«

Es fehlte nicht viel, und er hätte »Chorleiter des Ettendorfer Kirchenchores« und »Vorsitzender des Rassacher Faschingskomitees« ebenfalls angeführt, wie Hawelka dachte. Es sah auch so aus, als wäre er während der Vorstellung ein wenig gewachsen, vielleicht aber hatte er sich nur ermannt und stand nun hoch aufgerichtet.

»Können wir irgendwohin gehen, wo es etwas wärmer ist? Sie haben uns offenbar wichtige Dinge beziehungsweise wichtige Verdachtsmomente mitzuteilen, Herr Sterz.«

»Landesrat Sterz, göll!«

»Eine Feuerwehrgruppe hält hier noch Brandwache, und morgen in der Früh kommen Sachverständige, um die Ursache festzustellen. Ich fürchte, hier können Sie momentan ohnehin nichts tun. Wohnt außer Ihnen noch jemand hier?«

»Außer mir nicht. Meine Frau ist nach der Scheidung weggezogen, und die Kinder haben schon lange ihre eigenen Familien, aber ich hab euch nicht holen lassen, damit wir über meine Familie reden, göll, ich hab den Brandstifter gesehen.«

»Sehr gut, das ist sehr gut, aber für Brandstiftung sind mein Kollege und ich eigentlich gar nicht zuständig, verstehen Sie? Sie haben angedeutet, dass Sie vermuten, dass der Brandstifter und der Mörder von Herrn Mitteregger ein und dieselbe Person sind. Das ist jetzt für uns etwas«, Hawelka suchte nach dem richtigen Wort, »überraschend, sag ich jetzt einmal. Hat der Brandstifter Ihnen das selbst gesagt? Oder wissen Sie schon länger, wer der Mörder von Herrn Mitteregger ist? In diesem Zusammenhang hätte mich natürlich interessiert, warum Sie mit Ihrem Wissen nicht früher zur Polizei gekommen sind.«

Hawelka hatte sich diesmal mit großer Lust die Rolle des bösen Polizisten geschnappt, weil ihm präpotent polternde Dritte-Reihe-Politiker schon von jeher verhasst waren. Übrigens auch präpotent polternde Erste-Reihe-Politiker und präpotent polternde Letzte-Reihe-Politiker, also eigentlich alle präpotent polternden Politiker. Dieses Poltern hatte mit Kreisky stilvoll begonnen, seine Nachahmung bei einem Wiener Bürgermeister gefunden, war von dessen Nachfolger volley übernommen und dann von dessen niederösterreichischem Freund zum Markenzeichen seiner Regentschaft gemacht worden. Reporter, Pfarrer und Oppositionelle hatten sich dadurch einschüchtern lassen. Eine gerunzelte Glatze und patzige Aussagen genügten offenbar, um einen von Steuergeld bezahlten Staatsdiener in eine Herrscherpersönlichkeit zu verwandeln.

Hawelka waren solche Leute zutiefst unsympathisch, und so packte er den Mann, der gerade sein Heim in Flammen hatte aufgehen sehen, mit großem Vergnügen grob an. Aber sie wären kein Team gewesen, wenn Schierhuber, der den Rollentausch, ohne mit der Wimper zu zucken, zur Kenntnis nahm, das nicht ohne Weiteres ausgeglichen hätte.

»Herr Landesrat, das muss ein schwerer Schock sein für Sie. Die schöne Mühle. Das ist eigentlich ein Wahnsinn, dass man so was überhaupt machen kann, so was anzünden, das ist unverständlich. Vielleicht sollten wir wirklich irgendwohin fahren, wo es angenehmer für Sie ist. Wollen Sie mit mir fahren, vielleicht fürs Erste in ein Hotel? Oder eine Pension? Oder doch eher zu Verwandten? Reden täte man sicher auch leichter drinnen, bei Licht und Wärme.«

»Ich, na ja, das ist, nein, keine Verwandten, das Hotel, ja gut, göll, es wird nichts anderes übrig bleiben, also!«

Schierhuber hatte den richtigen Ton getroffen. Aber ich hab auch den Boden gut bereitet, dachte Hawelka. Vor allem hatte es ihm Spaß gemacht. Jedenfalls saßen sie eine Dreiviertelstunde später in der Einheimischengaststube, nachdem Schierhuber die Kellnerin runtergeläutet hatte und ein Zimmer für den Herrn Landesrat gerichtet worden war. Schierhuber hatte die Frau auch überredet, noch etwas Suppe zu bringen, und nun saßen sie beim Bier und nahmen die Aussage von Sterz auf. Es war gegen drei Uhr früh. In seiner Feinfühligkeit hatte Seelsorger Schierhuber auch eine Flasche Birnenschnaps aus seinen Vorräten beigesteuert, trotz des bisher milden Dezembers war es in den Nächten doch ein wenig frisch.

»Sie haben den Brandstifter gesehen?«

»Ich hab einen gesehen, ja.«

»Sie haben gesehen, wie er das Feuer gelegt hat?«

»Natürlich nicht, da hätt ich ein Wort mit ihm geredet, göll, da hätt ich ihm eingeheizt, aber mit meinem Gewehr, göll. Aber ich hab gesehen, wie einer um – na, wie spät wird es da gewesen sein? –, so um elfe herum, da hab ich einen gesehen, wie er auf der Straße gegangen ist. Ich bin vorbeigefahren an ihm, da war er noch so etwa einen Kilometer von der Mühle entfernt.«

Die Mühle stand ein wenig abseits der Ortschaft, tatsächlich war ein Mann, der auf der Zufahrtsstraße ging, nicht gerade unverdächtig.

»Da sind Sie also gerade nach Hause gekommen?«

»Ja.«

»Und dann?«

»Hab ich noch in die Flimmerkiste geschaut, göll, und nach einer halben bis Dreiviertelstunde denk ich mir, da riecht doch was, und hab nachgesehen, und da hat es drüben schon gebrannt.«

»Wo drüben?«

»In der eigentlichen Mühle drüben. Aber das Haupthaus, das muss er extra angezündet haben, weil wie ich hineinlauf und mein Handy hol zum Anrufen, da ist der Rauch schon aus den hinteren Zimmern gekommen.«

»Und der Mann? Haben Sie den noch einmal gesehen? Ist er gerade weggerannt, als sie rauskamen?«

»Blödsinn! Der wird warten, bis ich komm. Natürlich war der weg.«

»Das heißt, beobachtet in dem Sinn haben Sie nicht, wie er das Feuer gelegt hat?«

»Nein. Aber er war es, göll, wer hätte es denn sonst sein sollen? Auto hab ich keines gehört und gesehen.«

»Okay. Ich verstehe. Wie sah er aus?«

»Ein Mönch.«

»Was?«

»Ein Mönch war es. Mit so einer Kutte. Ich hab mir eh gedacht, dass das nicht normal ist, eigentlich wollte ich schon stehen bleiben und ihn fragen, ob er was sucht oder ob ich ihn irgendwohin mitnehmen soll. Jetzt könnt ich mich in den

Arsch beißen, dass ich es nicht getan hab. Obwohl, vielleicht wär ich dann schon hin, göll.«

»Wieso glauben Sie das?«

»Weil der den Mitteregger auch umgebracht hat, weil der den Gautsch bedroht und jetzt mich auch noch.«

»Sie werden bedroht?«

»Ja, leck doch die Tante in Arsch, was fragst mich denn so blöd, wenn der mir grade die Bude ab'brennt hat. Ist das vielleicht keine Bedrohung?«

Das ist jetzt aber doch ein beleidigendes Benehmen vom Herrn Politiker, fand Hawelka. Aber er blieb ganz cool.

»Sicher, sicher«, sagte er. »Eine massive Bedrohung, da haben Sie recht, aber mich würde interessieren, warum Sie wissen, dass derselbe Mann, also derselbe Mönch, den Mord an Mitteregger verübt hat?«

Bisher hatte Hawelka die Fragen gestellt, Schierhuber hatte sich auf mitfühlendes Trinken beschränkt. Der Landesrat selbst trank auch kräftig, um den Schock zu verarbeiten. Seine Angst ist jedenfalls nicht gespielt, ging es Hawelka durch den Kopf, und er fragte weiter: »Waren Sie Zeuge bei dem Mord?«

»Nein.«

»Woher sind Sie dann so sicher, dass dieser –«

»Weil ich es weiß. Weil ich es weiß!«

Dieses Argument war schwer zu entkräften. Es wurde Zeit für fragetechnischen Flankenschutz von Schierhuber.

»Der Mann hat den Mitteregger umgebracht, und jetzt will er das Gleiche auch mit Herrn Gautsch und Ihnen machen. Kann man das so auf den Punkt bringen?«

»Genau.«

»Das heißt, er hat es angekündigt?«

»Bei mir nicht.« Der siebente Schnaps wurde ex geleert, das Nachspülen mit Bier erfolgte automatisch.

»Wir reden von demselben Gautsch, oder? Von dem Besitzer der Baufirma, der verschwunden ist.« Schierhuber ließ dem Landesrat schnapsmäßig keinen allzu großen Vorsprung.

»Na eben deswegen.«

»Aha. Er wurde bedroht und ist deswegen in Panik geraten«, mischte sich jetzt Hawelka wieder ein. »Hat er deshalb seine Frau alleine auf Urlaub geschickt?«

»Wird wohl so sein, göll.«

»Und er selbst hält sich aus Angst versteckt?«

»Ja.«

»Und Sie? Wie passen Sie da hinein? In welcher Beziehung standen Sie denn zu Mitteregger?«

»Hab ihn kaum gekannt, mit so was geb ich mich nicht ab. Das war ein Strauchdieb, göll, ein Fallot.«

»Und mit Herrn Gautsch?«

»Wir kennen uns schon lange. Das ist ein Jagdfreund und ein Unternehmer, der was anpackt, der was weiterbringen will. Wir haben viel gemeinsam geplant und geschafft für die Region.«

»Ja.«

»Der hat natürlich viel gebaut hier bei uns, und der hat auch Einfluss und Bekannte, die was weiterbringen wollen, göll. So einer macht sich nicht nur Freunde.«

»Klar.«

»Und wenn dann so einer durchdreht, einer, der neidisch ist oder verrückt, dann kommt der auf die abartigsten Ideen.«

»Stimmt.«

Sie hatten die Taktik geändert. Die Saat war gesät, jetzt musste man geduldig sein. Hawelka hielt sich zurück, und Schierhuber ließ den Zwettler raushängen, soll heißen, dass er sich auf zustimmendes Grunzen beschränkte und ansonsten sein Gegenüber erzählen ließ. Und das Gegenüber fand das Schweigen der Polizisten offenbar zunehmend unangenehm, denn er begann zu plaudern.

»Und irgendeiner muss durchgedreht sein und hat den Gautsch bedroht, mit dem Leben bedroht und jetzt eben auch mich.«

»Hm.«

»Wenn das alles ist, was ihr zu sagen habts, göll, dann ist das aber sehr traurig, weil ein bisschen mehr als von unseren

Dorfgendarmen hätt ich mir von der Kriminalpolizei schon erwartet.«

»Ja.«

Etwas klopfte ganz sachte an Hawelkas Hinterkopf an und begehrte Einlass. Es war ein Verdacht. Ein leiser Verdacht. Es war zwar leider noch nicht der große Verdacht, den er erwartete und der ihn gefälligst befallen sollte, wenn er Mittereggers Mörder gegenüberstand, aber es war immerhin ein Verdacht. Und zwar der Verdacht, dass der bedauernswerte, bedrohte Oberschulrat und Landesrat und Faschingsvereinsvorsitzende Sterz nur mehr laberte und damit gezielt ablenkte und heute wohl nicht mehr auf die Verbindung zum Mitteregger-Mord zu sprechen kommen wollte.

Dabei hat er uns extra holen lassen, dachte Hawelka. Dabei hat er uns seine Beobachtung des mutmaßlichen Brandstifters brühwarm erzählt, das hätte an und für sich genügt, aber nein, er hat uns auch noch Gautsch serviert und behauptet, dass sie beide bedroht werden. Aber dann muss irgendetwas seine Meinung geändert haben, er denkt jetzt offenbar, dass es besser ist, uns nicht alles zu erzählen. Zuerst hat er Todesangst gehabt, da hätten wir ihn packen müssen, gleich draußen bei den rauchenden Trümmern seiner Behausung. Jetzt hat er Zeit zum Nachdenken gehabt und Zeit, sich Mut anzutrinken, jetzt ist er zum Schluss gelangt, dass wir ihm nicht helfen können. Oder vielleicht auch, dass der Preis, den er für die Hilfe zahlen muss, zu hoch ist.

Hawelka vermutete, dass es um krumme Geschäfte ging. Vielleicht irgendetwas mit der Verpachtung einer großen Jagd? Hatte der andere nicht erzählt, er und Gautsch seien Jagdfreunde? Fühlte sich ein dritter Jagdfreund ausgebootet und hatte in seiner Wut einen Rachefeldzug gegen die anderen beiden gestartet?

»Ihr müssts auf jeden Fall etwas unternehmen, damit man sich wieder aus dem Haus trauen kann, ohne dass einem einer die ganze Hütte unterm Arsch abbrennt.«

Jetzt wollte dieser Sterz ihnen also auch noch ihren Job erklären. Es wurde höchste Zeit, ihm noch einmal ordentlich auf den Zahn zu fühlen, selbst wenn er auch dann vielleicht nichts Brauchbares von sich gab. Immerhin hatte er sie aus dem Bett holen lassen.

»Herr Landesrat. Sie haben gesagt, dass der Mönch, den Sie gesehen haben, erstens der Brandstifter ist, zweitens den Mord an Mitteregger verübt hat und drittens das Leben von Herrn Gautsch bedroht. Ist das richtig, oder habe ich mich da verhört?«

»Ja, wer soll denn sonst den Brand gelegt haben?«

»Das weiß ich auch nicht. Aber selbst wenn, wie bringen Sie die anderen Vorwürfe damit in Zusammenhang? Wissen Sie, von wem Herr Gautsch bedroht wird?«

»Nein, nicht so genau.«

»Aber dass er bedroht wird, wissen Sie?«

»Na ja, ja. Er hat gesagt, dass ihm wer was will.«

»Was konkret?«

»Dass ihm jemand droht. Genau hat er es nicht gesagt. Aber er hat gesagt, der Mitteregger-Mord, der war ein Zeichen für ihn. Also etwas, das er als Hinweis verstehen sollte. Als Mahnung.«

»Hat er gesagt, wer das sein könnte, der ihn bedroht?«

»Nein.«

»Vorhin waren Sie aber sicher, dass Sie den Mörder kennen und dass das derselbe ist, der –«

»Ja, was weiß ich, göll. Vorhin, da war ich geschockt, wissen Sie, wie viel Arbeit ich in die Mühle gesteckt hab? Jetzt ist sie hin, und ich kann wieder ganz von vorne anfangen. Das ist mir zu viel geworden. Überhaupt, ich bin müde, ich – was weiß ich.«

»Haben Sie den Mönch gekannt, ich meine, war er Ihnen persönlich bekannt?«

»Nein.«

»Haben Sie eine Idee, wer es sein könnte?«

»Nein.«

»Möchten Sie jemanden anzeigen? Eine Anzeige machen?

Außer der ›Anzeige gegen unbekannt‹ natürlich, die die uniformierten Kollegen schon aufgenommen haben.«

»Nein.«

»Es war also eine Spontanreaktion, Sie haben in Wahrheit keine Beweise, dass es einen Zusammenhang gibt?«

»Nein.«

Wandte Sterz jetzt die Schierhuber-Methode an?

»Wissen Sie, wo sich Herr Gautsch zurzeit aufhält?«

»Nein.«

»Tja, dann sind wir fertig. Dann wollen wir Sie nicht länger stören. Falls Sie doch irgendwie Kontakt mit Herrn Gautsch haben sollten, sagen Sie ihm bitte, er ist zur Fahndung ausgeschrieben.«

»Wieso?«

»Weil sich seine Frau Sorgen macht.«

Manchmal entwickelte Schierhuber zu später Stunde einen recht eigenwilligen Humor.

»Oder sagen wir eher«, fuhr Hawelka schnell fort, »weil er des Mordes an Herrn Mitteregger verdächtig ist.«

Nici

15. Dezember

Es war der wärmste Dezember seit Beginn der Aufzeichnungen in Österreich. Die Zeitungen überschlugen sich im Erfinden von Superlativen. Allerorts machte man den Klimawandel dafür verantwortlich. Bevor die Baumärkte anfingen, Gartenmöbel und Pool-Zubehör rauszustellen, wandelte sich das Klima wirklich. Zumindest in der Steiermark.

Sturmtief Nicole, vom ORF-Metrologen liebevoll Nici getauft und mit dem Beinamen »Die Tänzerin« bedacht, weil es seine vorhergesagte Richtung immer wieder änderte, hatte in der Nacht die österreichische Grenze überschritten. Das heißt, eigentlich nicht überschritten, sondern, wie es einer Tänzerin ja eher geziemt, übersprungen. Und zwar mit einem gewaltigen Satz, mitten in die Arme eines Typen, der den Decknamen »Polare Kaltluft« trug. Der ORF-Mann hatte zwar schon am Vorabend prophezeit, dass es zu einem Temperatursturz kommen könnte, aber da die letzten Tage mit teilweise über zehn Grad nahezu frühlingshaft waren, ließ sich von ein bisschen jahreszeitkonformer Temperatur keiner schrecken.

Was allerdings niemand gedachte hatte, war die Leidenschaft, mit der sich Nici und der Polarfuchs umarmten. Das nicht jugendfreie Programm fand seinen Höhepunkt im Ausstoß unglaublicher Flüssigkeitsmengen. Wegen der fallenden Temperaturen in Schneeform. In der Weststeiermark zum Beispiel, waren es neunzig Zentimeter in einer Nacht. Im Anschluss kühlte Nicis Beziehung zu ihrem Galan merklich ab. Genauer gesagt um zwanzig Grad. Deutschlandsberg und Umgebung hatten also nach wie vor einen Zehner am Digitalthermometer stehen. Nur war jetzt ein Minus davor.

Allerdings gab es noch andere Bewerber um Nicis Gunst, zum Beispiel ein überaus feuchtes Adriatief, das sich mit Macht dem sibirischen Gesellen entgegenwarf. Angefeuert von einem

Föhnsturm, legte es sich mächtig ins Zeug und taute wenige Stunden nach dem Kälteeinbruch den Schnee wieder auf. Damit das Ganze mehr Spaß machte, regnete es sich in der Weststeiermark zunächst einmal tüchtig aus. Das machte die Schneemassen erst so richtig schön schwer. Dann ging wieder der Russe zum Angriff über und kühlte den Regen tüchtig ab. Die Folge war eine Eisschicht, die sich auf alles legte, was sie finden konnte. Das ganze Gerangel wurde durch die unterschiedlichen Strömungen zu einer wahren Luftschlacht, wobei der Sturm aus allen Richtungen gleichzeitig zu kommen schien.

Nun überschlugen sich die Medien im phantasievollen Erfinden von Schlagzeilen: »Jahrhundertschnee«, »Höchste Lawinengefahr aller Zeiten«, »Todeseissturm über der Weststeiermark« und andere Reißer mehr. Die Meldungen in Radio und Fernsehen wurden von Stunde zu Stunde chaotischer. Einmal hieß es, dass der Strom in zwanzigtausend Haushalten ausgefallen sei, dann merkte man an, dass praktisch alle Behausungen über tausend Meter für Tage von der Umwelt abgeschnitten bleiben würden, dann gab man eine Katastrophenwarnung für Graz heraus, dann meldete man die Totalsperre der Südbahn, und dann und dann und dann …

In Stainz gab es zwar Strom, aber auf den Straßen herrschte Chaos, weil hängen gebliebene Autos die Räumfahrzeuge blockierten. Diese waren ohnehin hauptsächlich damit beschäftigt, die großen Durchzugsstraßen zu räumen, zu streuen, dann wieder zu räumen, dann wieder zu streuen und so weiter.

Die Gehsteige waren größtenteils unpassierbar, und so blieben Hawelka und Schierhuber zunächst im Hotel. Sie fassten die Aussagen von Sterz samt ihrer Einschätzung der Lage in einen flotten Bericht für Henk zusammen, mailten ihn nach Wien und gingen diesmal nicht in die Einheimischengaststube, sondern ins Restaurant für Touristen, weil es dort die bessere Aussicht auf die Straße gab – oder auf das, was von der Straße übrig geblieben war. Neunzig Zentimeter Neuschnee mussten sich ja irgendwo hinlegen. Sie redeten zuerst über den Fall, dann versuchte Hawelka mit dem Auskunftsbüro zu telefonieren*, um festzustellen, dass wohl irgendein Handymast vor den Schneemengen in die Knie gegangen war, jedenfalls hatte er kein Netz.

So kam es, dass sie einen recht beschaulichen Nachmittag verbrachten und Schierhuber bereits beim fünften Murauer** angelangt war, als es dämmerte.

In der Zwischenzeit saß Landesrat Sterz oben in seinem Zimmer und telefonierte. Sein Mobilfunkbetreiber hatte noch ein funktionierendes Netz. Sein Gesprächspartner hingegen war zwar im selben Netz, hatte aber einen fast leeren Akku.

»Ja?«

»Er hat mir die Bude angezündet.«

»Er hat dir die Bude angezündet?«

»Gestern Nacht.«

»Scheiße, das ist – verdammt, mein Akku ist gleich leer. Was ist mit der Mühle, hast du rechtzeitig löschen können?«

»Nein. Die Feuerwehr hat kommen müssen, göll, und das ganze Löschwasser hat alles versaut und jetzt auch noch der Schnee, das ist ein Wahnsinn. Die Bude ist hin, total hin.«

»Die Sau.«

»Ja, die Sau. Die verdammte Drecksau!«

»Aber bist du sicher, dass er das war?«

»Wer denn sonst? Glaubst du, dem Kegelverein von Deutschlandsberg war fad? Ich hab ihn sogar gesehen, glaub ich, im Vorbeifahren. Er hat sich verkleidet, als Mönch hat er sich verkleidet, der Sauhund. Ich hab mir zuerst nichts gedacht, aber wie es dann gebrannt hat, hab ich eins und eins zusammengezählt. Das war er, da bin ich mir sicher.«

»Diese Sau.«

»Ja, den krieg ich, das schwör ich dir. Zuerst wollt ich schon

---

* Sicher nicht wegen der Sommer-Nacht mit dem Schürzenjäger, sondern wegen streng dienstlicher Belange.

** Steirisches Bier, von Schierhuber quasi als Wiedergutmachung seiner Schilcherablehnung gewürdigt.

den zwei Kriminesern aus Wien alles erzählen. Die suchen dich übrigens. Die fahnden nach dir.«

»Arschlöcher, blöde.«

»Ja. Sind die zwei gestern zu dir rauf?«

»Ja, die sind schon da, ich weiß nicht, ob das g'scheit war, aber wart einmal. Wenn er unten war gestern in der Nacht, dann kann er ja nicht, dann kann er nicht da sein, weil rauf hat er nicht so schnell wieder können und jetzt überhaupt bei dem Schnee. Ist ja alles eingeschneit bei uns da. Wir kommen ja gar nicht aus der Huabm raus. Alles dicht und die Straßen. Die brauchen eine Woche, bis die geräumt sind. Also muss er noch unten sein.«

»Ich hab gedacht, du bist nicht mehr auf der Huabm?«

»Das war, ah Scheiß drauf. Oja, bin eh noch da, die zwei Gössl-Buam auch. Aber er ist anscheinend unten.«

»Ja. Und ich krieg ihn, göll, das schwör ich dir.«

»Scheiße. Und ich steck da mit den zwei Kasperln fest. Weil ich hätte auch gerne ein paar Wörterln mit ihm geredet, bevor ich ihn –«

»Nein, nicht bevor *du* ihn, sondern bevor *ich* ihn, weil das lass ich mir nicht nehmen. Die Mühle anzünden, das war sein letzter Blödsinn.«

»Ja, klar. Trotzdem wär ich gerne dabei. Verdammt, der Akku wird glei–«

Dann war der Akku leer und das Gespräch mit Gautsch aus.

Es wurde Abend, und Nici war vom Tanzen müde. Sie legte eine Kunstpause ein. Die sibirische Kaltluft hielt sich nobel zurück, der italienische Föhn streikte vorübergehend, und so konnten Straßendienste, Feuerwehren und das Bundesheer die wichtigsten Verkehrswege freiräumen. An der ganz großen Katastrophe war man vorbeigegangen, die Frage war nur, wie sich die Schneemassen verhalten würden, sobald Tauwetter einsetzte. Vorübergehend sah es nach einer Rückkehr zur Normalität aus, bis auf drei-, viertausend Haushalte hatte am Spätabend auch fast die ganze Steiermark wieder Strom.

Das Handynetz von Hawelkas Anbieter war schon um acht wieder verfügbar, aber da war die Berlakovic schon zu Hause, um, ja um was eigentlich zu tun? Hawelka, den das Bier ein bisschen nachdenklich gemacht hatte, saß neben seinem Partner in der rechten Gaststube. Sie waren nach Einbruch der Dunkelheit übersiedelt. Zuvor hatten sie im »richtigen« Restaurant gegessen.

Weil Menschen seit vielen tausend Jahren darauf trainiert sind, bei drohenden Katastrophen (speziell im Winter) vorzusorgen und der folgenden schwierigen Nahrungssuche entgegenzuwirken, hatten sich auch Hawelka und Schierhuber artgerecht verhalten und etwas für ihre Fettreserven getan. Suppe, Krenfleisch, Knödelsterz und danach Apfelstrudel, die Kellnerin hatte anschließend erste Kostproben ihrer vorweihnachtlichen Bäckerei kredenzt – kurz, es war ein fürstliches Mahl, und nun saßen sie eben in der anderen Gaststube, verdauten, tranken Bier, schwiegen und starrten ins Feuer, wie es bei Männern eben so Sitte ist, weil das die Natur für sie so vorgesehen hat.

Da Schierhuber seine Verdauung nicht dem Zufall überlassen wollte, hatte er seine festen Rituale, in denen Kaffee (gern auch mehrere), Zigarette (auch mehrere gern) und Jägermeister (mehrere auch gern) wichtige Rollen spielten. Hawelka gab sich tiefsinnigen Gedanken hin, beispielsweise der Freizeitgestaltung von Herta Berlakovic, dem tatsächlichen Verbleib des Erzherzogs oder der Frage, ob Hohlstein und die Sommer Kondome verwendet hatten. So verging eine Stunde. Als die Kellnerin frisches Bier brachte, begann Hawelka einmal zu zählen. Zu seinem Erstaunen konnte er die genaue Tagesleistung nicht einwandfrei feststellen.

Langsam. In der Ruh liegt die Kraft, ermahnte er sich und begann sich vom Letztservierten nach vorne zu hangeln. Das ist jetzt das dritte Bier hier herüben. Gut. Drüben habe ich ein kleines nach dem Essen gehabt und ein großes zum Essen. Das ist leicht. Fünf Stunden vorher, beim Mittagessen, war es genauso. Okay. Von den fünf Stunden dazwischen habe ich zwei am Zimmer geschlafen, die restlichen drei sind wir auch im Restaurant gesessen, haben über den Fall geredet und den Schneeräumern am Stainzer Hauptplatz zugeschaut. Da waren es sicher nur drei oder vier Stück.

Er lachte. Er hatte gerade »Stück« gedacht, obwohl man ja gar nicht »Stück Bier« sagte. Aber jeder wusste trotzdem, was gemeint war. Aber wie viele Stück er jetzt wetterbedingt an diesem Katastrophentag zu sich hatte nehmen müssen, stand immer noch nicht fest. Das Problem ist, dass ich vom Abendessen immer gleich zurück zum Mittagessen spring und dann den Nachmittag irgendwie ungenau hinten dranhänge. Dabei rennt mir das Mittagessensbier ja nicht davon, das kann ich leicht aufzählen, weil ein großes und ein kleines, das ist genau wie beim Abendessen.

Also noch einmal langsam: Jetzt, hier herüben, sind es drei*. Also drei große eigentlich, aber den großen gibt man keine Beinamen. In Österreich ist ein Bier noch ein Bier, das heißt ein großes Bier, das heißt ein halber Liter. Das ist ein Bier. Normal eigentlich. In Bayern ist das anders, dort wäre das eine Halbe, während dort eine Ganze eine Maß wäre. Aber das bayrische System wird sich bei uns nicht durchsetzen, auch weil das Bier dann so schnell warm wird. Okay. Also, da sind es drei. Drüben, beim Abendessen, waren es ein großes und ein kleines. Das Gleiche beim Mittagessen. Dann am Nachmittag, also nach dem Mittagessen, waren wir … Warte einmal, jetzt bin ich wieder gesprungen.

Er war wieder gesprungen, und außerdem musste er endlich entscheiden, ob er jetzt von vorne aufzählen wollte oder von hinten. Die Mischform würde nur zu Messungenauigkeiten führen, das hatte er in der Vergangenheit oft erleben müssen. Eine weitere wichtige Frage betraf Zwischensummen. Grundsätzlich hielt es Hawelka für sinnvoll, sich den Zwischenstand immer wieder einmal ins Gedächtnis zu rufen, weil man dann am Ende des Aufzählungsprozesses nicht ganz so viel anstrengende Rechenarbeit zu leisten hatte.

---

* Das dritte war bereits zu mehr als der Hälfte geleert, also hatte er großzügig beschlossen, es gedanklich schon zu den erledigten zu zählen.

Das war's. Die Zwischensummen hatte er vorher vergessen! Jetzt hatte er neuen Mut. Also: Drei waren es hier herüben, dazu das große und das kleine vom Abendessen, das waren schon einmal viereinhalb Stück. Natürlich war ein kleines nicht die Hälfte von einem großen, das war klar, aber es war einfacher, zu sagen »Viereinhalb« als »Vier Krügel und ein Seidel«. Gut. Also: viereinhalb bis vor dem Abendessen. Dann am Nachmittag, nach dem Mittagsschlaf, waren es ein kleines, sozusagen zum Munterwerden, und dann ein großes gegen den Durst und die Langeweile. Gut. Also das waren dann bis zum Mittagsschlaf zurückgerechnet ungefähr –

»Mir hat was geträumt«, ertönte es plötzlich neben ihm. Hawelka schreckte hoch. Hatte sein Partner etwas gesagt? War das Schierhuber, der gesprochen hatte? Er sah in das Gesicht des anderen. Dieses war eher ausdruckslos. Also wie immer.

»Ja?«, probierte es Hawelka trotzdem. Sozusagen um das verbale Feuer herauszulocken.

»Sotschi.«

»Winnetous Schwester?«

»Nein, Sotschi. Russland.«

»Sotschi in Russland?«

»Fußballweltmeisterschaft 2018.«

»Aha.« Hawelka entdeckte immer wieder neue Seiten an Schierhuber. Als glühenden Fußballfan hatte er ihn bisher noch nicht kennengelernt.

»Ja. Da gab es Terrordrohungen.«

»Okay.« Das war natürlich nicht okay, aber was hätte er schon sagen sollen?

»Ja.«

Damit schien das Thema für Schierhuber erledigt. Aber Hawelka war noch nicht ganz zufrieden; wenn man schon einmal ins Plaudern kam, dann konnte man ruhig mehr von Schierhubers Träumen erfahren.

»Und? Was hat dir geträumt? Hast du mitgespielt in Sotschi?«

»Nein. Die Terrorwarnungen haben mich beschäftigt. Im

Traum war dann wirklich ein Anschlag. Finale, Tausende Zuschauer, Bombe, Wahnsinn.«

»Oha!«

»Ja. Und dann haben wir den Fall aufgeklärt.«

»Diesen Fall da?«

»Nein. Den Anschlag in Sotschi.«

»Ah! Das heißt, ich war auch dabei?«

»Das weiß ich nicht so genau, aber an den Anschlag kann ich mich erinnern. Und dann an ein Verhör, ich kann mich nur nicht mehr erinnern, wen ich oder wir verhört habe oder haben. Aber rausgekommen ist, dass die Russen den Anschlag selber gemacht haben. Das war vom KGB inszeniert.«

»Den KGB gibt's doch gar nicht mehr.«

»Ja. Nein. Wurscht, wie der jetzt heißt. Im Traum war's der KGB. Und sie haben selbst die Bombe hochgejagt.«

»Wahnsinn. Warum hätten sie das tun sollen?«

»Um einen Grund zu haben.«

»Wofür?«

»Tschetschenien, Kaukasus, die ganze Gegend da rundherum. Sie wollten dort aufräumen, aber das hätte dem Image gewaltig geschadet. Deshalb der Anschlag. Täter angeblich terroristische Organisationen aus diesen Gebieten. Dann ist natürlich eine saftige Vergeltung erlaubt, das haben ihnen die Amis ja nach dem 11. September 2001 vorgemacht. Und so ein Krieg ist ihnen gerade recht gekommen, den Russen.«

»Arg! Das hat dir geträumt?«

»Alles. Bis ins kleinste Detail. Ich hab die Aufmarschpläne der Panzer studiert und mit dem KGB-Chef diskutiert.«

»Auf Russisch?«

»Nein, er hat Steirisch geredet. Aber nach einer Weile hab ich ihn trotzdem verstanden.«

»Und?«

»Er hat dann alles zugegeben, aber da war der eiserne Vorhang schon wieder zu. Du wirst sehen, das machen sie. Und wenn die in der Ukraine weitermachen, dann werden –«

»In der Ukraine?«

»Ja.«

»Hast du das auch geträumt?«

»Nein, das hab ich aus der Zeitung. Und wenn sie nicht aufpassen, dann werden sie eine böse Überraschung erleben, dann werden die den Putin kennenlernen.«

»Glaubst du, dass er irgendwas unternimmt?«

»Mir ist im Traum was klar geworden.«

»Hm?«

»Alle mit ›-in‹ am Schluss haben Russland nur Schlechtes gebracht. Und alle mit ›-schow‹ haben Russland … na ja, zumindest was Besseres gebracht.«

»Sepp?«

»Ja?«

»Ich kann dich nicht verstehen.«

»Alle mit ›-in‹ am Schluss haben Russland nur Schlechtes gebracht! Und alle mit ›-schow‹ haben Russland … na ja, zumindest was Besseres gebracht!«, wiederholte Schierhuber laut und betont, als habe er es mit einem Schwerhörigen zu tun.

Hawelka wollte den Irrtum gerade aufklären, da lachte Schierhuber und murmelte: »Nein, nein, ich weiß schon, was du meinst. Was ich sagen wollte: Die ›-ins‹ sind Lenin, Stalin, Jelzin und Putin. Die hatten unterschiedliche Motive und Methoden, auch ganz unterschiedliche Ziele, glaub ich, aber für Russland waren sie alle schlecht. Und die ›-schows‹ sind Chrustschow und Gorbatschow. Die waren auch unterschiedliche Charaktere, aber sie haben etwas Gutes für Russland getan.«

»Und wie ist das mit den ›-ews‹?«, fragte Hawelka den Ostblockexperten Josef Schierhuber.

»Spielen keine große Rolle«, entgegnete Schierhuber, der gewiefte Interviewprofi, »Breschnew war das ausübende Organ der Partei und Medwedew das ausübende Organ Putins. Wieder zwei unterschiedliche Rollen, aber beide haben keine Wahl gehabt.«

»Bin beeindruckt, Sepp. Alle Achtung!«

Das hat er mir jetzt wirklich einleuchtend erklärt, dachte Hawelka.*

Dann herrschte wieder eine Weile Stille, und jeder hing seinen Gedanken nach. Zwei Stunden später gingen sie ins Bett. Hawelka hatte es nicht mehr geschafft, die genaue Zahl seiner Biere an diesem Tag zu ermitteln. Sicher war nur, dass Schierhuber ungefähr doppelt so viel zu sich genommen hatte. Bier natürlich – die Jägermeister zählten nicht.

* Was würde als Nächstes kommen? Würde Schierhuber sein ewiges beiges Hemd aufknöpfen und darunter ein »Free Pussy Riot«-T-Shirt präsentieren?

Mönch

16. Dezember

Der nächste Morgen war nahezu windstill, leicht bedeckt und niederschlagsfrei. Offenbar hatte Nici sich nach Kärnten verzogen, um sich dort auszutoben.

Während Hawelka nach dem vortägigen Bierkonsum ziemlich müde zum Frühstück kroch, war Schierhuber bester Laune und überaus unternehmungslustig. Er hatte sich das »englische Frühstück« auffahren lassen: gegrillte Tomaten, beidseitig angebratener Speck, scharfe Würstel und Ähnliches. Hawelka vermied es, die Menge an Cholesterin näher zu betrachten.

»Ich muss den Benz freischaufeln«, verkündete sein Partner, als er ungefähr zur Hälfte fertig war und eine Eierspeise nachgeordert hatte.

»Ja. Ich helfe dir natürlich.«

»Kein Problem, das mach ich selber, das macht frisch. Die meisten Straßen sind schon wieder frei, sagt die Kellnerin. Da fahre ich gleich einmal zu Gautschs Firma, frag, ob er sich gemeldet hat, und kauf Sand und Zement.«

»Wieso?«

»Der Benz ist ein Hinterradler und hat zweihundertsechsundachtzig PS*, da tupfst du aufs Gas, die Räder drehen, aber der Wagen bleibt stehen. Also haut man normalerweise ein oder zwei Zementsackerln in den Kofferraum. Ich brauch vier. Und zwei Sandsäcke, falls wir einmal wo hängen bleiben und streuen müssen.«

»Okay. Dann hau ich mich noch eine Stunde nieder. Holst du mich ab?«

»Ja.«

Schierhuber holte sich von den Wirtsleuten eine Schaufel und machte sich ans Werk. Hawelka ging aufs Zimmer, sein Handy funktionierte wieder, aber er fühlte sich zu müde, um

* Richtige Autofahrer rechnen auch nach dreißig Jahren noch mit PS und nicht mit KW.

das Auskunftsbüro anzurufen. Das Wetter drückt einen so nieder, das ist ein Wahnsinn, dachte er, ohne gedanklich den reichlichen Alkoholkonsum vom Vortag zu erwähnen. Er zog sich aus, legte sich aber nicht sofort hin. Eine Weile saß er stumm auf der Bettkante und starrte ins Leere. Dann stellte er sich stumm vor den Spiegel und starrte ins Leere. Dann betrachtete er seinen nackten Leib und starrte ins Volle.

Zu viel Essen, zu viel Alkohol, zu wenig Bewegung, dachte er und betrachtete seinen Bierbauch samt Schwimmreifen. Zu wenig Sex auch, setzte er in Gedanken noch hinzu. Dann seufzte er und ging zum Bett. Im Vorübergehen warf er einen Blick aus dem Fenster. Auf der Straße war eine freie Parkbucht im meterhoch aufgetürmten Schnee zu sehen – Schierhubers Werk. Er hatte den Benz in Rekordzeit freibekommen. Wahrscheinlich hatte er Sprengstoff benutzt. Auf dem Hauptplatz war kaum etwas los, am gegenüberliegenden Gehsteig sah er niemanden außer einem Mönch, der, trotz der niedrigen Temperatur nur mit einer festen Kutte bekleidet, vorübereilte.

Auch gut, dachte Hawelka und ließ sich aufs Bett nieder, schlüpfte unter die Decke und schloss die Augen. Moment! Mönch? Hab ich gerade einen Mönch gesehen?, schoss es ihm dann ein.

Er hatte. Es folgte ein kurzer, aber heftiger Kampf mit dem inneren Schweinehund. Die Liste, die der Schweinehund aufzählte, um Hawelka zum Liegenbleiben zu überreden, war gewaltig.

– In Stainz gab es eine große Kirche neben dem Schloss, ein Mönch war jetzt nicht gerade das achte Weltwunder.

– Kein Mörder, Brandstifter oder sonstiger Spitzbube wäre so blöd, sich mit derselben auffälligen Montur sowohl bei der Tat als auch später in der Stadt zu zeigen.

– Es war sowieso sinnlos.

– Das Bett war groß, bequem und warm.

– Wenn der Verbrecher so dumm war, sich jetzt noch in Stainz zu zeigen, dann wäre er sicher auch dumm genug, sich noch bis zum Nachmittag hier aufzuhalten.

– Im Bett könnte er sich Gedanken um Frauen im Allgemeinen und um Bettina Sommer im Besonderen machen. Schöne Gedanken.

– Schon alleine das Anziehen und Hinuntergehen würde dem Mönch einen gewaltigen Vorsprung verschaffen, es war unwahrscheinlich, dass Hawelka ihn noch einholen könnte.

– Es war sowieso sinnlos.

– Gedanken konnten zu Worten werden.

– Was sollte er tun, wenn er den Mönch eingeholt hatte? Ihn fragen, ob er zufällig gerade dabei war, sich als Mörder und Brandstifter ein zweites Standbein zu schaffen?

– Worte konnten zu Taten werden.

– Es war sowieso sinnlos.

Achtzehn Minuten später betrat Hawelka die halbdunkle Pfarrkirche von Stainz, die zugleich Schlosskirche war und auf einem Hügel lag. Er fühlte sich dem Tod nahe. Es war sicher über zehn Jahre her, seit er zuletzt so schnell gegangen war. Das Schloss lag auf einem Hügel, steile Stiegen führten von der Altstadt hinauf, in der Ferne vor sich hatte er immer den Mönch gesehen, den er jetzt in der Kirche suchte.

Schließlich sah er ihn – vielleicht aber auch einen anderen – vorne in der dritten Reihe sitzen, offensichtlich ins Gebet versunken. Hawelka ließ sich in der letzten Reihe nieder, versuchte, wieder zu Atem zu kommen und überlegte, was zu tun war.

Ich werde warten, bis er die Kirche verlässt, und dann einen Blick auf sein Gesicht werfen, dachte er. Vielleicht werde ich ihn auch anreden und irgendetwas Belangloses plaudern. Dann wird sich ja herausstellen – ja, was würde sich eigentlich dann herausstellen? Immerhin konnte er vielleicht im Gespräch herausfinden, ob der Mann von hier war oder auf der Durchreise war oder sonst was. Nachdem sich sein Puls wieder beruhigt hatte, war Hawelka durchaus optimistisch. Trotz der Kälte in der Kirche war ihm von der ungewohnten Bewegung ziemlich warm geworden. Seine Daunenjacke tat ein Übriges. Nach einigen Minuten wurde er richtig müde.

»Hawelka!«

»Ja?«

»Hawelka!« Unglaublich. Er hörte Stimmen! Das heißt, eigentlich nur eine. Eine wohlbekannte.

»Hawelka!«

»Ja, Herr, hier bin ich.«

»Gehe in das Land, das ich dir sagen werde«, tönte die erzherzogliche Stimme wie die Posaunen von Jericho. »Du sollst nehmen den Schierhuber und gehen, wohin ich dich leite. Du sollst nicht rasten noch ruhen, nicht innehalten, bis ich es dir sage. Wenn ich es dir aber sage, so sollst du innehalten, ohne wider mich zu murren. Denn ich sage: Hüten Sie sich vor diesen Grobheiten!«

»Hier bin ich«, antworte Hawelka und schlug die Augen nieder.

»Hawelka! Warum schlägst du die Augen nieder?«

»Herr«, antwortete er, »ich bin dein Knecht. Wo du mich hinführst, da will ich hingehen. Da will ich nehmen den Schierhuber und gehen, wohin du mich leitest. Ich will nicht rasten noch ruhen, nicht innehalten, bis du es mir sagst. Wenn du es mir aber sagst, so will ich innehalten, ohne wider dich zu murren.«

»Weil ich sage: Hüten Sie sich vor diesen Grobheiten. Richtig!« Der Erzherzog schien zufrieden.

Was war das? Träumte er? Plötzlich weckte ihn sein Handy. Mitten in der Kirche! Er fuhr hoch und eilte hinaus. Draußen hob er ab.

»Wieso dauert das so lange, Hawelka?« Diesmal war es kein Traum. Der Erzherzog hatte gefragt.

»Ich muss eingeschlafen sein«, antwortete Hawelka noch ganz verwirrt. Fehler!

»Hawelka«, zischte der Erzherzog, »Schlafen im Dienst kann die bösesten Folgen haben. Da sind schon Leute dran gestorben, hab ich jetzt gehört. Und die haben sich aber nicht darüber gewundert, weil zum Wundern sind die gar nicht mehr gekommen. Weil sie ja geschlafen haben. Aber ich sag Ihnen etwas: Das ist nicht meine Manier, dass ich so was durchgehen lass!«

Ein Traum in einem Traum, dachte Hawelka. Selten, aber nicht unmöglich.

»Ob Sie jetzt in der Steiermark sind oder auf dem Mond, das ist mir da wieder nicht so wichtig, aber ob einer einen Charakter hat, das ist mir dann schon wieder ein Anliegen. Ich werd ganz leise ein Geständnis machen: Ja, ich bin ein großer Freund von einer Dienstauffassung, die sich nicht ändern tut. Auch in der Fremde nicht.«

Vielleicht doch kein Traum?

»Daher geb ich Ihnen einen Tipp: Bleiben Sie wach im Dienst! Wenn die Müdigkeit kommt, dann – wie sagt man? – ›mach mal Pause, Coca Cola‹. Aber danach geht's flott wieder weiter. Was ich Ihnen aber vor allem sagen will, ist, dass ich Sie nicht zum Ermitteln herbestellt hab.«

»Herbestellt?«, fragte Hawelka unwillkürlich laut.

»Schreien S' nicht herum, weil das schickt sich nicht. Ich sag Ihnen, warum ich dem Henk befohlen hab, dass er Sie einteilt. Ich hab ihm einen guten Rat gegeben und hab gesagt, dass die zwei glücklichen Gewinner Schierhuber und Hawelka heißen. Und das habe ich nicht gesagt, weil ich glaube, dass Sie beide solche Geistesgrößen sind, die da unten in drei Tagen – wie sagt man? – klar Schiff machen können. Das brauch ich da jetzt nicht. Wenn Sie es noch nicht verstanden haben, kann ich es auch gerne aufzeichnen. Sie ermitteln nur zum Schein. Sie bleiben natürlich aktiv und neugierig, aber mit die Ermittlungen ist jetzt einmal Schluss. Da können S' mit dem Schierhuber tun, was Sie am besten können. Nichts.«

»Ja.« Er hätte gerne etwas mehr Zustimmung signalisiert. Aber es fiel ihm absolut nichts ein.

»Ja, Hawelka: Jetzt ist der Zeitpunkt der Einkehr und des In-sich-Gehens gekommen. Ein bisschen leiser sein. Ein bisschen zu sich selber finden. Weniger auf die Umgebung konzentriert als auf die wichtigen Fragen im Leben.«

Was will er eigentlich?, überlegte Hawelka.

»Bleiben Sie uns gewogen, Hawelka. Aber bleiben Sie uns auch vom Leib«, tönte die blecherne Stimme des Erzherzogs jetzt noch lauter aus dem Handy. »Sie werden sich schön wieder an die üblichen Verdächtigen machen und vor allem keine schlafenden Hunde wecken.«

»Und was ist mit diesem Landesrat?«, fragte Hawelka unvorsichtigerweise. »Der verschweigt uns doch was.«

»Den Landesrat lassen S' Landesrat sein, der hat jetzt andere Sorgen.«

»Aber was sollen wir denn überhaupt, ich meine, wen sollen wir denn überhaupt dann vernehmen oder verhaften? Also was dürfen wir und was nicht?«

»Nicht blöd sein, das dürfen Sie. Aber blöd sein, das dürfen Sie wieder nicht.«

Glaubt er, er ist eine Art von Orakel?, dachte Hawelka.

»Denken-sollen-Sie-nicht-blöd-sein«, ergänzte der Erzherzog jetzt noch.

Aber man hört ja die Satzzeichen gar nicht, dachte Hawelka. *Denken sollen Sie nicht – blöd sein!* Ist das jetzt ein Befehl, sich dumm zu stellen und allen Ermittlungsergebnissen zum Trotz den Gärtner zu verhaften? Oder meint er: *Denken sollen Sie! Nicht blöd sein*, und will mich anspornen? Ich komm nicht dahinter, überlegte Hawelka. Weil aber dieses Überlegen wahnsinnig anstrengend war, musste er gähnen.

Fehler!

»Gähnen S' nicht, Hawelka. Hüten Sie sich vor diesen Grobheiten, weil irgendwann kommen Sie wieder zurück nach Wien, und irgendwann komm ich auch wieder, und dann werden wir uns einmal unterhalten, aber nicht übers Wetter, das sag ich Ihnen.«

»Jawohl!«

Der Erzherzog legte auf.

Ihm war nur kalt. Saukalt!

Dennoch kehrte er nochmals in die Kirche zurück. Der Mönch war weg. Vielleicht hatte er in seiner Jugend zu viele Edgar-Wallace-Filme gesehen, jedenfalls war er erst dann ganz beruhigt, als er alle Beichtstühle kontrolliert und dabei keine Leiche (und auch keinen Mörder) gefunden hatte.

Dann eilte er hinunter ins Hotel.

»Der Benz ist winterfest. Mit dem kommen wir jetzt zum Nordpol und zurück«, verkündete Schierhuber hochzufrieden. »Im Kofferraum liegen über hundert Kilo auf jedem Hinterrad, ich hab Winterreifen mit Spikes montieren lassen. Eigentlich gar nicht mehr erlaubt, aber wo kein Kläger, da kein Richter.«

»Sepp, ich hab den Mönch gesehen!«

»Ketten hab ich im Kofferraum, Sand zum Aufstreuen, Spaten zum Ausbuddeln, alles da.«

»Zumindest könnte es unser Mönch sein. Ich hab ihn bis nach oben in die Kirche verfolgt!«

»Der fährt wie auf Schienen, da kann es noch einen halben Meter schneien.«

»Und dann muss ich eingeschlafen sein oder so, und dann hat der Erzherzog angerufen. Der Erzherzog! Und er hat mit mir geredet.«

»Bis zum Nordpol und retour!«

»Das heißt, ›mit mir geredet‹ ist relativ, es war mehr ein ›zu mir geredet‹, mehr so der übliche Anschiss und eine Art Befehlsausgabe.«

»So muss ein Auto sein.«

»Er hat gesagt, wir sollen uns vor Grobheiten hüten und nicht richtig ermitteln. Mehr so alibihalber. Das hat er gesagt.«

»Der gute alte Benz!«

»Das finde ich arg, oder? Dabei ist er im Urlaub.«

»Jetzt können wir losfahren.«

»Und der Mönch, den ich verfolgt habe, der war dann weg … Sepp, hörst du mir überhaupt zu? Du redest dauernd vom winterfesten Benz, du hörst mir überhaupt nicht zu!«

»Oja, hab genau zugehört.«

»Echt?«*

»Ja, den Mönch hast du gesehen, in die Kirche verfolgt und die Spur verloren, dann hat der Erzherzog angerufen und hat Befehlsausgabe gehalten.«

»Ja. Genauso war es. Findest du das nicht arg?«

»Na ja«, Schierhuber zuckte die Schultern, »eh das Übliche halt, oder? Dem Erzherzog kann man es eben nicht recht machen.«

---

* Schierhubers Multitasking-Fähigkeit war Hawelka bisher völlig entgangen.

Abfindung

16. Dezember

Der Nachmittag gehörte ganz der Familie. In diesem Fall der Familie Belosek. Zuerst hatten sie die Möglichkeiten und Ansätze diskutiert, auch die Möglichkeit, dass der Erzherzog wieder aus dem Urlaub zurück war und über telepathische Fähigkeiten verfügte. Schließlich hatte der verunsicherte Hawelka Henk angerufen und von diesem die beruhigende Auskunft erhalten, dass sich Hofrat Zauner noch im Urlaub befinde und dass die Ermittlungen in keiner Weise beschränkt werden sollten.

Also waren sie die Liste durchgegangen. Wegen des vielen Schnees waren Spuren sowohl beim Leichenfundort als auch auf Gautschs Firmengelände momentan kein Thema. Die bisherige Fahndung nach Gautsch war ebenfalls erfolglos verlaufen, aber die Uniformierten hatten in den letzten vierundzwanzig Stunden auch ganz andere Sorgen gehabt. Also hatten Hawelka und Schierhuber beschlossen, den Beloseks einen weiteren Besuch abzustatten.

»Ich hab einen Bausparvertrag gehabt, und mein Stiefvater hat mir auch etwas gegeben, und der Sascha hat sein Auto verkauft. Dann hat er noch eine Münzsammlung gehabt, gell, Sascha? Die hat auch was eingebracht, und die Bank hat uns auch etwas geborgt, weil ich hab gesagt, mit den Kindern bleib ich in keiner Wohnung, das war alles viel zu klein, und die Nachbarn hat man durch die Wände gehört, das war schon nicht mehr feierlich, ich hab eh zum Sascha gesagt, das halt ich nicht mehr lang aus da in der Wohnung, das ist doch ein Wahnsinn, da dreh ich durch, ich muss zwei Kinder erziehen und den ganzen Haushalt machen und so, da brauch ich Platz. Außerdem war die ganze Wohnung in einem Haus, das die volle Bruchbude war. Der Vermieter wollte uns eh draußen haben, hat uns gesagt, dass sich die Nachbarn wegen der Kinder beschwert haben, aber ich hab zu ihm gesagt: ›Welche Nachbarn denn? Es sind ja keine mehr da.‹«

Die Kinder waren draußen im Garten und vergruben sich in den meterhohen Schneemassen. Sascha und seine Frau saßen mit Schierhuber und ihm beim Wohnzimmertisch. Das dort lagernde Spielzeug hatten sie vorübergehend in eine Ecke geschaufelt. Das hatte Hawelka zu der irrigen Annahme verleitet, dass es eine konstruktive Befragung werden würde. Aber diese Frau war anders.

»Und ich hab zum Sascha gesagt, wenn der sich blöd spielt, der Hausherr, dann ist er uns los, dann bleib ich keinen Tag länger in dem Loch, und er kann sich um neue Mieter umschauen. Solche wie uns findet er nicht so schnell wieder. Wir haben die Miete immer bezahlt! Und fast immer pünktlich. Ein- oder zweimal haben wir ein bisschen später bezahlt, aber bitte, mein Gott, na, da hat er einen Zirkus gemacht, dass man gemeint hat, wir schneiden ihm das Herz aus dem Leib. Gell, Sascha?«

»Frau Belosek, einen Moment bitte, ich habe eine Frage an Ihren Mann. Herr Belosek, können Sie mir sagen, wie viel dieses Haus insgesamt gekostet hat? Also mit Grundstück und Haus und Einrichtung und den ganzen Verträgen und Anzeigen und Notariatsgebühren, also alles zusammen: Wie viel? Nur circa.«

»Na ja, das Haus … gekostet. Das ist schwer … Alles zusammen?«

»Also, das war schon ganz schön teuer, das ist ja der Wahnsinn, was das heutzutage alles kostet, da sagst du, nur zwei Kinderzimmer und ein Schlafzimmer und ein Wohnzimmer und die Nebenräume, und dann hast du auf einmal schon Baukosten wie sonst was, na, und die ganze Einrichtung, das ist –«

»Frau Belosek, ich möchte das gerne von Ihrem Mann hören, was das circa gekostet hat.«

Sascha sah von einem zum anderen. Er hatte schon verstanden, er sollte reden. Er kramte in seinem Gedächtnis.

»Also das Grundstück hat, glaub ich, zehn oder zwanzig

Tausender* gekostet. Und das Haus dann noch einmal hundert oder hundertfünfzig. Glaub ich.«

»Nein, Sascha, das Haus hat mindestens hundertachtzigtausend gekostet, weil da war ja zuerst die Fehlplanung, wo wir dann ein Zimmer zu wenig gehabt hätten, und dann haben sie umgebaut, und dann hab ich einmal gehört, wie – also hundertachtzigtausend waren das sicher für das Haus alleine, Sascha, da kann ich mich noch gut erinnern an die Summe, die hab ich auch auf irgendeiner Urkunde oder irgendeinem Vertrag gelesen.«

»Frau Belosek!« Schierhuber hatte sich erhoben. Er sah nicht freundlich aus. Vielleicht hatte er sich die Schläge gegen Jennifers Kopf in Erinnerung gerufen.

»Wir müssen Sie leider getrennt voneinander befragen, das ist so Vorschrift«, erklärte er nun und machte eine auffordernde Geste. Das Kinn von Frau Belosek klappte nach unten. Dann stand sie auf und folgte Schierhuber, der mit ihr vor die Tür marschierte. Hawelka hatte keine Ahnung, was sein Partner die Frau fragen würde, es war aber auch egal. Hauptsache, er war mit diesem Sascha alleine.

»Also wie viel jetzt, alles zusammen?«, fragte er leutselig, als wolle er dem anderen ein Angebot machen, das dieser nicht ausschlagen konnte.

»Na ja, eh die hundertachtzigtausend, wie die Vanessa gesagt hat. Ungefähr.«

»Mit dem Grundstück und der Einrichtung?«

»Was? Nein, das kostet alles extra, das Grundstück, das waren so zwanzig oder so und die Einrichtung auch noch extra. Also die Küche und die Möbel, alles extra. Wieso wollen Sie das wissen?«

»Okay. Also alles zusammen über zweihunderttausend Euro. Ungefähr. Richtig?«

»Ja. Ungefähr.«

»Und das Geld haben Sie sich zusammengespart?«

---

* Zehn- oder zwanzigtausend, dieser geringe Unterschied wird nur von Kleingeistern oder sehr armen Menschen für nennenswert erachtet.

»Ja. Gespart. Na ja, nicht alles, das Auto hab ich verkauft und –«

»Okay. Ich will einmal nicht so sein. Das Auto hat wie viel gebracht? Zwanzigtausend?«

»Nein, nicht so viel. Dreitausend.«

»Okay. Und die Münzsammlung?«

»Fünf.«

»Also fünftausend. Gut, dann –«

»Nein, fünfhundert.«

Das Schöne an dem Gespräch mit Sascha war seine entwaffnende Ehrlichkeit.

»Okay, wenn wir das zusammenzählen und so einen Bausparvertrag dazu und ein bisschen was vom Stiefvater von Ihrer Frau, da kommt schon ein schönes Sümmchen zusammen, klar. Aber über zweihunderttausend? Soll ich Ihnen das glauben, Herr Belosek?«

»Ja. Nein. Ich weiß nicht, wie viel das genau war. Das ist schon eine Weile her, und wir haben nicht nachgerechnet. Genau, meine ich.«

»Okay. Gut. Herr Belosek, wissen Sie, was ich glaube? Da hat noch jemand mitbezahlt, stimmt's?«

»Noch jemand?« Sascha versuchte kurz, ungläubig auszusehen, senkte aber dann rasch wieder den Blick. Überhaupt zeigte er ein starkes Interesse für die Oberflächenstruktur der Tischplatte.*

»Ja, noch jemand. Heißt dieser Jemand vielleicht Gautsch?«

»Gautsch?«

»So, Sascha, jetzt reicht es. Ich sag dir was, bis jetzt waren wir die korrekten Beamten, wie sie in den Vorschriften gewünscht werden und die sich auch an alle Vorschriften halten. Aber wenn du dich da jetzt blöd stellst, dann zeigen wir dir einmal, dass wir auch anders können. Du kannst dich von deiner Vanessa und von deinen Kindern verabschieden und ein paar Kleinigkeiten für die U-Haft packen. Wir nehmen dich mit, sperren dich ein

---

* Möglicherweise hatte er den Tisch noch nie ohne das allgegenwärtige Spielzeug gesehen.

paar Stunden weg, und dann verhören wir dich richtig. Mein Partner ist Spezialist für so was. Komm!« Hawelka erhob sich schnell und nahm den völlig verdutzten Sascha beim Arm.

»Was? Wieso? Ich hab überhaupt nichts getan. Das ist … Das ist … Das können Sie … Ich will mit meinem Anwalt reden.«

»Nein, Sascha, da hast du nicht gut aufgepasst bei den Filmen, es heißt: ›Ich will meinen Anwalt sprechen.‹ Das sagen sie dort immer, aber hier ist sowieso alles anders, weil du gar keinen Anwalt hast. Stimmt's? Oder willst du ihn anrufen? Ja? Wie heißt er, dein Anwalt? Sag schon.«

Der Bursche tat Hawelka leid, er hasste es, den bösen Bullen zu spielen, noch dazu standen sie ja nicht vor der Verhaftung eines Mörders, sondern wollten nur Gewissheit haben. Natürlich wussten sie bereits alles, was Sascha ihnen erzählen würde. Aber es war eben ein Mosaiksteinchen mehr, und dazu mussten sie Gewissheit haben.

»Nein. Ich mein, ja, mir fällt gerade sein Name nicht ein, aber ich kenne meine Rechte, und dass Sie mich da verhaften und ich mit keinem Anwalt reden darf –«

»Stimmt! Bravo, Sascha. Okay, weißt du was? Wir sparen uns die ganze lästige Verhafterei und den Häfen und alles, du sagst mir einfach die Wahrheit über die Hausfinanzierung, und wir zischen ab, der Sepp und ich. Okay?«

Genaueste Musterung der Tischplatte. Anstrengender Denkprozess. Entscheidung!

»Okay.«

»War es Gautsch?«

»Ja.«

»Als Schweigegeld?«

»Schweigegeld?«

»Wegen eurem Sohn.«

»Es war … er hat gesagt, dass es ihm leidtut und dass er uns helfen will, als Abfindung.«

»Hat ihn wirklich das Gewissen so gedrückt? Oder war da etwas an dem Unfall, was nicht ganz koscher war?«

»Koscher was?«

»Hat die offizielle Version nicht gestimmt – dass es ein Unfall war?«

»Ich weiß nicht, ich war ja nicht dabei.«

»Das kann ja gut sein, aber die Vanessa war dabei oder zumindest in der Nähe, wie der Kleine losmarschiert ist, und ich hab nicht den Eindruck, dass sie zu den ganz Verschwiegenen gehört, die nicht einmal ihrem Ehemann sagen, wenn sie was bedrückt.«

»Ja. Nein. Ich weiß nicht.«

»Jedenfalls hat der Herr Bauunternehmer Gautsch aus freien Stücken euch das Haus da hergestellt und gesagt, dass das jetzt eures ist. Richtig?«

»Ja.«

»Wir haben im Grundbuch nachgesehen, es ist ja auch auf euren Namen eingetragen, also eigentlich auf den Namen von Vanessa.«

»Ach so?«

»Hast du nicht gewusst, Sascha, dass du gar nicht im Grundbuch stehst?«

»Oja. Ich hab … Nein.« Hawelka musste sich ein wenig wegdrehen, um seinem Gegenüber nicht direkt ins Gesicht zu grinsen. Du wirst noch deine blauen Wunder mit dieser Frau erleben, dachte er.

»Und? Hat der Bauunternehmer damit euren Schmerz tilgen können?«

»Wa…? Wie bitte?«

»Na ja, der Verlust eines Kindes ist ja ein harter Brocken. Das ist traumatisierend. Wie geht es euch inzwischen mit der Trauer? Wie geht es deiner Frau?«

Hawelka hasste sich dafür, dass er wie der Moderator einer Nachmittagsdokusoap redete.

»Na ja. Nicht gut. Traurig halt.« Sascha hasste sich anscheinend keineswegs dafür, wie ein Kandidat aus einer Nachmittagsdokusoap zu reden.

»Sicher. Das denke ich mir. Aber ihr habt ja immer noch

zwei wundervolle Kinder, ihr seid immer noch eine richtige Familie, und ihr habt euch und helft euch sicher gegenseitig bei der Trauerarbeit, kann ich mir vorstellen.«

»Ja, eh.«

»Aber irgendwie – korrigier mich, wenn es nicht stimmt –, irgendwie hab ich das Gefühl, dass du nicht ganz so furchtbar leidest. Du wirkst so gefasst*.«

»Was?«

»Sehr ruhig, sehr ausgeglichen, ich finde, du hast den Tod vom kleinen Marco gut weggesteckt, man merkt gar nicht, dass du sehr traurig bist.«

»Ja. Nein. Ich weiß nicht. Er war eh nicht von mir.« Schulterzucken. Tischplattenmusterung. Sendepause.

Hawelka hingegen hätte jubeln können. Endlich einmal etwas Interessantes! Nicht, dass das promiskuitive Intimleben der Vanessa Belosek, geborene Steinegger, ihn irgendwie interessiert hätte, auch eventuelle Vaterschaftsstreitigkeiten ließen ihn kalt, aber ein totes Kind war ein totes Kind und somit ein brauchbares Tatmotiv. Dass der Bursche vor ihm den Mord an Mitteregger nicht begangen hatte (weil er sich dazu unangemessen weit vom Fernseher hätte wegbewegen müssen), war klar. Was aber, wenn der leibliche Vater des Kindes nicht ganz so träge und überdies nicht mit einem Haus zur Abfindung getröstet worden war?

»Marco war nicht dein – Entschuldigung, Ihr Sohn?« Er fand, dass es jetzt wieder Zeit war, zum Siezen zurückzukehren. Es hob den Gesprächspartner ein wenig höher, gab ihm mehr Würde in diesem heiklen Moment. Den Namen, sag mir den Namen, bitte nur den Namen, bettelte Hawelka in Gedanken. Dann ist der Nachmittag nicht umsonst, der Besuch hier nicht umsonst, die Ermittlungen nicht umsonst, und vielleicht kommen wir dann endlich weiter in der Sache und bald nach Hause.

Aber Sascha spannte ihn auf die Folter. »Nein, der war nicht von mir.«

---

* Hawelkas höfliche Umschreibung für Teilnahmslosigkeit, vielleicht hatte er auch Stumpfsinnigkeit gemeint.

»Haben Sie das denn damals schon gewusst beziehungsweise von Anfang an?«

»Ja. Nein. Gedacht hab ich mir's eh, weil die Vanessa zuerst gesagt hat, das ist eine Sechsmonatsschwangerschaft gewesen.«

»Als er zur Welt kam, der kleine Marco, meinen Sie.«

»Ja, da waren wir erst ein paar Monate zusammen und so ...«

»Und wann haben Sie dann die Wahrheit erfahren?«

»Ein, zwei Jahre später, da hat mir die Vanessa, also wir haben gestritten, und da hat sie es mir gesagt. Aber die zwei jetzt sind von mir. Das hab ich prüfen lassen, da gibt's im Internet so Firmen, und die sind von mir.«

»Ich verstehe. Sehen Ihnen ja auch total ähnlich, muss ich sagen. Ja. Gut. Also, und der Vater? Also der Erzeuger vom Marco, hat Ihre Frau einmal gesagt, im Zorn vielleicht, in diesem einen Streit zum Beispiel oder sonst wann, wer jetzt der Erzeuger vom kleinen Marco ist?«

»Einer von den Gössl-Buam.«

»Sie hat nicht gesagt, welcher?«

»Sie hat nicht gewusst, welcher.«

Bauvorhaben

17. Dezember

Sie saßen schon seit Stunden zusammen. Die Luft war rauchgeschwängert, und Hawelka dachte gerade daran, dass er frische Kleidung besorgen musste. Entweder kaufen oder am nächsten Tag nach Wien fahren und holen, das waren die Möglichkeiten. In der Wirtsstube für Einheimische wurden sogar Nichtraucher zu Kettenrauchern, wie ihm schien. Beim »Reznicek« in Wien rauchte er ab und zu ein paar Zigaretten zum Bier, Schierhuber eigentlich noch weniger, aber hier qualmten sie, was das Zeug hielt. Die anderen Gäste auch. Jetzt sogar Landesrat Sterz, dem es offensichtlich in seinem Zimmer zu langweilig geworden war.

Mittlerweile waren alle halbwegs befahrenen Straßen wieder frei, links und rechts der Fahrbahn türmten sich übermannshohe, von den Räumfahrzeugen zusammengeschobene Schneewände. Die uniformierten Kollegen hatten widerwillig, aber doch ihre Berichte an Hawelka gemailt – keine Spur von Gautsch. Hawelka fragte die Stammgäste auch nach den Gössl-Buam, die er gerne einmal zu Vanessa Belosek und dem kleinen Marco befragt hätte. Aber niemand hatte die beiden an diesem Tag gesehen, und in ihrem Haus am Rande von Stainz waren sie auch nicht gewesen.

Hawelka und Schierhuber hatten am Nachmittag darauf verzichtet, sich Saschas Aussage von Vanessa Belosek bestätigen zu lassen. Stattdessen hatten sie sich am Posten die Adresse der Gössl-Buam besorgt und waren bei ihnen zu Hause gewesen – keiner da. An Waldarbeiten war bei diesen Schneemassen ohnehin nicht zu denken, dennoch hatten sie die Firma der beiden ausgeforscht und dort gefragt – keiner da.

»Die Frage ist, ob die beiden überhaupt gewusst haben, dass einer von ihnen möglicherweise Vater ist«, erklärte Hawelka seinem Partner. Sascha hatte das erwartungsgemäß nicht mit Sicherheit sagen können. Vanessa wollten sie nicht fragen, der

Wahrheitsgehalt ihrer Aussage wäre sowieso zweifelhaft gewesen.

»Wir kriegen es raus«, sagte Schierhuber jetzt in einem Ton, der keinen Zweifel aufkommen ließ.

»Sicher kriegen wir es raus«, bekräftigte Hawelka und stiefelte zu dem Tisch, an dem Sterz alleine saß und eine Landkarte studierte.

»Habts ihr schon eine Spur von dem Brandstifter?«

»Die Kollegen sind dran, wir versuchen eher die Hintergründe herauszufinden«, antwortete Hawelka. »Darf ich mich zu Ihnen setzen?«

»Na ja, wenn's sein muss, setz dich halt«, antwortete der Landesrat und legte die Karte zusammen.

»Wissen Sie schon, wie es weitergeht? Wo Sie wohnen werden?«

»Es gibt da noch ein kleines Haus, vom Bruder, das steht leer, göll, da werd ich die nächste Zeit wohnen, und dann werden wir schauen, was von der Mühle noch zu retten ist.«

»Gut. Sehr gut. Und über Ihren Verdacht haben Sie nachgedacht? Glauben Sie immer noch an einen Zusammenhang zwischen dem Mörder von Mitteregger und Ihrem Brandstifter?«

»Na ja, ich muss sagen, ich weiß es nicht, göll. Ich war sehr getroffen, wie das Haus gebrannt hat, da sagt man einiges. Ich weiß ja auch nichts Näheres über die Drohungen, die der Gautsch da gekriegt hat oder der Mitteregger. Vielleicht hab ich mir da was z'sammg'reimt.«

So schön ist noch nie einer zurückgerudert, dachte Hawelka grimmig und beschloss, gleich am nächsten Morgen das Auskunftsbüro zu bitten, den Boden für eine gediegene Handyüberwachung des Landesrates zu bereiten. Der wird in nächster Zeit sicherlich einige interessante Telefonate führen, überlegte er und ärgerte sich gleich darauf, dass er die Abhöraktion nicht schon früher angeleiert hatte.

Sie plauderten noch über dies und das, ohne dass Sterz irgendetwas Wesentliches sagte, das für die Ermittlungen interessant gewesen wäre. Erst bei seinem Lieblingsthema, das von Hawelka natürlich bewusst angesprochen wurde, kam er ins Reden.

»Wenn man eine Region beleben will, wenn man die Abwanderung stoppen will, dann braucht man vor allem Ideen.* Ideen braucht man, göll, und Mut. Weil man das Neue nicht scheuen darf. Mit was Neuem muss man kommen, nicht mit was Altem. Also das Alte schon, göll, weil das die Leute mögen, ich weiß das eh, ›Retro‹, sagen die Leute da, deshalb werden wir ja auch die Ölschlägerausbildung wieder einführen. Wenn die Gäste im Sommer kommen und zwei Wochen lang den Ölschlägerkurs machen, dann bekommen sie nachher ein Diplom, da sind sie stolz darauf, und die machen sich dann da ihr eigenes Kernöl und so. Das ist aber nur einer von hundert Punkten, das muss passen, bis ins kleinste Detail. Von der Tracht, die die Kellnerinnen in jedem Wirtshaus, jeder Buschenschank und jeder Hütte tragen, muss das passen, bis zu den Beförderungsmitteln und den Unterkünften. Weil wir werden ja keine Riesenhotels herbauen, das ist ja die alte Ansicht, das sind ja alte Ideen, wir werden nur kleine Häuseln aufstellen. Kleine Hütten mit bunten Läden vor den Fenstern, mit einem Holzbalkon, so wie sie seit Hunderten von Jahren gebaut werden. Nur halt mehr auf einem Fleck und mit einem ›Zentralgebäude‹, wo die ganzen Küchen und Speisesäle und Hallenbad und Fitnessstudio und weiß der Teufel, was noch, untergebracht sind.«

»Und das Projekt ist schon ausverhandelt? Ich meine, das wird so gemacht, da ist der Baubeginn schon in greifbarer Nähe?«

»Das wird eine Jahrhundertsache für die Weststeiermark! Das wird eine Genussregion, da können sich andere was abschauen. Hunderte Arbeitsplätze, Zigtausend Gäste jährlich, göll, nachhaltige Energieprojekte, weil das Ganze braucht ja auch Strom, da werden wir Windparks aufstellen, ich hör

* Siehe: Landesrat Otto Sterz, »Das Erzherzog-Johann-Land. Ungewöhnliche Ideen für eine ungewöhnliche Region«, Ölspurverlag, Stainz.

schon die Gegner schreien, aber ich sag immer, die Windräder sind halt die Klapotetz von heute.*«

»Und politisch alles abgesegnet?«

»Die haben ja keinen Mut, die Berufspolitiker. Wollen nur wiedergewählt werden. Nachher, wenn alles fertig ist, dann kommen sie zu den Eröffnungen und schwingen Reden und lassen sich feiern. Vorher behindern sie die Leute, die noch Visionen für das Land haben. Wo es geht, behindern sie uns. Aber Gegenwind gibt es immer.«

»Und der Gautsch?«

»Der ist einer, der mitzieht, der stellt einen Teil der Finanzen auf, der macht Planung, Bauarbeiten, der vertritt viele örtliche Unternehmer, der setzt sich ein.«

»Und wird natürlich kräftig mitverdienen.«

»Na, wegen der Hetz alleine macht er es nicht, göll, das ist eh klar, das macht keiner, aber es ist wichtig, dass er dabei ist.«

Hawelkas Handy gab Laut. Seit Neuestem hatte er einen Ausschnitt von »Sultans of Swing« der Dire Straits als Klingelton. Trotz der späten Stunde war das Auskunftsbüro dran, Hawelka drehte sich ein wenig zur Seite, der Landesrat nahm sich eine Zeitung.

»Ich erreich dich den ganzen Tag nicht, Pepi, jetzt ruf ich dich eben von zu Hause aus an, pass auf, ich hab nicht viel Zeit, heute ist unser Weiberabend, wir gehen zum Männerstrip.«

»Schön, Herta, ich kann eh gerade nicht so richtig. Das Wichtigste ist, dass du dir noch einmal diese Vanessa Belusek anschaust. Früher hat sie Steinegger geheißen. Schau mal, ob die irgendwann eine Vaterschaftsklage oder so was laufen gehabt hat. Und wenn du so lieb bist und mir alles über die Gössl-Buam herausfindest.«

»Als Gössl-Buam werde ich sie kaum im Computer finden. Wie heißen die in echt?«

---

* Klapotetz: klappernde Holzwindräder, um die Osterzeit aufgestellt, zum einen aus Brauchtum, zum anderen als Vogelscheuchen verwendet.

»Na, Gössl halt. Pipi und Papi oder … Ich weiß es nicht. Jedenfalls war angeblich einer von beiden der Erzeuger von dem Kind, das vor zwei Jahren bei dem Jagdunfall gestorben ist.«

Hinter seiner Zeitung wurde Sterz blass. Als Hawelka das Berlakovic-Gespräch ein paar Minuten später beendete, war der Landesrat bereits aus der Gaststube geeilt.

Alptraum

18. Dezember

»Auf dem Jakobsweg … auf dem Jakobsweg werde ich kommen … auf dem Jakobsweg werde ich zu dir kommen, ich … auf dem … an deinen Werken … an …«

Pipi schreckte hoch. Wer stöhnte da? Papi konnte es nicht sein, der lag keine zwei Meter neben ihm auf der anderen Matratze und schnarchte leise. Was war das?

»Da kannst du schon kommen, du … komm nur … ich werd auf dich warten, du … Komm nur, wenn du schnöbranu … Hmmst … Komm … Auf dem Jakobsweg grrollbsst …«

Das musste Gautsch sein. Aber jetzt wurde es Pipi auch klar, dass sich Gautsch mit niemandem unterhielt und auch kein richtiges Selbstgespräch führte, sondern träumte. Das meiste war leise gemurmelt, dazwischen immer wieder Seufzen und Aufstöhnen, dann aber doch wieder klare Wörter, Satzfetzen und Ausrufe.

»Du kannst … Mrstom … Aaaaaaaaaahhhh! Da bist du, du Sau! Ja komm nur, ich werde … Brummdidums … Was? Was? Nichts wirst du bekommen, kein … Das wird das Erzherzog-Johann-Land und sonst … Was? Aaaaaaaaaaaahh Da! Wart! Jetzt hol ich 's G'wehr! Ich werd –«

Sollte man ihn aufwecken? Pipi war unschlüssig und rüttelte zunächst seinen Bruder wach.

»Papi, wach auf. Wach auf! Er träumt schlecht.«

»Was? Was? Bin schon wach. Bin schon da. Was?«

»Er träumt schlecht. Ein Alptraum.«

»Wer träumt schlecht?«

»Der Gautsch. Da. Hör!«

»Du kannst wieder zurück auf deinen Jakobsweg, du … Wart, ich helf dir du … Aaaaaah! Mit dem Messer? Mit dem Messer willst du was ausrichten gegen meine Flinte? Wart nur, du …«

»Hast du's gehört?«

»Sicher. Du musst ihn aufwecken.«

»Ja. Eh.« Pipi war froh, endlich eine diesbezügliche Anweisung vom großen Bruder erhalten zu haben, und eilte in die angrenzende Kammer. Dort kämpfte Gautsch mit der Decke. Zum einen. Zum anderen, und das beunruhigte Pipi ein wenig, kämpfte der Schlafende auch mit seinem Jagdgewehr, das er mit der einen Hand fest umklammerte. Mit der anderen suchte er verzweifelt nach dem Abzug.

»Herr Gautsch! Aufwachen!« Papi war seinem Bruder inzwischen gefolgt.

»Du wirst mich nicht umbringen, du! Dich knall ich ab, wie ... wie ... Nein! Geh weg, du Sau! Der will mich stechen!«

»Herr Gautsch! Aufwachen! Es ist keiner da. Nur wir!« Jetzt versuchte Pipi sein Glück. Wie Papi hielt auch er es für besser, den Schlafenden aus einer gewissen Entfernung aufzuwecken, und verzichtete auf das unter diesen Umständen nicht ganz ungefährliche Wachrütteln.

So standen sie beide bei der Tür und versuchten abwechselnd, Gautsch akustisch aufzuwecken. Schließlich hatte Papi die rettende Idee, lief in die große Stube und kam mit einem Topf und einer Pfanne zurück, die er heftig gegeneinanderschlug. Mit Erfolg. Gautsch erwachte tatsächlich. Er keuchte heftig, riss die Augen auf, hielt sich die Ohren zu, weil Papi den Wirbel zur Sicherheit noch eine gute Minute länger andauern ließ. Das Gewehr war zu Boden gefallen. Keine drei Sekunden später hatte es Pipi in seinen riesigen Pranken.

»Ich ... Gut, dass ihr mich aufgeweckt habts. Das war ... Ich hab geträumt. Ein Alptraum war's, es wollt mich einer umbringen. Mit einem Messer. Und ich wollt ihm eine aufbrennen. Mit dem Gewehr. Den hätt ich kaltgemacht. Aber so blöd, im Traum hab ich den Abzug nicht gefunden. Jemand hat ihn abmontiert, im Schlaf, ich meine, im Traum natürlich, da ist so was ja möglich. Ich hab mich auch gar nicht gewundert, nur die ganze Zeit den Abzug gesucht, und der Hund hat die ganze Zeit auf mich eingestochen, oder, sagen wir, er hat es zumindest immer probiert, aber ich einmal links ausgewichen, dann wieder rechts, dazwischen den Abzug gesucht, den verdammten Abzug, hab ihn aber nicht gefunden, einfach nicht gefunden. Aaah, gut, dass ihr da seid, gut, dass ihr mich aufgeweckt habt. Auf euch kann ich mich verlassen. Das ist gut. Ich bin froh, dass euch der Sterz geschickt hat. Jetzt geht es mir schon viel besser. Viel besser! Wenn die Sau kommt, dann werden wir ihn zu dritt gebührend empfangen, aber echt gebührend.«

»Ja. Eh.« Pipi nickte.

»Ich bin total fertig. Wie wenn ich drei Tage durchgesoffen hätt oder acht Meter Holz gemacht oder einen ganzen Harem gepudert. Pfa, bin ich fertig. Schaut ihr noch eine Runde um die Hütte? Nur so, zur Sicherheit?«

»Sicher, Herr Gautsch, wir schauen noch, ob draußen wer ist.«

»Auf dem Jakobsweg will er kommen. Auf dem Jakobsweg! Da kann er schon kommen. Wir werden ihm einen Empfang bereiten, den er nicht mehr vergisst. Wie dem Jesus in Jerusalem. So ein Empfang wird das. Der letzte Empfang!«

»Okay. Dann gehen wir jetzt. Gute Nacht!« Papi und Pipi drehten sich um und zogen die Köpfe ein, als sie die Kammer durch die niedrige Tür verließen. Gautsch schloss erschöpft die Augen. Das Gewehr hatte Pipi mitgenommen.

»Also, die Betti und der Schnackselstein, das ist großes Kino, Pepi, das sag ich dir. Du weißt ja, was er für einen Ruf hat, und ich hab die Betti ja auch vor ihm gewarnt, und alle haben sie vor ihm gewarnt, aber die Betti hat momentan gerade eine schwierige Phase, und da wollte sie halt ein bisschen, na ja, sagen wir: die Sau rauslassen, jedenfalls ist sie ein bisschen aus Trotz mit ihm, also gerade mit ihm weggegangen, weil, na ja, weil sie das wollte. Eine Kollegin vom Wachzimmer unten hat ihr einmal erzählt, dass es sich auszahlt, also jetzt rein körperlich und so.«

»Herta, die ganze Geschichte kenn ich schon. Du musst nicht bei Adam und Eva anfangen. Ich will eigentlich nur wissen, was jetzt war, wie sie …«

Das war eben die Frage. Was will ich eigentlich wissen?,

fragte sich Hawelka. Wollte er von sexuellen Heldentaten hören, die Bettina Sommer dann doch zu viel geworden waren? Oder war er viel eher scharf auf eine Geschichte vom jämmerlichen Versagen der Testosteronmaschine Hohlstein? Wahrscheinlich Letzteres, dachte Hawelka, laut aber sagte er: »War ihr sein Hochleistungssex dann doch zu viel?«

»Geh, Pepi, das denkts ihr alle. Wenn's um den Hohlstein geht, nehmen alle immer an, dass sich da eine gewaltige One-Man-Orgie abspielt. Warum eigentlich? Den anderen glaubt man doch auch nicht einmal die Hälfte der Heldentaten, von denen sie erzählen, oder? Nur weil er mit allen vögelt, die nicht bei drei auf den Bäumen sind, heißt das nicht, dass er automatisch der Weltmeister ist. Auf die Quantität kommt's nicht an.«

»Danke, Herta, jetzt hast du mich endlich über die letzten Geheimnisse der Sexualität aufgeklärt. Du, ich hab nicht viel Zeit, wir müssen los, und falls du was herausgefunden hast, was den Fall betrifft, dann ist mir das sowieso wichtiger als die ganze Bumserei, also …«

»Hahaha, das soll ich dir glauben? Okay. Bitte schön, ich kann das Salz in der Suppe auch weglassen, wenn du meinst. Also: Die Gössl-Buam heißen – Überraschung! – Peter und Paul. Gegen beide liegt ein bisschen was vor, nichts Ernstes, einmal da eine Anzeige wegen Ruhestörung, dann zweimal leichte Körperverletzung, dann eine schwere Körperverletzung, alles bei Wirtshausraufereien, das ist dort, wo ihr seid, nicht unüblich, das gehört zum guten Ton, na ja, nicht unbedingt zum guten Ton, aber wie gesagt, es ist nicht unüblich. Weißt du übrigens, dass alle eine Petition unterschreiben wollen und ans Ministerium senden? Eine Petition für den Henk, also dass der Erzherzog auf einen anderen Posten kommt – du weißt schon, so einen Ministeriumsplatz, wo er sein Gnadenbrot kriegt oder noch besser gleich in den Ruhestand abdackelt. Das steht im inoffiziellen Anhang der Petition, aber im offiziellen Teil steht, dass sich alle Henk als neuen Kripochef wünschen und wie gut alles unter seiner Führung klappt und wie sehr er alle motivieren kann und so.

Bisher haben sechsunddreißig Kolleginnen und Kollegen unterschrieben. Wenn ihr wollt, könnt ihr mir ein Fax oder Mail mit euren eingescannten Unterschriften schicken, dann hefte ich das dazu. Ich meine, der Alte ist, na ja, man gewöhnt sich daran, aber er hätte vor drei Jahren schon in Pension gehen können und ist immer noch da, das muss ja doch … Aber vielleicht brauchen wir das ja gar nicht, weil, wenn er eh ins Kloster gehen will …«

»Das ist doch Blödsinn, die Bücher kann er zu irgendeiner Recherche gebraucht haben, oder vielleicht interessiert er sich ja wirklich für Orden, das heißt aber noch lange nicht, dass er morgen als frommer Bruder ins Kloster geht.«

»Aber was, Bücher! Vergiss das, ich habe meine Informationen! Absolut zuverlässige Quellen. Topleute!«

»Und was sagen deine Topleute?«

»Dem Lamm folgend, von der Kirche wie Schafe mitten in die Welt gesandt, werden wir unterwegs, auch wenn wir verletzt sind, nie aufhören zu lieben.«

»Herta?«

»Ja, Josef?«

»Bist du okay?«

»Ja. Ein Schaf, mitten in die Kriminalpolizei gesandt, das nie aufhört zu lieben. Das bin ich.«

»Soll ich jemand anrufen? Setz dich erst einmal und trink einen Schluck Wasser.«

Das Auskunftsbüro gluckste und kicherte. »Das ist der Leitspruch der ›Kleinen Brüder vom Lamm‹ beziehungsweise der Leitspruch der ›Gemeinschaft vom Lamm‹, der erstens die ›Kleinen Schwestern vom Lamm‹ angehören und zweitens die ›Kleinen Brüder vom Lamm‹. Hauptsitz: Frankreich, Filiale: Wien. Haupt- und Überorden: Dominikaner. Na, was sagst du jetzt?«

»Brüder und Schwestern?«

»Kleine Brüder. Kleine Schwestern.«

»Gemeinsam?«

»Pfui, Pepi! Doch nicht gemeinsam, nein, getrennt. Oder

was weiß ich, vielleicht auch nicht getrennt, aber auf jeden Fall ist das der Orden, bei dem der Erzherzog gerade eine Art ... Probezeit macht.«

»Geh, Herta!«

»Das ist die Wahrheit. Ich schwöre.«

»Wie ist der Spruch gegangen?«

»›Dem Lamm folgend, von der Kirche wie Schafe mitten in die Welt gesandt, werden wir unterwegs, auch wenn wir verletzt sind, nie aufhören zu lieben.‹«

»Und das soll das Motto vom Alten werden, wenn er dort eintritt? Du musst zugeben, dass das nicht sehr nach seiner Natur klingt.«

»Menschen können sich ändern.«

»Herta, vergiss das. Der Erzherzog im Kloster, das ist so unvorstellbar, wie ... wie ...«

»... die Zeugen Jehovas bei der Love-Parade?«

»So ungefähr.«

»Ich weiß eh. Aber dass er dort seine Probezeit oder seinen Aufnahmetest macht, das ist verbürgt. Ich kenn einen, der dem Erzherzog seine Putzfrau kennt, und die hat es bestätigt. Daraufhin hab ich –«

»Okay, Herta, das ist mir jetzt fast ein bisschen zu viel Erzherzog. Hast du noch was? Ich meine, für unseren Fall?«

»Fall? Ach ja. Äh, wart einmal. Die gute Vanessa Steinegger hat als Vater vom kleinen Marco den Alexander Belosek angegeben, und noch vor der Geburt haben sie geheiratet. Das ist das, was die offiziellen Dokumente hergeben.«

Okay. Das war nichts. Wäre ja auch zu schön gewesen. Dennoch musste das nicht unbedingt heißen, dass die Gössl-Buam nichts von den Vaterfreuden wussten. Aber der Tod von Marco Belosek war jetzt zwei Jahre her. Angenommen, einer der Brüder war der Vater und hatte den Tod seines Sohnes rächen wollen, waren sie nicht beide eher die Typen, die gleich im Affekt zugeschlagen hätten und erst dann zum Nachdenken begonnen? Weder Pipi noch Papi machten den Eindruck, dass sie ihren Hass lange unter dem Deckel brodeln lassen konnten und sich zwei Jahre lang einen durchtriebenen Plan zurechtlegen würden.

»Gut, das ist nicht gerade das, was ich mir erhofft habe«, sagte Hawelka.

»Man kann nicht immer alles haben, Pepi.«

Klingt, als wär ich auch ein Bruder der Gössl-Buam: Papi, Pipi und Pepi. Das sagte er jetzt aber nicht, sondern: »Ich weiß, Herta, sonst hätte ich dich schon längst …« Das folgende Berlakovic-Lachen dröhnte noch minutenlang in Hawelkas Ohr, ließ ihn mitgrinsen und machte seinen Tag gleich etwas schöner. Erst später bemerkte er, dass er das Ende der Sommer'schen Sexgeschichte wieder nicht gehört hatte.

Denkarbeit

18. Dezember

»Der Wein ist nicht zum Saufen, aber das Bier geht.« Das Urteil war gesprochen, und weil es ein Schierhuber gesprochen hatte, war es praktisch in Stein gemeißelt und für alle Zeiten gültig. Es dürfte dem Schicksal oder dem lieben Gott oder sonst einem Zuständigen sehr, sehr schwerfallen, an dieser Einschätzung zu rütteln. Vorsehung, Gott, Schicksal oder wer sonst dazu fähig war, Menschenleben zu beeinflussen, den Lauf der Dinge zu ändern oder Wunder zu bewirken, würde sich gewaltig ins Zeug legen müssen, um das Schierhuber-Urteil abzuschwächen oder mit einem kleinen Zusatz versehen zu lassen. An eine vollständige Rücknahme war ohnehin nicht zu denken.

Aber woher kommt diese Sicherheit, diese Fähigkeit, sich in kürzester Zeit ein Urteil zu bilden und dabei zu bleiben?, überlegte Hawelka. Er selbst hatte das schon in der Schule bei anderen bewundert und lange Zeit geglaubt, das sei ein Zeichen des Erwachsenseins. Die sind halt schon reifer, hatte er damals gedacht, wenn sie ihm im Pausenhof die Welt erklärten. »Der Anschütz ist ein Trottel, das beste Rad ist das Puch Clubman, und den tollsten Busen hat die Susi.« Punkt.

Er selbst traf nie so kategorische Aussagen. Er selbst hatte bis zu diesem Zeitpunkt wahrscheinlich nicht genug über den Anschütz* nachgedacht. Oder über das Puch Clubman. Okay, über den Busen von der Susi hatte er bis zu diesem Zeitpunkt wahrscheinlich genug nachgedacht, aber: Was, wenn die Anita, die immer so weite Blusen und Schlabberpullis anzog, darunter einen noch viel tolleren Busen hatte als die Susi?** Das war ja das Fatale an diesen rein akademisch geführten Diskussionen – sie

---

* Zu Hawelkas Zeit ein gefürchteter Lateinlehrer am Horner Gymnasium, Zigarrenraucher und Hobbyarschloch.

** Susis Oberteile fielen stets ein wenig figurbetont aus, wodurch die Urteile der männlichen Mitschüler über körperliche Vorzüge stets ein wenig susibetont ausfielen.

waren auf die Theorie beschränkt, weil eben noch niemand das Vergnügen gehabt hatte, die reine Wahrheit zu sehen oder gar zu ertasten. Weder bei Anita noch bei Susi. Oder: Was, wenn in, sagen wir, England oder Amerika oder, sagen wir, in Japan ein viel besseres Rad gebaut wurde als das Puch Clubman – nur, dass es halt in Horn keiner kannte. Oder was, wenn der Anschütz zum Beispiel einmal jemandem das Leben gerettet hatte. Na gut, Trottel blieb er trotzdem, das heißt, eigentlich kein Trottel, weil dieses ganze Latein muss man sich einmal merken und so.

Trotzdem, sicher drei Viertel aller Leute, die ich kenne, sind sich ihrer Sache so sicher, dass ihre Aussagen wie Gesetze klingen, dachte Hawelka und trank seinen Tee. Er hatte in der Früh ein leichtes Kratzen im Hals gespürt, und das Letzte, was er jetzt brauchen konnte, war eine Grippe. Für ihn bedeutete das: auch abends kein Bier, sondern Tee. Schierhuber hatte über ähnliche Symptome geklagt, für ihn bedeutete das: zum Bier reichlich Schnaps. »Was kleine Gehirnzellen tötet, tötet auch kleine Viren«, so der Präventivmediziner Dr. Josef Schierhuber.

»Wir sitzen hier herum, und Gautsch bleibt verschwunden, die Gössl-Buam sind auch wie vom Erdboden verschluckt, und der Landesrat lässt sich seit gestern auch nicht mehr blicken. So kann es nicht weitergehen. Wir müssen was tun«, stellte Hawelka entschlossen fest.

»Ja.« Schierhuber war hellauf begeistert.

»Morgen fahren wir schwere Geschütze auf, die Belosek muss uns sagen, welcher der zwei Gössl-Buam der Vater von dem toten Buben ist und ob er das überhaupt gewusst hat. Und die Frau vom Gautsch muss uns sagen, wo er überall sein könnte. Wochenendhaus oder Wohnung in Graz oder irgendwelche Freunde oder Verwandte oder so. Wir müssen hartnäckig bleiben.«

»Ja.« Schierhuber trank tatendurstig von seinem Bier. Dann folgte ein Gesundheitsschnaps.

»Das Team, das die Spuren gesichert hat, war schlampig

hoch zehn, Reifenspuren, Lackspuren, Schleifspuren, bei der Georgskapelle wird nach der Schneeschmelze sicher nichts mehr zu finden sein.«

»Ja.«

In Wahrheit ärgerte sich Hawelka hauptsächlich über sich selbst. Sie hätten sich gleich nach ihrer Ankunft den Fundort genauer anschauen sollen. Bevor der große Schnee gekommen war. Das sagte er nun auch laut, nur ohne den Teil mit der Selbstbeschuldigung.

»Ja«, sagte Schierhuber. Die Diskussionsbeiträge seines Partners waren an Witz und Esprit kaum zu übertreffen.

»Gehen wir es noch einmal durch. Den Mitteregger konnten die wenigsten leiden, wahrscheinlich hätten viele ein Motiv gehabt. Weil wir aber nichts von seinen anderen Heldentaten wissen, müssen wir uns auf die Verbindung zu Gautsch konzentrieren. Dass Gautsch seine Frau wegschickt und sich selbst versteckt hält, ist ein weiteres Indiz, dass das die richtige Spur ist.«

»Ja.«

»Gautsch ist angeblich bedroht worden. Es gibt zwei Geschichten, die wir kennen. Die eine mit dem Jagdunfall, das wäre ein Motiv, das die Beloseks und den möglichen Vater des Kindes, also einen der Gössl-Buam, betrifft. Die andere Geschichte ist das Erzherzog-Johann-Land.«

»Ja.«

»Beim Erzherzog-Johann-Land kommt der Landesrat ins Spiel. Aber Mitteregger würde da nicht so im Mittelpunkt stehen.«

»Ja.«

»Sepp! Mir raucht die Birne, und du sagst nur: ›Ja.‹ Ist das alles, was dir zu den Motiven und Möglichkeiten in diesem Fall einfällt?«

»Nein. Ich meine, vielleicht war es ja auch ganz anders.« Sehr schön. War das jetzt ein Witz oder Schierhuber-Esprit?

»Ja, natürlich«, ereiferte sich Hawelka, »vielleicht war es ja auch ganz anders, aber zuerst müssen wir einmal eine Variante durchackern, wie es gewesen sein könnte! Dann können wir auch eine Alternative diskutieren.«

»Ja.«

»Also: Der Gautsch geht jagen, sein Treiber passt nicht auf, Gautsch schießt das Kind tot, irgendjemandem, sagen wir, dem Vater, wer auch immer das ist, passt das nicht. Er will den Tod rächen. Weil er gründlich ist, erledigt er zuerst den Treiber. Als Gautsch davon hört, flüchtet er. Okay. Aber warum? Warum geht er nicht zur Polizei, sagt: ›Mich bedroht der und der, den Mitteregger hat er schon erledigt, bitte verhaften, danke.‹ Wovor hat er Angst? Dass der Rächer irgendwas von damals weiß, wofür Gautsch angeklagt werden kann? Was soll das sein? Der ist doch damals mit einem blauen Auge davongekommen und hat noch dazu die Familie großzügig entschädigt.«

»Vielleicht hat er kein großes Vertrauen zur Polizei.« Da war natürlich etwas dran.

»Oder anders: Das Ganze hat mit dem Kind nichts zu tun. Jemand will das Erzherzog-Johann-Land verhindern. Auch gut. Sagen wir, er bedroht Gautsch und Sterz. Was sagt er? Wie droht er? Schreibt er: ›Wenn ihr das Projekt nicht aufgebt, bringe ich euch um‹? Okay. Die zwei nehmen das nicht ernst, also setzt er ein starkes Zeichen und erledigt den Mitteregger. Jetzt begreift Gautsch, dass es ernst ist, und flüchtet. Sterz nicht. Warum nicht? Dann zündet einer seine Mühle an. Jetzt wird ihm auch mulmig. Aber er flüchtet nicht. Vielleicht, weil er sich im Hotel, also in unsrer Nachbarschaft, sicher fühlt. Oder weil er bei dem Schneechaos gar nicht weggekonnt hat.«

Hawelka nahm einen Schluck vom fünften Tee des Tages, der inzwischen nur mehr lauwarm war und nicht besonders schmeckte. Ohne nachzudenken bestellte er ein Bier, als die Kellnerin ein frisches Schierhuber-Menü servierte.*

»Wir müssen alle Möglichkeiten durchgehen. Also auch die ganz unmöglichen, die ganz argen. Alles. Wie in den Krimis.«

* Schierhuber-Menü: üblicherweise ein Bier (also ein großes) mit einem doppelten Jägermeister. Bei Grippe im Anzug kommt das 2er-Menü zum Einsatz, Bier plus doppelter Obstler.

»Krimis.« Schierhuber machte eine wegwerfende Handbewegung und nahm seine Medizin.

»Liest du Krimis, Sepp?«, fragte Hawelka, der keine las.

»Ich les keine Krimis«, erwiderte Schierhuber. »Ich hab einmal einen gelesen, jetzt les ich nur mehr die Inhaltsangaben. Da gibt es in den Zeitungsbeilagen manchmal so Reklame von den Verlagen, da stehen die Inhaltsangaben von den Neuerscheinungen. Die les ich. Dann weiß man eh schon, wie es geht. Das ist alles gleich: Irgendjemand bringt wen um, und jemand anders muss dann drauf kommen, wer's war. Die Täter und die Opfer, die variieren schon, aber am Anfang stirbt halt das Opfer, und der Täter muss gefunden werden. So. Dann ermitteln meistens zwei ganz komische Figuren, die alle Probleme auf der ganzen Welt haben. Er ist meistens Alkoholiker, manchmal auch ein Kokainsüchtiger, aber der ist nur so geworden, weil er einmal ein Kind überfahren hat, sie hat es auch nicht leicht, drei Kinder und frisch geschieden, da müssen Babysitter engagiert werden, und dass ihr Ex-Mann zu den Tatverdächtigen zählt, ist auch nicht angenehm. Und so geht's halt dahin, bis am Schluss der Täter geschnappt wird. Aber wenigstens sind es im Fernsehen richtige Polizisten, die ermitteln. In den Büchern, also in den Inhaltsangaben, wenn ich da manchmal reinschau, wer da so alles ermittelt! Das sollst du nicht glauben, da sind die oft wahnsinnig einfallsreich. Das sind auch meistens Paare, aber so zufällig zusammengewürfelte: ein Pfarrer und eine Wirtin, eine Ärztin und ein Spengler, der feine Lord und irgendein Uhu. Oder Totengräber und Taxifahrer, Köchin und Zeitungsschreiber, Bauer und Frau, das ist doch weit weg von jeder Realität! Richtige Ermittlungen sind eine sehr heikle Sache, das soll man den Profis überlassen.«

Der Sepp ist eine Waffe, dachte Hawelka. Meine Waffe! Er ist so sehr davon überzeugt, Profi zu sein, dass er es irgendwie tatsächlich ist (die Amerikaner sagen: »Fake it, till you make it«), oder sagen wir, er wirkt zumindest so, und das überzeugt mich gleich mit. Mit einem Profi wie ihm ist es ein Kinderspiel, den Fall zu lösen. Die Frage ist nur – wann?

In der Zwischenzeit hatte sich Schierhuber warmgeredet. Scheinbar hatte er sich schon in der Vergangenheit Gedanken zu diesem Thema gemacht. Es hatte sozusagen in ihm gearbeitet, anders ließ sich der ungewohnte Redeschwall gar nicht erklären.

»Aber je unglaublicher eine Geschichte ist, desto besser kommt sie an. Bei den englischen Krimis ist das nicht anders. Die sind oft im Fernsehen. Da geht einer seelenruhig her und zerstückelt die halbe Ortschaft, und keiner merkt was. Es zieht auch keiner weg, weil sich jeder denkt, mich erwischt's eh nicht, nur den Nachbarn. Aber dann erwischt es ihn halt doch. Dann kommen zwei daher, sie war irgendein Model, eröffnet jetzt eine Buchhandlung in einer Ortschaft, wo sechshundert Leute wohnen und die Hälfte nicht einmal lesen kann. Er war Fleischhacker, gibt jetzt Strickkurse und wollte eigentlich nur Kräuter pflücken, aber wie es der Teufel will, stolpert er dabei über einen Oberschenkelknochen. Weil er vom Fach ist, merkt er gleich, dass da über Monate Bleiablagerungen im Knochen stattgefunden haben müssen, sonst wäre er nicht so grün gesprenkelt. Na gut, sie kommt ins Wirtshaus, wie er gerade im schönsten Ermitteln ist, und sagt, wenn er ihr ein Flascherl zahlt, dann hilft sie ihm. Dann kommt die Pfarrersköchin und mischt sich auch noch ein, weil die muss zum Glockenläuten immer noch auf den Turm steigen wie vor hundert Jahren, weil Seil können sie sich keines leisten, jetzt läutet sie die Glocken halt mit einem Hammer, und da hat sie zufällig gesehen, wie der Wildhüter den Bürgermeister besteigt.«

Um die Spannung ins Unermessliche zu steigern, unterbrach der erfahrene Vortragende Josef S. nun seine Erzählung, leerte sein Bierglas, winkte der Kellnerin und sah Hawelka herausfordernd an. Der gierte nach der Auflösung der spannenden Geschichte und hing an den Lippen seines Kollegen.

»Die Frau vom Wildhüter hat das aber eh nicht gesehen, weil die keine zwanzig Meter weiter gerade mit dem Pizzafahrer aus dem Nachbardorf Bodenturnen geübt hat. Also scheidet sie als Verdächtige aus, und gegen Schluss wird klar, dass die Kellnerin als Kind nicht mit Playmobil hat spielen dürfen, und so was kann halt verheerende Folgen haben.«

»Also war es die Kellnerin?« Hawelka hatte sich nicht alles gemerkt, wollte aber ein bisschen höfliches Interesse zeigen.

»Nein, die ist nur geistesgestört und mischt allen Blei in die Getränke. Aber der Mörder war der unscheinbare Mister Sowieso, der in seinem Garten so schöne Rosen züchtet und der sich Hoffnung auf den Posten als Aushilfsministrant gemacht hat.«

»Toll, wie du dir so was merkst, wann hast du den Film gesehen?«

»Das war vor, ich weiß nicht, fünf oder sechs Jahren. Wir haben da einen langen Überwachungsauftrag gehabt, und in der Wohnung war ein Fernseher, aber die Antenne war kaputt, also kein Empfang. Aber ein Videorekorder. Und ein Film. Einer! Ein einziger Film in zwei Wochen. Und sonst nichts zu tun, als zu warten, ob in der gegenüberliegenden Wohnung die Rollos raufgehen und zufällig einer rausschaut. Da lernst du den Film gut kennen. Am Schluss redest du schon mit.«

»Hast du nichts zum Lesen dabeigehabt?«

»Nein. An das hab ich nicht gedacht gehabt, und später, na ja, irgendwie hab ich mich dann schon so an das Video gewöhnt gehabt, da willst du dann auch nicht mehr umsteigen. Außerdem hab ich ja geglaubt, der Einsatz ist jeden Moment vorbei.«

»Ja, ja, es dauert immer länger, als man glaubt.«

Dann herrschte wieder eine Weile Schweigen zwischen den beiden Profis. Beim nächsten Menü fragte Hawelka die Kellnerin nach dem Landesrat und erfuhr, dass sich dieser seit gestern alle Mahlzeiten aufs Zimmer hatte servieren lassen und den ganzen Tag die Nase nicht aus der Tür gesteckt.

»Morgen«, sagte Hawelka, »morgen nehmen wir die Belosek in die Zange und den Sterz auch gleich. Morgen muss sich endlich was tun, sonst verkommen wir noch in diesem Stainz.«

»Ja.«

Brief

19. Dezember

»Auf dem Jakobsweg werde ich zu dir kommen, um dich zu richten. Nach deinen Werken sollst du gerichtet werden, nach den guten und den schlechten Werken. Du hast gefehlt, nun tu recht. Nicht Johann sollst du folgen, sondern Leuthold. Ein Kloster sollst du bauen, dem Herrn zur Ehr. Du hast ein Leben genommen, gerichtet werden sollst du, und ich werde dein Richter sein. Dein Richter will ich sein, und auf dem Jakobsweg werde ich zu dir kommen. Bruder Volpone«

Hawelka ließ den Brief sinken und sah Frau Gautsch an. »Wo haben Sie den Brief gefunden, sagen Sie?«

»In Jacke gefunden.«

»In der Jacke? Hat er die nicht mit?«

»Gautsch mit andere Jacke. Jagajacke.«

»Jagajacke? Eine … Jägerjacke?«

»Ja, Jagajacke. Viele Taschen, warm Futter.«

»Hat er gesagt, dass er jagen gehen will, während Sie in Thailand sind? Ist er vielleicht zu einem Jagdausflug ins Ausland? Ist er eingeladen worden?«

»Ich weiß nicht. Aber Gewehr auch weg. Alle drei.«

»Mhm. Haben Sie nur den einen Brief hier gefunden, Frau Gautsch, oder noch mehr? Denken Sie in Ruhe nach. In Ruhe denken! Vielleicht nicht jetzt gefunden, vielleicht früher gefunden.«

»Früher gefunden?«

»Ja. Woche. Oder sogar Monat.«

»Ah, sogar Monat!« Frau Gautsch nickte anerkennend mit dem Kopf. Unglaublich, was der Polizist ihr alles erzählte. Der Polizist wiederum ärgerte sich über sich selbst und sein soeben wieder angewandtes Ausländerdeutsch. Er versuchte es anders: »Gibt es noch einen Brief?«

»Nein. Kein Brief.«

»Aha. Okay. Na ja.« Das war jetzt nicht besonders geistreich, aber etwas anderes fiel ihm beim besten Willen nicht ein.

»Geht der Mann oft jagen?«, fragte jetzt Schierhuber die Frau nebenbei und betrachtete die Wohnzimmerwand hinter der Sitzecke eingehend. Dort waren zwei Dutzend Fotografien von Gautsch zu sehen, etliche davon mit seiner Frau in Thailand, ein paar von seiner Firma und zwei auf einer Skipiste, die meisten aber mit Jagdkollegen und toten Tieren.

»Ja. Oft jagen.« Frau Gautsch nickte heftig und lachte befreit. Endlich eine Frage, die sie mit »Ja« beantworten konnte. Und das Jagen war in ihren Augen auch eine sehr gute Sache. Ging Gautsch zum Jagen, ging es ihm gut. Ging es dem Mann gut, ging es auch der Frau gut. Ging der Mann jagen, machte er im Haus nichts schmutzig, und er musste nicht in seiner Firma arbeiten. Und die Frau hatte ihre Ruhe und konnte sich ums Haus kümmern. Alles schön machen. Wie es in ihren Augen sein sollte. Ging der Mann jagen, hatte er nachher oft Lust auf seine Frau. Da war er dann zwar meistens ein bisschen wild, aber am nächsten Tag immer sehr zärtlich und spendabel. Das Jagen war gut für Gautsch. Kein Zweifel.

»Und Sie gehen auch manchmal jagen mit?«

»Nein. Nicht jagen. Mann jagen, Frau nicht.«

»Aber Sie wissen, wo Mann jagen?«

Nein, das war nicht er, der das gefragt hatte, das war irgendwer anders, Hawelka verbesserte sich: »Aber, wissen Sie, wo Ihr Mann jagt? Ich meine, hat er eine eigene Jagd gepachtet?«

»Nein. Ich weiß nicht.«

»Weiter weg oder näher. Ich meine, ist er weit weg gefahren zum Jagen? Hat er lange gebraucht? Oder war er gleich wieder zu Hause? Oder ist er über Nacht weggeblieben? Ausland?«

»Nein. Ausland, nein. Aber schon über Nacht. Immer schlafen auf Huabm.«

»Wo?«

»Da.« Frau Gautsch deutete auf eines der Fotos an der Wand. Es zeigte Gautsch und zwei andere Jäger vor einem Gebäude, das ein Mittelding aus Bauernhaus und Almhütte war. Der Unterteil war aus Stein, der Oberteil aus Holz, das Ganze sah recht solide aus.

»Da ist Huabm?«, fragte Hawelka.

»Ja«, antwortete Frau Gautsch schlicht.

»Wo ist das?«, fragte er. »Kann es sein, dass er da ist?«

»Ja.«

»Wo?«

»Halbe Stunde fahren zu Huabm.«

»Ja. Gut. Aber wo? Wohin fahren?«

»Nach Launtschberg. Dann bergauf.« Okay. Das war zumindest etwas. Das konnte vielleicht eine Spur sein. Sollten sie die Frau als Pfadfinderin mitnehmen?

»Waren Sie mal dort? Kennen Sie den Weg?«

»Ja. Ich war dort. Aber Weg? Nein. Gautsch fahren.«

»Sepp, wir fahren zur Polizeistation, die müssen das doch wissen, wo der Typ seine Hütte hat. Warum hat sich keiner von denen gemeldet, wie wir die Fahndung rausgegeben haben?«

»Na ja, da war das Schneechaos, die haben andere Sorgen gehabt«, meinte Schierhuber. Hawelka nickte. Trotzdem, Polizei, Gemeindeamt, Grundbuch, sie mussten den Standort der »Huabm« herausfinden. Jetzt! Hawelka drückte der Frau eilig die Hand.

»Auf Wiedersehen, wir nehmen den Brief mit, der … muss untersucht werden. Danke. Wiedersehen.« Mit einem Mal spürte er so etwas wie Jagdfieber. Endlich gab es einen konkreten Hinweis! Sie gingen raus und fuhren los.

Ging der Mann jagen …

»Was ist das mit dem Brief? Was soll das für eine Drohung sein?« Der Text in groben Blockbuchstaben geschrieben und trotzdem nicht richtig leserlich. »Wie ein Rechtshänder, der absichtlich die Buchstaben mit der linken Hand macht, damit kein Mensch sie als die seinen identifizieren kann«, murmelte Hawelka aufgeregt. »Aber dieser Jakobsweg, der ist doch nicht in Österreich, oder? Der ist doch für die Pilger in Spanien, oder?«

»La Kompostella«, stellte Schierhuber sachkundig fest.

»La Kompostella heißt das? Von mir aus. Aber was heißt das jetzt für unseren Fall?«

»Vielleicht ist der Gautsch ja auch nicht auf der Hütte, sondern in Spanien.«

»Ja. Nein. Ich weiß nicht. Aber eines ist auf jeden Fall klar. In Spanien finden wir ihn nicht so schnell. Wir schauen zuerst da in der Hütte nach. ›Halbe Stunde‹, das geht sich heute noch aus, wir holen uns die Adresse und fahren rauf. Inzwischen sollten ja auch die Nebenstraßen halbwegs passierbar sein.«

»Für den Benz«, bemerkte Schierhuber selbstbewusst, »ist jetzt jede Straße passierbar.« Dann stieg er aufs Gas.

»So, liebe Kinder, jetzt sind wir einmal mucksmäuschenstill und passen auf, was die liebe Tante Herta zu erzählen hat, gell?«

»Ja, Tante Herta, was hat die liebe Herta jetzt informationsmäßig für uns?«

Sie hatten das Auskunftsbüro einschalten müssen. Die Informationen am Polizeiposten waren spärlich gewesen, am Gemeindeamt hatte man im Grundbuch nachgesehen. Darin gab es mehrere Einträge auf Gautsch, ein paar auf seine Firma, ein paar auf seine Frau und ein paar auf seine Ex-Frau. Wenn man diese Verflechtungen entwirrte, kam man auf insgesamt siebzehn Grundstücke in seinem Umfeld. Elf davon waren verbaut. Vier davon waren rund um Deutschlandsberg, irgendwo »in der Einöd«, wie Schierhuber es nannte.

Es hatte ewig gedauert, bis sie diese Informationen hatten, und dann hatten sie es aufgegeben und stattdessen die Berlakovic beauftragt, die Huabm ausfindig zu machen und das Jakobswegsrätsel zu lösen. Sie selbst waren in der Zwischenzeit zu Vanessa Belosek gefahren. Sie hatten sie von Mann und Kindern abgesondert, ihr empfohlen, nur auf ihre Fragen zu antworten und, wenn sie einen Anwalt wolle, diesen gleich anzurufen. Zehn Minuten später waren sie wieder gefahren. Der Vater von Marco war Pipi (glaubte sie), dem habe sie davon aber nichts erzählt. »Na, geht ja«, hatte Schierhuber zufrieden festgestellt, als sie die liebe Familie mit diesen Informationen verlassen hatten.

»Also, meine Katzenkinder«, begann die Berlakovic jetzt energisch, »der richtige, der klassische Jakobsweg ist tatsächlich in Spanien, da habt ihr schon recht. Er heißt ›Camino Francés‹ und ist ein Weg, der auf einer Strecke von knapp achthundert Kilometern quer durch Nordspanien von den Pyrenäen nach Santiago de Compostela führt.« Hawelka hatte auf Lautsprecher geschaltet und sah Schierhuber bedeutungsvoll an.

»Na also. Irgendwas mit Kompost, hab ich ja gewusst«, murmelte der.

»Also müssen wir dich doch bitten, Flüge nach Spanien zu prüfen oder die Zolldaten ein bisschen ...«

»... anzuzapfen, meinst du? Nein. Nicht unbedingt, weil der Jakobsweg ist mittlerweile die neue Mode, wie unser geliebter Erzherzog sagen würde. Es gibt Jakobswege in ganz Europa. Weitwandern mit spirituellem Hintergrund ist in, könnte man sagen. Alle möglichen Wanderrouten zwischen irgendwelchen Kirchen heißen plötzlich ›Jakobsweg‹. Wenn dann noch eine von den Kirchen, Kapellen oder Bildstöcken dem heiligen Jakob geweiht ist, dann kennt die Pilgerfreude keine Grenzen mehr. Also gibt es auch österreichische Jakobswege. Im Weinviertel, in Kärnten und – tatatataaa – auch in der Weststeiermark. Und das sagt Wikipedia: ›Der Jakobsweg durch die Weststeiermark beginnt bei der Jakobskirche Thal und führt nach Pankrazen, dann zu einer Lourdesgrotte, dann nach Piber zu den Lipizzanern, dann zum Wallfahrtsort Maria Lankowitz, dann nach Modriach und dann, das ist wirklich der Hammer, zur Jakobskirche in Freiland bei Deutschlandsberg, dann geht es weiter nach Osterwitz und dann –«

»Stopp, Herta, mir wird schwindlig!«

»Das haben schon viele Männer zu mir gesagt, Herzilein, da bist du nicht der –«

»Mit anderen Worten, da irgendwo hinter Deutschlandsberg führt ein Jakobsweg durch den Wald?«

»Ja. Das versuche ich mit meinen bescheidenen Mitteln zu sagen. Aber Reden ist ja nicht so meins. Ich kann es dir aber auch aufzeichnen, wenn das hilft.«

»Okay. Und das heißt wiederum, dass …«

Ja. Das hieß was genau? Dass der anonyme Brief einen Sinn ergab. Jemand konnte tatsächlich »auf den Jakobsweg« kommen. Die Frage war nur …

»Wer?«

»Das musst du herausfinden, Pepi. Wozu bist du Polizist?«

Sie blödelten noch eine Weile hin und her, dann beendete Hawelka das Gespräch. Anschließend erinnerte er sich an etwas und rief die Berlakovic erneut an.

»Hast du dir die Domizile von Gautsch angeschaut? Google-Maps oder so?«

»Bin ich die Herta oder ein Trutscherl vom Land?«

»Wenn du mich so fragst, dann würde ich sagen –«

»Vorsicht! Dünnes Eis, mein Bub. Also, ich schick dir per SMS die Koordinaten von den drei wahrscheinlichsten Grundstücken. Ein altes Bauernhaus, zwei Hütten. Gebts die Koordinaten ins Navi ein und schauts halt einmal vorbei. Ciao.«

Das Gespräch war zu Ende. Mittlerweile war es fünf vorbei und stockdunkel. Egal, Hawelka wollte trotzdem sofort aufbrechen.

»Essen«, erinnerte Schierhuber.

»Okay, aber dann.«

»Ja. Ich zieh mir nur schnell andere Schuhe an.«

Sie gingen auf die Zimmer. An der Rezeption fragte Hawelka nach Sterz. Dieser hatte seinen Schlüssel nicht abgegeben, aber ob er auf seinem Zimmer war, wusste die Angestellte auch nicht. Hawelka klopfte an die Tür des Landesrates. Nichts. Er presste sein Ohr gegen die Tür und lauschte. Waren das Atemzüge hinter der Tür? Licht schien keines zu brennen. Er klopfte nochmals heftig, wartete eine Minute und ging dann in sein Zimmer. Die SMS des Auskunftsbüros trafen ein. Aber konnte man in ihr Navi überhaupt Koordinaten direkt eingeben? Er musste rüber, um Schierhuber zu fragen. Als er aus der Tür trat, sah er gerade noch einen Schatten um die Ecke huschen. Irgendwer in einem langen Mantel. Oder einem langen Kleid. Oder … einer Kutte?

»Sepp! Alarm!«, schrie Hawelka und sprintete los. Bis zu der bewussten Ecke waren es gut zwölf Meter. Er brauchte fünf Sekunden. Hinter der Ecke war der Gang kürzer, acht Meter bis zu den Stiegen. Als er sie erreichte, war klar, dass der Schatten seinen Vorsprung ausgebaut hatte. Das Stiegenhaus war leer. »Sepp!«, schrie er nochmals und rannte die Stufen hinunter.

Vor dem Hotel blieb er keuchend stehen, sah links, sah rechts, sah geradeaus und fluchte. Keine Spur von irgendwem. So schnell konnte der Mönch (wenn es der Mönch gewesen war) auf der Straße nicht geflohen sein. Das hieß, er hatte ihn ausgetrickst, er war noch irgendwo im Hotel. Hawelka eilte zurück zur Rezeption. Niemand. Die Frau war wahrscheinlich in der Gaststube. Sinnlos, sie zu fragen, ob sie wen gesehen hatte.

Wo war der verdammte Sepp? Er kontrollierte in fieberhafter Hast die Gasträume. Kein Mönch. Er lief in den Keller zu den Toiletten, holte sich fast eine Ohrfeige, als er ins Damenklo stürmte, und stieg die Kellerstiegen nach erfolgloser Mission wieder hinauf. An der Rezeption traf er einen gut gelaunten Schierhuber, der von der ganzen Aktion nichts mitbekommen und auch Hawelkas Alarmruf nicht gehört hatte, weil er in seinem Zimmer am Klo gesessen war. Hawelka klärte ihn auf, anschließend gingen sie gemeinsam nach oben. Vielleicht war der Schatten ja gar nicht bis zu den Stiegen gelaufen, sondern hatte sich in eines der Zimmer verdrückt. Sie kontrollierten alle Türen im Acht-Meter-Gang. Drei Zimmer waren verschlossen. Eine Besenkammertür offen, die Besenkammer menschenleer. Die letzte Tür war ein Durchgang zum Privatbereich. Auch dort gab es ein Stiegenhaus.

»So ein Dreck!«, schrie Hawelka und lief hinunter. Aber er wusste schon, dass es nichts nützen würde. Schierhuber wiederum rannte den »normalen« Weg ins Erdgeschoss, und auf der Straße trafen sie sich. Ein Jugendlicher kam von links.

»Hast du einen Mönch gesehen?«

»Was?«

»Ob du einen Mönch gesehen hast, jetzt gerade, da auf dem Gehsteig.«

»Mönch? So was wie ein Bischof? Meinst du einen Weihnachtsmann oder was?«

»Egal. Hast du irgendwen gesehen?«

»Ich glaub nicht. Hab nicht so aufgepasst.«

Hawelka dachte nach. Nicht seine sonstige Dahindenkerei, sondern scharfes, zielgerichtetes Denken. Lösungsorientiert. Fakt an Fakt. Erstens: Es hatte keinen Sinn, in Schierhubers Wagen zu springen und wie wild durch Stainz zu fahren, der Flüchtende würde sicher nicht herumspazieren und warten, bis sie ihn entdeckten. Zweitens: Er konnte durchaus noch im Hotel sein und sich stundenlang weiter verstecken. Drittens: Eine auffällige Verkleidung, wie eine Mönchskutte zum Beispiel, bot den Vorteil, dass sich jeder auf das Kleidungsstück konzentrierte. Zog der Betreffende dieses aus, war er sofort anonym und konnte unbeachtet überallhin verschwinden. Viertens: Der Mönch war sicher kein scheuer Hotelgast, sondern eher gekommen, um jemandem einen Besuch abzustatten. Er war nicht bei Schierhuber gewesen, er war nicht bei Hawelka gewesen, und ob er bei der Köchin gewesen war, würde sich noch herausstellen. Aber Hawelka vermutete eher, dass er es auf den Landesrat abgesehen hatte. Möglicherweise waren die Atemzüge hinter der Sterz-Tür die des Mönches gewesen.

Des falschen Mönches, dachte Hawelka. Weil ein richtiger Mönch würde wohl kaum in seinem Arbeitsgewand Mühlen anzünden oder Landesräte besuchen gehen.

Apropos: »Sepp, der war beim Sterz. Wir müssen rauf und uns das Zimmer anschauen.« Sie gingen los. Die Frage war, ob der Landesrat auf seinem Zimmer gewesen war. Wenn ja, dann war es bedenklich, dass Hawelka verhaltene Atemzüge des Mönches gehört hatte. Denn die Atemzüge von zwei Menschen hatte er nicht gehört, da war er ganz sicher.

Wenn Sterz auf dem Zimmer war, dann haben wir jetzt ein

Problem mehr. Wenn nicht, dann ist die Frage, was der Besuch in seinem Zimmer gesucht hat. Vielleicht wollte er aber auch nur schauen, ob der Sterz da ist, und da bin dann schon ich gekommen, und er ist abgehaut.

Mittlerweile waren sie vor der Tür angekommen. Schierhuber klopfte energisch. Schweigen. Schierhuber klopfte noch energischer. Noch mehr Schweigen.

»Herr Landesrat!«, rief Hawelka. »Machen Sie auf, es ist wichtig!« Schweigen. Hawelka drückte die Schnalle nieder. Die Tür war versperrt. Das überraschte ihn jetzt allerdings. Hatte der Mönch in aller Ruhe den Schlüssel aus dem Zimmer mitgenommen, die Tür versperrt, den Schlüssel abgezogen und war dann davonspaziert? Landete der Schlüssel in diesem Moment gerade in irgendeinem Mistkübel? Oder war es dem Besucher ergangen wie soeben ihnen, und hatte er vor der verschlossenen Tür nachgedacht, was man tun könnte?

»Sepp, mach auf, das hat keinen Sinn, da zu warten.« Schierhuber nickte, dann lehnte er sich nachlässig gegen die Tür. Diese gab sofort nach. Sie traten ein und rissen die Augen auf.

Rückkehr

20. Dezember

Das Comeback war nicht einfach ein toller Erfolg, sondern ein rauschendes Fest des Triumphes und der Freude. Aber auch der Erlösung, weil der alte Spruch »They never come back« wieder einmal auf das Beste widerlegt worden war. Eine solche Rückkehr zu erleben war nur wenigen Spitzensportlern, Sängerinnen oder Filmstars vergönnt. Oder Silvio Berlusconi. Früher. Dagegen traf ein anderer Spruch: »Totgesagte leben länger«, in diesem speziellen Fall zu hundert Prozent zu.

Nach tagelanger Abwesenheit aus sämtlichen Medien und völliger Schlagzeilenabstinenz kam die von allen Experten – den tatsächlichen und den selbst ernannten – schon lange abgeschriebene Nici wieder zurück ins Rampenlicht. Sie hatte sich eine Weile in Slowenien herumgetrieben, dann ohne viel Elan rüber nach Italien geschaut und sich dort eine Weile nur so am Stand gedreht. Dann hatte sie sich erinnert, dass sie »Nici, die Tänzerin« genannt worden war, und das hatte ihr gewaltigen Auftrieb gegeben. Der Auftrieb war aber auch durch ein Adriatief entstanden, das sich eifrig an den unteren Regionen von Nici zu schaffen gemacht hatte. Genauer gesagt, hatte es sich unter die Tänzerin geschoben und dort für viel Feuchtigkeit gesorgt.

Nici tänzelte also zurück nach Österreich, und weil sie in der Weststeiermark ihren bislang größten Erfolg verbucht hatte, wählte sie die Gegend um Stainz und Deutschlandsberg für ihren zweiten großen Auftritt. Zunächst begann es dort einmal ganz langsam und gemütlich zu schneien.

»Zum Schneien fangt's an«, verkündete der soeben eintretende Hager Hans laut in die Wirtsstube für die Einheimischen. Die Kellnerin nickte, der alte Brunner nickte, und der Kommunist nickte ebenfalls. Er war vor einer guten Viertelstunde keuchend in die Stube gekommen und hatte sich mit seinem Bier in die letzte Ecke zurückgezogen.

»Wie wenn wir nicht schon genug Schnee hätten.«

»Was wollts ihr?«, fragte die Kellnerin. »Gibt's wenigstens einmal weiße Weihnachten.«

Angesichts dieser Tatsache beschloss der alte Brunner ausnahmsweise, ein Festbock zu trinken.* Bald darauf folgten Hager Hans und der Kommunist seinem Beispiel.

»Wo treibt sich eigentlich unser Landesrat herum?«, fragte der Kommunist in den Raum hinein. »Hat er schon ein Quartier?«

»Sein Zimmer bei uns hat er jedenfalls noch«, sagte die Kellnerin. »Aber gesehen hab ich ihn in den letzten Tagen nicht. Der wird sich irgendwo um eine Wohnung umschauen. Mit der Mühle kannst jetzt im Winter nichts machen.«

»Da kannst auch im Frühjahr nichts machen, außer niederreißen und neu aufbauen«, versicherte Brunner. »Wenn das Wasser einmal drinnen ist, kriegst es nicht mehr raus. Das Dach ist hin, der Schnee überall drinnen, und wenn der dann schmilzt: Grüß Gott!«

»Ja, das ist schon eine Tragik«, sagte Hager Hans. »So ein schönes altes Gebäude anzünden, da gehört schon was dazu. Das muss wirklich ein Verrückter sein.«

»Ja, die Depperten sterben nicht aus«, bekräftigte der dicke Blahovec, der bisher alleine an seinem Tisch gesessen und in der Zeitung gelesen hatte.

»Apropos, hat wer unsere Kriminalisten aus Wien gesehen? Haben die jetzt eine Spur oder nicht?«

»Geh wo! Die jagen einen Mönch. Vor zwanzig Minuten waren sie da und haben gefragt, ob ein Mönch herinnen ist. So ein Schwachsinn!«

»Na ja«, meinte Hager Hans, »so blöd ist das nicht. Immerhin hat ja der Sterz gemeint, dass so ein Mönch seine Bude angezündet hat.«

»Sicher«, lachte der Kommunist. »Und weil der so gerne in

---

* Festbock: eine Spezialedition mit mehr Würze und mehr Alkohol. Obwohl man an Feiertagen eigentlich mehr Zeit hat, wird der Rauschzustand durch das Festbock ungleich schneller erreicht als mit normalem Bier.

Stainz ist, haut er nicht irgendwohin ab, nachdem er die Mühle abgefackelt hat, sondern geht da lustig spazieren. Das ist doch absurd.«

»Was weiß ich, was in so einem Gestörten vorgeht! Das kann keiner wissen, wie der reagiert und was sich der denkt. Oder? Oder kannst du dir das vorstellen?« Die Frage des alten Brunner war an den Kommunisten gerichtet. Der wollte etwas erwidern, besann sich aber, nahm einen Schluck Festbock und schüttelte dann den Kopf.

»Na also.«

»Was ist denn da los?«, fragte Blahovec. Durch das Fenster sahen sie auf der Straße Blaulichtzucken. Hager Hans ging vor die Tür, wo soeben Uniformierte an der Rezeption vorübereilten.

»Wo wollts ihr denn hin, Karl?«

»Welche Zimmernummer hat der Landesrat?«

»Da musst du die Erni fragen. Erni? Welche Zimmernummer hat der Landesrat?«

»Wieso?« Die Kellnerin verstand nicht. Aber da waren die Polizisten schon wieder weg. Oben wartete ohnehin Hawelka auf sie, um sie ins Zimmer zu führen.

In der Zwischenzeit legte Nici ein wenig an Tempo zu. Sie war schließlich nicht nur Tänzerin, sondern hauptberuflich Sturmtief. Die großen Schneeflocken, die Hager Hans gesehen hatte, nahmen jetzt ein paar Freunde mehr auf den Flug mit. Außerdem ließ Nici nun ihre Winde die Flocken waagrecht vor sich hertreiben. Wenn die Flocken genug herumgeschubst worden waren, ließen sie sich leise auf den alten Schnee nieder und machten die weiße Decke noch ein wenig höher. Trotzdem war es, von wenigen kleinen Verwehungen abgesehen, überhaupt nicht aufregend. In der ersten Stunde dieser Nacht betrug der Neuschneezuwachs lächerliche drei Zentimeter. Aber Nici kam langsam in Fahrt.

Der Festbockumsatz an diesem Abend war beachtlich. Wenn, natürlich nur rund um die Feiertage, einmal einer anfängt, statt des üblichen Hellen ein Festbock zu bestellen, dann löst das oft einen richtigen Boom aus. Und manchmal schaltet dann auch das Personal, das oft monatelang nicht auf die Idee kommt, jemanden zu fragen, ob Helles oder Festbock. Und natürlich sagen alle nach kurzem Nachdenken: »Festbock.« Aber das lag nicht nur am alten Brunner, der damit angefangen hatte, sondern auch daran, dass sich endlich einmal etwas tat. Das Blaulicht am Stainzer Hauptplatz lockte die Leute an, und wenn sie schon einmal da waren, gingen sie in die Wirtsstube (für Einheimische), zum Nachrichtenaustausch. Alle wollten sie erfahren, was los war, aber alle hatten ja auch etwas zu bieten, konnten auch etwas berichten. Sie kamen sozusagen nicht mit leeren Händen. Das Ritual vollzog sich immer in drei Phasen:

»Es schneit!«, verkündete praktisch jeder der Eintretenden und klopfte sich die Schneeflocken von den Schultern.

»Was trinkts denn ihr da? Was? Ein Festbock gibt's? Na gut, dann mir auch eins.«

»Sag einmal, was ist denn da heute los bei euch, Polizei-Großaufgebot, Blaulicht, haben die vielleicht den Mörder vom Mitteregger schon?«*

Nach der siebenten Wiederholung wurde den ursprünglichen Gästen das Ritual langweilig. Vor allem weil sie nichts Neues zu berichten hatten. Hinaufzugehen und einfach nachzufragen wagte nun doch niemand. Der Einzige, der die Courage dazu gehabt hätte, war der Kommunist, aber er hatte sich schon seit längerer Zeit nicht mehr am Gespräch beteiligt, saß seltsam abwesend in seiner Ecke und starrte vor sich hin.

Schließlich kamen die Uniformierten herunter und wurden sofort in die Gaststube gezogen. Der aufgebrachte Mob hätte die wackeren Beamten sofort gelyncht, wenn sie sich jetzt hinter einer Informationssperre versteckt hätten.

»Was ist mit ihm?«

»Ist er tot?«

»Wer war es?«

---

* Großaufgebot bedeutet in Stainz: zwei Streifenwagen.

»Habts den Mörder?«
»Ist er tot?«
»War es der Gautsch?«
»War es der Mönch?«
»Ist er tot?«
»Ist der Mönch der Gautsch?«
»Ist er tot?«
»Ist der Gautsch der Mönch?«
»Jetzt redets schon!«

Hawelka und Schierhuber sahen sich an. Sie hatten oben vergessen, sich abzusprechen, und nun überlegten sie im stummen Zwiegespräch, was sie den Gästen hier sagen konnten. Eigentlich, überlegte Hawelka, eh alles. Weil es komplett egal ist, wenn man Unbeteiligten etwas über ein Verbrechen sagt. Und wenn man einem Beteiligten, zum Beispiel dem Mörder, etwas über das Verbrechen sagt, dann ist das noch kompletter egaler, weil er es eh weiß. Das gibt's nur in den alten englischen Krimis, dass niemand wissen darf, wie der Mörder vorgegangen ist, damit er sich irgendwann selbst verrät. Wenn die Ermittler lange genug herumerzählen, dass der alte Lord durch einen Dolchstoß ermordet worden ist und der Gärtner im Verhör behauptet, die schlimme Degenstoßverletzung seiner Lordschaft notdürftig verbunden zu haben, dann ist er so gut wie erledigt. Denn nur der Mörder kann wissen, dass es ein Degen* war. Aber bei uns? Was soll die Kellnerin schon groß die Ermittlungen beeinflussen, was soll der Pensionist am Stammtisch schon dem Mörder stecken? Also nickte er Schierhuber zu, und dieser brachte sofort eine Sondersendung zum Thema. Seine Inszenierung war fabelhaft.

»Da oben«, sagte Schierhuber und zeigte dabei nach oben, »wir müssen leider annehmen, dass hier ein Verbrechen stattgefunden hat.«

Sein bedauernder Gesichtsausdruck ließ das Schlimmste befürchten. Dann wandte er sich um und ging mit entschlossenen

* Meist der Familiendegen, der für gewöhnlich über dem Kamin hängt.

Schritten zur Schank. Die Kellnerin hing an seinen Lippen, als er das Schierhuber-Menü bestellte. Die Menschenmenge in der Gaststube hielt sich mit weiteren Fragen noch zurück. Da es vorwiegend Männer waren, zeigten sie großes Verständnis für die vorübergehende Sprachlosigkeit eines Mannes, der das Grauen erblickt hatte. Und dass dieser unfähig war, ins Detail zu gehen, ehe er den ersten großen Schluck vom rettenden Bier genommen hatte, war selbstverständlich.

Als er aber das Glas nach diesem Schluck absetzte, war die Schonzeit vorbei, die Fragen prasselten nur so auf ihn ein.

»Was ist mit ihm?«

»Ist er tot?«

»Wer war es?«

»Habts den Mörder?«

»Ist er tot?«

»War es der Gautsch?«

»War es der Mönch?«

»Ist er tot?«

»Ist der Mönch der Gautsch?«

»Ist er tot?«

»Ist der Gautsch der Mönch?«

»Jetzt red schon!«

»Also«, redete Schierhuber endlich, »wir haben eine Gestalt gesehen, die gekleidet war wie ein Mönch. Dieses Subjekt hat sich in der Nähe des Zimmers des Herrn Landesrates Sterz herumgetrieben. Als wir es anhalten und einer Befragung unterziehen wollten, hat sich das Subjekt der Anhaltung entzogen. Die sofort eingeleitete Verfolgung brachte leider nicht den gewünschten Erfolg, das Subjekt konnte entkommen.«

Der zweite Teil der Sondersendung, diesmal in besonders amtsmäßigem Stil gehalten. Vielleicht erzeugte er gerade deshalb umso mehr Gänsehaut und Betroffenheit bei den Zuhörern. Kurzer, äußerst ernster Kontrollblick ins Publikum, dann das schnelle Ende des doppelten Jägermeisters. Schließlich ein geschäftsmäßiger Schluck Bier zum Nachspülen und dann der nächste Höhepunkt der Pressekonferenz.

»Wir haben uns natürlich gefürchtet vor dem, was in dem Zimmer ist. Aber unsere Pflicht ist es halt, dort nachzuschauen, wo es was zu finden gibt. Wir haben lange geklopft und den Landesrat namentlich gerufen und zum Öffnen seiner Zimmertür aufgefordert.« Ernster Blick in die Runde. Kurzer Ritualschluck. Seufzen.

»Also jetzt mach es nicht so spannend. Ist er hin oder was?« Das war der Kommunist, der mit scharfer Stimme aus der letzten Reihe die Auflösung der Geschichte forderte.

»Keine Ahnung«, bekannte Schierhuber freimütig. »Er war nicht da. Das Zimmer war ein bisschen unordentlich, wahrscheinlich hat es einer durchwühlt. Ob das jetzt ein echter oder ein falscher Mönch war oder ganz wer anders, das kann ich beim besten Willen nicht sagen. Wir haben trotzdem die Spurensicherung angefordert, wegen der Fingerabdrücke, verstehts ihr?«

»Das ist alles? Deswegen macht die Polizei so ein Tamtam?«, fragte der alte Brunner.

»Na ja, der Besucher hat mit rotem Lackspray einen Spruch auf die Wand geschrieben, aus dem wir ehrlich gesagt nicht schlau werden.«

»Was für einen Spruch? ›Stirb, du Sau!‹ oder was?«

»Nein, so dramatisch jetzt auch wieder nicht. Sondern: ›Nicht Johann sollst du folgen, sondern Leuthold.‹ So geht der Spruch. Und unterschrieben war er mit ›Bruder Volpone‹.«

Die Zuhörerrunde war ein bisschen enttäuscht. Hawelka fand, dass Schierhubers Solo mehr Applaus verdient hatte. Er selbst war die ganze Zeit abseits stehen geblieben und hatte die Gesichter der Anwesenden beobachtet. Leider war keines mit verräterischem Grinsen, irrem Augenflackern oder höhnischer Miene dabei gewesen.

»Das ist ja der Spruch, der am Sockel vom Mitteregger gestanden ist«, sagte Hager Hans. »Und was soll das heißen?«

»Sagts ihr es mir«, forderte Schierhuber die Umstehenden auf. »Wer kennt einen Leuthold? Mit Johann, da ist vielleicht der Erzherzog Johann gemeint. Der Landesrat ist ja da irgendwie dabei, den zu vermarkten. Aber Leuthold? War das ein Bruder vom Johann oder wie?«

»Blödsinn!«, ließ sich jetzt vom letzten Eck der Kommunist vernehmen. »Leuthold ist –«

»Was ist denn hier los? Polizeiwagen vor dem Haus und …« Ein kollektiver Ausruf des Erstaunens ließ die weiteren Worte des Eintretenden untergehen. Auf der Schwelle stand Landesrat Sterz.

Verfolgung

20. Dezember

Selbst bei großzügiger Auslegung des Begriffes musste die Sicht als miserabel bezeichnet werden. Das Schneetreiben war so dicht, dass man praktisch permanent das Gefühl hatte, gegen eine weiße Wand zu fahren. Verstärkt wurde der Eindruck noch durch die unangenehme Reflexion der Scheinwerfer in den Schneekristallen. Die weiße Wand leuchtete einem entgegen, bis man zu erblinden meinte. Von der Schattenwelt dahinter sah man praktisch nichts.

Herkömmliche Autofahrer hätten in dieser Situation die Geschwindigkeit bis zum Schritttempo reduziert, um sich so Meter für Meter weiter vorzutasten. Rallye-Ass Schierhuber allerdings war kein herkömmlicher Autofahrer.

Um die störende Blendung loszuwerden, hatte er der Einfachheit halber die Scheinwerfer abgeschaltet.* Um Hawelka zu beruhigen, hatte er auf den fast vollen Mond hingewiesen. Um sich Hawelkas Argument, dass durch die dicke Wolkendecke kein bisschen Mondlicht drang, nicht stellen zu müssen, hatte er die »Hoch- und Deutschmeister«** aufgedreht.

Und um dem Tod nicht ins Auge schauen zu müssen, hatte Hawelka die seinen fest geschlossen. Seiner Mutmaßung nach orientierte sich Schierhuber zum einen an den meterhohen Schneewechten an den Straßenrändern und zum anderen an den Rücklichtern des Wagens, den sie verfolgten. Da dieser einen ziemlichen Vorsprung hatte, sah man diese allerdings nur als schwaches Glimmen irgendwo in der Ferne.

»Ich war ja Kraftfahrer«, lüftete Schierhuber jetzt ein lang gehegtes Geheimnis. »Der 680er Steyrer und ich, wir waren der Schrecken von Allentsteig.«

Hawelka zweifelte keine Sekunde an der Aussage seines

---

* Durch diesen klugen Schachzug des Meisters betrug die Sicht nun fast zwei Meter.

** Ein 277 Jahre altes österreichisches Blasmusikorchester.

Partners, der für die Aufdeckung seiner Vergangenheit sogar die Musik im Benz leiser drehte.

»Ursprünglich war ich bei der Garde. Das war was. Stundenlang exerzieren, dann wieder bei jedem Staatsgast Spalier stehen und dann wieder stundenlang exerzieren. Das ist mir dann doch zu fad gewesen. Bei der Gardemusik wär ich gerne gewesen, aber die wollten mich nicht. Jetzt hab ich mich nach Weitra gemeldet. Na ja, näher daheim war's halt, und das war ja nicht mehr Grundwehrdienst, da war ich ja auf Zeit verpflichtet. Und ich hab mir gedacht: Bei der Garde bist du genug herumgestanden und herummarschiert, jetzt wär was Kommoderes grade recht. Deshalb bin ich Kraftfahrer geworden. Geld für neue Lastwagen war keines da beim Heer, da sind wir halt mit den alten Reiben ausgeritten.*«

Hawelka durchlebte gerade eine interessante Phase. Er spürte das dringende Bedürfnis, seinen Partner am Kragen zu packen, durchzuschütteln und ihm dabei immer wieder ins Gesicht zu schreien: »Du sollst nicht reden! Du sollst nicht so schnell fahren. Du sollst auf die Straße schauen! Du sollst dich aufs Fahren konzentrieren!« Aber er sagte nichts davon. Einerseits wagte er es nicht, den anderen zu stören oder gar zu erschrecken. Wenn dieser eine falsche Lenkbewegung machte, landete ihr Wagen im nächsten Bachbett, fiel eine Böschung hinunter, raste in eine Tankstelle, krachte gegen einen Baum, bohrte sich in eine Schneewand, donnerte in ein entgegenkommendes Fahrzeug, zerschellte an einem Brückengeländer oder noch schlimmer.

Andererseits war es einfach die Faszination des Grauens, die ihn ab und zu sogar blinzeln und kurze Szenen der Horrorfahrt in sich aufnehmen ließ: Dass Schierhuber nur eine Hand am Lenkrad hatte, dass er mit der anderen Jägermeister trank, dass die Tachonadel fast achtzig zeigte (bei null Sicht, ungeräumter Schneefahrbahn und unbekannter kurvenreicher

* Reibe: teils liebevoller, teils geringschätziger Ausdruck für ein Fahrzeug, das nach Gesichtspunkten der Technik, der Vernunft und der Verkehrssicherheit eigentlich verschrottet werden müsste.

Straße), dass ab und zu doch ein Auto entgegenkam, dessen Fahrer einen tödlichen Schock erlitt, weil Schierhuber aus Rücksicht die Scheinwerfer auch dann nicht einschaltete, und so weiter.

»Du hast Zwischengas geben müssen. Und beim Zurückschalten hast du sogar zwischenkuppeln müssen. Aber die 680er waren solche Viecher, die hast du nicht umgebracht.* Nicht und nicht umgebracht. Dabei«, vertraute er sich jetzt Hawelka leutselig an und drehte den Kopf zu seinem Beifahrer, »haben wir es ehrlich probiert.« Er grinste und machte keinerlei Anstalten, den Kopf wieder zurückzudrehen oder auch nur auf die Fahrbahn zu schielen. Hawelka nickte hastig und hoffte, Schierhuber würde durch diese Zustimmung beruhigt wieder nach vorne schauen.

Das tat er nicht.

»Mein Gott, wir waren junge Buben damals, da denkst du nichts Schlechtes, wenn du einmal eine halbe Stunde mit der eingelegten Differenzialsperre in der Ersten Vollgas Slalom fährst. Nur so, um zu schauen, ob er es aushält.«

»Sepp, das ist –«

»Ja, sicher, ich weiß eh: Heereseigentum, Staatsbesitz, unser aller Besitz, Steuergeld und so. Ich weiß eh, das war nicht richtig. Aber eine Gaude war's trotzdem. Die alten Hund bringst du nicht um.«

»Ja, Sepp! Kannst du jetzt wieder –« Aus der Dunkelheit vor ihnen tauchte plötzlich etwas noch Dunkleres auf, ein Lkw, der im Schnee hängen geblieben und keineswegs ausreichend beleuchtet war. Schierhuber hatte ihn während der Beichte seiner Militärsünden und dem direkten Blickkontakt mit Hawelkas angstverzerrtem Gesicht aus dem Augenwinkel gesehen, als sie noch gute fünf Meter vom Hindernis entfernt waren. Bremsen war sinnlos, also begnügte er sich mit einem kleinen Schlenkerer, den er dem Lenkrad verpasste. Der Benz stellte sich schräg

* Steyr 680: geländegängiger Allrad-Lkw aus den sechziger Jahren. Beim österreichischen Bundesheer sowohl für Material- als auch für Mannschaftstransporte vorgesehen und bis Ende der achtziger Jahre im Einsatz.

zur Fahrbahn und schlitterte knapp am abgestellten Lastwagen vorbei.

»Pfuh, das war knapp«, stellte Hawelka fest und versuchte, durch einen anklagenden Tonfall Schierhuber daran zu erinnern, dass es auch anders hätte ausgehen können, und seinen Partner gleichzeitig zu ermahnen, derlei nervenaufreibende Situationen in Zukunft zu vermeiden.

»Ja, das ist ja der Wahnsinn. Das ist eine ganz leichte Steigung da. Aber wenn du mit dem Lastwagen auf so einer Steigung die Geschwindigkeit verlangsamst oder gar stehen bleibst, dann hast du keine Chance mehr, wegzukommen. So gute Reifen kann der gar nicht haben. Ohne Ketten kommt der bei dem Schnee bergauf nicht weg, da kann er sich auf den Kopf stellen.«

Hawelka änderte jetzt seine Strategie. Er gab keine Antwort mehr und starrte konzentriert nach vorne, dahin, wo die Fahrbahn sein sollte. Konkret hatte er sich die roten Rücklichter des Wagens, den sie verfolgten, ausgesucht und war fest entschlossen, sie nicht mehr aus den Augen zu lassen. Irgendwo in seinem Kopf hatte sich die Idee festgesetzt, dass der Mann neben ihm irgendwann seinem Beispiel folgen und sich auf die Straße (oder was im Schneechaos davon über geblieben war) konzentrieren würde.

»Wie der 12M18 rausgekommen ist, war ich dann schon bei der Gendarmerie.* Das war auch kein Spaß mehr, den bist du gefahren wie einen normalen Pkw.«

Nur nach vorne schauen, nur nach vorne. Wo sind die Rücklichter? Da sind die Rücklichter. Nur nach vorne schauen, nur nach vorne. Hawelka betete dieses Mantra gerade zum achten Mal, als es ringsum ein wenig heller wurde. Straßenlaternen zeigten mit erschreckender Deutlichkeit die ganze weiße Pracht, die auf sie herunterkam. Sie fuhren in Deutschlandsberg ein. Die Rücklichter waren weg.

---

* Steyr 12M18, der Nachfolger des 680ers: die überzüchtete Hightech-Variante eines Heeres-Lkws, die ab Mitte der achtziger Jahre ausgeliefert wurde. Sogar das Getriebe war schon synchronisiert.

»Die Gaude war weg. Das ist wie bei den Schützenpanzern gewesen. Die alten Saurer, das waren noch Schützenpanzer. Das war noch echte Härte. Im Winter mit der Zwei-Stufen-Heizung: Erste Stufe: kalt. Zweite Stufe: saukalt. Die Pandur, und wie sie dann alle geheißen haben, die haben ja Standheizung und was weiß ich noch alles gehabt. Aber die Saurer: Njet.«

Hawelka konnte den Gedanken nicht aus seinem Kopf verbannen, dass Schierhuber gar nicht Schierhuber war, zumindest nicht der Schierhuber, für den er ihn hielt und immer gehalten hatte, nämlich ein Zwettler Ex-Polizist, der sich zur Wiener Kripo hatte versetzen lassen und seither mehr oder weniger sein Partner war. Vielmehr kam ihm immer mehr der Verdacht, Schierhuber sei ein vom amerikanischen Geheimdienst über Jahre aufgebauter Agent, der über ein weitreichendes Netzwerk verfügte und übernatürliche Fähigkeiten besaß. Jetzt zum Beispiel bog er ohne ersichtlichen Grund in eine der Peripheriestraßen ein, und an deren Ende glommen gerade noch die verloren geglaubten Rücklichter auf, bevor der andere Wagen erneut abbog.

Aber wir haben ihn wieder, dachte Hawelka. »Wieso hast du gewusst, dass der gerade die Gasse da genommen hat?« Er konnte sich die Frage nicht verkneifen.

»Bevor er verschwunden ist, hab ich die Lichter ein bisschen heller gesehen, also muss er auf die Bremse gehatscht sein. Das tut man meistens vor dem Abbiegen«, antwortete Schierhuber gemütlich. »Das war kein Mirakel.« Dann schwiegen sie eine Weile.

Eine knappe halbe Stunde zuvor waren dem Landesrat Sterz die Zurufe der Gäste nur so um die Ohren geflogen.

»Da ist er eh! Wir haben schon geglaubt, du bist in die ewigen Jagdgründe eingegangen.«

»Gesund und munter!«

»Gut, dass du nicht am Zimmer warst, wie der Mönch gekommen ist. Sonst …«

»Was?«

»… hätt er dich womöglich gleich eingesegnet.«

»Wer? Der Mönch? Der Mönch war da? Derselbe, der das Feuer …«

»Das weiß ich jetzt wieder nicht. Dein Zimmer hat er jedenfalls nicht angezündet.«

»Ja, weil du den Polizeischutz aus Wien direkt im Hotel hast. Da kannst du von Glück reden.«

»Er war auf meinem Zimmer? Wo ist er? Habts ihn erwischt, den Saubären?«

»Nein, der Mönch, also wir haben ihn ja gar nicht gesehen. Nur die Krimineser da.«

»Er hat dir aber einen Gruß dagelassen. Wie hat er unterschrieben?«

»Bruder Volpone«, hatte Hawelka gesagt und dabei das Gesicht des Landesrates genau beobachtet.

»Ah ja«, war Hager Hans fortgefahren. »Bruder Volpone. Und er hat was für dich aufgeschrieben. Was hat er geschrieben?«

»›Nicht Johann sollst du folgen, sondern Leuthold‹«, hatte Schierhuber mit dem entsprechenden Zitat geantwortet.

Der Landesrat war bleich geworden. Er war einen Schritt auf die Bar zugegangen, hatte sich dann umgedreht, war Richtung Eingang zurückgegangen, hatte gestoppt, überlegt, sich dann wieder umgedreht und niemand Bestimmten gefragt: »Und wo ist er jetzt?«

»Weg.«

»Verschwunden.«

»Über alle Berge.«

Sterz war einen Augenblick mit gesenktem Kopf verharrt, dann hatte er sich umgedreht und war hinausgeeilt.

»Moment einmal, Herr Landesrat!«, hatte Hawelka ihm hinterhergerufen, aber der Angerufene war schon weg gewesen. Die beiden Ermittler hatten keine Sekunde gezögert, Schierhuber hatte das nächstbeste Bier ex ausgetrunken, ein paar Münzen auf den Tresen geworfen, und schon waren sie ins Schneegestöber gelaufen.

Sterz' gewaltiger Vorsprung, den sie jetzt aufholen mussten, resultierte daraus, dass dieser in Stainz seinen Geländewagen erst einige Minuten vor der Szene im Wirtshaus geparkt hatte, während der Benz bereits unter einer dicken Schneedecke begraben war. Außerdem war ein übereifriger Schneepflug über den Hauptplatz gefahren und hatte die parkenden Autos geradezu eingeschaufelt. Sie hatten gemeinsam wertvolle Minuten damit zugebracht, die Fenster wenigstens halbwegs durchsichtig zu bekommen und den Wagen aus der Parkbucht auf die Fahrbahn zu schaukeln. Aber jetzt im erleuchteten Deutschlandsberg würde er sie nicht mehr abhängen.

»Da fährt uns einer nach«, bemerkte Schierhuber. Hawelka drehte sich um und sah weit entfernte Scheinwerfer. »Der dahinten?«, fragte er und ärgerte sich gleich darauf, eine derart blöde Frage gestellt zu haben. Wer sonst hätte ihnen folgen können?

»Kurz nach Stainz hab ich ihn bemerkt.«

In Hawelkas Kopf nahm die Geheimagentenhypothese über seinen Partner wieder deutlichere Formen an. Wie kann es ein normaler Mensch schaffen, in einem dichten Schneegestöber mit abgeschaltetem Licht den Wagen bei weit überhöhter Geschwindigkeit auf der Straße zu halten, währenddessen über Militär-Lkws zu referieren, mir dabei sein Gesicht zuzuwenden, gleichzeitig die schwachen Rücklichter eines weit vorausfahrenden Wagens im Auge zu behalten und zugleich die Scheinwerfer eines weit hinten nachfahrenden Wagens zu bemerken? Wie soll das gehen?

Dann kamen Hawelkas Gedanken ein wenig ins Trudeln, er stellte seine eigene Theorie vom Superagenten des amerikanischen Geheimdienstes in Frage, weil die doch auch nur Menschen waren und die soeben untersuchte Multitasking-Fähigkeit eher auf eine Maschine schließen ließ. Vielleicht ist das nur der Prototyp eines Androiden. Ein multifunktioneller Universalpolizist für schwierigste Einsätze. Wie lange kenn ich den Sepp schon? Acht Jahre? Neun? Das kann ein Langzeitversuch der Produzenten sein. Die dauern oft noch länger.

Sicher, wenn Hawelka gelegentlich in Horn Bekannte getroffen und diesen von seinem Partner aus Zwettl erzählt hatte, dann meinten etliche, ihn zu kennen, aber das konnte natürlich auch abgesprochen worden sein. Möglicherweise wurde sein Partner aber auch vom Erzherzog ferngesteuert, man sollte nichts voreilig ausschließen.

Ich muss mich zusammenreißen, dachte Hawelka jetzt. Keine blöden Theorien spinnen, sondern mich auf die Sache konzentrieren. Laut sagte er: »Vielleicht die Wirtshauspartie aus Stainz. Die sind einfach neugierig, wo Sterz hinfährt und ob wir ihn kriegen. Sensationshungrige Schaulustige eben.«

»Vielleicht«, antwortete der iCop 5S* mit dem Zwettler Zweiflergesicht.

Sie kamen allerdings nicht dazu, sich mit dem Wagen, der sie vielleicht verfolgte, zu befassen, weil der Landesrat, ermutigt durch die ungleich bessere Sicht im verbauten Gebiet, jetzt ziemlich rasant durch die Gassen fuhr. Zweimal bogen sie falsch ab, und nur Schierhubers beherzte Fahrweise ließ sie die Spur nicht ganz verlieren. Als rechts über ihnen ein heller Fleck durch das Schneetreiben sichtbar wurde, dachte Hawelka schon an den Mond, der sich doch noch durch die Wolkendecke gekämpft hatte, es war aber nur die Burg, die hoch auf ihrem Felsen ringsum beleuchtet wurde, was im Schnee recht romantisch aussah. Das Gleiche musste sich auch Schierhuber gedacht haben, weil er die enge Kurve nach der Brücke ausnahmsweise falsch angeschnitten hatte und als Ausweichplatz vor einem herannahenden Schneepflug nur mehr die Einfahrt eines Privatgrundstücks blieb.

»Gästehaus Kleindienst«, stand an der Eingangstür. Eine blonde Frau erschien am Fenster und sah ungläubig in den Hof, den Schierhuber jetzt als Umkehrplatz nützte.

»Nein, wir brauchen kein Zimmer«, sagte Hawelka unhörbar zu ihr. Vier Sekunden später preschte der Benz wieder aus dem Gästehaushof auf die Straße.

---

* »S« wie Schierhuber.

»Der Konvoi zieht sich jetzt ein bisschen in die Länge«, meinte Schierhuber. Eine starke Untertreibung. Weder vor noch hinter ihnen war auch nur eine Spur von anderen Fahrzeugen zu sehen. Trotzdem stieg Schierhuber aufs Gas, als kannte er den einzig richtigen Weg seit Jahren.

»Bist du sicher, dass wir da fahren müssen?«

»Nein. Aber je schneller wir sind, desto schneller finden wir es heraus«, antwortete der andere. Im Übrigen verlor er seine Ruhe und Gemütlichkeit nicht. Wieder war nur eine Hand mit dem Lenkrad beschäftigt, die andere war zum Schalten, zum Hantieren am Autoradio und zum Öffnen eines Jägermeisterfläschchens abkommandiert worden.

Der Wind nahm zu, der Schneefall wurde noch dichter, die Fahrbahn war nur als weiße Schneise zwischen hohen Schneewänden wahrzunehmen. Als sie die letzten Häuser von Deutschlandsberg hinter sich hatten, bewegten sie sich neuerlich im Blindflug. Da der Fahrer Hawelkas Nervosität spürte, schaltete er ausnahmsweise die Marschmusik-CD ab und das Radio an.

»... selbst die Meteorologen der Hohen Warte finden angesichts dieser Kapriolen keine Superlative mehr. Mehr als dreißig Zentimeter Neuschnee in den letzten zwei Stunden in Kärnten und Teilen der Steiermark. Die Räumungskräfte befinden sich seit den frühen Abendstunden im Dauereinsatz. Der Koordinator des Katastrophenschutzes der steirischen Landesregierung hat bereits das österreichische Bundesheer angefordert. Man muss davon ausgehen, dass die Nachtstunden bis zu einen Meter Neuschnee bringen, und das ist eine echte Gefahr angesichts der dicken Schneedecke, die uns Sturmtief Nicole schon vor einigen Tagen bereits beschert hat. Allerorts fürchtet man vor allem die Schneelast auf Oberleitungen und Hochspannungsleitungen, wieder könnten für mehrere Tage Tausende Haushalte ohne Strom sein ...«

»Na, das werden heuer wieder Weihnachten«, bemerkte Schierhuber. »Meistens jammern die Leute, dass kein Schnee an Weihnachten liegt, aber so viel hätt's jetzt auch nicht gebraucht.«

»… wie zuletzt. Bei mir im Studio ist jetzt der Landesfeuerwehrkommandant des Landes Steiermark, Oberbrandrat Matzinger. Herr Oberbrandrat, was die Feuerwehr in dieser Situation alles unternimmt, davon werden Sie uns hoffentlich etwas später berichten, zuerst möchte ich Sie das fragen, was unsere Hörerinnen und Hörer sicher am meisten interessiert: Was kann denn der Einzelne tun, wie sollen sich die Menschen in den Häusern verhalten, und was soll man auf alle Fälle vermeiden?«

»Na, was wird man tun sollen?«, fragte Schierhuber rhetorisch. »Daheimbleiben. Den Ofen anheizen. Abwarten.«

Das wäre mir jetzt auch lieber, dachte Hawelka, der damit rechnete, jeden Moment in einer Schneeverwehung stecken zu bleiben und langsam im Benz eingeschneit zu werden.

»Zunächst einmal: Guten Abend, meine Damen und Herren, liebe Zuhörerinnen und Zuhörer daheim vor den Radiogeräten. Tja, was kann man tun, haben Sie, liebe Frau Redakteurin, mich gefragt. Das ist natürlich angesichts dieser Situation eine Frage, die gar nicht so leicht …«

»Sepp, siehst du eigentlich irgendwas?«

»Nein, aber der Landesrat sicher auch nicht. Er kann also nicht viel schneller sein als wir. Allrad hin oder her.«

»… jeder Fall ist da ganz individuell, das muss man sich im Einzelnen genau ansehen. Ich gebe Ihnen ein Beispiel, Frau Redakteurin: Wenn jemand in Graz in einer Wohnung lebt, die im siebenten Stock oben ist, muss ich dem etwas ganz anderes raten als wie zum Beispiel einem, der auf einem einzelnen Hof bei Tanzelsdorf wohnt. Und einer, der in St. Oswald oben sein Haus hat, der muss wieder auf ganz was anderes achtgeben. Sie sehen schon …«

Vielleicht sollten wir doch wieder die »Hoch- und Deutschmeister« aufdrehen, dachte Hawelka und drehte sich um. Zum einen, um nach den Scheinwerfern ihres Verfolgers Ausschau zu halten, zum anderen, um sich abzulenken, weil sie immer noch in beachtlichem Tempo in ein weißes Nichts fuhren.

Aber er konnte keine Scheinwerfer erkennen.

»Im Ernst, Sepp, zahlt sich das aus, dem noch nachzufahren? Mir reicht's, wir geben eine Fahndung nach dem Sterz raus, und wenn die nächsten Tage Schneechaos vorbei sind, dann werden ihn die Uniformierten schon finden. Ihn und den Gautsch und den Mönch und den Mörder und was weiß ich wen noch alles. Und wir melden uns krank und fahren nach Wien zum ›Reznicek‹. Um Weihnachten herum hat er immer Truthahn auf der Karte. Und Karpfen.«

Es ging Hawelka nicht so sehr um das Kulinarische, er fand es einfach angenehmer, nach Dienst noch essen zu gehen, mit seinem Kollegen ein oder zwei Bier* zu trinken und sich dann in der Wohnung auf die Couch zu werfen. Das war Lebensqualität, dafür gab es die Zivilisation, und Hawelka wollte auf keinerlei Annehmlichkeiten verzichten. Deshalb bin ich Polizist geworden, genauer gesagt: Kriminalpolizist, und nicht Bergretter oder Monteur auf einer Bohrinsel, überlegte er.

»Ja, das wäre es jetzt«, stimmte Schierhuber aus tiefstem Herzen zu. Trotzdem hielt er nicht an, wahrscheinlich dachte er nicht, dass Hawelka es bei dessen vorbildlicher Dienstauffassung ernst meinen konnte. Aber Hawelka meinte es ernst. Er hatte genug. Genug von den örtlichen Polizisten, die ihre Abneigung unverhohlen zeigten, genug von herumschleichenden Mönchen mit einem Faible für Brandstiftung und Graffiti in Hotelzimmern, genug von der Suche nach irgendeinem Bauunternehmer, dessen Frau ihren Mann für einen Prachtkerl hielt, nur weil er ihr eine Topküche eingerichtet hatte. Genug von den Einheimischen aus der Gaststube, die den Schilcher für eine Art Göttertrank hielten, genug von der Angst, die er jedes Mal verspürte, wenn Schierhuber ihm während der Fahrt den Kopf zuwandte. Vor allem aber hatte er die Vision, dass sie irgendwo in den Bergen im Schnee stecken bleiben würden und dann stunden-, wenn nicht sogar tagelang durch hüfthohen Schnee in die nächste Ortschaft waten müssten.

---

* Für besagten Kollegen galt: fünf oder sechs Bier.

»Sepp, wir brechen ab, wir fahren zurück, der Schnee wird immer ärger; wenn wir da irgendwo eingeschneit sind und die Handys nicht funktionieren, dann finden sie uns erst nach Neujahr. Tiefgefroren.«

»Meinst du?« Schierhuber hatte sein Zweiflergesicht aufgesetzt. Einmal mehr befiel Hawelka das Gefühl, dass sein Partner nicht zu bremsen war, sobald er erst einmal Lunte gerochen hatte. Und er hatte!

»Wer weiß, warum er es so eilig hat, vielleicht liegt hier Gefahr im Verzug vor. Vernichtung von Beweismitteln zum Mitteregger-Mord. Eine groß angelegte Verschwörung. Gefahr für Leib und Leben von was weiß ich wie vielen Personen. Das können wir doch nicht zulassen, Josef!«

Es war schwierig. Bisher hatten sich die beiden so perfekt ergänzt, dass Hawelka in der Vergangenheit nie den Vorgesetzten hatte auspacken müssen. Auf dem Papier war er der Chef, daran gab es nichts zu rütteln. Schierhuber hatte das auch nie in Frage gestellt. Sie respektierten einander, und das sollte auch so bleiben. Aber jetzt muss ich ihn dazu bringen, umzudrehen, dachte er.

»Machen wir es so«, schlug der Zwettler vor. »Schauen wir, ob wir ihn in den nächsten fünf Minuten stellen können. Wenn ja, stoppen wir ihn, kassieren ihn zur Befragung am Stainzer Posten, wenn nicht, drehen wir um und fahren heim. Okay?«

War das ein Kompromiss? Hawelka entschied auf Ja. Und bereute es gleich darauf. Der iCop 5S schaltete herunter und stieg aufs Gas. Er hatte mittlerweile wenigstens die Begrenzungslichter wieder eingeschaltet und kämpfte sich die tief verschneite Straße entlang.

»Einen Hinterradler mit dem Gewicht musst du immer auf Touren halten, besonders bergauf. Wenn man den Schwung verliert, ist es aus, da bleibst du stecken, da hilft dir kein Herrgott.«

Zur Sicherheit hielt er den Wagen aber auch auf den spärlichen Bergabstücken auf Touren, driftete um die Kurven, als gelte es, einen Preis zu gewinnen, und arbeitete mit Handbremse und Kupplung, während sein rechter Fuß wie ein Stein am Gaspedal blieb. Hawelka versuchte sich krampfhaft abzulenken, indem er das Navigationsgerät beobachtete. Damit es den Fahrer nicht blendete, hatte er es aus der Halterung an der Innenseite der Windschutzscheibe genommen und hielt es in seinem Schoß. Sie bewegten sich inmitten von Wäldern nordwestlich von Deutschlandsberg.

»Wenn er noch vor uns ist, will er nach Osterwitz, das ist die nächste Ortschaft«, meldete er etwas gepresst.

»Ist der andere noch hinter uns?«

»Ich kann ihn nicht sehen. Keine Chance.«

»Das mit dem Navi ist keine schlechte Idee, du kannst mir die Kurven ansagen«, regte der Pilot jetzt seinen Beifahrer zur Mitarbeit an. »Man sagt, die gehen auf fünf Meter genau, das müsste eigentlich genügen.«

Hawelka wollte nicht diskutieren. Nur überleben. Also fixierte er den kleinen Pfeil, der sich auf dem Display der schmalen Schlangenlinie folgend fortbewegte.

»In zwanzig Metern rechts! Jetzt scharf links! Gerade. Gleich kommt eine Linkskurve. In hundert Metern rechts. Ganz scharf. Spitzkehre! Nächste ist links, neunzig Grad!«

Nach zwei Minuten war er komplett nass geschwitzt. Die Konzentration und die Aufregung hatten die Angst vorübergehend besiegt. Dank seiner Hilfe hatte Schierhuber das Tempo nochmals gesteigert. Der Benz pflügte wie ein Boot durch den knietiefen Schnee. Trotzdem sahen sie immer noch keine Rücklichter vom Geländewagen des Landesrates. Hat der auch die Lichter abgedreht?, fragte sich Hawelka. Oder ist er ganz woanders gefahren? Schon wollte er Schierhuber zum Umkehren auffordern, da tauchte der Wagen urplötzlich vor ihnen auf. Der iCop riss die Handbremse hoch und schlug das Lenkrad mit Schwung ein. Der Benz verwandelte sich auf dem schmalen Weg in einen Kreisel, dessen Wucht zum Glück vom hohen Schnee entsprechend gebremst wurde. Zwei Zentimeter vor dem anderen Auto kamen sie zum Stehen.

»Wir haben ihn«, stellte Schierhuber befriedigt fest. »Der kommt uns nicht mehr aus.« Hawelka musste zustimmen. Sterz würde tatsächlich nicht entkommen.

Der Geländewagen lag auf dem Dach.

Schneefall

21. Dezember

Die Temperatur fiel mit erschreckender Geschwindigkeit. Gleichzeitig nahm die Windstärke immer mehr zu. Der Schneefall ließ sich von beidem überhaupt nicht beeindrucken und blieb, wie er war. Nici hatte noch mehr zu bieten.

»Die Buben machen mir Sorgen«, erklärte das Auskunftsbüro dem Major.

»Lieb von dir«, antwortete der und widmete sich wieder seiner Zeitung. Sie saßen im Büro des Journaldienstleiters, jenes Mannes also, der an Wochenenden, Feiertagen, nachts – kurz: außerhalb der normalen Bürozeiten – das Kommando über die ganze Truppe hatte. Dieser Dienst lief im sogenannten »Radl«, das heißt, einer der erfahrenen höheren Beamten übernahm die Leitung des Journaldienstes für vierundzwanzig Stunden, dann der nächste und so weiter. Der Major, der an diesem Samstagvormittag die Zeitung so aufmerksam las, hieß Stockinger und trank grünen Tee statt Kaffee. Er war einer der Kommandanten der Alarmabteilung* und dementsprechend durchtrainiert, ebenso dementsprechend war der Sportteil das Objekt seiner Aufmerksamkeit. Aber sogar dort wurde Nici im Rahmen eines abgesagten Skirennens erwähnt.

»Wahnsinn«, ließ er jetzt die Berlakovic an seinen Gedanken teilhaben, »das war der wärmste Dezember seit Menschengedenken, und jetzt auf einmal haben wir in der Steiermark Katastrophenalarm. Dieses Sturmtief hat beim ersten Mal schon fast einen Meter Neuschnee gebracht und gestern Nacht noch über einen Meter nachgeschossen. Die sind komplett zugeschneit dort.«

»Deshalb mach ich mir ja Sorgen, das ist es ja, was ich dir sagen will. Die Buben, also eigentlich der Pepi, meldet sich sonst immer bei mir. Jeden Tag. Ich weiß natürlich, dass ich das

---

* Eine schlagkräftige Eingreifgruppe für schwierige Fälle. Das Wiener Pendant zur Sondereinheit »Cobra«, die wiederum vergleichbar mit der deutschen GSG 9 ist.

nur meiner tollen Figur zu verdanken hab, aber was soll's, so ist das halt als Sexobjekt.« Sie verdrehte die Augen zur Decke, seufzte, und der Alarmabteilungsmajor, sonst nicht für seinen Humor bekannt, lachte laut auf und legte die Zeitung weg.

Eins zu null, dachte die Berlakovic, die ständig einen ganzen Schrankkoffer an psychologischen Tricks mit sich herumschleppte – was ihr in neunundneunzig Prozent der Fälle auch den gewünschten Erfolg brachte. Einzige Ausnahme war der Erzherzog, aber der lief außerhalb jeder Wertung.

»Also. Der Hawelka meldet sich jeden Tag bei dir. Das ist ja schön, Herta. Und jetzt machst du dir Sorgen, weil er sich zwei Tage nicht gemeldet hat. Das ist ja auch schön, Herta. Aber wenn du einen Blick in die Zeitung wirfst, dann siehst du, dass die da unten momentan andere Sorgen haben, als daheim anzurufen, und noch dazu sind praktisch alle Handynetze ausgefallen. Zumindest teilweise. Er könnte also gar nicht, auch wenn er wollte.«

»Schau, Wolfi*, das weiß ich ja alles«, antwortete das Auskunftsbüro. »Aber das Festnetz in Stainz hat bis vor Kurzem noch funktioniert. Das weiß ich, weil ich angerufen hab, weil ich wissen wollte, was die zwei Josefs so machen. So. Und da hat mir die Kellnerin vom absoluten Schneechaos erzählt und auch, dass die Jungs in der Nacht noch mit dem Auto raus sind. Ziel unbekannt. Und jetzt frage ich mich, wo sie hin sind und ob sie da auch angekommen sind, wo sie hinwollten.«

»Ja. Verstehe. Und du hast nichts herausgefunden?«

»Nichts.«

Der Major wurde nachdenklich. Üblicherweise wendete man sich an das Auskunftsbüro, um etwas zu erfahren. Dass das Auskunftsbüro selbst ratlos war, kam praktisch nie vor. Es handelte sich hier also um eine völlig neue Situation. Was war zu tun? Einen einfachen Anruf von Kollege zu Kollege, zum Beispiel zum polizeilichen Leiter des Krisenmanagements, konnte er sich sparen, den hatte die Berlakovic sicher selbst

---

* Die Berlakovic war mit praktisch allen per Du. Einzige Ausnahme war der Erzherzog, aber der lief außerhalb jeder Wertung.

schon kontaktiert. Aber was konnte er tun, was sie nicht tun konnte?

»Was genau erwartest du von mir?«

»Na ja, wenn du den Wagen vom Schierhuber einmal suchen lassen würdest?«

»Wie stellst du dir das vor, Herta? Da unten wird jeder Mann gebraucht, um eingeschneite Menschen in Tausenden Gebäuden zu verpflegen, zur Not auch zu evakuieren. Und selbst wenn ich, sagen wir, einem der Hubschrauberpiloten den Benz vom Schierhuber Sepp ans Herz legen würde, der steht doch nicht irgendwo und leuchtet aus der Landschaft heraus, sondern ist unter fünfzig, sechzig Zentimetern Schnee begraben. Dort unten ist jetzt alles weiß in weiß, da kannst du einen Ferrari nicht von einem alten Opel unterscheiden.«

»Das stimmt. So naiv bin ich jetzt auch wieder nicht. Aber zufällig weiß ich, dass der Sepp einen Sender im Wagen hat. So einen Funkchip, wie ihn die Luxuskarossen haben, damit man sie nach einem Diebstahl weltweit wiederfindet.«

»Der Sepp? Unglaublich. Warum denn das? Hat er Angst, dass ihm irgendwer die alte Schüssel stiehlt?«

»Nein, aber für irgendwelche Spezialeinsätze. Du weißt ja, dass es manchmal mit ihm durchgeht. Würd mich nicht wundern, wenn er auch ein Bord-MG montiert hätte.«

»Special-Agent Schierhuber. Ja. Stimmt. Das wäre ihm wirklich zuzutrauen, aber die Sache hat einen Haken.«

»Welchen?«

»Solche Chips funktionieren auf die gleiche Weise wie Handys. Das heißt – kein Handynetz, keine Ortung. Und sollte das Handynetz wieder funktionieren, dann müssten wir immer noch seine Identifikationsdaten haben.« Er sah die Berlakovic bedauernd an.

Diese verzog keine Miene und legte ihm einen Zettel auf den Tisch. »Das sind die Daten. Die hat er schon vor einem Jahr bei mir deponiert.«

Der Major pfiff durch die Zähne. »Donnerwetter! Du bist ja bestens informiert. Okay. Das kann ich machen. Ich geb die Daten weiter und ordne eine Ortung an. Die Frage ist nur, wann die Netze wieder gehen. Momentan herrscht überall Chaos.«

»Danke, Wolfi. Die Provider werden sicher so schnell wie möglich arbeiten. Schließlich rollt der Rubel ja nur, wenn die Netze funktionieren. Und dann finden wir die Buben.«

In der Zwischenzeit hatten die Buben genug von Nici. Hawelka, der sich bisher immer eingebildet hatte, dass Schneestürme irgendwie romantisch waren, musste sich eingestehen, dass dies nur dann zutraf, wenn man in einer gut geheizten Hütte saß, ein wenig im Feuer stocherte, dann wieder dem Heulen des Sturmes draußen zuhörte, dann wieder einen Schluck Glühwein zu sich nahm, dann wieder aus dem Fenster in die weiße Pracht schaute, dann wieder ein wenig im Feuer stocherte und so weiter.

Anders verhält es sich, wenn man während eines solchen Sturmes versucht, jemanden aus einem Unfallwrack zu befreien. Man watet also durch den fast hüfthohen Schnee und gräbt sich dann durch denselben hinunter, weil der Wagen ja auf dem Dach liegt und man hofft, dass eines der Fenster genug zerbrochen ist, um einen ins Wageninnere gelangen zu lassen. Durch den Überschlag und eine Pirouette, auf dem Dach liegend, hat sich allerdings auch im Inneren etliches an Schnee angesammelt, und so ist für reichlich Arbeit gesorgt.

Schierhuber, der MacGyver des Unternehmens, hatte zwar eine Schaufel aus dem Kofferraum seines Boliden geholt, trotzdem brauchten sie fast eine halbe Stunde, um den Landesrat zu befreien. Zu diesem Zeitpunkt waren Hawelkas Finger schon blau gefroren gewesen, da kein vernünftiger Polizist Handschuhe vom Zimmer holt, wenn er sich daranmacht, einen Verdächtigen mit dem Auto zu verfolgen. Schierhuber hingegen besaß nicht einmal Handschuhe, vermutlich weil solche in seiner Größe noch nicht erfunden waren.

Sterz war bei Bewusstsein gewesen, hatte aber durch den Unfall einen ziemlichen Schock erlitten, war blass und redete kaum. Außerdem konnte er nicht richtig aufsteigen, weil sein rechter Fuß irgendwie eingeklemmt worden war, und erst Hawelka konnte ihn zwischen den Pedalen herausziehen, was dem Landesrat ziemliche Schmerzen verursacht hatte. Sie waren ins Innere des Schierhuber-Wagens zurückgekehrt, um sich notdürftig aufzuwärmen. Durchgefroren, durchnässt, müde und mit einer mittlerweile leeren Taschenlampenbatterie. Während der Rettungsaktion waren über zehn Zentimeter Neuschnee dazugekommen, was schlicht und ergreifend bedeutete, dass sie festsaßen. Sie hatten den Motor eine Stunde laufen lassen, um den Fahrgastraum warm zu bekommen, hatten dann abgestellt und versucht zu schlafen. Schierhuber hatte einen Militärschlafsack aus dem Kofferraum geholt, den sie sich zu dritt als Decke auf dem Rücksitz teilten. Trotzdem war die Nacht nicht so romantisch geworden, wie man es bei Schneesturm gerne hätte.

Als nun am Samstagmorgen die Berlakovic in Wien den »Wolfi« bearbeitete, gruben sich die beiden gerade eine Schneise aus dem Benz. Der Landesrat lag noch auf dem Rücksitz und murmelte schwach vor sich hin.

»Hundertdreißig Zentimeter«, behauptete Schierhuber zum dritten Mal. Es hatte fast minus zehn Grad, wie das Thermometer auf Hawelkas ansonsten nutzlosem Handy anzeigte. Diese minus zehn Grad waren die Außentemperatur, mittlerweile war es innen auch nicht mehr viel wärmer, weil sie den Motor zu Heizzwecken erst vor wenigen Minuten wieder angelassen hatten. Aber wenigstens schneite es nicht mehr, und der Wind war, verglichen mit dem nächtlichen, geradezu angenehm.

»Vielleicht sogar hundertvierzig.«

»Kann sein«, antwortete Hawelka zweisilbig. »Glaubst du, wir kommen mit dem Benz noch weiter?«

»Nein.« Das war nur eine Silbe. Und die hatte etwas Endgültiges.

Da hat er leider recht, dachte Hawelka. So wie die Lage jetzt ist, kann es Tage dauern, bis die Räumfahrzeuge Zeit für so eine Nebenstraße durch die Berge haben. Also zu Fuß im über einen Meter hohen Schnee.

»Vielleicht doch nur hundertdreißig Zentimeter.«

»Kann sein.«

»Aber über hundertzwanzig sicher.«

»Sicher.« Haben wir die Rollen getauscht? Ist der Sepp jetzt die Plaudertasche, und ich bin der wortkarge Rambo aus Zwettl?, überlegte Hawelka, während seine Augen den umliegenden Wald nach erkennbaren Zivilisationszeichen absuchten.

Nichts.

Der Geländewagen war mittlerweile unter einem gewaltigen Schneehaufen verschwunden. Der Benz übrigens auch, nur die selbst gegrabene Schneise führte an den Straßenrand.

»Er muss ziemlich schnell unterwegs gewesen sein, hat irgendwie die Kontrolle verloren, hat die Böschung seitlich erwischt, ist umgekippt und am Dach zu liegen gekommen«, mutmaßte Hawelka. »In welche Richtung probieren wir es?«

»Schwer zu sagen. Zurück nach Deutschlandsberg sind es, na ja, wenn man die Zeit rechnet, die wir gefahren sind, ungefähr vierzehn Kilometer.«

»Langer Marsch.«

»Ja, eh. Aber das Navi hat doch irgendwo da oben Osterwitz angezeigt. Das kann nicht mehr so weit weg sein. Wo ist das Kastl überhaupt?«

Das war eine gute Frage. Beim Schleudern in der Nacht war es Hawelka aus der Hand gefallen, und dann hatten sie Wichtigeres zu tun gehabt. Hawelka kämpfte sich zurück in den Wagen und tastete den Fußraum ab. Nach ein paar Minuten fand er das Gerät zwischen den Schienen des Beifahrersitzes. Es funktionierte noch.

»Alles in Ordnung?«, fragte er den Patienten auf dem Rücksitz. Der murmelte weiter vor sich hin. Außer »göll« verstand Hawelka nichts.

»Zumindest haben wir jetzt unsere Koordinaten«, stellte Schierhuber wenig später befriedigt fest. Das wird nichts nützen, wenn wir sie niemandem mitteilen können, dachte Hawelka, sagte aber nichts. Dass beide Handys nicht funktionierten, hatten sie noch in der Nacht festgestellt und nach dem Aufwachen nochmals überprüft.

»Hast du irgendwo ein Funkgerät in deinem James-Bond-Wagen versteckt?«, fragte Hawelka.

»Ja, bis vor zwei Jahren«, antwortete Schierhuber bekümmert, »dann hab ich mir gedacht, dass das Handy eigentlich genügt, und es rausgenommen. Das liegt jetzt ganz gemütlich in meiner Wohnung und hat es schön warm.«

»Na bravo!«

»Da! Da zeigt er Osterwitz an«, meldete Schierhuber, der mit dem Navi hantiert hatte. »Dreieinhalb Kilometer. Das ist doch eine Kleinigkeit. In drei, vier Stunden sind wir dort.« Hawelka überlegte kurz. Dann stimmte er zu, und sie holten den Landesrat aus dem Wagen. Der Einfachheit halber packte ihn sich Schierhuber »nach Feuerwehrmannsart« auf Schultern und Rücken und marschierte los, ohne auf die Wehlaute des Mannes einzugehen. Er war der Schneepflug, Hawelka der Spurengeher. Am unteren Schneepflugrücken konnte man seltsame Ausbuchtungen unter der Jacke bemerken.

»Was schleppst du da mit, Sepp?«

»Einen Landesrat.«

»Nein, ich meine das, was dir beim Hintern wegsteht.«

»Eine alte AK47, nur so zur Sicherheit.«*

»Wo hast du die her?«

»Von unterm Fahrersitz.«

»Ja. Klar. Aber woher stammt die Waffe?«

»Ah, alte Geschichte. Die hat einer nicht mehr gebraucht und für ein bisserl Bares verklopft. Da hab ich mir gedacht: Wer weiß, wozu die noch gut sein kann.«

»Na bravo!«, wiederholte Hawelka. Sie hatten keine Handschuhe, dafür aber ein Sturmgewehr, sie hatten keine Verbindung zur Zivilisation, dafür aber Satellitennavigation. Sie hat-

* AK47: die berühmte Kalaschnikow, ein weitverbreitetes Sturmgewehr.

ten kein fahrbereites Auto, dafür aber einen Verletzten bei sich. Ein schöner Ausflug.

Eine Stunde später ließ sich Hawelka verzweifelt in den Schnee fallen. Laut Navi hatten sie sich gerade einmal einen Dreiviertelkilometer weit bewegt. Geschwommen wären wir in der Zeit weiter, dachte er. Das Dumme am hüfthohen Schnee ist, dass jede Art der Fortbewegung die falsche ist. Man kann nicht rennen, man kann nicht gehen, man kann nicht fahren, und schwimmen kann man schon mal gar nicht. Sogar stapfen ist unmöglich, weil kein Mensch die Beine hoch genug bringt, um sie dann von oben wieder auf die Schneedecke zu setzen. Eine Ausnahme bilden hier vielleicht die nordkoreanischen Paradesoldaten. Aber Hawelka war kein Koreaner. Deshalb blieb ihm nichts anderes übrig, als sich in Schierhubers Windschatten in die Bresche zu werfen, die sein Vordermann mit Hilfe von über hundertdreißig Kilo (plus siebzig Landesratskilo) und einer gewissen waldviertlerischen Urgewalt in die Landschaft pflügte. Natürlich stürzte der Schnee von den Rändern sofort wieder zur Mitte dieser Schneise, es blieb also noch genug kraftraubende Arbeit für Hawelka über. Deshalb jetzt auch die Erschöpfungspause. Schierhuber folgte seinem Beispiel, setzte den Landesrat vorübergehend ab und spielte Schneeengel.

»Wo sind eigentlich gestern unsere Verfolger geblieben?«

»Die haben vielleicht keine g'scheiten Reifen gehabt und in Deutschlandsberg aufgegeben.«

»Wie weit ist es noch bis Hochosterwitz?«

»Osterwitz. Hochosterwitz wäre ein bisserl gar weit, das ist in Kärnten.«

»Also Osterwitz. Wie weit?«

»Einen Kilometer und ein paar zerquetschte.«

»Also eine gute Stunde noch.«

»Schaut so aus.« Schierhuber zauberte eine schlanke Flasche aus seiner Jacke hervor. Nach einem guten Schluck reichte er sie Hawelka. Ohne vorangegangenes Frühstück, nach Stunden in der eiskalten Winterluft und der Anstrengung der letzten

Stunde ätzte der Schnaps wie Säure im Mund. Zunge, Rachen, Hals, alles brannte wie rasend, schmerzte furchtbar, wurde dann taub und starb schließlich ab. Zumindest fühlte es sich so an. Dann brannte der Magen eine Weile vor sich hin, und Hawelka wunderte sich, warum er sich nicht übergeben musste. Dann kam die Wärme. Vom Bauch aus stieg ein unglaublich wohliges Gefühl empor und breitete sich im ganzen Körper aus. Es kribbelte bis in die Fingerspitzen.

»Rauch«, sagte Schierhuber.

»Nein danke, der Schnaps genügt mir.« Er nahm noch einen Schluck und gab dem anderen die Flasche zurück.

»Nein. Dort. Rauch.«

»Was?«

»Rauch. Dort.« Er sah in die Richtung, in die der Schierhuber'sche Zeigefinger wies. Tatsächlich.

»Das ist gut, das ist sehr gut. Eine Hütte oder ein Haus oder – wie sagen die Steirer dazu? Eine Huabm?«

»Da kehren wir gleich einmal ein. Das sind keine zweihundert Meter dorthin. Nächste Kurve und dann links runter.«

Schierhuber trank vor Euphorie die halbe Flasche leer, schob sie zurück in seine Jacke, stand auf und durchpflügte den Schnee wie ein Rennboot. Hawelka verlor schon auf den ersten Metern kostbare Sekunden. Dann merkten sie, dass sie den Landesrat vergessen hatten.

Einkehrschwung

21. Dezember

Die Aufräumarbeiten gestalteten sich äußerst schwierig. Der Schnee von Nicis erstem Besuch war in den letzten Tagen angetaut, wieder gefroren, wieder angetaut und so weiter. Er hatte sich also gesetzt, verdichtet und war schön fest geworden. Die über einen Meter Neuschnee hatten sich sanft über die harte Unterlage gelegt und das ganze Land mollig eingepackt.

Die Räumfahrzeuge hatten nun das Problem, dass der Schnee auf den Fahrbahnen nicht zur Seite geschoben werden konnte, weil dort schon die alte, anderthalb Meter hohe Schneewand war. Man half sich, indem man alle zwanzig, dreißig Meter eine Bucht baggerte, die man dann mit dem frischen Schnee wieder auffüllen konnte. Ziemlich zeitaufwendig. Gegen Mittag waren die meisten Kräfte noch damit beschäftigt, die Autobahn und die größten Bundesstraßen freizubekommen.

Das Bundesheer hatte die großen Blackhawks geschickt, die die entlegenen Dörfer mit dem Notwendigsten versorgten und medizinische Notfälle ausflogen.* Außerdem fast fünfhundert Mann, die mit Schaufeln bewaffnet Bahnhöfe, Umspannwerke und Kreuzungen bearbeiteten. Trotzdem war jedem klar, dass frühestens in einer Woche alles wieder reibungslos funktionieren würde.

Die Wirtin vom Schaar quartierte im Keller eine ganze Pionierkompanie ein, die freien Zimmer wurden von den Offizieren belegt. Dass von den vorher schon bewohnten Zimmern in dieser Nacht drei leer geblieben waren, wurde bei aller Aufregung gar nicht bemerkt. Auch die örtlichen Polizisten von Stainz, unter anderem Kollege Karl und Bezirksinspektor Bacher, hatten andere Sorgen, als sich über den Verbleib der Ermittler im Fall Mitteregger Gedanken zu machen. Es war also

---

* Blackhawk: amerikanischer Transporthubschrauber.

leider so, dass, bis auf das Auskunftsbüro Berlakovic im fernen Wien, niemand die beiden vermisste. So wurde es Abend über der Weststeiermark.

Am Vormittag hatten Hawelka und Schierhuber mit dem Landesrat die Huabm erreicht und angeklopft. Der Empfang war ein wenig frostig ausgefallen. Pipi hatte durch die Tür gebrüllt, dass er alle umbringen werde. Papi hatte dazwischengeschrien, dass sich die Besucher keine Sorgen machen sollten, das habe sein Bruder manchmal, das sei nicht ernst zu nehmen, er sei halt jetzt ein wenig aufgeregt, der Pipi. Die Sache war die, dass Pipi und Gautsch sich in den letzten Tagen zunehmend auseinandergelebt hatten. Nachdem Papi Gautsch ruhiggestellt und damit das Schlimmste verhindert hatte – nämlich dass der seinerseits Pipi abknallte –, war eine Art Waffenstillstand eingekehrt. Aber in der Nacht war Besuch gekommen, und das hatte Pipi wieder ziemlich aufgeregt, und vor einer Stunde hatte er in einer Kiste die Schnapsflasche gefunden. Seit siebenundzwanzig Minuten war sie leer.

»Machts die Tür auf, wir sind von der Polizei und haben einen Verletzten da!«, sagte Schierhuber laut. In seiner Stimme lag ein Ernst, den Hawelka noch nie gehört hatte.

»Wenn einer durch die Tür kommt, hack ich ihm den Fuß ab!«, brüllte Pipi drinnen.

»Geh, Pipi, jetzt red doch nicht gleich vom Fußabhacken, du musst dich nicht so aufregen, die tun dir nichts, die wollen sich nur aufwärmen. Und einer ist verletzt.«

»Draußen bleiben sollen sie!« Pipis Stimme glich dem Schmerzgebrüll eines Ochsen. An weitere Verhandlungen war nicht zu denken.

Schierhuber übergab den Landesrat an Hawelka, holte die Kalaschnikow unter seiner Jacke hervor, klappte den Kolben aus und schoss viermal auf den Riegel. Dann rammte er seine Schulter gegen die Tür. Sie flog krachend auf.

»Freundschaft!«, sagte der Kommunist und richtete einen Gewehrlauf auf Schierhubers Kopf.

Die Lage war für Hawelkas Geschmack ein bisschen zu unübersichtlich. Pipi, der das Geschehen aus blutunterlaufenen Augen verfolgte und gelegentlich unversehens losbrüllte, saß unter dem Herrgottswinkel auf der Eckbank. Vor ihm lag eine solide Hacke auf dem Tisch, die er gelegentlich packte und drohend durch die Luft schwang. Soweit Hawelka erkennen konnte, war er nicht gefesselt, offenbar hatte bisher das Gewehr des Kommunisten genügt, um ihn in Schach zu halten. Papi wiederum lehnte neben der Eingangstür und versuchte zwischen allen Parteien zu vermitteln. Keine leichte Aufgabe. Schierhuber war erschöpft, Hawelka überfordert, Pipi offenbar gemeingefährlich und Gautsch nirgends zu sehen.

»Was ist da los?«, fragte Schierhuber den Kommunisten, ohne dessen Waffe zu beachten.

»Schlechte Stimmung«, antwortete der.

»Habts einen Tee da? Wir brauchen was Warmes. Oder einen Schnaps?«

»Nix is do!«, tönte Pipi vom Herrgottswinkel her. »Alles schon ausgesoffen! Gar nichts gibt es!«

»Jetzt beruhig dich wieder, Pipi. Dann machen wir halt einen Tee«, setzte Papi an.

»Ich sauf keinen Tee!«

»Nicht für dich, Pipi, für die da brauchen wir den Tee, ich mach gleich einen.«

»Ich sauf keinen Tee!« Pipi hielt die große Hacke jetzt wieder in der Rechten. Sie standen immer noch im Vorraum.

»Empfängst du immer die Gäste mit einer Waffe in der Hand?«, fragte Hawelka den Kommunisten, der daraufhin den Lauf senkte und ihm half, Sterz auf eine Bank zu legen.

»Erstens hat euch keiner eingeladen. Zweitens kann ich durch die Tür nicht sehen, dass zwei brave Polizisten daherkommen. Es könnte ja auch ein Verrückter draußen stehen, oder? Drittens ist der Pipi heute ein bisschen nervös, und da ist es gut, wenn man vorsorgt. Und …«

»… und wie bist du überhaupt so schnell dahergekommen?

Das warst doch du, der uns zwischen Stainz und Deutschlandsberg nachgefahren ist, oder?«

»Dem Scharfsinn der Exekutive habe ich wirklich nichts entgegenzusetzen. Ja. Ich bin schuldig. Ich war's. Aber in Deutschlandsberg kenn ich eine kleine Abkürzung zwischen den Gassen. Ich hab mir schon ausrechnen können, wo der Sterz hinwill. Da hab ich mir gedacht, ich will gerne vorne mit dabei sein, und hab mich an euch vorbeigeschwindelt. Was ist mit ihm passiert?«

»Hat sich überschlagen, wir haben dann in unserem Wagen übernachtet.«

»Es ist nichts mehr zum Saufen da!« In der großen Stube war Pipi wieder etwas lauter geworden.

»Werden wir Probleme mit ihm kriegen?«, fragte Hawelka den Kommunisten und nickte mit dem Kopf Richtung Stube.

»Nicht, solange ich das Gewehr habe. Aber er wäre ruhiger, wenn wir Alkohol dahätten.«

»Wem gehört die Hütte?«

»Das ist eine Huabm. Ich glaube, Gautsch.«

»Apropos Gautsch, wo ist der überhaupt?«

»Hat sich in die hintere Kammer verdrückt und zugeriegelt. Pipi hat ihn nervös gemacht. Die zwei wollten sich in den letzten Tagen schon gegenseitig umbringen und hätten's getan, wenn Papi nicht gewesen wäre.«

Papi kam mit dem Tee. Schierhuber gab einen kräftigen Beifahrer dazu, und dann tranken sie.*

Moment, schoss es Hawelka plötzlich ein. Wenn Papi den Tee einschenkt und der Kommunist mit dem Gewehr dasteht, wer ist dann drinnen und passt auf Pipi auf? Diese Frage wurde drei Sekunden später von einer wesentlich wichtigeren abgelöst: Wo ist Pipi?

Die große Stube war leer, die Hacke lag nicht mehr auf dem Esstisch. Hawelka drehte sich zum Kommunisten um. »Wo ist die Stube vom Gautsch?«

---

* Beifahrer: hochprozentiger Zusatz in Heißgetränken. Der Rum im Tee, der Whiskey im Irish Coffee, der Jägermeister in Schierhubers Kaffee usw.

Der Gefragte wies ihm die Richtung.

»Brauchst dich nicht einsperren mit dem Schnaps, den hol ich mir sowieso!«

Hawelka staunte, wie schnell das massive Holz unter Pipis Beilschlägen zersplitterte. Noch bevor Papi und er dem Tobenden die Hacke entwinden konnten, klaffte im oberen Drittel der Tür ein ordentliches Loch.

»Geh du nur weg von der Tür, sonst schieß ich dir den Bluzer runter«, tönte es von drinnen.*

»Wie viele Gewehre sind da überhaupt im Umlauf?«, fragte Hawelka den Kommunisten, der wieder auf Pipis Kopf zielte und ihn so in die große Stube zurücktrieb.

»Ein Gewehr von Gautsch hab ich da. Eines hat er noch drinnen.«

Gautsch ließ einen Gewehrlauf durch das Loch sehen. »Ich bin bewaffnet. Das könnts mir glauben. Und solang der Wahnsinnige dort draußen nicht gefesselt oder weggesperrt ist, bleib ich da, und jeder, der an die Tür kommt, fängt sich eine Kugel.«

Seine Stimme klang ziemlich panisch. Hawelka überlegte, wie er die Lage deeskalieren konnte. Das Problem war, dass sie momentan keinen Hinweis hatten, wer Freund und wer Feind war. Sie mussten sich schnellstmöglich einen Überblick verschaffen. Am vernünftigsten schien noch der Kommunist zu sein. Die Frage war nur, warum er überhaupt hier war. Er schien nicht der Typ zu sein, der in finsterer Nacht bei Schneesturm aus Sensationsgier der Polizei hinterherfuhr.

Wir brauchen ein klärendes Gespräch mit Gautsch, und wir brauchen Ruhe vor Pipi, der offenbar unberechenbar ist, wenn er Alkohol getrunken hat, und noch unberechenbarer, wenn er keinen Nachschub mehr kriegt.

Mittlerweile war der Riese unter dem Herrgottswinkel auf der Bank zusammengesunken und schluchzte leise vor sich hin, während Papi neben ihm saß und immer wieder »Is scho guat, Pipi« murmelte.

---

* Bluzer (auch Pluzer): rundes Gefäß, Kürbis oder Kopf.

»Bist du mit deinem Wagen heraufgekommen?«, fragte Hawelka jetzt den Kommunisten. »Ist er fahrbereit? Kommen wir mit dem weg von da?«

»In der Nacht bin ich noch bis auf das kleine Plateau neben der Straße gekommen. Mittlerweile ist der Wagen wahrscheinlich total eingeschneit. Durch den Neuschnee kommst du hier nicht weg. Schon alleine das Freischaufeln dauert wahrscheinlich Stunden.«

Schierhuber ließ sich schwer auf einen der Sessel fallen. Die Kalaschnikow legte er auf seinen Schoß. Noch bevor Hawelka ihn warnen konnte, zog er wieder die Schnapsflasche aus seiner Jacke hervor und nahm einen tüchtigen Schluck. Pipi hob den Kopf. Sein Blick flackerte. Gleich passiert etwas, dachte Hawelka und griff in seiner Jacke nach der Dienstwaffe. Mit der unnachahmlichen Lässigkeit der geborenen Zwettler reichte Schierhuber Pipi die Schnapsflasche, als wäre nichts auf der Welt selbstverständlicher.

»Du bist ein Mensch!«, seufzte der aus tiefstem Herzen, nahm die Flasche und setzte sie an. Hawelka war sich nicht sicher, ob die Taktik seines Partners die richtige war.

Aber jetzt ist er wenigstens beschäftigt. Abgelenkt. Wir sollten ihn jetzt gemeinsam überwältigen und mit Handschellen an den Tisch anketten. Dann hätten wir ein Problem weniger, ging es ihm durch den Kopf. Er griff nach den Handschellen hinten an seinem Gürtel. »Sepp«, sagte er und sah Schierhuber bedeutungsvoll an. Der nickte kaum merklich. Dann sprangen sie zugleich auf.

Hüttengaude

22. Dezember

Hawelka hatte eine kleine Krise. Grundsätzlich war das kein Anlass zur Besorgnis, er wusste, dass so was von Zeit zu Zeit vorkam. Manchmal wurde einem halt alles zu viel, und dann schlichen sich eben allerlei finstere Gedanken ins Hirn. Üblicherweise verhielt er sich dann sehr ruhig, zog sich zurück, und nach zwei, drei Tagen war die Sache ausgestanden. Das Problem war, dass ein Rückzug diesmal schwer möglich war. Weil er diesmal funktionieren musste. Und die Situation für alle Anwesenden lebensgefährlich war.

Das ist doch absurd, dachte Hawelka, das ist doch krank. Warum bin ich überhaupt zur Kriminalpolizei gegangen? Was hab ich mir erwartet, was hab ich mir vorgestellt? Bin ich jetzt vielleicht glücklicher als in Horn? In Horn hatte Hawelka bis zu seinem fünfundvierzigsten Lebensjahr den Dienst als braver uniformierter Polizist versehen. Die Aufregung war überschaubar gewesen. Irgendwann (vielleicht als die Kollegen zum gefühlt sechstausendsten Mal ihre Rohbaufotos, ihre Hochzeitsfotos, ihre Kinderfotos und ihre All-inclusive-Urlaubsfotos herumgereicht hatten) hatte er beschlossen, nach Wien zu gehen. Kurse, Prüfungen, alles noch mal von vorne und dann – Kriminalpolizist. Bei der Mordkommission. Da war er gerade fünfzig geworden.

Das war jetzt auch schon wieder ein paar Jahre her, und er konnte sich tatsächlich nicht mehr erinnern, was er damals konkret erwartet hatte. Mehr Aufregung? Mehr »richtige« Verbrechen, damit man wusste, warum man bei der Polizei war? Mehr Gründe, warum man ein Guter sein wollte? Oder einfach um das Gefühl zu haben, dass das Leben nicht aus Strafmandate-Schreiben, Radarfallen-Aufstellen und Wirtshausschlägereien-Schlichten bestand?

Die Realität sah anders aus. Auch bei der Kripo zeigten die Kollegen gerne Rohbau-, Hochzeits- und Kinderfotos her. Allerdings nicht so lange, weil sie hier früher geschieden wurden. Teilweise wegen der anderen Art des Dienstes, teilweise wegen der größeren Stadt und der damit verbundenen größeren Versuchungen. Dann wurde der Rohbau vor den Toren Wiens wieder verkauft, und eine mitfühlende Kollegin kümmerte sich um das unterhaltspflichtige Scheidungsopfer. Frauen waren vielleicht auch ein Mitgrund für Hawelkas Entscheidung gewesen, nach Wien zu gehen. In Horn hatte es nicht so richtig geklappt. Wenig weibliche Bekanntschaften, eine Verlobung, keine Hochzeit, kein Rohbau, keine Kinder.* Scheidung auch keine. Immerhin. Aber die Verlobung hielt ebenfalls nicht. Sein Liebesleben hatte einer lang andauernden Fastenzeit geglichen. Dabei war er gar nicht katholisch. In Wien wollte Hawelka sexualkontaktmäßig aufrüsten. So jedenfalls hatte er sich sein Wiener Leben ausgemalt.

Und schon wieder sah die Realität anders aus. Sicher, es gab Kollegen, die ein recht reges Sexualleben hatten, etliche sogar. Hawelka gehörte nicht dazu. Er war nun mal ein kleiner untersetzter Mann, den der Kampf gegen sein Übergewicht müde gemacht hatte, der seinen Bierbauch zu akzeptieren gelernt hatte und von dessen Haaren nur mehr ein silberner Kranz übrig geblieben war. Ein Mann, der im Kollegenkreis, zumindest bei den wilden Reserve-Schimanskis, immer ein wenig belächelt wurde. Als Spätberufener, als Landei, als Klinkenputzer. Das war er ja auch hauptsächlich. Auch der Erzherzog nahm ihn nicht für voll. Gut. Damit konnte er leben, das tat der Alte bei allen, er litt unter dem sogenannten Kellermeister-Syndrom, da war es nur natürlich, Hawelka als dämlichen Hilfssheriff zu betrachten, der bestenfalls Botengänge erledigen konnte.**

Nach drei Jahren hatte sich seine Lage immerhin etwas gebessert. Schierhuber wurde ihm vorgestellt. Auch der hatte

* Verlobung: jungsteinzeitlicher Brauch, heute nahezu vergessen. Man verspricht sich, bald einmal ein Versprechen abzugeben, von dessen Einhaltung man sich ein glückliches Leben verspricht.

** Kellermeister-Syndrom: Der Kranke fühlt sich von lauter Flaschen umgeben.

das Polizistenleben sattgehabt und den gleichen Weg Richtung Kripo eingeschlagen.

Ob der Sepp wohl jetzt am Ziel seiner Wünsche ist?, fragte sich Hawelka. Natürlich redeten sie beide nicht über solche Sachen, persönliche Themen standen bei ihren Gesprächen nie am Programm. Schierhuber machte zwar nie den Eindruck, besonders glücklich zu sein, aber er machte auch nie einen unglücklichen Eindruck. Er wirkte eigentlich immer ausgeglichen. Außer wenn er Action witterte, dann konnten seine Augen schon ein bisschen zu leuchten beginnen.

Momentan leuchteten sie allerdings nicht. Auch das trug zu Hawelkas momentaner Krise bei. Das und die schlaflose Nacht natürlich.

Gerade als sie aufgesprungen waren, um Pipi zu überwältigen, hatte ein lautes Knarren die Luft erfüllt, dann eine Art Donner, und noch ehe sie sich einen Reim darauf machen konnten, war ein Teil des Hanges auf die Huabm zugekommen.

Von einer Lawine zu sprechen wäre übertrieben, die Huabm lag in einer leichten Senke und jenseits der Straße. Etwa hundertzwanzig Meter den Hügel hinauf waren ein paar kranke Bäume gestanden, die hatten jetzt der Schneelast nachgegeben und damit eine Kettenreaktion ausgelöst, weshalb ein paar Tonnen Schnee, mit allem, was unterwegs so dazukam, gegen das Gebäude rutschten, von diesem gestoppt wurden und sich anschließend erst einmal ausruhten. Dummerweise vor der Eingangstür und den Fenstern dieser Seite. Zwei davon gingen zu Bruch und ließen einen weißen Wintergruß in die gute Stube. Auch durch die Tür hatte sich ein wenig Schnee geschoben, aber den würden sie leicht wegschaufeln können, wenigstens den Teil, der die Tür blockierte.

Im ersten Schreck war der Landesrat aufgesprungen und durch die Stube zur verriegelten Kammer gerannt. »Lass mich rein«, hatte er gerufen, Gautsch hatte die Stimme erkannt, ihm geöffnet, Sterz hatte sich in die Kammer gedrückt, und die Tür war wieder verriegelt worden.

Das alles war noch vor Mitternacht geschehen, und Hawelkas üblicherweise zu erwartende Sinnkrise war noch gar nicht auf die Idee gekommen, ihn zu besuchen. Er war aber auch sehr beschäftigt gewesen. Zunächst hatte er sich gedanklich eine Liste gemacht, um das Chaos ein wenig besser überschauen zu können:

Wir sitzen hier fest. Realistischerweise muss man von vier, fünf Tagen ausgehen. Wird sehr auf das Wetter ankommen.

Wir sind sieben. Der Sepp und ich, Sterz und Gautsch, Pipi und Papi sowie der Kommunist.

Ich glaube nicht an einen irren Mönch.

Unter uns ist höchstwahrscheinlich ein Brandstifter.

Höchstwahrscheinlich auch ein Mörder.

Warum der Sepp und ich da sind, ist klar, aber von den anderen wissen wir das nicht. Wegen der schönen Aussicht wird es nicht sein.

Wir haben einen schweren Alkoholiker da, der zum Ausrasten neigt. Bisher hat ihn sein Bruder halbwegs unter Kontrolle, aber was wird passieren, wenn er tatsächlich keinen Alkohol mehr bekommt, weil keiner da ist?

Irgendwa–

An dieser Stelle seiner nächtlichen Überlegungen war er unterbrochen worden. Aus der Stube war Geschrei gekommen. Hawelka selbst saß ja zugunsten der besseren Konzentration im Vorhaus. Auf das Geschrei hin hatte er die Stube betreten und sich gleich darauf gewünscht, es nicht getan zu haben. Folgendes hatte sich abgespielt:

»Gautsch, wo hast du den Schnaps versteckt?« Pipi stand in der Mitte der Stube, Papi zwei Schritte daneben, um ihm gut zureden zu können. Beim Tisch saßen der Kommunist (mit Gewehr) und Schierhuber, die allmählich genug von der Schreierei hatten.

»Ich will eh keinen! Aber mein Freund, der Sepp, hätte einen Durst. Den will ich einladen. Der hat mich vorher auch saufen lassen von seinem. Jetzt musst du ihm eine Flasche geben. Wo hast du den Fusel?«

»Schleich dich! Wenn du zu nahe an die Tür kommst, dann schieß ich dir ein Loch in deinen blöden Kopf. Papi, halt ihn zurück, sonst hast du einmal einen Bruder gehabt!« Der Stimme nach schien Gautsch kurz vor dem Nervenzusammenbruch zu sein.

»Wo der Schnaps ist, sollst du sagen!« Auch Pipis Stimme war weit davon entfernt, Ausgeglichenheit zu vermitteln.

»Aber geh, Pipi, du brauchst doch gar keinen Schnaps mehr. Er hat ja auch gar keinen mehr. Ehrlich! In der ganzen Hütte ist kein Schnaps mehr, ich hab ja nachgeschaut.« Papi legte seinem Bruder den Arm auf die Schulter.

»Eh nicht. Brauch ich eh nicht. Ist eh für ihn.« Pipi deutete auf Schierhuber, der vor sich hinbrütete.

»Nein, Pipi, der Sepp will gar keinen Schnaps, oder?«

Papi warf Schierhuber einen verschwörerischen Blick zu, und dieser beeilte sich zu sagen: »Nein, ich will keinen«, und dazu energisch den Kopf zu schütteln.

Leider hatte Pipi den Blickwechsel bemerkt. Sofort witterte er eine Verschwörung. Wahrscheinlich hatten sich sein Bruder und dieser Sepp aus Wien zusammengetan, schwindelten ihm etwas vor und trafen sich später heimlich, um gemeinsam das Dutzend Schnapsflaschen auszusaufen, das sie die ganze Zeit vor ihm versteckt hatten. Gut. Wenigstens hatte er sie jetzt durchschaut.

»Ja, eh! Kein Schnaps! Für mich keinen und für den Sepp keinen und für den Papi auch nicht. Stimmt's?«

»Genau«, freute sich Papi über die Einsicht, »wir brauchen keinen Schnaps.«

»Ja!«, schrie Pipi. »Wir brauchen keinen Schnaps! Brauch ma ned! Wir werden uns den Schnaps jetzt selber brennen! Söba brennan wea ma!« Damit griff er sich eine der gläsernen Petroleumlampen und schleuderte sie ins Eck unter dem Herrgottswinkel, wo sie zersplitterte. Zum Glück erlosch die Flamme durch die Wucht, aber das Petroleum rann über das Holz der Wand, der Eckbank und des Tisches.

»Einen Muttergottesbrand werden wir machen!«

Er stürzte zum Ofen, riss die Klappe auf und holte ein brennendes Scheit heraus. Unversehens breitete sich der Geruch des verbrannten Fleisches seiner Hand im ganzen Raum aus. Das Scheit flog in die Ecke, und das Petroleum loderte auf. Sofort begannen Tischtuch, Vorhänge und Bankpölster zu brennen. Die Holzverkleidung, die eine Eckbank erst so richtig gemütlich macht, fing zu knistern an.

»Geh schau, Pipi, was hast denn jetzt wieder g'macht?«, jammerte Papi. Der Kommunist stürzte geistesgegenwärtig zum Ofen, riss den großen Heißwassertopf an sich und schüttete den Inhalt mit Schwung in den Winkel.

Den Rest erledigte Schierhuber mit einer Decke. Als er die letzten Flammen erstickt hatte, verständigten sich er und Hawelka mit Blicken. Es war zu gefährlich, Pipi länger frei herumlaufen zu lassen. Sie sahen beide zum Kommunisten, er schien ihre Gedanken erraten zu haben und nickte unmerklich.

»Eins«, begann Hawelka.

»Zwei«, erwiderte Schierhuber.

»Drei!«, riefen sie gleichzeitig und stürzten sich auf den Riesen. Zwei-Meter-Mann Schierhuber rammte Pipi den Ellbogen in den Magen und nutzte Überraschung und Schmerz des Brüllenden, um ihm einen Arm auf den Rücken zu drehen.

Hawelka hatte die Handschellen herausgezogen und wollte die eine um Pipis Handgelenk einschnappen lassen. Das ging gründlich schief. Die Pranken des Holzfällers waren zu groß für die genormten Polizeihandschellen. Hawelka versuchte die Klammer mit der zweiten Hand zu schließen, behinderte dadurch aber Schierhuber, der so den Polizeigriff unfreiwillig lockerte. Als die Hebelwirkung nicht mehr gegeben war, konnte sich Pipi mit einem gewaltigen Ruck losreißen. Dann packte er einen der Sessel und drehte sich mit Schwung in Richtung der Angreifer. Hawelka bekam einen schweren Schlag gegen Arm und Schulter und ging mit einem Aufschrei zu Boden. Dabei brachte er unglücklicherweise Schierhuber zum Taumeln, und diesen heiklen Moment nutzte Pipi geschickt aus. Er hob den Sessel und ließ ihn gegen Schierhubers Kopf krachen.

Das war vor knapp fünf Stunden gewesen. Vor einer Stunde hatte Hawelkas Krise eingesetzt. Da lagen Schierhuber und er bereits längere Zeit gefesselt in der Stubenecke. Weiß Gott, wo Pipi das Seil gefunden hatte. Sie hatten die Fesselung gnädigerweise nicht miterleben müssen. Pipi hatte nämlich den Sessel sorgfältig zerlegt, indem er ihn abwechselnd auf Hawelkas und Schierhubers Kopf geschlagen hatte. Ihre Bewusstlosigkeit hatte gut eine Dreiviertelstunde gedauert. Wie sie später dem Wortwechsel der Brüder entnahmen, hatte Papi in der Zwischenzeit den Kommunisten entwaffnet und festgehalten, weil der drauf und dran gewesen war, den Tobenden zu erschießen. Er hatte allerdings nur dessen Fuß getroffen, was leider auch nicht zu Pipis Beruhigung beitrug.

Auf dem großen Tisch lagen nun fein säuberlich nebeneinander die Kalaschnikow, das Kommunistengewehr, die beiden Dienstwaffen von Hawelka und Schierhuber sowie die große Waldhacke. Aber das ganze Arsenal interessierte Pipi nicht. Papi, der danebensaß und beschwörend auf ihn einredete, interessierte Pipi auch nicht. Seine ganze Aufmerksamkeit galt dem Schatz. Seinem Schatz! Er hatte ihn gefunden, als er das Seil gesucht hatte.

In einem alten Kasten im Vorhaus waren für eventuelle Jagdgäste vom Hausherrn zwölf Flaschen Schilcher gelagert worden. Zwölf! Kein Schnaps, aber immerhin. Die erste hatte Pipi ex geleert. »Gegen den Durst«, wie er Papi erklärt hatte. Für das Leeren der zweiten Flasche hatte er dann viel länger gebraucht. Ganze fünf Schlucke in fast zwei Minuten reihten ihn beinahe schon in die Kategorie der Genießer ein. Die aktuelle Flasche stand noch mehr als halb voll vor ihm, das Leben war also schön. Aus Solidarität und um wieder ein bisschen mehr Einfluss auf seinen Bruder zu gewinnen, hatte sich Papi auch eine Flasche aufgemacht.

Und wenn dann der Schilchervorrat aufgebraucht ist?, dachte Hawelka. Was wird dann passieren?

»Das geht nicht an, das kann nicht angehen, Pipi«, meldete sich jetzt der Kommunist. Wie Schierhuber und Hawelka lag auch er ordentlich verschnürt in der am weitesten vom Tisch entfernten Ecke der großen Stube.

»Das kann so nicht angehen«, wiederholte der Kommunist. Seine Stimme klang nicht ganz frisch, obwohl er am wenigsten von Pipi hatte einstecken müssen.

»Das ist keine Lösung, Pipi. Du kannst nicht alle fesseln und wegsperren, die dir nicht passen. Du weißt ja, dass die zwei da von der Polizei sind, und wenn du denen was tust, kommen immer mehr Polizisten.«

»Aber jetzt nicht. Da kommt niemand her! Die kommen gar nicht durch den Schnee!«, trotzte Pipi.

»Ja. Jetzt nicht. Vielleicht morgen auch nicht oder übermorgen, aber irgendwann sind sie dann doch da. Und dann? Was willst du dann machen, Pipi?«

»Nichts. Ich will meine Ruhe haben. Mei Ruah!« Er wurde wieder lauter.

»Ja, deine Ruhe«, sagte der Kommunist. »Aber hinten haben sich immer noch der Baumeister und der Landesrat Sterz eingesperrt, und da hast du drei gefesselte Leute. Das ist nicht gut, da müssen wir was machen. Wenn du auf mich nicht hören willst, dann hör aufn Papi. Der hat dir doch immer geholfen, oder? Hat dir der Papi schon einmal was Blödes geraten? Hm?«

»Hörst du, Pipi? Mir sollst du zuhorchen, hat er gesagt«, ereiferte sich Papi.

»Ja eh. Ich hör eh zu!«

Hawelka hielt den Versuch des Kommunisten für aussichtslos. Pipi war gereizt, und das Reden regte ihn nur wieder unnötig auf, wo er sich doch gerade so schön beruhigt hatte. Insgeheim hatte Hawelka Hoffnung, dass Pipi nach der fünften oder sechsten Flasche Schilcher von Müdigkeit übermannt würde und einschlief. Dann könnten sie mit Papi vernünftig reden, und der würde sie dann schon losbinden. Aber davon waren sie jetzt wieder weit entfernt.

In der Zwischenzeit saßen Gautsch und Sterz bereits seit Stunden in der hinteren Kammer zusammen. Sterz ging es den Umständen entsprechend. Trotzdem war die Stimmung nicht die beste. Zum hundertsten Mal kauten sie die Sache durch.

»Wenn du nicht raufgekommen wärest, dann wären die Krimineser auch nicht da, und ich hätt das Riesenbaby schon erledigt«, murmelte Gautsch. Es war der gleiche Text wie die anderen neunundneunzig Male.

»Und wenn du dir nicht eingebildet hättest, da heroben den Köder zu spielen und auf den Mönch zu warten, wär gar nichts gewesen, göll. Vergiss das nicht, mein Lieber.« Auch diese Antwort war in den letzten Stunden öfter gefallen.

»Wenn, wenn, wenn! Ich hab's ja nicht wissen können, dass ich jetzt Leut dahab wie in einem Hotel. Und dass der eine Gössl zum Saufen anfangt.«

»Sollen wir nicht endlich rausgehen und mit den beiden reden?«

»Mit den Gössl-Buam? Bist du komplett deppert worden?«

»Nicht mit den Gössl-Buam. Mit den zwei Polizisten.«

»Nein. Sicher nicht. Weißt du, ob die überhaupt noch leben? Die ganze Nacht die Brüllerei und dann die Schüsse. Da geh ich doch nicht raus. Wenn ich eine MP hätt – dann ja. Raus, ein paar Feuerstöße, und eine Ruhe ist in der Huabm. Die gehören doch alle weg.«

Der Landesrat machte sich ernsthafte Sorgen um seinen Geschäftspartner. Die letzten Tage hatten ihn verändert. Seine Augen wanderten unruhig hin und her, ein feiner Schweißfilm bedeckte sein Gesicht, und seine Ansichten hatten sich zunehmend radikalisiert. Würde er durchdrehen?

Andererseits – viel schlimmer konnte die Lage nicht werden. Die »Leibwächter« hatten sich ursprünglich brav bei Gautsch gemeldet und getan, was man ihnen aufgetragen hatte.

Sie wohnten bei Gautsch in der Huabm, hatten gelegentlich bis zur Straße hinauf patrouilliert und nach dem Ausschau gehalten, der »auf dem Jakobsweg« zu Gautsch kommen wollte, um ihn zu richten. Nach getaner Arbeit war man ins Reden und auf den Mönch gekommen. Und dabei hatte Gautsch alle Mönche, alle Katholiken und überhaupt alle, die gegen das Erzherzog-Johann-Land waren, verflucht.

Irgendwann hatte sich dann Pipi in seiner Christenehre gekränkt gefühlt und Gautsch verboten, über den Glauben und den Herrgott herzuziehen. Gautsch, als lang erprobter Baumeister, wollte sich von einem Hilfsarbeiter in seiner Huabm nicht den Mund verbieten lassen und hatte Pipi in die Schranken gewiesen. Das hatte sich Pipi nicht gefallen lassen wollen, sich plötzlich an etwas erinnert und von einem Augenblick auf den anderen beschlossen, Gautsch zu erschlagen. Der hatte das Gewehr auf Pipi gerichtet und hätte wohl auch abgedrückt, wenn nicht Papi knapp neben ihm gestanden wäre. Also war er mit der Waffe im Anschlag rückwärts in die hintere Kammer gegangen und hatte sich dort verbarrikadiert.

Als der Kommunist eintraf, war er mental gerade bereit, die Kammer wieder zu verlassen und sich den Weg freizuschießen. Die Kammer hatte er verlassen, aber das Freischießen hatte der Kommunist verhindert und ihm das Gewehr abgenommen. Daraufhin hatte sich Gautsch wieder verbarrikadiert, mit seinem Stutzen von unterm Bett und einer alten Pistole.

»Ich hab mir gedacht, ich muss dir doch sagen, dass einer von den Gössl-Buam der Vater ist«, erklärte Sterz seine Anwesenheit. »Oder zumindest sein kann. Wenn die dich in der Nacht umbringen wollen, musst du doch vorbereitet sein, göll. Ob die das wissen oder nicht, das weiß ich doch nicht.«

»Ich glaub, sie wissen es, sonst hätte der Pipi nicht –«, wollte Gautsch antworten.

»Ja, jetzt wissen sie's, göll«, ging der Landesrat dazwischen.

»Wenn die zwei Trottel von der Polizei nicht da wären, hätt ich alle drei abgeknallt und die Bude angezündet. Unfall. Dann wär Ruhe!«

»Ja freilich, aber so kann man die Probleme nicht lösen, göll, weil –«

»Ich schon.«

»Du auch nicht, wir müssen vor allem mit der Polizei kooperieren.«

»Die können doch nichts!«

»Das ist ganz wurscht, die müssen nur die Gewissheit haben, dass wir die Guten sind, göll.«

»Das sind wir ja auch.«

»Ja«, sagte Sterz.

»Ja«, sagte Gautsch.

Dann herrschte eine Weile Schweigen. Dann kam dem Landesrat die Menschenrechtsfrage in den Sinn. Gehörte ausreichendes Essen auch zu den Menschenrechten? Er trat neben die angeschlagene Tür, die sie mit einem verkeilten Kasten Pipi-sicher* gemacht hatten.

»Heda, wir haben Hunger, gebts uns was!«

»Dann bestellts euch eine Pizza!«, antwortete der Kommunist scharf.

»Du hast da gar nichts zu reden, göll. Wir haben auch Rechte. Sperrts den Wahnsinnigen weg und bringts uns ein Essen. Der Polizist soll uns was bringen. Der kleinere.«

»Der kleinere Polizist ist gefesselt und –«

»Könnts eh rauskommen!«, schrie Pipi. »Kommts raus. Ich koch euch was! Jeder kriegt was!« Dann drückte er ab.

Menschen, die wenig Erfahrung mit automatischen Waffen haben, sind oft enttäuscht, wie schnell so ein Magazin leer ist. Man behält den Finger ein paar Sekunden am Abzug, und noch ehe man sich richtig auf das Gefühl einstellen kann, ist die Hetz auch schon vorbei. Auch Pipi schaute ein bisschen betrübt drein, als die Kalaschnikow leer geschossen war.

»Geh, Pipi«, tadelte sein Bruder sanft, der die Aktion für übertrieben hielt. Im Übrigen hatte der Schütze auf niemanden gezielt, er wollte nur seine Ruhe haben und hatte diesen

* Höchste Stufe nach dem System der US-Military-Standards.

Wunsch mit ein paar russischen Argumenten aus Metall untermauert. Die Schüsse gingen durchwegs in die Holzbalken der Decke und der Wand links über dem Ofen.

Tatsächlich war es dann ruhig in der Huabm. Offenbar hatte Sterz keinen Hunger mehr. Auch der Kommunist hatte es sich anders überlegt und stellte seinen Versuch, mit Pipi vernünftig zu reden, vorübergehend ein. Dieser machte sich mittlerweile die vierte Flasche Schilcher auf.

Schnapsfalle

23. Dezember

»Ich sag dir was, es kann nur da oder da sein. Zuerst habe ich gedacht, da vielleicht auch, aber dann hab ich herausgefunden, dass da gar kein Gebäude mehr steht. Also nur mehr da oder da. Eins von den beiden. Wenn es da ist, dann kann man das leicht herausfinden, wenn es aber da ist, dann können wir es vergessen, da brauchst du einen Hubschrauber zum Überprüfen. Deshalb hab ich mir gedacht, wir schicken zuerst einmal da jemand hin. Nein, nicht da, da! Ja, genau, da. Und wenn dann da niemand ist, dann – na ja, dann müssten wir irgendeine Möglichkeit finden, doch irgendwie auch da nachzuschauen. Das sieht man jetzt auf der Karte nicht so genau, aber da geht schon auch eine Straße hin, aber die ist jetzt natürlich komplett zugeschneit, also bis man da geräumt hat, ist es Ostern, also da ... na ja, wenn du vielleicht doch einen Hubschrauber? Ich mein, nicht extra, sondern einen, der eh irgendeinen Aufklärungsflug oder Versorgungsflug macht, verstehst du?«

Herta Berlakovic war ungefähr sdfsdfzig plus.* Sie war nicht die Größte. Sie war nicht magersüchtig. Sie hatte keinen Werbevertrag für Antifaltencreme in der Tasche. Aber: Sie war zweimal geschieden. Sie hatte vor, zwischen und nach ihren Scheidungen immer wieder kleine Frischzellenkuren für ihre Hormone eingeflochten. Sie arbeitete seit dreißig Jahren in einem männlich dominierten Umfeld. Und: Sie war in Sorge um ihre Lieblingswaldviertler. Und das wiederum bedeutete, wenn eine Herta Berlakovic sich in den Kopf gesetzt hatte, den Oberst Schirgi dazu zu bringen, ihre Buben zu suchen, dann war der Oberst fällig. Noch wusste er nichts davon, aber dass der Berlakovic-Rock verdammt knapp saß, dass ihre Strümpfe hinten eine Naht hatten und dass sie »einmal im Jahr« hoch-

* Sdfsdfzig ist (je nach Höflichkeit) situationselastisch zu interpretieren, »plus« klein geschrieben bedeutet: sehr wenig über sdfsdfzig.

hackige Schuhe trug, das hatte er sofort bemerkt. Beim Kartenstudium musste sie sich naturgemäß weit über den Tisch beugen, und vor lauter Eile hatte sie zu Hause vergessen, die obersten drei Knöpfe ihrer Bluse zu schließen.

Keine zwei Stunden später machten sich vier Beamte einer Sondereinheit mit einem Geländewagen zum ersten der beiden möglichen Gebäude in der Nähe von Deutschlandsberg auf, um Nachschau zu halten.

In der Zwischenzeit hatte sich Nici komplett zurückgezogen, und die Wettersituation war stabil. Das hieß an diesem 23. Dezember minus fünf Grad, nahezu windstill und kein weiterer Niederschlag. Die Räumungsarbeiten gingen gut voran, beschränkten sich aber immer noch auf Bundes- und Landesstraßen. Leider waren einige strategisch wichtige Handymasten von Nici schwer beleidigt worden, die Provider ließen über die Medien verlautbaren, dass zwar mit Hochdruck an der Wiederherstellung gearbeitet wurde, dass aber die Verbindungen zu den Funkzellen in der Weststeiermark wohl erst nach dem Weihnachtsabend funktionieren würden.

»Immer noch keine Verbindung«, stellte der Landesrat in der hinteren Kammer fest und warf sein Handy genervt auf sein Bett.

»Brauchen wir nicht. Acht Schuss genügen«, knurrte Gautsch, vor dem Sterz mittlerweile mehr Angst hatte als vor der Gesellschaft in der großen Stube. Mehrmals hatte Gautsch die Waffe verlangt, aber bisher konnte Sterz ihn immer noch ablenken und die Pistole behalten. Er selbst wäre lieber draußen bei den anderen gewesen.

Dort war es in den letzten Stunden relativ ruhig geworden. Irgendwie schien Pipi eine kurze Zeit lang zugänglich für vernünftige Argumente gewesen zu sein, denn er hatte dem Drängen des Kommunisten nachgegeben und diesen losgebunden. Dieser hatte die besinnliche Stimmung ausgenutzt und ohne Weiteres auch Hawelka und Schierhuber losgebunden. Pipi hatte dann aus unerfindlichen Gründen zu beten begonnen. Anschließend zogen sie sich zur Beratung ins Vorhaus zurück.

»Also, können wir jetzt vernünftig reden?«

»Vernünftig reden ist gut«, lachte der Kommunist. »Wir sollten uns zuerst ausmachen, was wir tun, um zu überleben.«

»Du kennst Pipi schon länger, müssen wir ihn ausschalten?« Hawelka sah den anderen prüfend an.

»Das klingt, als wenn ihr ihn abschlachten wollt.« Im Kommunisten regte sich Widerstand.

»Ausschalten bedeutet das vorübergehende Festhalten einer Person, nötigenfalls auch mit Brachialgewalt, also der geringstmöglichen, dennoch zum Ziel führenden Gewalt, mit dem Zweck, Leib und Leben Dritter zu schützen«, dozierte Polizeijurist Josef S.

»Na ja, er ist normalerweise eh harmlos, aber die Aufregung, die Sauferei, ich glaube, Papi hat ihn nicht mehr ganz im Griff«, gab der Kommunist zu.

»Ich möchte die Sache hier bald einmal in überschaubare Bahnen gelenkt haben«, erklärte Hawelka. »Ich möchte mit dir und Sterz und Gautsch ordentliche Gespräche führen, und da kann ich keinen brauchen, der jede Minute unberechenbarer wird.«

Er warf durch den Türspalt einen Blick in die große Stube. Am Tisch lag immer noch ein Waffenarsenal, flankiert von einem halben Dutzend leerer Weinflaschen. Zum Glück standen auch ein paar volle dabei. Aber wie lange noch? Inmitten dieses ansprechenden Stilllebens sah man Pipis Pranken, ordentlich gefaltet, und den großen Pipi-Kopf, der auf die betenden Hände gesunken war, während sein Besitzer unablässig murmelte.

»Was betet er da?«

»Den schmerzhaften Rosenkranz«, erklärte Schierhuber.

»Also. Was tun wir?«

»Er muss ruhiggestellt werden, das ist klar.«

»Also was tun wir?«

»Wir sperren ihn da rein.« Der Kommunist deutete auf eine

niedrige Tür im Vorhaus. Hawelka hatte sie bisher noch gar nicht bemerkt. Jetzt öffnete er sie leise, es war eine Speisekammer, leider ohne Vorräte.

»Und wie sollen wir ihn dahin bringen? Ich meine, ohne ihn ernsthaft zu verletzen. Selbst wenn wir es schaffen, uns eine der Waffen zu nehmen – so wie er jetzt drauf ist, lässt er sich davon nicht beeindrucken.«

»Na ja, mit den Stricken müsste es gehen, einer nimmt die Beine, einer die Arme, und du schnappst dir die Glock, und falls er durchdreht, schießt du ihm in den Fuß«, meinte Schierhuber. Aber dann hatte Hawelka eine bessere Idee.

»Was? Drei Flaschen Schnaps willst du wegleeren? Spinnst du, Sepp?«, schrie er und ging zwei Schritte in die Speisekammer. Schierhuber begriff sofort.

»Ich leer weg, was ich will! Wir brauchen keinen Schnaps!«, brüllte er und stellte sich neben die offene Tür.

»Nein, da bleiben sie! Da herinnen. Da!«

Mittlerweile hatte auch der Kommunist verstanden, worum es ging, er zog sich in eine dunkle Ecke des Vorraumes zurück und griff nach einem Schemel. Drei Sekunden später stand Pipi mit der Glock im Vorhaus. Schierhuber hob die Hände und deutete mit dem Kopf auf Hawelka, der sich drinnen an einem Regal zu schaffen machte. Mit einem Schritt war Pipi neben ihm und drängte ihn zur Seite.

»Wo?«, fragte er nur. Hawelka rappelte sich auf, hob ebenfalls die Hände, deutete unbestimmt auf ein Regalfach und drückte sich an dem Riesen vorbei.

»Wo?«, wiederholte Pipi. Diesmal sehr aggressiv.

Sie arbeiteten zusammen, als hätten sie jahrelang nichts anderes gemacht. Hawelka sprang aus der Kammer, Schierhuber knallte die Tür zu, und der Kommunist spreizte den Schemel unter ein Querbrett. Dann wichen sie seitlich aus, während Pipi drinnen aufbrüllte. Hawelka rannte in die große Stube und holte die Hacke und warf sie Schierhuber zu, der sie als Keil zwischen Tür und Stock spreizte. Das würde nicht ewig halten, verschaffte ihnen aber ein bisschen Luft, um eine geeignete Barrikade zu bauen. Zum Glück war die Speis nicht groß, Pipi konnte also kaum Anlauf nehmen. Nachdem er die Glock durch die Tür leer geschossen hatte, begann er, sich gegen das Türblatt zu werfen. Papi kam aus der Stube. »Tuts ihm nichts, er meint es nicht so, tuts ihm doch nichts!«, jammerte er.

»Wir tun ihm nichts«, beruhigte ihn der Kommunist, »wir schützen ihn nur vor sich selber.«

In der Zwischenzeit hatten Hawelka und Schierhuber den großen Stubentisch herausgeschafft und ihn längs vor die Tür geschoben. Mit einem Teil der Eckbank ließ er sich an der gegenüberliegenden Wand des Vorhauses verspreizen, sodass nicht einmal ein Bulldozer die Tür aufgebracht hätte. Einen Teil des Türblattes herauszubrechen war ebenfalls unmöglich – zu massiv waren die groben Holzbretter, aus denen die Tür gemacht war. Pipi schien es schon begriffen zu haben. Er stellte seine Versuche ein und ließ stattdessen ein leises Gemurmel hören. Vielleicht betete er wieder. Die drei gingen zurück in den Hauptraum. Papi blieb aus Solidarität mit seinem Bruder draußen und streckte sich auf dem Stück der verkeilten Eckbank aus. Fast augenblicklich begann er zu schnarchen.

»Wird er Schwierigkeiten machen?«, fragte Schierhuber den Kommunisten leise.

»Sicher nicht. Papi ist nicht blöd.«

»Okay, jetzt haben wir Pause«, ächzte Hawelka und ließ sich neben dem Ofen zu Boden sinken. Es war auch höchste Zeit, er hatte in den letzten drei Tagen insgesamt neun oder zehn Stunden geschlafen. Auch Schierhuber waren die Strapazen anzusehen, er nahm jetzt eine der letzten drei Schilcherflaschen und leerte sie bis zur Hälfte.

»Aahh!«, machte er.

Hawelka lehnte die hingehaltene Flasche ab, der Kommunist hingegen stand Schierhuber in nichts nach und leerte die andere Hälfte ebenfalls in einem Zug.

Dann saßen sie rund um den Ofen auf dem Boden und atmeten erst einmal durch. Durch die Spalten bei den Ofenklappen sah man die Flammen zucken. Die Reflexionen ließen

Lichtzungen an der Decke und den Stubenwänden tanzen. Sonst wurde der große Raum nur mehr von einer einzigen Petroleumlampe in Dämmerlicht getaucht.

Das ist ein bisschen wie in der Steinzeit, dachte Hawelka. Wir haben das Mammut gefangen, und jetzt sitzen wir da und starren ins Feuer.

Ein paar Minuten lang sagte keiner was. Nach dem Gebrüll war die wortlose Geräuschkulisse eine Wohltat.

Es gibt, überlegte Hawelka dann, hier zwei Kammern. In der einen haben wir einen Alkoholiker mit einem Hang zum Herumschreien, der niemandem etwas Böses will, sich aber manchmal ein bisschen aufregt und aufgrund seiner übermenschlichen Kräfte durchaus jemandem vor lauter Aufregung das Genick brechen könnte. In der anderen Kammer sperrt sich seit drei oder mehr Tagen ein Bauunternehmer ein, den ich dringend verhören sollte, der aber nicht gesprächsbereit ist und nur einen Landesrat mit abgebrannter Ölmühle zu sich lässt. Und außerhalb dieser Kammern des Schreckens sitzt ein Kommunist, von dem ich immer noch nicht weiß, warum er hergekommen ist; dazu ein Riesen-Papi, von dem ich immer noch nicht weiß, ob er nicht doch auch Wesenszüge von seinem Bruder hat. Ich sollte langsam amtshandeln, sonst entgleiten mir die Situation und der Fall und das Leben und –

Tatsächlich dachte Hawelka den Satz nicht zu Ende. Obwohl er sich vorgenommen hatte, abwechselnd mit Schierhuber zu wachen, kam er nicht mehr dazu, die Einteilung zu besprechen oder auch nur Gute Nacht zu sagen. Weil er mitten im Denken eingeschlafen war. Zu diesem Zeitpunkt jedoch schlief Schierhuber bereits, er hatte einen Sekundenbruchteil früher den Gerade-so-noch-wach-Zustand verlassen. Jetzt war nur noch der Kommunist wach und beobachtete die bewegten Schatten an der Wand. So blieb er gut eine Viertelstunde sitzen. Dann erhob er sich lautlos.

In der Zwischenzeit hatte das Auskunftsbüro schlechte Nachrichten erhalten. Das Gebäude, zu dem der Oberst die Männer der Spezialeinheit geschickt hatte, war leer. Nun blieb noch das andere, das allerdings nur per Hubschrauber zu erreichen war, und die Hubschrauber der Exekutive, des Militärs und des Innenministeriums waren in diesen Tagen heiß begehrt. Außerdem dämmerte es bereits wieder, und die Nacht ist der natürliche Feind von Hubschrauberflügen. Der Oberst versprach ihr, am nächsten Tag einen freien Helikopter zum Ziel Nummer zwo zu schicken. Oder es zumindest zu versuchen. So begann die Nacht zum 24. Dezember.

»Hawelka!«

»Hier bin ich, Herr!«, antwortete der Gerufene und schreckte hoch. Hatte wirklich jemand gerufen, oder hatte er geträumt? Es war stockdunkel, das Feuer im Ofen war ausgegangen, ebenso die Petroleumlampe. Er brauchte einige Sekunden, um sich zu erinnern, wo er war. Als er es wieder wusste, wäre er am liebsten wieder eingeschlafen. Er kramte in seiner Hosentasche nach dem Feuerzeug und fand es nicht. Er weckte Schierhuber, und das Wunder geschah: Dieser erwachte tatsächlich.

»Wo ist der Kommunist?«, flüsterte Hawelka. Schierhuber zuckte die Schultern. Kein gutes Zeichen.

»Wo ist er?«, fragte Hawelka nochmals. Aber das war natürlich die falsche Frage. Die richtige hätte lauten müssen: Wo ist die Kalaschnikow?

Beschuldigungen

24. Dezember

Der Weihnachtsabend* begann überraschend pünktlich um Mitternacht, und dank Nici waren es endlich wieder einmal weiße Weihnachten. Vom Fest der Liebe und der Freude war auf der Huabm allerdings noch keine Rede.

Hawelka war ins Vorhaus gegangen und hatte nach dem Kommunisten Ausschau gehalten, ihn aber nicht gefunden. Vielleicht saß er auch nur auf dem Klo. Oder spielte er die ganze Zeit falsch? Aber wenn die beiden in der Kammer …

»Herr Baumeister? Herr Landesrat? Gruppeninspektor Hawelka spricht. Ich glaube, Sie können sich jetzt entspannen. Pipi ist in sicherer Verwahrung. Sie können rauskommen, wir sollten jetzt doch einmal reden.«

»Wer sind Sie?« Das war nicht die Stimme des Landesrates, also musste es Gautsch sein.

»Ich bin Gruppeninspektor Hawelka von der Wiener Kriminalpolizei, ich bin wegen des Mordes an Herrn Mitteregger hier, Sie brauchen keine Angst haben, fragen Sie den Landesrat, er kennt mich.«

»Ja, ich kenn dich eh«, war jetzt Sterz zu vernehmen. »Jetzt schrei doch nicht so herum, göll. Wo sind die anderen gerade?«

»Na ja …«

»Reden wir nicht herum«, zischte Gautsch hasserfüllt durch die Tür, »wo ist der Plank?«

»Wer?«

»Die Kommunistensau! Die will uns umbringen!«

Hatte der Baumeister Paranoia? War nicht der Kommunist der Vernünftigste von allen Anwesenden? Oder hat er uns die ganze Zeit getäuscht?, dachte Hawelka.

---

* Zu Weihnachten gibt es die seltene Gelegenheit, den Abend vor dem Tag zu erleben (so wird auf natürliche Weise verhindert, dass jemand den Tag schon vor dem Abend lobt). Die Weihnachtstage sind der 25. und der 26. Dezember, während der 24. »Heiliger Abend« oder »Weihnachtsabend« genannt wird.

»Wo ist die Sau?«

»Wie kommen Sie darauf, dass er Sie umbringen will?«

»Weil der so ist. Ein Quertreiber, ein Fanatiker, ein Wahnsinniger!«

»Der war's, der meine Mühle angezündet hat, göll, das weiß ich jetzt mit Sicherheit. Den müssts verhaften«, fiel der Landesrat ein.

»Haben Sie nicht ausgesagt, dass Sie den Mönch in der Nähe gesehen haben?«

»Das war es ja. Sicher hab ich einen Mönch gesehen. Aber irgendwie ist er mir bekannt vorgekommen. Von den Bewegungen her, von der Größe her. Das war der Kommunist im Mönchsgewand.«

»Wir täten uns leichter mit Reden, wenn nicht die Tür zwischen uns wäre.« Hawelka reichte es jetzt langsam.

»Wir kommen erst raus, wenn er verhaftet ist. Weil wenn ihr ihn nicht verhaftet, dann kümmern wir uns selber drum, dass er nichts mehr anstellen kann.«

»Wenn ihr euch nicht raustraut, dann lasst mich wenigstens rein«, schlug Hawelka vor. »Wir müssen das jetzt klären.«

Die beiden zogen sich zurück, offenbar um sich zu beratschlagen. Als sie wiederkamen, fragte Sterz: »Sind Sie jetzt alleine, Inspektor Hawlitschek? Die Tür muss frei sein, göll.«

»Ja, ich bin alleine.« Die beiden waren offenbar durchgedreht. Das war keine Angst mehr, das war Panik. Die Tür wurde entriegelt und einen Zentimeter aufgemacht.

»Reinkommen!«

Er trat ein. Gautsch hielt die alte Pistole in der Hand, Sterz einen Jagdstutzen, und beide schauten so misstrauisch, als könnte hinter ihm die gesamte österreichische Armee auf der Lauer liegen und nur den geeigneten Moment abwarten, in die Kammer einzumarschieren. Drei Sekunden nachdem er die Schwelle überschritten hatte, war die Tür durch den Landesrat wieder verriegelt worden. Gautsch stellte sein Gewehr griffbereit neben seinen Sessel.

»Noch vor einer knappen halben Stunde war er da. Keine

Ahnung, wo ihr warts. Wahrscheinlich habts um unser Steuergeld geschlafen. Aber er war da. Vor der Kammer. Er wollte uns fertigmachen. Er hat immer wieder an der Tür gekratzt und dann so leichte Schläge. Einmal links, einmal rechts. Aber kein Wort gesagt. Ich hab ihn eh dreimal angerufen, aber er hat nichts gesagt.«

»Woher wissen Sie dann, dass es der Kommunist war?«

»Die Sau war's!«

»Woher wollen Sie das wissen?«, wiederholte Hawelka, aber er war unsicher. Wenn sich tatsächlich jemand an der Kammertür zu schaffen gemacht hatte, dann kamen Pipi, Schierhuber und er selbst nicht in Frage. Also doch der Kommunist? Oder sollte Papi ...?

»Weil er sein Spiel schon lange treibt. In der Öffentlichkeit greift er uns und das Erzherzog-Johann-Land nur verbal an, aber heimlich übt er den vollen Druck aus und macht vor nichts halt.«

»Habts eh gesehn, wie meine Mühle ausgeschaut hat. Wenn ich da drinnen gewesen wäre? Dann wär ich hin, göll. Das wäre ihm wurscht gewesen. Der schreckt vor nichts zurück.«

»Drohbriefe. Immer wieder der gleiche Text: ›Nicht Johann sollst du folgen, sondern Leuthold!‹ Einen richtigen Zermürbungskrieg hat er gegen uns geführt.«

»Ich hab geglaubt, das ist ein Spruch von dem Mönch.«

»Er ist der Mönch! Das ist uns jetzt klar geworden. Er spielt mit uns.«

In dem Moment drang ein entsetzlicher Schmerzensschrei aus der großen Stube zu ihnen. Der Stimme nach war es ...

»Sepp!«, schrie Hawelka panisch und riss die Tür auf.

»Frohe Weihnachten«, sagte der Kommunist und drückte den Lauf der Kalaschnikow gegen Hawelkas Stirn. Dann drängte er ihn zurück in die Kammer, schnappte sich das Baumeistergewehr, warf es durch die offene Tür hinaus in die Stube, schmiss die Tür dann zu und verriegelte sie.

Bescherung

24. Dezember

»Ich warne Sie! Mit der Ministerin war ich schon beim Heurigen, da sind Sie noch in die Polizeischule gegangen.« Der Oberst hatte sich in Rage geredet. Eigentlich war er einer von den Guten. Machtdemonstrationen und Drohgebärden passten überhaupt nicht zu ihm. Die waren auch selten notwendig. Aber diesmal war er nicht in die Führungsriege eingebunden, und daher war es vonnöten, sich ein bisschen aufzuspielen, um erfolgreich vom Bittsteller zum Befehlenden zu mutieren.

Grundsätzlich war man nirgendwo abgeneigt, sich durch kleine Gefälligkeiten gegenseitig bei der Stange zu halten. Wenn ein Kollege etwas braucht, hilft man ihm. Das geschieht meist aus reiner Menschlichkeit und nicht etwa, weil man ja vielleicht auch einmal von ihm etwas brauchen könnte. Wenn der Kollege Oberst ist und eine der höchsten Nummern bei der Wiener Polizei, dann hilft man natürlich doppelt gerne – das wiederum liegt hauptsächlich daran, dass Wien und die Bewohner dieser schönen Stadt einen nahezu unwiderstehlichen Charme haben, den man einfach mögen muss.

Diesmal war die Sache aus mehreren Gründen ein bisschen anders. Erstens ist die Steiermark doch so weit von Wien weg, dass viele Eingeborene den Wiener Charme noch nicht so richtig zu schätzen gelernt haben. Zweitens hatten die Nachwirkungen von Nici nun schon eine ganze Woche alle Einsatzkräfte auf Trab gehalten. Drittens gab es immer noch Wichtigeres zu tun, als wegen zweier vermisster Polizisten eine Extraflugstunde an die Versorgungsflüge anzuhängen. Viertens – und jetzt kommt etwas Erfreuliches – war Weihnachten! Und wenn man schon eine kleine bis mittlere Naturkatastrophe zu bewältigen hat, wenn man schon Sonderschichten und Überstunden und Extrawürste über den normalen Dienstplan hinaus macht, dann will man wenigstens am Heiligen Abend seine Ruhe haben und sich mit der Familie unterm Christbaum zusammensetzen und glänzende Kinderaugen sehen.

Um die Weihnachtstage herum beginnt es ab drei Uhr nachmittags zu dämmern, um zwei fängt also das letzte Hubschrauberrundflugzeitfenster zu schrumpfen an. Als der Oberst den Heurigenbesuch mit der Ministerin erwähnte, war es drei viertel zwei. Eine Aktion wie diese war in der Dunkelheit unmöglich, daher musste jetzt alles sehr rasch gehen. Lange Diskussionen waren nicht angebracht. Der Oberst war auch gar nicht bereit dazu. Er hätte es nicht so weit gebracht, wenn er nicht ein gewisses Durchsetzungsvermögen besäße. Und überhaupt männliche Stärke.

Die er ja auch auf anderen Gebieten immer wieder bewies. Zum Beispiel, als er erst kürzlich eine Frau im Sturm erobert hatte. Und das in einem Alter, wo andere mit dem Begriff »Frau« eher die Krankenschwester, die Pflegerin oder die Ärztin auf der Geriatrie in Verbindung brachten. Aber diese Frau hatte sofort erkannt, was noch in ihm steckte. Und er hatte erkannt, dass er Chancen hatte, und sie zielsicher genutzt. Dabei hatte sie ihm gar nicht so direkt offenbart, was sie selbst von ihm wollte. Das hätte ihn dann vielleicht auch gar nicht so gereizt. Stattdessen hatte sie einen Vorwand benutzt, um sich ihm zu nähern. Und er hatte die Signale klar und deutlich empfangen und dann die Initiative ergriffen. Als Mann und Führungspersönlichkeit.

»Also, sind S' doch so lieb und lassen S' die Burschen einmal dort reinschauen, und dann haben wir wenigstens Gewissheit. Dann können wir in Ruhe Weihnachten feiern und brauchen uns keine Sorgen um die beiden Kollegen zu machen. Ein ruhiges Gewissen ist ein sanftes Ruhekissen. Haha.«

Zuerst Peitsche, dann Zuckerbrot. Erfahrene Kommandanten wissen natürlich, dass der sorgfältig ausgewogene Einsatz von beidem ein Erfolgsgarant ist. So auch hier. Leider war die Telefonverbindung immer noch sehr beeinträchtigt, daher war die euphorisch vorgebrachte uneingeschränkte Zustimmung des steirischen Kommandeurs nicht genau zu verstehen, aber der Oberst war sicher, dass alles gut werden würde.

In der Zwischenzeit ärgerte sich Schierhuber gewaltig. Einschlafen nach ein paar bewegten Tagen und Nächten – schön und gut. Das heißt, nicht unbedingt optimal in dieser Situation, aber verständlich. Und dann ein schmerzhaftes Erwachen, durch einen kräftigen Tritt des Kommunisten gegen sein Schienbein – natürlich nicht schön und gut, aber verkraftbar. Sein Schmerzensschrei war ja auch mehr ein Schrei des Erschreckens gewesen, dennoch hatte er seinen Zweck erfüllt und Hawelka dazu gebracht, die Tür zu öffnen und dem Kommunisten freie Bahn zu lassen. Aber, und das ärgerte Schierhuber wirklich, sich im Schlaf wie ein Postpaket verschnüren und die Munition für die Kalaschnikow aus der Jackentasche stehlen zu lassen, das ging entschieden zu weit. Darüber würde noch zu reden sein.

Zunächst aber musste er sich befreien und seinem Partner zu Hilfe eilen. Offenbar hatte der Kommunist die ganze Zeit ein falsches Spiel gespielt und zeigte jetzt sein wahres, gefährliches Gesicht.

Nach einiger Anstrengung merkte er, dass es alleine sinnlos war, er konnte sich nicht von den Fesseln befreien.

»Papi? Papi!«

»Ja«, tönte es aus dem Vorhaus.

»Du musst mir helfen. Du musst mich losbinden. Der Kommunist hat mich gefesselt, ich glaub, er hat uns angeschmiert. Er ist gefährlich, Papi. Komm her und bind mich los.«

»Nein.«

»Was?«

»Nein.«

»Wieso nicht?«

»Der Hannes ist unser Freund.«

»Wer?«

»Der Plank Hannes. Der Kommunist.«

»Ja. Schön. Euer Freund. Ich hab auch geglaubt, er ist unser Freund. Aber jetzt hat er die geladene Kalaschnikow und bedroht da drinnen drei Menschen. Einer davon ist Polizist und mein Partner. Das kannst du nicht zulassen, Papi. Wenn da was passiert, stecken sie dich wegen Beihilfe ein Leben lang in den Häfen.«

»Das ist mir wurscht«, trotzte Papi.

»Ja. Aber wer kümmert sich dann um den Pipi?«

»Na ja, um den Pipi, ich weiß nicht.«

»Also komm jetzt, Papi. Komm her und hilf mir und bind mich los.«

»Kann ich nicht. Der Hannes –«

»Tust du immer das, was der Hannes sagt? Und wenn er in den Bach springt, hüpfst du ihm nach?«

»Nein, aber der Hannes hat mich auch gefesselt.«

»Der Kommunist hat dich gefesselt, und du hast dir das gefallen lassen? Ein schöner Freund ist das!«

»Das ist zu meiner eigenen Sicherheit, hat er gesagt.«

Papi klang ein bisschen verwirrt. Warum musste die Welt auch so kompliziert sein? Schierhuber, der sich trotz seiner Fesseln halb aufgerichtet hatte, ließ sich mit einem Seufzer zurücksinken. »Na, das sind ja schöne Weihnachten«, murmelte er.

In der hinteren Kammer herrschte eine leicht angespannte Stimmung. Hawelka, Sterz und Gautsch saßen nebeneinander auf dem einen, der Kommunist ihnen gegenüber auf dem anderen Bett. Die Kalaschnikow lag schussbereit in seinen Händen, seine Augen wanderten ununterbrochen von einem zum anderen, es waren keinerlei Zeichen von Müdigkeit an ihm zu entdecken.

»Es kann nicht angehen, dass ihr euch holt, was ihr wollt, es kann nicht angehen, dass ein Menschenleben für euch nichts wert ist, und es kann auch nicht angehen, dass ihr da der Polizei was vorspielts und mich als bösen Verbrecher präsentierts, weil ich immer meine Meinung gesagt hab und gegen euer größenwahnsinniges Projekt bin. Ihr wollts mich loswerden, und da ist euch jedes Mittel recht.«

Wie ein wahnsinniger Mörder klingt er nicht gerade, dachte Hawelka.

»Deshalb haben wir uns hier zusammengefunden, um ein bisserl Klartext zu reden. Und weil das mit euch nicht so leicht ist, hab ich mir die Versicherung da mitgebracht.«

Er deutete mit dem Kinn auf die Waffe.

»Die sorgt dafür, dass wir uns auch gegenseitig zuhören und ausreden lassen und dass jeder Bürger die gleiche Redezeit bekommt. So kann jeder seine Argumente vorbringen, und vielleicht sagt sogar einmal einer aus Versehen die Wahrheit. Wie findet ihr das, Genossen?«

Sterz und Gautsch schwiegen. Ihre Augen blickten hasserfüllt. Hawelka räusperte sich. Sterz hat immer noch die alte Pistole, wahrscheinlich eingesteckt, dachte er. Hoffentlich macht er keinen Blödsinn. Er räusperte sich erneut und sprach dann Plank, den Kommunisten, an. »Was hast du vorhin mit dem Sepp gemacht? Warum hat er geschrien?«

»Gar nichts hab ich gemacht. Im Schlaf hab ich ihn gefesselt, damit er uns nicht zur Unzeit stört. Und dann hab ich ihn mit einem Tritt gegen das Schienbein aufgeweckt, damit du weiß Gott was glaubst und die Tür aufreißt. Na, und das hast du ja auch gemacht. Es geht ihm gut, deinem Sepp.«

Hawelka atmete auf. Der Kommunist mochte falsch gespielt haben, ein wahnsinniger Sadist war er nicht.

»Findest du nicht, dass das Gesprächsklima darunter leidet, wenn einer mit einem geladenen Sturmgewehr dasitzt?«

»Natürlich! Aber was will man machen? Die zwei verstehen anscheinend nur eine Sprache. Jemand muss verhindern, dass sie durchdrehen.«

»Du könntest mir das Gewehr geben. Ich bin so was wie ein Unparteiischer. Oder bin ich nicht vertrauenswürdig?«

»Doch, Josef Hawelka, Polizist und Bürger, du bist absolut vertrauenswürdig. Aber du bist auch vertrauensselig. Nach vierzig Sekunden hätten sie dir die Krachen weggenommen. Die sind im Stande dazu, auch wenn sie nicht so aussehen. Ich kenne sie schon ein bisschen länger als du.«

Die beiden schüttelten die Köpfe.

»Du willst diskutieren, du willst alles demokratisch entscheiden, du willst, dass alle mitreden, du willst dies, du willst das, aber die Bedingungen machst du, göll. So red ich nicht mit dir. Kannst gleich schießen, spar dir das Theater.«

»Und du willst offenbar nicht vor Zeugen reden. Nicht vor einem Polizeizeugen. Das verstehe ich sogar. Weil der Weg zum Erzherzog-Johann-Land hat immer wieder ein paar Aktionen verlangt, die nicht ganz mit dem Gesetz kompatibel sind. Da ist der Versicherungsbetrug mit der selbst angezündeten Mühle nur das i-Tüpfelchen.«

»Was sagst du da? Was willst du mir da anhängen, du Arschsau?«

»Schön sprechen! Sonst bekommt der Inspektor einen völlig falschen Eindruck von der steirischen Pädagogik. Ich behaupte ja auch nicht, dass du das wegen der Versicherungssumme gemacht hast. Das ist nur der angenehme Nebeneffekt. Die Brandstiftung hat schon den Grund gehabt, dass man die einem in die Schuhe schieben kann, den man loswerden will.«

»Das sagst du. Du kannst dem Polizisten da alles Mögliche erzählen. Vielleicht hab ich auch die Titanic versenkt.«

»Vielleicht. Ich war nicht dabei. Aber es geht nicht um die Titanic. Es geht um den Mitteregger, aber eigentlich geht es auch um den Buben.«

»Das war ein Unfall!« Gautsch fuhr hoch. Die Kalaschnikowmündung fuhr mit. Gautsch setzte sich wieder.

»Brav sein. Das weiß ja der Herr Ermittler, dass das ein Unfall war. Zumindest dem Gerichtsurteil nach.«

»Wenn du das betonst, hast du wahrscheinlich ein anderes Bild vom Tod vom kleinen Marco Belosek«, mutmaßte Hawelka und sah dem Kommunisten in die Augen.

»Der Bub ist im Wald seiner Mutter weggelaufen, die hat nicht aufgepasst, er ist weggelaufen, ist in das abgesperrte Gebiet gekommen, und der Mitteregger hat ihn nicht rechtzeitig gesehen, sonst hätte er mich gewarnt. Und ich hab im Zielfernrohr einen Hasen gesehen, und grade wie ich abdrück, läuft der Bub hin. Vielleicht wollt er den Hasen fangen oder erschrecken, keine Ahnung. So war das. Der Bub ist leider gestorben, ich kann es nicht ändern, aber ich hab die Eltern unterstützt, weil sie mir leidgetan haben. Eine Jungfamilie und dann so ein Verlust. Ich hätte das nicht gemusst, das Gericht hat den Unfall bestätigt, ich hätte gar nichts gemusst, aber ich hab's getan. Aber du spinnst ja aus allem deine Theorien von Mord und Verschwörung und was weiß ich noch alles, weil du einfach im Hirn nicht ganz richtig bist.« Gautsch tippte sich mit dem Finger gegen die Stirn und machte dann eine wegwerfende Handbewegung, »Aber wozu red ich? Bei dir ist Hopfen und Malz verloren.«

»Bemerkenswert, wie du Andersdenkende kategorisierst. Leute, die deine Ansichten nicht teilen, sind also nicht ganz richtig im Hirn? Interessanter Ansatz, Herr Baumeister.«

»Ah, leck mich doch am Arsch!«

»Magst du das gern? Tät dich das scharfmachen?«

»Also«, unterbrach Hawelka den romantischen Moment, »was ist jetzt deine Version?«

»Das wissen wir eh, göll, das brauchst du uns gar nicht vorbeten.«

»Haben wir uns nicht darauf geeinigt, uns gegenseitig zuzuhören, Herr Landesrat?«

»Ah, leck mich doch am Arsch!«

»Sagt einmal, teilt ihr zwei euch jetzt denselben Text? Still sein sollst!«

Die letzten Worte kamen mit einer derartig heftigen Aggression aus dem Kommunistenmund, dass Hawelka kurz Angst bekam, obwohl die Gewehrmündung nicht auf ihn zeigte, sondern auf die Stirn des Landesrates. Dieser sah die Augen des anderen und schloss die eigenen instinktiv. Das deeskalierte die Lage wieder.

Der Kommunist atmete tief durch und sagte dann zu Hawelka: »Immer ein bisschen provokant, diese Dorfkaiser. Bis sich einer wehtut.«

Dann begann er, seine Version zu erzählen: Die Treibjagd

war eine feuchtfröhliche Angelegenheit gewesen. Gautsch war nicht der gute Schütze, als der er sich gerne darstellte. Die Jagd war fast zu Ende gewesen, als der Bub aufgetaucht war. Die Mutter war durch einen der Treiber abgelenkt worden. Genauer gesagt war sie mit Mitteregger in den Büschen verschwunden. Der Bub hatte die Knallerei im Wald ziemlich aufregend gefunden. War herumgelaufen, hatte selber Treiber und Jäger und Wild gespielt, alles in einer Person. Gautsch schaute sich das eine Weile an, und dann kamen er und einer der Jagdfreunde auf die Idee, dem Buben ein bisschen Angst zu machen. Ganz harmlos natürlich …

»Einen Scheißdreck ist's wahr, du Arschloch! Was erzählst du da für eine Hurnslüge?« Gautschs Gesicht hatte sich dunkelrot gefärbt, und ehe ihn jemand zurückhalten konnte, stürzte er sich auf den Kommunisten.

Das war ein Fehler.

»Papi?«

»Ja?«

»Wie geht's denn dem Pipi da drinnen? Hört er dich? Hörst du ihn?«

»Er ist böse auf euch, weil ihr ihn eingesperrt habts. Er will raus.«

»Ja. Das war ein Fehler von uns, dass wir ihn eingesperrt haben. Ich mach's wieder gut. Sag ihm das.«

»Was? Wie machst du es wieder gut?«

»Er kriegt was von mir. Wenn er mich losbindet.«

»Aber er ist ja im Kammerl.«

»Pass auf, Papi. Du sagst ihm, wenn er sich zusammenreißt und nicht durchdreht, dann darf er raus, kann dich losbinden und mich losbinden und kriegt was von mir.«

»Du kannst ihn ja gar nicht rauslassen, du bist ja gefesselt. Und ich kann ihn auch nicht rauslassen, ich bin auch gefesselt.«

»Richtig. Aber du bist an den Tisch gefesselt, und der verrammelt die Tür. Und der Tisch ist mit dem Holztrumm gegen die Hüttenwand gespreizt. Du musst nur den Spreizbalken irgendwie wegdrücken. Die verriegelte Tür wird der Pipi dann schon aufkriegen.«

»Was du für Einfälle hast.« Papi staunte.* Aber er klang interessiert, fast schon euphorisch. Auch er war für eine allgemeine Entfesselung. Er redete durch die Tür auf seinen Bruder ein und begann, intensiv an dem Tisch zu rütteln. Die Barrikade war äußerst massiv, aber Papi war nicht gerade ein Fliegengewicht. Nach drei Minuten hatte er die Verspreizung gelöst und den Tisch zur Seite geschoben.

»Pipi, jetzt ist die Tür frei. Aufkriegen musst du sie selber!« In der engen Kammer begann Pipi seine Befreiungsversuche. Mangels Bewegungsfreiheit konnte er seine gigantische Kraft allerdings nur sehr beschränkt einsetzen. Die Tür hielt. Das Unternehmen »Freiheit für alle« kam ins Stocken. Mentaltrainer Schierhuber musste eingreifen.

»Ah, Scheiße!«, schrie er. »Da liegen wir und können nichts tun. Nichts fressen, nichts saufen, gar nichts. Dabei hab ich noch meine eiserne Ration in der Tasche. Einen Flachmann mit Nussschnaps. Aber ich komm nicht ran. Scheiße! Der Nusserne tät uns jetzt allen gut!«

Gautsch sah mit gebrochenem Nasenbein nicht gerade besser aus, war aber viel ruhiger geworden. Nach dem Kolbenstoß in das Gesicht des Angreifers hatte der Kommunist die Kalaschnikow wieder in die ursprüngliche Position gebracht. Der Lauf wanderte wieder zwischen den dreien hin und her.

»Ich bin froh, dass wir uns auf eine zivilisierte Gesprächskultur haben einigen können. Das heißt, ich bin fürs Erste fertig, und jetzt kann jemand anders seine Meinung sagen.«

Hawelka fand das Zuhören interessanter, und Gautsch schien momentan keine Lust zum Reden zu haben, deshalb nahm Sterz das Wort.

»Wenn du das wirklich glaubst, was du da sagst, göll, dann ist das ein Irrtum von dir. Aber ich glaube, dass das eine Lüge

---

* Er kannte Zwettl, die Stadt, in der Visionen geboren werden, noch nicht.

ist, die du dem Inspektor einreden willst. Du willst ihn auf uns hetzen, weil du hoffst, dass er deine Märchen glaubt und du uns so loswirst. Du willst uns was anhängen. Einen Jagdunfall zu einem Mord machen und uns dann den Mitteregger auch gleich anhängen. Morde, Brandstiftung, alles waren wir, und wenn wir einmal angeklagt sind, dann ist es egal, wie das ausgeht, der Ruf ist ruiniert, und wenn wir zehnmal freigesprochen werden – kein Mensch wird uns vertrauen, und das Projekt ist gestorben. Ist das so? Du sagst nichts? Das denk ich mir, weil ich recht habe, göll?«

»Ich sage nichts, weil jetzt du dran bist. Sag, wie der Bub getroffen worden ist, und sag, wie der Mitteregger gestorben ist. Du bist dran.«

»Wie sich der Unfall abgespielt hat, weiß ich nicht, weil ich da an einer anderen Stelle war, aber ich kenne ihn schon lange.« Er deutete auf Gautsch, der vorsichtig einen Packen Papiertaschentücher gegen seine Nase hielt, um die Blutung zu stillen. »Und ich hab keinen Grund, ihm nicht zu glauben. Und wie das mit dem Mitteregger war, das weiß ich auch nicht, weil ich da auch nicht dabei gewesen bin. Aber wenn einer einen Toten so verputzen kann wie eine Statue, dann bist das doch du. Du hast doch den Erzherzog Johann auch fabriziert. So hast du den Mitteregger auch zur Statue gemacht.«

»Der ›Verputz‹ beim Mitteregger war aber eher eine zusammengepanschte Mischung«, entfuhr es Hawelka, »das hat nicht gerade wie eine Profiarbeit ausgeschaut.«

»Du bist jetzt nicht dran«, schnitt ihm der Kommunist das Wort ab.

»Das ist es ja gerade, göll, das hat er ja absichtlich gemacht, damit jeder glaubt, das war ein Pfuscher!«, ereiferte sich der Landesrat.

Komisch, dachte Hawelka. Eigentlich hat den Kommunisten mein Einwurf ja entlastet. Trotzdem hat er gleich eingegriffen. Entweder nimmt er das »jeden zu Wort kommen und ausreden lassen« sehr ernst, oder es ist Teil seiner Taktik.

»Ist das alles, Genosse Landesrat? Dann kommt jetzt ein anderer an die Reihe.« Der Kommunist leitete die Runde weiterhin emotionslos, als ginge es um die Anschaffung eines neuen Traktors für die Kolchose.

»Da.« Statt sich am Gespräch zu beteiligen, zog der Baumeister ein gefaltetes Papier aus der Innentasche seiner Jacke und hielt es Hawelka hin.

»Nicht Johann sollst du folgen, sondern Leuthold. Sonst werde ich dich vom Sockel stoßen, so spricht der Herr. Auf dem Jakobsweg werde ich zu dir kommen und dich richten. An deinen guten und deinen schlechten Taten werde ich dich messen. Bruder Volpone«.

»Und wer ist Leuthold?«

»Leuthold von Wildon«, murmelte Gautsch.

»Aha.«

»Der war hier sozusagen der Landherr, göll. Im 13. Jahrhundert. Da gibt's eine Sage, dass er einmal bei einer Jagd einen Buben so schwer verletzt hat, dass der gestorben ist.«

»Oha!« Hawelka hatte Schierhubers Diktion übernommen.

»Na ja, und weil er halt sehr fromm war, hat er als Buße eine Kirche bauen lassen. Angeblich genau an der Stelle. Daraus wurde dann ein Augustiner-Chorherren-Stift. Das war 1229. Seither hieß es Stift Stainz.«

»Mhm.«

»Aber das Stift ist unter dem Kaiser Josef dem Zweiten aufgehoben worden, und die Augustiner mussten abziehen. 1840 hat es dann der Erzherzog Johann gekauft.«

Langsam verstand Hawelka. »Nicht Johann sollst du folgen, sondern Leuthold.« Das war die Botschaft des Briefes gewesen.

»Heißt das, der Mönch, ich mein, der anonyme Briefschreiber wollte euch dazu bringen, ein Kloster zu stiften?«

»Ja. Statt dem Erzherzog-Johann-Land. Wir hätten im Wald an der Stelle, wo der Unfall war, ein Kloster bauen sollen.«

»Hat er das auch in einem Brief geschrieben?«

»Ja. Da.« Gautsch gab Hawelka einen anderen Zettel.

»Wie einst Leuthold sollst du Buße tun. All deine Kraft

sollst du in den Bau eines Klosters stecken. Im Wald sollst du ein Kloster errichten. Nicht rasten noch ruhen sollst du, bis es fertig ist. Nicht wanken noch weichen sollst du, denn so spricht der Herr. Auf dem Jakobsweg werde ich kommen, dich zu richten. Bruder Volpone«.

»Und wir selbst haben uns solche Briefe geschrieben und die Bude angezündet. Na klar«, bemerkte Gautsch sarkastisch.

»Und ich?«, fragte der Kommunist. »Wollt ihr wirklich behaupten, ich schreib solche Briefe und verkleide mich als Mönch, nur damit ich ein größenwahnsinniges Regionalprojekt stoppen kann?«

»Dir ist alles zum Zutrau'n«, bellte Gautsch, der den Kolbenstoß gegen seine Nase offenbar schon ganz gut weggesteckt hatte.

»Sicherlich bin ich auch hinter dir gestanden und hab gesagt, du sollst auf den Buben schießen, stimmt's?«

»Der Blitz soll dich beim Scheißen treffen!«* Um ein Haar wäre Gautsch wieder aufgesprungen. Er war vor Wut bleich geworden. Einzig die gebrochene Nase brachte ein bisschen Farbe in das käsige Gesicht.

»Irgendwie habe ich das Gefühl, wir sind dabei, die sachliche Ebene unseres Diskurses zu verlassen. Hat noch jem–«

In dem Moment hörte man von der großen Stube das Krachen splitternden Holzes und einen gewaltigen Urschrei. Einen Moment verharrten sie wie versteinert, dann stürzte Hawelka zur Tür und riss sie auf. Hinter ihm kam der Landesrat und überraschenderweise Gautsch. Der Kommunist folgte ihnen mit der Kalaschnikow im Anschlag.

Hawelka hörte den Hubschrauber zuerst. Die anderen waren viel zu sehr mit ihren Privatangelegenheiten beschäftigt. Pipi hatte sich beim Aufbrechen der Tür irgendwie verletzt und blutete ziemlich heftig, er wurde von Oberschwester Papi notversorgt – soll heißen: mit Schnaps aus Schierhubers Flach-

---

* Eine Art frommer Segenswunsch unter Pilgern. Traditionell in Niederösterreich beheimatet. Später auch in der Steiermark und in Teilen Osttirols.

mann gesäugt. Zu dem Zeitpunkt, als die Tür nachgab, hatte sich Papi nämlich bereits selbst von den Fesseln befreit und freundlicherweise Schierhuber ebenfalls losgebunden. Dieser hatte Wort gehalten und seinen Flachmann geopfert.

Gautsch und Sterz hatten sich auf den Kommunisten stürzen wollen, der die Absicht allerdings erkannte und sie mit erhobener Waffe in eine Ecke drängte.

Deshalb also war Hawelka der Einzige, der auf den Hubschrauber reagierte.

Sie suchen uns, dachte er. Aber wir können nicht raus, um sie einzuweisen. Was tun wir, wenn sie die Huabm für verlassen halten und wieder abziehen? Er hatte keine Ahnung, ob der Helikopter auf einem Routineflug war oder gezielt nach ihnen Ausschau hielt. Konnte man die verlassenen Wagen von oben sehen? Brannte das Feuer im Ofen noch? Und wenn ja, rauchte es genug? Er rannte in die hintere Kammer zurück, deren kleines Fenster noch frei war, riss es auf und begann, wahllos alles, was er fand, aus dem Fenster zu werfen. Möglichst weit hinaus, um irgendwie die Aufmerksamkeit der Besatzung auf das verschneite Gebäude zu lenken. Bald würde es dämmern, dann musste der Hubschrauber wieder zurück auf den Boden. Er fluchte und schimpfte. Das Motorengeräusch war schwächer geworden. Hawelka rannte zurück in die Stube und holte die letzte brennende Petroleumlampe. Die hielt er dann aus dem Fenster und schwenkte sie. Der Heli war inzwischen wieder näher gekommen.

Er kreist, dachte Hawelka, er kreist über der Huabm. Er ist wegen uns da! Wie verrückt schwenkte er die Lampe, dann hatte er eine Idee. Er zog die Lampe zu sich, dann streckte er den Arm aus dem Fenster. Dann wieder schnell zurück und gleich wieder raus. Dreimal. Dann wiederholte er das Ganze langsam und schließlich wieder dreimal schnell. Kurz, kurz, kurz, laaaang, laaaang, laaaang, kurz, kurz, kurz. SOS. Würde das jemand sehen? Kurz, kurz, kurz, laaaang, laaaang, laaaang, kurz, kurz, kurz. Pause. Kurz, kurz, kurz, laaaang, laaaang, laaaang, kurz, kurz, kurz. Immer wieder. Die Turbinen heulten irgendwo direkt über ihnen, die Rotorblätter knatterten ohrenbetäubend. Schnee wurde aufgewirbelt. Konnte man durch diesen Schleier die Petroleumfunzel überhaupt sehen? Probieren! Hawelka machte immer weiter. Kurz, kurz, kurz, laaaang, laaaang, laaaang, kurz, kurz, kurz. Und immer weitermachen! Der Hubschrauber drehte ab. Das Geräusch wurde schnell leiser.

»Nein!«, schrie Hawelka. Noch ein paarmal das Echo der Rotoren, dann schluckte der Schnee die entfernten Klänge, und es war ruhig. Hawelka drehte sich um, hinter ihm stand der Landesrat und sah ihn fragend an. »Sie sind weg«, erklärte Hawelka überflüssigerweise und drückte Sterz die Lampe in die Hand. Der nahm sie und ging wortlos nach draußen. Hawelka ließ sich auf das Bett fallen. Er fühlte sich elend. Krank. Todmüde. Er wollte nur noch schlafen und den Wahnsinn um sich vergessen. Das wurde ihm allerdings nicht leicht gemacht.

»Sie sind im zweiten Objekt.«

»Was meinst du?«

Der Oberst legte das Handy weg und schenkte zuerst seiner Besucherin und dann sich selbst nach. Es war der 24. Dezember, und aus praktischen Gründen hatten die beiden beschlossen, die üblichen Weihnachtspartys bei Freunden, bei denen sich wie jedes Jahr hauptsächlich Singles einfanden, diesmal auszulassen. Des Weiteren hatten sie beschlossen, aus Heizkostengründen nur eine Wohnung zu benutzen. Des Weiteren waren sie übereingekommen, dass der Einsatz der Spezialeinheit nicht darunter leiden würde, wenn sie ein wenig Punsch zu sich nahmen. Des Weiteren hatte der Oberst seine Wohnung unabsichtlich überheizt, wodurch die Besucherin ihre Garderobe ein wenig luftiger arrangierte.

»Was meinst du?«, wiederholte die Berlakovic.

»Ich meine, dass das erste Objekt leer war und dass sie im zweiten sind. Das heißt, natürlich nicht zwingend«, korrigierte sich der Oberst, »aber es ist jemand im Zielobjekt II, und die Aufklärer meinen, dass jemand SOS signalisiert hat.«

»Wie?«

»Offenbar mit einer Lampe. Es war nicht sehr gut zu sehen, weil noch Tageslicht ist, aber –«

»Aber jetzt ist es doch schon fast dunkel.«

»Ja, jetzt. Der Hubschrauber hat die Einheit einen guten Kilometer oberhalb des Objektes abgesetzt und ist zurück zur Basis geflogen. Sie haben zwei Schneemobile angefordert, die den ganzen Haufen abholen werden.«

»Hoffentlich machen die ihre Sache ordentlich.«

»Werden sie schon, werden sie schon. Du wirst deine Waldviertler schon gesund und munter zurückbekommen, keine Angst.«

»Und falls ich doch Angst hab?«

»Dann weiß ich ein gutes Mittel, um sich abzulenken.«

»Soooo? Was könnte das sein?«

Er zeigte es ihr.

Während Hawelka auf dem Bett lag und an den Hubschrauber dachte und sich weit weg wünschte, drangen die Wortwechsel aus der guten Stube an sein Ohr. Pipi, Papi, Gautsch, Sterz, der Kommunist und Schierhuber – alle hatten sie etwas zu sagen, und darauf hatte dann ein anderer etwas zu erwidern und dann ein Dritter etwas dazwischenzuschreien und dann wieder der Erste, sie redeten nacheinander, durcheinander und ohne einander zuzuhören.

Alle hatten langsam den Lagerkoller. Hass, Suff und Gewalt lagen in der Luft. Er sollte dringend hinaus und mit seinem Partner für Ordnung sorgen, denn für seinen Geschmack waren in dieser aufgeladenen Atmosphäre ein paar Waffen zu viel auf der Huabm. Eine Pistole hatte offenbar der Landesrat einstecken, wenn ihn nicht alles täuschte, eine Walther P.38, die eigentlich dem Baumeister gehörte, ein Jagdgewehr lag in der großen Stube, es war dasselbe, mit dem sie der Kommunist empfangen hatte, der wiederum jetzt mit Schierhubers Kalaschnikow herumspazierte. Hawelka und Schierhuber hatten ihre Dienstwaffen beigesteuert, wovon eine Pipi durch die Speistür leergeschossen hatte, und dann waren da natürlich der Stutzen des Baumeisters und die große Waldhacke, die sich auch ganz gut als Mordwerkzeug eigneten.

Das muss jetzt aufhören, ich geh jetzt da raus, und der Sepp und ich, wir entwaffnen jetzt die Bande im Namen des Gesetzes, und dann sperren wir die Waffen in einen Kasten, und die Munition schmeißen wir in den Schnee raus, und dann verschnüren wir den Baumeister und den Kommunisten und den Pipi und …

Als er erwachte, war kaum eine halbe Stunde vergangen, dennoch war es nahezu dunkel in der Kammer. Er hatte ein schlechtes Gewissen, weil er seinem Tiefschlafanfall nachgegeben und seinen Partner mit den Verrückten in der Stube alleine gelassen hatte. Draußen war es still geworden. Verdächtig still. Er stand auf und schlich zur Kammertür. Kein Laut. Sein Herz klopfte bis zum Hals.

Er zog die Tür einen Spalt auf. Die einzige verbliebene Petroleumlampe beleuchtete die beschauliche Szene. Man hatte den großen Tisch wieder an seinen ursprünglichen Platz gerückt, und um ihn herum saßen die Mitglieder der unfreiwilligen WG und dösten vor sich hin. Zu Hawelkas größtem Erstaunen waren tatsächlich alle um einen Tisch versammelt, und dafür hatte offenbar Schierhuber gesorgt, der – wie auch immer ihm das gelungen war – alle Waffen kassiert hatte und nun mit dem ganzen Arsenal vor sich in der Ecke saß und die Kalaschnikow auf den Knien hatte. Er beobachtete die Tafelrunde. Offenbar hatte man sich über die restlichen Schilcherflaschen hergemacht, und nun waren alle betrunken und müde.

»Sepp«, sagte Hawelka. »Wie hast du das geschafft?«

»Hab sie an Weihnachten erinnert«, erwiderte der andere gähnend. »Kannst du einmal eine halbe Stunde übernehmen? Ich muss einmal die Augen ausrasten. Nur ein bisserl.«

Hawelka nickte und setzte sich auf Schierhubers Platz, der schickte sich gerade an, in die hintere Kammer zu gehen, als der Kommunist am Tisch sagte: »Wir könnten ja dann langsam anfangen, Weihnachtslieder zu singen. Vielleicht ›Ihr Pilgerlein kommet, oh kommet doch all! Auf dem Jakobsweg kommet, zum Gautsch seinem Stall.‹ Er hatte es leise und ein bisschen spöttisch gesungen, aber die Wirkung war gewaltig.

»Du Sau!« Der Baumeister war aufgesprungen und hatte plötzlich wieder die alte Pistole in der Hand, die doch eigentlich Landesrat Sterz eingesteckt hatte und die (noch eigentlicher) auf Schierhubers Beutewaffenhaufen liegen sollte. Er richtete sie auf den Kommunisten. Dieser sprang ebenfalls auf, während Sterz nach dem Arm des Baumeisters griff, der geistesgegenwärtig zur offenen Kammertür zurücksprang. Der Kommunist schlug gegen die Petroleumlampe über dem Tisch, die daraufhin verlosch.

»Du willst den Richter spielen? Du willst den Richter spielen? Du willst auf dem Jakobsweg kommen und mich richten, du Sau? Du? Dann pass auf, was ich dir jetzt zeig! Jetzt zeig ich dir einmal den Richter! Jetzt lass ich dich den Jakobsweg einmal ganz von der Nähe sehen, den ganzen Jakobsweg! Jetzt kannst du den ganzen Jakobsweg einmal auf den Knien entlangrutschen und zu deinem Herrgott beten, wenn du einen hast, du falsche Kommunistensau du! Du – Hurns – kom – mu – nis – ten – sau – du!«

Eines der entscheidenden Kriterien beim Umgang mit Menschen in einer emotionalen Ausnahmesituation ist die Bewahrung der eigenen Ruhe. Das ist wichtig. Wichtig ist außerdem die Kenntnis von Waffen und deren Eigenarten. Die Kapazität des Magazins einer alten Walther P.38 beträgt zum Beispiel acht Patronen. Sowohl Hawelka als auch Schierhuber wussten, dass die Waffe, mit der Gautsch bei jeder Silbe einen Schuss abgab, eine Walther P.38 war. Bei »Du – Hurns – kom – mu – nis – ten – sau – du« ergibt das also genau acht Schuss. Es war somit keine große Heldentat, dass die beiden nach Ende der Serie die Kammer stürmten. Die Schießerei war vorbei, und falls der Baumeister ans Nachladen dachte, würden ihn gut hundertvierzig Kilo Schierhuber-Masse daran hindern. Die Dunkelheit war kein Problem, die Kammer war klein, sie mussten nur die Hände ausstrecken und den Baumeister ertasten, dann fixieren und anschließend die von den Schüssen angerichteten Schäden bei Licht betrachten. Verletzt worden sein dürfte niemand, jedenfalls hatten sie keinen Schrei gehört.

»Herr Gautsch, seien Sie vernünftig, legen S' die Waffe weg. Wir sind jetzt herinnen und nehmen Sie vorläufig fest.«

Keine Antwort.

»Wir können bei Licht über alles reden, aber zuerst müssen Sie sich beruhigen, und dazu legen wir Ihnen jetzt Handschellen an.«

Keine Antwort.

Dann eben nicht, dachte Hawelka. Seite an Seite hatten sie die halbe Kammer durchquert, als es Schierhuber nochmals versuchte.

»Herr Gautsch, sein S' doch g'schei–« Weiter kam er nicht, denn Hawelka rammte seine gesamten eins siebzig gegen den großen Zwettlerkörper und schlug gleichzeig mit seiner Rechten auf eine äußerst empfindliche Stelle des links von ihm befindlichen Schierhubers, was sich als wesentlich effektiver herausstellte als der Bodycheck. Dieser hatte seinen Partner nur ein wenig nach links verschoben, während der Schlag ihn dazu brachte, sich ruckartig nach vorne zu krümmen.

Hawelka und Schierhuber waren seit knappen drei Jahren ein Team. Leitender Ermittler war keiner von beiden, aber wenn es um kleinere Fälle ging, ließ man sie selbstständig ermitteln, und dann war automatisch Hawelka der Chef. Das war nicht unbedingt seinen Führungsqualitäten zu verdanken, sondern dem Umstand, dass man dem wortkargen Schierhuber noch weniger zutraute als ihm. Und diese Rollenaufteilung passte irgendwie beiden. Hawelka dachte, Schierhuber machte. Schierhuber war ein wandelndes Waffenarsenal und aufgrund seiner Statur der Mann fürs Grobe. Sie agierten niemals als Vorgesetzter und Untergebener, sondern als gleichberechtigte Partner. Im Lauf der letzten drei Jahre war es einige Male zu brenzligen Situationen gekommen, und mehr als einmal hatte Schierhuber Hawelkas Haut gerettet. Im wahrsten Sinne des

Wortes. Hawelka hingegen war, wenn es um Action ging, eher sehr zurückhaltend. Aber jetzt hatte er sich revanchiert. Einmal. Nur ein einziges Mal, dachte er nachher. Aber auch eine einzige Lebensrettung reicht aus, um den Tod zu verhindern. Und das war soeben geschehen.

Dabei hatte er Gautsch die Flinte gar nicht laden hören, geladen war sie schon die ganze Zeit gewesen. Er hatte sie in die hinterste Ecke gelehnt gehabt und sie nur mit einem alten Regenschirm verdeckt. Das Ladegeräusch war also entfallen. Gesehen hatte Hawelka auch nichts. Was war es also gewesen? Instinkt? War ihm plötzlich aus dem Unterbewusstsein die Erinnerung an Frau Gautsch gekommen, die gesagt hatte: »Gewehre auch mitgenommen. Alle drei.« Hatte er im Unterbewusstsein nachgerechnet, wie viele von Gautschs drei Gewehren sie bis jetzt gesehen hatten? Und hatte er in dem Moment, bevor er die Schierhuber-Rettungsaktion startete, realisiert, dass es nur zwei gewesen waren? Oder hatte er unbewusst den Lauf der Flinte hinter dem Regenschirm hervorlugen sehen, als sie zum großen Palaver mit dem Landesrat und dem Kommunisten in der Kammer gesessen waren? Er konnte es sich selbst nicht erklären, aber er war froh, dass er getan hatte, was er getan hatte. Schierhuber auch.

Eine Schrotladung erreicht ja ihre Streuung erst einige Meter nach Verlassen des Laufes, bis dahin fliegen die Kügelchen als relativ kompakter Haufen, und das ist gut so, denn dadurch bekam Schierhuber nur einige unwesentliche Schrammen auf der Haut über der Schädeldecke. Hätte er sich allerdings nicht vornübergekrümmt, wäre sein Gesicht mit Blei gespickt worden.

Herkömmliche Polizisten hätten in dieser Situation einen gewaltigen Schock erlitten und zu verarbeiten gehabt. Schierhuber war anders. Drei Sekunden nach dem Flintenschuss hatte er bereits das halbe Magazin seiner Glock auf den Angreifer entleert.

»Autsch«, sagte Gautsch.

Das war das Letzte, was sie von ihm hörten. Sein Körper schlug schwer auf dem Boden auf.

»Licht!«, schrie Hawelka. »Kann jemand Licht machen?«

»Ja eh«, antwortete Papi, »mach ich eh schon.«

Gleich darauf kam er mit der Petroleumfunzel. Hawelka nahm sie ihm aus der Hand und scheuchte ihn zurück in die dunkle Stube. Sie beugten sich über den Baumeister. Der hatte es überstanden. Sie ließen ihn, wo er war, und folgten Papi in die Stube.

Obwohl er gerade in Notwehr einen Mann getötet hatte, obwohl er selbst vor ein paar Augenblicken dem Tod entgangen war und obwohl er seine letzte Schnapsreserve für Pipi geopfert hatte, schaffte es Schierhuber scheinbar mühelos, die Lage unter Kontrolle zu bringen. Er riss die Kalaschnikow an sich, kontrollierte das Magazin, in dem noch einige Patronen verblieben waren, und pflanzte sich in der Ecke auf, um vor Überraschungen in seinem Rücken sicher zu sein. Diese Maßnahme war durchaus nicht übertrieben, es war mittlerweile ziemlich laut in der guten Stube geworden.

Sterz schrie den Kommunisten an: »Das hast du absichtlich gemacht! Das hast du provoziert!«

»Hab ich vielleicht geschossen?«

»Er hat nicht geschossen! Er hat nicht geschossen!«, schrie Pipi, der eindeutig aufseiten des Kommunisten war.

Schierhuber feuerte in die Decke, um sich Gehör zu verschaffen. Der Schuss tat seine Wirkung: Er bekam die notwendige Aufmerksamkeit.

»Jetzt beruhigen wir uns alle wieder ein bisschen«, mahnte er die Versammlung wie eine übermütige Schulklasse.

Pipi war mittlerweile mit dem Flachmann und den Nerven gleichermaßen fertig und taumelte zu Hawelka. Er sah aus, als würde er gleich zu weinen beginnen, offenbar hatte er in der Speis viel nachgedacht. Vielleicht hatte aber auch der Nussschnaps eine besondere Wirkung.

»Er hat gesagt, dass das gar nicht mein Bub war. Er hat gesagt, dass sie es mit jedem … Er hat gesagt, dass er es ihr gemacht hat, bis ihr die Dose gedampft hat.«

»Pipi, leg dich nieder!«, rief der Kommunist.

»Bis ihr die Dose gedampft hat! Und dann hat er gelacht, wie ein ... wie der Teufel selber, und ich ...«

»Also warst du das, der den Mitteregger umgebracht hat«, sagte Sterz zu Pipi, der mittlerweile einem Häufchen Elend glich. Seine ganze Welt löste sich gerade auf. Aber noch ehe er etwas erwidern konnte, schnitt ihm der Kommunist das Wort ab.

»Es reicht, Herr Landesrat! Herr Sterz! Du weißt genauso gut wie ich, dass dein Freund den Mitteregger erledigt hat. Erpressung nennt man so was, glaube ich. Der Mitteregger wollte wegen der Jagdgeschichte immer mehr und mehr und mehr, und Gautsch wollte halt nicht mehr zahlen.«

Hawelka schenkte Sterz, der mittlerweile blass vor Zorn geworden war, keine Aufmerksamkeit. Auch den Kommunisten beachtete er nicht, vielmehr beobachtete er Pipi und Papi. An deren Mienen konnte er die ganze Geschichte ablesen. Pipi wird ihn erschlagen haben, und Plank hat es vertuscht, überlegte Hawelka. Er hat die Farce mit dem Vertauschen des Erzherzogdenkmals und der zusammengepfuschten Leuthold-Figur inszeniert, um uns an einen Verrückten denken zu lassen. Und weil er Gerechtigkeitsfanatiker ist, wollte er Gautsch für ein Verbrechen büßen lassen, das der gar nicht begangen hat, weil er für die Schüsse auf den Buben nicht zur Rechenschaft gezogen worden ist.

»Mach keine Sprüche jetzt, göll, damit kommst du doch vor Gericht nie durch.«

Und das weiß der Kommunist auch ganz genau, dachte Hawelka weiter. Deshalb hat er dafür gesorgt, dass Gautsch ausrastet und zum Schweigen gebracht wird. Ziemlich nachhaltig.

»Vor Gericht werden die Leute die Wahrheit hören, Landesrat«, sagte der Kommunist und lächelte sogar ein wenig. »Dass der Herr Baumeister den Mitteregger beim Streit erschlagen und dann stümperhaft versucht hat, eine Staute aus ihm zu machen. Spuren finden sich sicher noch genug. Wetten?«

»Wenn das wirklich wahr ist, dann glaub ich es auch«, murmelte Schierhuber. Hawelka überlegte, ob der Spruch eine alte

Zwettler Weisheit war oder ob ihm sein Partner damit die Bereitschaft signalisieren wollte, die kommunistische Wahrheit zu stützen, weil er im Grunde seines Waldviertler Herzens ebenfalls Gerechtigkeitsfanatiker war.

Aber Pipi wollte noch etwas sagen. Denn was wahr ist, muss wahr bleiben, so ist der steirische Brauch. Abmachungen hin oder her, er sagte: »Das ist doch alles nicht –«

In diesem Moment wurden drei der nicht vom Schnee blockierten Fenster gleichzeitig aufgesprengt, und eine Blendgranate wurde in die Hütte geworfen. Als sich nach gut dreißig Sekunden die Augen wieder langsam an das Umgebungslicht gewöhnt hatten und die Vertäubung der Ohren nachließ, sahen sie sich von sieben Cobra-Leuten umstellt, die Schierhuber die Kalaschnikow abgenommen hatten und die Lage per Funk als »sicher« nach draußen meldeten.

»Wer ist das jetzt?«, fragte der Landesrat.

»Das müssen die Heiligen Drei Könige mit ihren Kamelen sein, die das Jesuskindlein suchen«, meinte der Kommunist.

»Stimmt«, stellte Hawelka leise fest, »heute ist ja der Vierundzwanzigste.«

»Frohe Weihnachten«, sagte Schierhuber.

Epilog

27. Dezember

»Na, ihr Helden?« Das Auskunftsbüro sah verändert aus. Irgendwie jünger. Andere Frisur. Gesunde Gesichtsfarbe. Frischer. Es schien Herta Berlakovic auch nichts auszumachen, zwischen den Feiertagen alleine im Büro Dienst zu machen, während die Forstner, die Frischauf und die Sommer zu Hause Kekse futterten.

»Wir haben dir was mitgebracht.« Gemeinsam wuchteten Hawelka und Schierhuber einen überdimensionalen Wäschekorb mit gefühlt drei Tonnen Schilcher, Kernöl, Schnäpsen, Säckchen mit gerösteten Kürbiskernen und Schachteln voll diversem steirischem Backwerk auf den verwaisten Sommer'schen Schreibtisch. »Damit du dich verpflegen kannst, wenn du auch einmal auf einer Huabm eingeschneit bist.«

»Ihr Zuckerbuben! Das wäre doch nicht notwendig gewesen.«

»Herta«, sagte Hawelka ernst, »du hast uns den Hubschrauber geschickt, wir verdanken dir praktisch unser Leben.«

»Geh, die Wahnsinnigen waren eh schon unter eurer Kontrolle, hab ich g'hört, also was soll's. Dafür seids mir doch nichts schuldig.«

»Na ja, wer weiß, was noch alles passiert wäre, wenn die nicht gekommen wären.«

»Außerdem«, setzte Schierhuber hinzu, »war der Alkohol zu dem Zeitpunkt wirklich ganz und gar aus, und das sind dann keine frohen Weihnachten.«

»Aber ihr habts den Fall gelöst, und das ist die Hauptsache.«

Ja, gelöst war der Fall, und in ihren Bericht würden sie das auch so schreiben. Darauf hatten sie sich bei der Heimfahrt verständigt. Zuvor waren sie in zwei Gruppen von den Schneemobilen abgeholt worden. Im zweiten waren vorne nur der Fahrer und ein Cobra-Mann eingestiegen, während Hawelka mit dem Kommunisten hinten in der Kabine gesessen war.

»Es war einmal«, hatte der Kommunist unaufgefordert begonnen, »eine Baustelle, die von drei Hilfsarbeitern vorbereitet werden sollte, für die eigentlichen Arbeiten. Ausräumen, Mauern schleifen, Gerümpel entsorgen. Weil Gautsch den Großteil seiner Belegschaft stempeln geschickt hatte, holte er einfach Mitteregger sowie Pipi und Papi, die gerade keinen Auftrag von der Holzfirma hatten, bei der sie sonst arbeiten. Die drei haben also den alten Bauernhof ausgeräumt. Blöderweise fanden sie irgendwo ein paar alte Doppler Schnaps. Papi hat's zu verhindern versucht, aber Mitteregger hat Pipi so lange blöd aufgestachelt, bis er mitgesoffen hat. Wie er dann ist, habt ihr selber erlebt. Mitteregger hat ihn falsch eingeschätzt, ihn gehänselt, warum er denn keine Frau hat, ob er nicht könne und so weiter – die üblichen Sprüche unter der Gürtellinie, die den Menschen – soll ich eigentlich ›Menschen‹ sagen, bei so einem? – vom Schlag Mittereggers perversen Spaß bereiten. Pipi hat sich gewehrt, seine Geschichte mit der Belosek ins Treffen geführt, sogar einen Buben hätte er ihr gemacht, und so weiter, in der Art. Da hat der Mitteregger von der Jagd erzählt, hat gesagt, dass er es währenddessen mit der Belosek getrieben hat und dass Gautsch den Buben zum Spaß abgeknallt hat, weil aus dem eh bestenfalls so ein Trottel wie der Pipi werden würde, und so fort.«

Der Kommunist hatte eine kurze Verschnaufpause für alle eingelegt und dann weitererzählt: »Pipi ist durchgedreht und hat den Mitteregger erschlagen. Wie er gesehen hat, was los war, ist er komplett zusammengebrochen. Papi war überfordert, und so haben sie getan, was alle immer tun, wenn auf einer Baustelle was schiefgeht. Sie sagen: ›Da müss' ma halt den Kommunisten holen.‹ Ich habe dann den Ritualmord vorgetäuscht, den Leichnam ausbluten lassen, verputzt und ein paar Nächte später den Austausch der Statuen gemacht. Mit einem Traktor und mit Papi. Pipi war für ein paar Tage zu gar nichts fähig, weil wir ihn, gleich nachdem ich gekommen war, abgefüllt haben bis kurz vor der Alkoholvergiftung. Es hat auch gewirkt, nach drei Schlaftagen hat er sich an rein gar nichts mehr erinnert. Damit das Ganze realistischer rüberkommt, hab ich dann die Mönchsbriefe geschrieben und mich auch da und dort in Kutte sehen lassen.«

Der Kommunist kam nun wohl zu der Einschätzung, erklären zu müssen, wie ausgerechnet ein Kommunist auf die Idee kommt, ausgerechnet als Mönch aufzutreten. »Vor einem Jahr oder so ist bei einer Bürgerversammlung ein kleiner Pfarrer mit der Idee dahergekommen, statt des Tourismusprojektes ein Kloster zu bauen. Alle haben gelacht, und den Pfarrer hab ich seitdem nicht wiedergesehen, aber jetzt hat mir seine Idee bei der Vertuschung geholfen. Gautsch und Sterz haben selbst lange Zeit an einen Wahnsinnigen geglaubt. Blöd war nur, dass dann Pipi auf der Huabm begonnen hat, sich langsam an was zu erinnern, speziell nachdem er zum Saufen angefangen hat.«

»Und du glaubst, wir sollten dich damit durchkommen lassen?«

»Das musst du mit deinem Gewissen ausmachen, Josef Hawelka. Ich werde auf jeden Fall diese Geschichte nie mehr wiederholen. Die war nur für dich, Genosse«, hatte der Kommunist gegrinst. »Außerdem: Den Buben hat der Gautsch erschossen, den Mitteregger hat der Pipi erschlagen, und den Gautsch hat der Schierhuber in die ewigen Jagdgründe geschickt. Ich selbst bin nur ein einfaches Parteimitglied.«

Dann waren sie in Deutschlandsberg angekommen und stiegen mit den anderen in die Polizeiwagen um.

»Herta. Du bist uns auch noch was schuldig!«

»Was?«

»Was war jetzt wirklich mit der Betti und dem Schnackselstein?«

»Was? Ach so, ja. Super! Stellts euch vor, sie hat schon vorher die ärgsten Phantasien gehabt, na ja, wegen seinem Ruf und so, und da hat sie sich natürlich weiß Gott was erwartet, und dann …«

»… hat er nicht können.«

»Nein, das heißt, weiß ich nicht, dazu ist es gar nicht gekommen. Er hat ihr einen Heiratsantrag gemacht.«

»Waaas?« Es war zum ersten Mal in ihrer Zusammenarbeit, dass sich Hawelka und Schierhuber im Chorgesang versuchten, und man muss sagen, es klappte recht gut.

»Wenn ihr euch jetzt sehen könntet! Aber wir haben auch so geschaut, wie uns die Betti das erzählt hat. Der hat sich voll in sie verliebt, Heiratsantrag, Verlobungsringe und alles! Aber das, weshalb sich die Betti mit ihm getroffen hat, das hat s' nicht gespielt.«

»Und was hat sie gesagt?«

»Sie überlegt sich's, hat sie gesagt.«*

»Na bravo.« Das war Schierhuber.

Henk steckte den Kopf zur Tür herein. »Habt ihr einen Moment?« Sie gingen in sein Büro. Er hatte frei, war aber extra reingekommen, um mit ihnen zu reden. Der Erzherzog war noch im Urlaub. Man munkelte, dass er mindestens noch den ganzen Jänner wegbleiben würde, viele hofften natürlich, dass er doch gleich in Pension ging.

»Landesrat Sterz ist ein Jugendfreund vom Erzherzog. Irgendwas von früher musste ihm der Alte noch schuldig sein, jedenfalls hat Sterz über was weiß ich für politische Kanäle den Fall von der Grazer Kripo an uns delegiert und wollte, dass der Erzherzog jemand schickt, der nicht allzu viel Staub aufwirbelt. Da hat er, also ich hab euch runtergeschickt.«

»Du«, sagte Hawelka, »ich, wir wollten dir noch sagen, dass wir mittlerweile wissen, dass das mit unserer Dienstzuteilung auf seinen Befehl hin passiert ist. Und du hast das auf dich genommen, auch wenn es ja leicht gewesen wäre zu sagen: Der Alte hat euch vergattert. Das hast du nicht. Und du hast uns eine anständige Begründung gegeben. Das find ich sehr okay von dir.«

»Ja«, sagte Schierhuber.

»Ja. Danke. Aber ich sag euch was: Wenn ich der Überzeugung gewesen wäre, dass ihr nicht dorthin gehört, dann hätt ich auf seine Anweisung gepfiffen. Was hätte er schon groß

---

* Eine rücksichtsvolle Umschreibung für »Nie im Leben!«.

tun können? Offiziell hab ich ja das Kommando gehabt, und solche Entscheidungen trifft nun einmal der Kommandant. Wahrscheinlich hätte er getobt und geschrien, aber das halt ich schon aus. Nein. Das war meine Entscheidung, aber nicht, weil ich wie er gehofft hab, dass ihr dort nicht weiterkommt, sondern weil ich gewusst hab, dass ihr den Fall lösts. Und wie es aussieht, dürfte er mittlerweile auch recht froh sein, dass ihr dort warts. Und ich auch.«

Hawelka wurde es warm ums Herz. Aber er ließ sich seine Rührung nicht anmerken, sondern bedankte sich nur und marschierte mit Schierhuber in die ehemalige Besenkammer, die jetzt ihr Büro war. Dann begannen sie den Bericht zu schreiben.

Mein herzlicher Dank geht an

Franziska Wohlmann-Pfeifer,
Lothar Strüh,
alle beim Emons Verlag
und an alle Reisenden.

Günther Pfeifer